네메시스의 사자

네메시스의 사자

ネメシスの使者

나카야마 시치리 장편소설

네메시스의 사자 ネメシスの使者

1판 1쇄 인쇄 2018년 10월 15일 **1판 1쇄 발행** 2018년 10월 15일

지은이 나카야마 시치리 **옮긴이** 이연승
책임편집 민현주 **디자인** 디자인비따 **제작** 송승욱 **발행인** 송호준

발행처 블루홀식스 **출판등록** 2016년 4월 5일 제 2016-000100호
주소 경기도 파주시 회동길 483-1 **전화** 031-955-9777 **팩스** 031-955-9779
이메일 blueholesix@naver.com

ISBN 979-11-961234-9-9 03830

일러두기
본문의 의분義憤은 나와 직접적인 이해관계는 없지만
도의에 어긋나고 불공정한 것을 보며 느끼는 분노를 뜻합니다.

1
사분 私憤

1

2013년 8월 10일 오전 7시 32분.

끈적거리는 열기가 관사를 나서는 와타세의 온몸을 휘감았다. 출근 시간대인데 벌써 강렬한 햇볕이 내리쬐고 있다. 아침 뉴스에서는 오늘도 무더위가 기승을 부릴 거라는 일기예보가 나왔다.

고테가와가 비노출 경찰차에 올라탄 채 정문 근처에서 와타세를 기다리고 있었다. 살인 사건이 발생했다는 소식이 와타세에게 전해진 지 5분. 초동 대응으로서는 합격점을 줄 만하다.

"안녕하십니까."

"장소가 구마가야의 어디지?"

"사야다 쪽이라고 들었습니다."

구마가야시 사야다라는 지명을 듣는 순간 와타세의 머릿속에 전형적인 변두리 마을의 풍경이 펼쳐졌다. 오랜 세월 현장을 돌아다니다 보면 부동산 업자와 견줄 만큼 지리에 빠삭해진다. 현장 업무를 고집해 온 덕에 얻은 능력이라고 하면 듣기에는 그럴싸하지만 퇴임 후 재취업할 때 딱히 득이 되지는 않는다.

"피해자는 도노하라 기미코, 65세. 자택에서 흉기에 찔린 채 발견. 현재 밝혀진 건 여기까지입니다."

"가족은?"

"모르겠습니다. 하지만 혼자 살았을 가능성이 큽니다."

"왜지?"

"역시 추측입니다만 살해되고 며칠이 지났다더군요. 집에서 살해됐는데도 발견이 늦어진 건 혼자 살아서겠죠?"

"예단하지 마라."

고테가와의 추측에는 문제가 없지만 와타세는 못을 박는 것을 잊지 않았다. 게다가 고테가와는 칭찬보다는 꾸중을 들으며 성장하는 타입이다.

"동거인이 범인일 가능성도 있지."

"그럼 이야기가 빨라져서 다행이겠지만요."

와타세는 고테가와의 말에서 지긋지긋해하는 기색을 놓치지 않았다.

"뭐 문제라도 있나?"

"아, 아뇨. 현장이 구마가야잖습니까. 시신의 부패 진행 속도를 떠올리면 좀⋯⋯."

"흥. 그 말이었나."

8월에 접어들어 연일 무더위를 기록하고 있는 구마가야시는 일본에서 가장 더운 도시로 꼽는다. 낮에 부는 남풍이 도쿄에서 데워져 구마가야시로 향하는 열섬 현상, 그리고 구마가야시 위를 지나는 서풍이 지치부 산지를 내려갈 때 고기압의 영향으로 압축돼 기온이 오르는 푄 현상. 이 두 가지가 이 지역을 무더위의 도시로 만들었다. 도시가 더위로 이름을 떨치는 것에 반대하지는 않지만, 연일 30도를 넘는 날씨에 냉방도 안 되는 실내에 방치된 시신이 어떻게 됐을지를 떠올리면 아직 경험이 적은 고테가와의 마음이 무거워지는 것도 당연했다.

"신선하든 유통기한이 지났든 시신은 시신이다. 벌떡 일어서서 널 덮칠 일은 없으니 걱정하지 마."

고테가와는 불만스러운 듯 입꼬리를 내렸다. 상사가 옆에 있는데도 무심결에 감정을 고스란히 얼굴에 드러내는 것이 이 남자의 단점이다. 아직 젊어서라기보다 성격 자체가 그런 듯하니 하루아침에 고치기 어렵겠지만 형사로서 좋은 습관은 아니다. 시간을 들여서라도 고칠 필요가 있다.

잠시 침묵이 흐르고 고테가와가 문득 떠올린 것처럼 입을 열었다.

"저도 현장에서 제법 다양한 시신들을 봐 왔습니다. 토막 난 시신, 반쯤 시랍화된 시신, 프레스기로 짓눌린 듯한 시신. 또 요즘에는 우라와 의대 법의학 교실에서 사법 해부를 여러 번 참관했으니까요. 이제 와서 시신에 겁을 먹는 건 아닙니다. 다만……."

"다만?"

"아무리 일이어도 익숙해지면 안 되는 게 있다는 생각이 들어서요. 시신은 분명 물건이나 마찬가지지만 물건처럼 다루면 안 된다고 해야 할까요."

이제는 조금 그럴싸한 말도 할 수 있게 된 것 같다. 결국 시신이 물건으로 변해 가는 모습을 지켜보기 괴롭다는 뜻이다.

"아무리 인간의 형태를 잃는다 해도 원통하게 살해되면 한은 계속 남지. 그것만 잊지 않으면 돼."

와타세의 말을 이해했는지 못 했는지 고테가와는 부루퉁한 얼굴로 낮게 신음하고 침묵에 잠겼다.

차가 아라카와강을 지나자 저층 주택이 즐비한 곳이 눈에 들어왔다. 사야다 일대다. 전에 왔을 때와 분위기가 조금도 달라지지 않았다. 선로 옆에는 택지가 펼쳐져 있지만 안쪽에는 휴경지와 논밭이 연이어 있는 것은 개발을 어중간하게 끝냈기 때문일 것이다.

다카사키선의 건널목을 지나 조금 더 들어가자 파란색 비닐 시트로 덮인 구역이 눈에 들어왔다. 2층 주택의 주변을 관할 경찰서 수사원과 감식반원들이 돌아다니고 있다.

차에서 내리자마자 발밑에서부터 사우나 같은 열기가 올라왔다. 에어컨을 켜 둔 차 안이 천국처럼 느껴졌다.

현장을 지휘하는 이는 구마가야 경찰서 강력계의 도요시로였다. 도요시로는 와타세를 보자마자 대번에 주눅 든 표정을 지었지만 곧 고개를 한 번 흔들며 다가왔다.

"수고하십니다. 와타세 경부님 반이 맡는 겁니까?"

"언제 또 바뀔지 모르겠지만……. 그보다 어떤 상황입니까?"

"제가 설명하는 것보다 직접 보시는 게 빠를 겁니다." 도요시로는 그렇게 말하고 두 사람을 현장으로 안내했다.

"때마침 감식과 검시도 마친 상황입니다."

"검시는 누가?"

"스미 검시관입니다."

아아, 그 오로지 성실하기만 한 남자 말인가. 와타세는 즉시 그의 얼굴을 떠올렸다. 좋게 말하면 착실하고 나쁘게 말하면 정해진 규율대로만 행동하는 융통성이 부족한 남자다.

"최초 발견자는 피해자와 같은 자치회에 속한 주부입니다. 자치회에서 오늘 청소를 하기로 했는데 당번인 도노하라 기미코 씨가 시간이 되어도 모임 장소에 나타나지 않아서 집에 데리러 갔다가 시신을 발견한 경위입니다."

"피해자는 집 안에서 숨지지 않았습니까? 그럼 그 주부가 집 안까지 들어갔다는 말이군요."

"현관 앞으로 가자 며칠 치 신문이 쌓여 있는 게 보였다고 합니다. 청소 당번을 맡기로 했는데 여행이라도 떠난 걸까 싶어 미닫이문 쪽을 보니 자물쇠 부분에 유리칼 같은 걸로 구멍이 뚫려 있었다더군요. 무심코 문을 열어 보니 엄청난 악취가 코를 찔렀고, 피해자가 잠옷 차림으로 복도에 쓰러져 있는 걸 발견했다고 합니다. 일반인의 눈으로 봐도 시신임을 확연히 알 만한 상태였죠. 시각은 오전 7시 20분이었습니다."

시신을 발견한 게 7시 20분, 관할 경찰서에 신고한 시각이 23분. 타이밍이 수상하지는 않다.

"지금도 그 주부가 여기에 있습니까?"

"직접 조사하시겠습니까?"

"그럴 수 있으면 좋겠군요."

도요시로는 못마땅한 표정을 지었지만 이번에도 순식간에 표정을 다시 지웠다.

와타세는 관할 경찰서의 수사 능력이 못 미더운 것은 아니지만 첫 번째 발견자의 증언을 자신의 눈과 귀로 확인하고 싶었다. 관할 수사원 입장에서는 굴욕적인 데다 와타세도 자신의 수사 방식이 현경 본부와 관할 경찰서 사이의 갈등을 만들고 있다는 걸 알지만 이렇게 해서 실제 검거율이 높아지고 있으니 누구도 불만을 말하지 않는다. 스스로도 그러지 않으려고 노력하지만 현장에 한번 발을 들이면 어느덧 조심성이 사라지고 만다. 이럴 때면 경찰이라는 조직이 자신을 높은 자리에 올리지 않는 것이 타당한 판단처럼 느껴졌다.

현관을 지나 안으로 들어가자 곧장 부패한 냄새가 맹렬하게 콧속을 파고들었다. 이런 냄새에 이미 익숙할 고테가와가 부랴부랴 입과 코에 손을 갖다 댔다.

증언대로 피해자 도노하라 기미코는 잠옷 차림으로 복도에 쓰러져 있었다. 가까이 다가갈수록 냄새가 더 자극적으로 변해 가차 없이 코를 덮쳐 왔다. 너무도 강렬한 냄새에 눈까지 따끔거릴 정도다. 반소매 셔츠를 입고 있어서 다행이었다. 재킷을 걸치고 있었다면 며칠은 냄새가 가시지 않았을 것이다.

집 안에 머문 열기도 대단했다. 안에 들어온 지 아직 몇 초도 되지 않았는데 이마와 귀밑에 땀이 배어났다. 체감 온도가 체온을 훨씬 뛰어넘는다. 동물의 단백질이 부패하기에, 구더기와 미생물이 번식하기에 그야말로 안성맞춤인 실온이었다.

시신은 엎드려 있어 얼굴이 보이지 않지만 부푼 팔의 윗부분과 옆구리를 통해 조직이 분해돼 몸 안에 가스가 들어찼음을 알 수 있다. 자세히 보니 귓구멍에 무수히 많은 구더기가 들락거리고 있다. 옆구리에서 피가 많이 흐른 탓에 마룻바닥에 큼지막한 피 웅덩이가 생겼다. 엄청나게 많은 파리가 우글거리는 곳도 있었는데, 아마 그 자리에 칼이 파고들었기 때문일 것이다.

시신 옆에 웅크리고 있던 남자가 와타세와 고테가와를 보고 허리를 일으켰다.

"오, 현경 본부가 와타세 경부님을 보냈군요."

"1과는 항상 손이 부족해서요. 그나저나 스미 검시관님이 보시기에 어떻습니까?"

"시신을 뒤집어 보면 아시겠지만 흉부와 복부에 각각 얕게 벤 상처가 있습니다. 깊이가 그다지 깊지 않아서 둘 다 치명상은 아닙니다. 생활 반응으로 보아 먼저 찔린 곳은 정면 쪽일 겁니다."

즉 피해자는 먼저 정면에서 범인에게 공격당했다는 뜻이다.

"공격당한 피해자가 등을 돌린다. 순간 오른쪽 옆구리 뒤쪽에서 흉기가 깊숙이 파고든다. 이쪽에 난 상처는 깊고 출혈량도 많았다는 점에서 치명상이 됐다고 추측합니다. 직접 사인은 과다 출혈로 인한 쇼크사로 보입니다. 상처 입구의 모양으로 보건대 흉기는 아마도 끝이 뾰족한 단날 칼. 그러니까 부엌칼과 비슷한 물건이겠죠."

와타세는 도요시로를 돌아봤다. 현장에서 그런 흉기가 발견됐는지 눈빛으로 물었지만 도요시로는 힘없이 고개를 가로저었다. 흉기는 아무래도 범인이 가져간 듯했다.

"또 구겨진 옷에서는 피해자와 범인이 다툰 흔적도 보입니다. 다만 피해자의 손톱에서 범인의 피부 조각 같은 건 나오지 않았습니다. 다퉜다고 해도 범인이 일방적으로 폭행한 것이었겠죠."

"사망 추정 시각은?"

시신의 사후 강직 속도로 사망 추정 시각을 효과적으로 가늠할 수 있지만 사후 24시간이 지나면 강직도 풀려 추정하기 어려워진다.

"자세한 건 사법 해부를 통해 위胃 내용물을 조사해 봐야겠지만 각막이 완전히 뿌옇게 변했다는 점, 그리고 구더기의 성장 상태로 보아 사후 하루 이상은 지난 것으로 보입니다." 설명을 마치고 도요시로는 덧붙였다. "현관에 있던 신문은 금일 10일과 9일 자였습니다."

즉 스미 검시관의 견해가 상당한 신빙성이 있다는 뜻이다.

"우라와 의대의 미쓰자키 교수님께 검안을 요청하겠습니다."

"오, 미쓰자키 교수님이라면 저도 바라던 바입니다. 제가 못 보고 넘어간 것도 빠짐없이 찾아 주시겠죠."

스미는 빈정거림을 섞어 그렇게 말했다.

와타세가 미쓰자키의 식견에 전폭적인 신뢰를 보내는 덕에 우라와 의대에 검안 요청이 쏠리는 것을 사이타마현의 모든 검시관이 이미 알고 있는 듯하다.

하지만 그게 뭐 어쨌다는 말인가. 몸이 불편한 사람이 가장 실력 있는 의사를 찾아가는 건 당연하다. 아니면 현경 검시관이라면 돌팔이도 가리지 말고 찾아가라는 걸까.

"감식에서는 뭔가 나왔습니까?"

와타세의 질문에 분위기를 수습하듯 도요시로가 대답했다.

"집 안에 있던 머리카락과 먼지를 수집했습니다. 다툰 흔적에서 범인의 발자국도 특정될 것 같다더군요."

"가족 구성원이 많지 않다는 뜻일까요?"

"피해자는 원래 어머니와 둘이 살았다고 합니다. 하지만 어머니가 올봄 특별 노인 요양원에 입소한 뒤로는 혼자 살았죠. 이웃들 말로는 깔끔한 걸 좋아해 청소도 잘했다고 합니다. 그래서 머리카락이든 체액이든 발자국이든 본인 외의 다른 사람 것은 거의 없었습니다."

"그건 다행이군요. 그럼 이건 뭡니까?"

와타세는 시신 근처에 있는 벽을 가리켰다. 옆에서 고테가와가 자기도 궁금했다는 듯이 고개를 연신 끄덕였다.

시신은 부자연스러운 자세로 오른팔을 뻗고 있었다. 벽에 맞닿은 피투성이 손가락이 힘을 다한 것처럼 아래로 내려가 있는데, 그보다 20센티미터 정도 위에 피로 쓴 글자가 있었다.

가로로 적힌 네 글자. 군데군데 뻗치고 흔들렸지만 이렇게 읽혔다.

'네메시스'

"피해자가 직접 적은 건가요? 아니면 범인이 쓴 겁니까?"

"일단 피해자의 지문부터 확인해야겠죠. 지금으로서는 아무것도……."

그러자 이번에는 스미가 끼어들었다.

"치명상의 넓이와 깊이, 출혈량으로 판단컨대 피해자는 거의 즉사한 것이라고 추측합니다. 피해자가 팔을 20센티미터나 위로 들어 이 글자를 썼다고 보기는 어려울 것 같네요."

검시관으로서 탐탁지 못하기는 해도 스미의 말에는 일리가 있다. 만약 피해자가 숨이 붙어 있을 때 다잉 메시지로 글자를 적었다면 범인이 못 보고 넘어갔을 리 없다. 또한 범인이 도주한 뒤에는 이미 체력이 소진됐을 터라 글자를 쓸 힘이 남아 있지 않았을 것이다.

다시 말해 남은 가능성은 범인이 피해자의 지문과 피를 이용해 이 메시지를 남겼다는 해석뿐이다.

그때 고테가와가 주뼛주뼛하며 "반장님" 하고 입을 열었다.

"'네메시스'가 뭡니까?"

"그리스 신화에 등장하는 여신 이름."

"여신……."

"날개가 달린 여신이지. 인간이 저지르는 몰상식한 행위에 대한 신의 분노를 의인화했다고 해. 어원은 의분義憤인데 개중에는 복수로 잘못 해석하는 사례도 있어."

"복수의 여신인가요. 그렇다면 이 피해자가 신에게 뭔가 몰상식한 짓을 저질렀거나 아니면 누군가의 원한을 샀다는 뜻일까요."

"그런 건 나도 몰라. 범인에게 직접 물어보도록."

와타세는 그렇게 답했지만 고테가와의 해석에 수긍할 만한 부분도 있다고 생각했다. 그리스 비극에서 네메시스의 역할은 종종 '천벌의 집행자'이기 때문이다.

"정말로 짜증나는 범인 아닙니까?" 스미의 목소리가 살짝 변했다. "대체 뭐가 '네메시스'란 겁니까. 이렇게 무턱대고 자기과시 욕구를 드러내는 녀석들이 제일 재수없습니다."

스미는 말 한마디 한마디에 분노를 드러내며 와타세와 고테가와 앞을 지나쳐 갔다. 그는 아무래도 '네메시스'라는 글자를 범인의 메시지로 단정하는 듯했다.

"경부님은 이런 부류의 범인을 검거하시는 게 특기라고 들었습니다. 모쪼록 실력을 발휘해 주시기를 부탁드립니다."

그러고서 스미는 통로를 일직선으로 지나 현장을 빠져나갔다.

"좋건 나쁘건 성실하기는 하네요." 고테가와가 기가 찬다는 듯이 그의 뒷모습을 보며 말했다. "아무리 다잉 메시지가 남아 있다고 해도 그게 범인의 목적이라고 단언할 수는 없을 텐데."

"고테가와 형사님이라고 하셨나요. 그럼 형사님은 저 메시지를 어떻게 해석하시는 겁니까?"

도요시로가 묻자 고테가와는 성가신 듯 머리를 긁적였다.

"아, 범인의 자기과시라는 의견에 반대하는 건 아닙니다. 하지만 강도나 뜨내기가 범행을 감추려고 저런 사이코 같은 낙서를 했을 가능성도 있지 않을까요?"

"적어도 금품이 목적은 아니었던 것 같습니다."

"네?"

"아까 집을 얼추 둘러봤는데 값나가는 물건들은 고스란히 있고 집 안을 뒤진 듯한 흔적도 없었습니다. 절도범의 소행은 아닌 것으로 봐야 할 것 같습니다."

"그럼 유산이 목적이라든지."

"이곳 토지와 건물은 어머니 명의로 되어 있다고 하는데 보시다시피 중고 주택이라서요. 건물은 자산 가치가 제로에 가깝고 땅값 역시 대단한 금액은 아닙니다. 어머니를 요양원에 보낼 때 돈도 제법 많이 들었을 테고요."

그 말을 듣고 고테가와는 조금 전보다 더 세게 머리를 벅벅 긁었다.

이 정도면 됐다. 와타세는 급히 생각을 전환했다. 추론은 나중으로 미루고 지금은 초동 수사에 집중할 때다.

"최초 발견자의 이야기를 듣고 싶습니다."

"그럼 이쪽으로."

와타세와 고테가와는 도요시로의 안내를 받아 옆집으로 이동했다. 옆집은 피해자의 집보다 훨씬 새집이다. 두 사람이 만날 사람은 마루 귀틀에 앉아 몸을 부들부들 떨고 있었다.

"최초 발견자인 우에조노 야스에 씨입니다."

와타세는 야스에와 마주 보고 앉았다. 방향제 냄새가 강하게 나는 걸 보니 몸에 밴 냄새를 없애려고 방향제를 마구 뿌려 댄 듯했다.

"현경 본부의 와타세라고 합니다. 야스에 씨가 발견한 시신이 도노하라 기미코 씨가 확실합니까?"

"……네. 조금 전 형사님이 얼굴을 정면으로 보여 주셨거든요."

그때 모습이 떠올랐을 것이다. 야스에는 당장에라도 토할 것 같은 표정을 지었다. 그녀의 입에서 조금씩 나오는 목격담은 도요시로의 설명과 별반 다르지 않아 마치 뒤에서 미리 입을 맞춘 느낌마저 들었다.

"살아 있는 기미코 씨를 마지막으로 본 게 언제입니까?"

"그제…… 8일 점심에 장을 보고 돌아왔을 때였어요."

"정확히 몇 시죠?"

"아마 1시 무렵이었을 거예요."

"그 뒤로 오늘 아침까지 도노하라 씨 집에서 뭔가 수상쩍은 대화 소리나 소음이 들리지는 않았습니까?"

"딱히……."

"그럼 최근 도노하라 씨와 얽힌 트러블 같은 건 없었나요? 이를테면 사소한 갈등이 있었다든지, 스토커 같은 사람이 집 근처를 어슬렁거렸다든지, 도노하라 씨를 미워하거나 증오하는 인물이 있었다든지."

"그것도 모르겠어요. 기미코 씨는 집 밖에 자주 나오는 분도 아니었고요."

야스에가 뭔가를 숨기는 것 같지는 않다. 어정쩡한 대답은 평소 이웃에 관심이 별로 없었다는 증거일 것이다. 요즘 같은 시대에는 아무리 옆집에 산다고 해도 소원해지는 건 어쩔 수 없는 걸까.

"평소에는 자주 교류하셨습니까?"

"아주 오래전에는 부모님이 두 분 다 계셨는데 아버지가 병으로 돌아가시자 그때부터 교류가 딱 끊겨서……. 올봄에 어머니가 노인 요양원에 들어가고 나서는 대화를 나눌 기회도 점점 줄었어요."

"기미코 씨와 자주 말을 주고받는 사이가 아니었나 보군요."

"저기가 기미코 씨의 친정인데 결혼하고 출가한 지 벌써 40년이나 더 돼요. 시간이 많이 흐르고 다시 돌아오셔서 계속 이웃이었던 건 아니에요."

"한 번 출가하셨다가 다시 본가로 돌아오신 거군요."

"네. 성도 결혼 전 성으로 돌아갔다고 들었어요."

"남편과 헤어지고 다시 돌아온 게 언제쯤이었습니까?"

"음…… 벌써 10년 정도 됐네요. 사정이 사정인지라 돌아온 뒤로도 다른 이웃들과 별로 깊게 교류하는 것 같지 않았어요."

"자녀는 없었습니까?"

"있기는 한데 그것도 함부로 물을 수 없는 부분이라……. 자세한 이야기를 들은 사람은 아마 없을 거예요."

야스에의 이야기에 따르면 도노하라 기미코는 40년 전에 결혼했고 그로부터 30년 뒤 이혼. 그 30년 동안 피해자가 어떤 환경에 있었는지 조사할 필요가 있어 보였다.

생각에 잠긴 와타세의 모습을 보고 뭔가 오해했는지 야스에가 황급히 말을 이었다.

"저, 이렇게 말하면 뭔가 저희가 기미코 씨를 따돌린 것처럼 느껴지실 수도 있는데, 그건 아니에요." 완전히 변명하는 말투다. 이럴 때는 재촉하지 않고 내버려 둬도 술술 이야기해 주기 마련이다. "저희보다는 기미코 씨 쪽에서 이웃들과 교류를 피할 사정이 있어서……. 파경이라고 해도 역시 그런 식으로 사별했고, 자식이 저지른 일을 생각하면 집에 틀어박히는 것도 어쩔 수 없다는 생각이 들어요."

와타세는 그녀의 말을 주의 깊게 들었다. 아무래도 큰 착각을 하고 있었던 모양이다.

야스에는 도노하라 기미코의 집안 사정을 모르는 게 아니다. 알고 있지만 말하기를 꺼리는 것이다. 같은 생각을 했는지 도요시로도 수치와 낭패가 섞인 눈빛으로 야스에를 노려보고 있다. 아직 수사가 초동 단계이고 탐문 수사를 하지 않았다고 해도 현경이 관할 수사원보다 중요한 정보를 먼저 알게 된 상황이 부끄러울 것이다.

"남편도 그렇게 세상을 떴고……. 그야 자식이 그런 사건을 일으켰으니 자살을 선택할 만도 하죠. 기미코 씨가 예전 성으로 돌아간 심정도 이해돼요. 이곳에 돌아오기 전에는 신문과 방송국 기자들한테 엄청 쫓겨 다녔더라고요. 돌아왔을 때도 뒤에서 수군대는 사람이 많았죠. 하지만 소문도 잠시라고 어느덧 잦아들었지만, 기미코 씨 스스로는 계속 남의 시선이 신경 쓰였을 거예요."

"기미코 씨는 범죄 관계자의 가족이었군요."

"네. 그것도 어디에나 있을 법한 흔한 사건이 아니라 일본 전체를 뒤흔든 큰 사건이었죠. 친정에 돌아와서도 기미코 씨가 다른 사람의 눈을 피하고 싶었던 게 당연해요."

세간을 뒤흔든 대형 사건의 범인이면 와타세의 기억에도 남아 있을 것이다. 도노하라의 성을 듣고도 와타세가 사건을 떠올리지 못한 것은 그녀가 결혼 전 성을 되찾기 전에 일어난 사건이었기 때문이다.

"실례지만 피해자의 예전 성을 아십니까?"

"당연하죠. 가루베. 기미코 씨의 예전 성은 가루베였어요. 그 가루베 요이치의 어머니예요."

가루베 요이치.

이름을 듣고서야 와테세는 비로소 모든 것을 이해했다. 도요시로도 마찬가지일 것이다. 그는 소스라치게 놀란 얼굴로 야스에를 뚫어지게 바라봤다. 고테가와는 영문을 모르겠는지 미심쩍어하는 표정으로 우두커니 서 있기만 했다.

그럴 만도 하다. 가루베 요이치가 사건을 일으킨 해가 2003년. 고테가와가 1과에 배속됐을 때보다 6년이나 전에 일어난 일이니 기억에 없을 수밖에 없다.

당시 가루베 요이치가 저지른 사건.

그것은 여성 두 명을 무참히 살해한 묻지 마 살인이었다.

2

우에조노 야스에의 집을 나서자마자 고테가와가 와타세에게
물었다.

"반장님. 아까 그 가루베 요이치 사건이란 게……."

굳이 묻지 않아도 알려 줄 생각이었다.

"범인의 이름은 몰라도 '우라와역 묻지 마 살인 사건'에 대해서
는 들어본 적 있겠지?"

그러자 고테가와는 생각난 것처럼 고개를 끄덕였다.

"그건 희미하게 기억나네요. 두 명인가가 죽었죠?"

"그래."

"하지만 이건…… 몰랐습니다."

도요시로는 고테가와의 뒤에서 걸으며 조금 전과 같은 말을
주문처럼 읊었다.

"경부님은 원한 쪽으로 보십니까? 피해자가 그 가루베 요이치
의 어머니라면 분명 가능성 높은 동기가 될 수 있겠는데요."

와타세는 대답하지 않았다. 도요시로의 말마따나 도노하라 기
미코가 가루베 요이치의 어머니라면 아들이 저지른 일 때문에
화를 입었을 가능성을 아예 부정할 수는 없다. 그리고 이번 사건

에 가루베 요이치가 엮여 있다면 범인이 현장에 남긴 '네메시스'라는 단어도 단숨에 의미를 지니게 된다.

사건이 일어난 건 2003년, 연말을 앞둔 12월 5일 오후 5시 32분이었다. 학교를 마치고 집에 가는 학생과 퇴근하는 회사원으로 가득 찬 우라와역 개찰구 근처에 당시 26세였던 가루베 요이치가 홀연히 모습을 드러냈다. 손질하지 않은 덥수룩한 머리와 흰색 셔츠 차림이 왠지 기이해 보였지만 인파에 뒤섞여 눈에 띄지 않았다. 사람들은 다른 사람의 차림새를 신경 쓰기보다 귀갓길에 정신이 팔려 있었다.

역의 중앙 광장으로 향할수록 인파는 더욱 늘어났다. 평소처럼 걸어도 맞은편에서 오는 사람과 어깨가 부딪힐 정도였다.

가루베 요이치는 잠시 후 셔츠 안쪽에 숨겨 둔 흉기를 조용히 꺼냈다. 바로 뒤를 걷고 있던 목격자의 말에 따르면 마치 휴대폰을 꺼내는 듯한 자연스러운 몸짓이었다고 한다. 그때 가루베가 손에 든 것은 사건 하루 전 집 근처 슈퍼마켓에서 산, 길이가 약 19.7센티미터인 부엌칼이었다. 가루베는 칼자루를 움켜쥐고 마침 자신의 눈앞을 걷고 있던 당시 19세의 여대생 이치노세 하루카에게 달려들어 칼을 휘둘렀다.

그때만 해도 주변 사람들은 아직 무슨 일이 일어났는지 제대로 파악하지 못했다고 한다. 목격자들 사이에서 비명이 터진 건 가루베가 피해자의 등에 꽂은 칼을 다시 뽑아 피를 뒤집어썼을 때였다.

이치노세 하루카는 첫 번째 공격을 당하고도 바로 쓰러지지 않았다. 아마 자신이 흉기에 찔렸다는 사실조차 인지하지 못했을 것이다. 그녀는 두어 번 비틀거리는가 싶더니 앞쪽으로 기우뚱하고 쓰러지고는 네발로 기는 자세가 됐다.

가루베는 아야카의 등 위에 올라타 비교적 부드러운 엉덩이와 배 부분을 수차례 찔렀다. 가루베가 당시 입고 있던 셔츠는 솟구치는 피 때문에 흰색과 붉은색이 섞인 얼룩무늬가 되었다.

그러자 반경 3미터 안에 있던 사람들이 거의 척수반사처럼 뒤로 물러나 도망치기 시작했다. 비명을 지르는 이들도 파도처럼 빠르게 늘었다.

그러나 저녁의 인파가 더 큰 화를 불렀다. 도망치는 사람들이 주변 사람들을 밀어 넘어뜨리면서 혼잡한 상황이 혼란으로 바뀐 것이다.

여자가 공격당했어!

누군가 흉기를 휘두르고 있어!

도와줘!

경찰을 불러!

단편적인 정보들이 비명이 되어 허공을 오가는 와중에 가루베는 두 번째 사냥감을 발견했다. 일단 그곳을 벗어나기는 했지만 뒤에서 달려온 사람에게 부딪혀 넘어진 당시 12세의 고이즈미 레이나였다. 가루베는 레이나의 몸 위에 올라타 경동맥 부근에 칼을 갖다 대고 5센티미터 정도 옆으로 그었다. 가루베는 훗날 진술에서 그때의 감촉에 대해 '그녀의 목이 마치 버터처럼 부드러웠다'라고 증언했다고 한다.

경동맥에서 뿜어 나온 피는 가루베의 얼굴을 새빨갛게 물들였다. 그 일격이 치명상이 되어 고이즈미 레이나가 거의 고통을 느끼지 못한 채 죽었을 거라는 검시관의 견해 정도만이 유일한 위안이었다.

가루베는 얼굴에 뒤집어쓴 피 때문인지 이때 하늘을 올려다보며 야수처럼 기성을 지른 듯하다. '지른 듯하다'라고 표현한 것은 목격자에 따라 서로 다른 인상을 받았기 때문이다. 어떤 이는 닭 우는 소리와 비슷했다고 했고, 또 어떤 이는 개 짖는 소리 같았다고 증언했다.

순식간에 역의 광장을 덮친 재난 속에서 한 가지 다행이었던 것은 경찰 두 명이 연말 단속 때문에 역 안을 순찰 중이었다는 사실이다. 가가 겐지, 미와 히로토시 순경이 광장 중앙에서 터져 나온 비명을 듣고 현장에 달려갔을 때는 마침 가루베가 레이나의 몸에서 내려오고 있었다.

가가 순경이 먼저 경찰봉으로 흉기를 쥔 가루베의 손을 내려쳤고, 미와 순경이 가루베를 등 뒤에서 낚아채 제압했다. 두 순경은 이때 눈앞에 펼쳐진 참극의 장본인치고 가루베가 너무도 허약해 보였다고 나중에 입을 모아 증언했다. 그는 뭔가를 외치며 저항했지만 무력했고 경찰봉에 맞은 손이 아프다고 끊임없이 호소했다고 한다.

가루베가 경찰 두 명에게 제압된 시각이 오후 5시 45분. 고작 13분 사이에 펼쳐진 악몽이었다.

"희생된 두 사람은 곧장 구급차에 실려 갔지만 병원에서 사망이 확인됐다. 두 사람 다 거의 즉사한 것이나 마찬가지였어."

"가루베는 그날 약이라도 한 겁니까?"

"아니, 체포하고 소변 검사를 했지만 결과는 음성이었어."

"묻지 마 살인마가 된 계기가 뭐죠?"

"이유 같지도 않은 이유였지."

경찰 두 명에게 제압된 이후 가루베는 꿔다 놓은 보릿자루처럼 얌전해졌다. 완전히 달라진 모습에 목격자들도 아연실색할 정도였다고 한다.

참극의 무대가 된 우라와역에서 우라와 경찰서까지는 엎드리면 코 닿을 거다. 현행범으로 체포돼 연행된 가루베는 처음에는 침묵을 지켰지만 저녁이 되자 이름과 주소를 댔고, 그것을 확인한 우라와 경찰서 직원은 하나같이 고개를 갸웃거렸다고 한다. 가루베 요이치의 아버지 가루베 겐키치가 사이타마현 교육 위원회 소속인 저명한 교육 평론가였기 때문이다. 차분한 말과 행동, 솔직한 언변 덕에 TV쇼 프로그램에도 자주 나와 당시 거의 연예인 대접을 받기도 한 인물이었다. 그런 사람의 외동아들이 대체 무슨 경위로 묻지 마 살인마로 전락한 걸까. 가루베는 유치장에서 하룻밤을 보내고 범행을 저지른 경위를 조금씩 털어놓기 시작했다.

그는 범행 대상이 누가 되든 상관없었다고 했다.

지망하는 대학에 순조롭게 입학했지만 수업을 따라가지 못해 3년을 미처 채우지 못하고 중퇴. 그 뒤 취업 전선에 나섰지만 적성에 맞지 않는다는 이유로 전부 오래 하지 못했고, 편의점 아르바이트를 끝으로 그는 집 안에 틀어박히게 됐다.

마침 그 무렵 인터넷이 발달하면서 가루베의 은둔형 외톨이 생활을 더욱 부채질했다. 현실 사회에서 발언권을 얻지 못하는 소심한 사람도 인터넷 세계에서는 귀족과 테러리스트가 될 수 있다. 가루베는 어느덧 가상공간에 푹 빠져들어 헤어나오지 못하게 됐다.

또 유명한 교육 평론가의 아들이라는 간판은 쉽사리 손에 넣을 수 없는 이점이었다. 아버지의 위엄과 권위를 자신의 것으로 착각한 가루베는 인터넷에서 오만불손하게 행동해 비슷한 사람들에게 집중포화를 받았다. 아무리 가상 세계에 산다고 해도 정신적으로 피해를 입는 건 현실 세계에서다. 가루베는 점차 아버지와 비슷하거나 그보다 더 유명해지지 못하면 자신의 존재 가치가 없다고 생각하게 됐다. 가루베에게 현실 세계는 거의 의미가 없었다. 자기 뜻대로 되지 않는 세계 따위에 흥미를 느끼지 못한 것이다. 가루베의 관심은 오로지 인터넷 세계에서 영웅으로 추앙받는 것에만 쏠려 있었다.

자아가 미숙한 인간일수록 결과를 재촉하기 마련이다. 한시라도 빨리 유명인이 되고 싶었던 가루베가 선택한 것은 범죄자의 길이었다. 그것도 최대한 화려하고 후세에 널리 전해지는 범죄를 저지르고 싶었다.

그렇다면 무대는 많은 사람이 모이는 전철역이 좋다.

한 명으로는 부족하다. 두 명 또는 세 명, 아니 더 많이 죽여야 특별한 범죄자가 될 수 있다.

그리고 여러 명을 죽이려면 자신보다 약한 사람을 사냥감으로 삼아야 한다. 성인 남성을 공격하면 반격당할 수도 있다. 따라서 대상을 어린 여성으로 좁히는 게 나을 것이다.

여기까지가 가루베가 범행을 저지른 경위에 대해 진술한 내용이었다. 그 안에 사망한 두 여성에 대한 사죄나 반성의 말은 한마디도 없었다. 동기, 물증, 목격 증언과 진술 조서가 갖춰지자 우라와 경찰서는 사건을 사이타마 지방 검찰청에 송치했다.

사건을 넘겨받은 사이타마 지검은 가장 먼저 가루베의 기소 전 정신감정을 신청했다. 애써 기소해도 당사자의 책임 능력이 인정되지 않으면 공판을 이어 갈 수 없기 때문이다. 그리고 검찰에게서 감정 의뢰를 받은 전문의는 가루베에게 책임 능력이 있다는 진단을 내렸다.

재판이 시작되기 전부터 여론은 이미 가루베를 향한 비난으로 들끓고 있었다. 너무나 이기적인 범행 동기, 약한 여성을 희생자로 택한 이유, 후안무치함. 그의 인간적인 미성숙함은 둘째 치고 그야말로 자기중심적인 태도에 여론은 소리 높여 원성을 퍼부었다.

그의 아버지 가루베 겐키치 또한 비난의 도마 위에 올랐다. 모든 방송국은 속전속결로 겐키치의 하차를 발표했고, 교육 위원회는 '개인 사정'이라는 이유를 들어 그의 협회 탈퇴를 공식화했다. 원래 높은 자리에 있을수록 추락도 빠른 법이다. 하루 전까지만 해도 겐키치에게 인터뷰를 간청하던 언론은 단숨에 태도를 바꿔 그에게 가해자 가족으로서의 사죄를 요구하기 시작했다.

"저명한 교육자의 자식이 흉악 범죄를 저질렀으니 그만 한 공격 거리가 없었지. 칭송이 하루아침에 멸시로 바뀌었어. 가루베 겐키치라는 남자는 세상의 바뀐 태도에 순응할 타입이 아니었고."

"자살한 겁니까?"

"확실히 그렇게 결론이 난 건 아니야. 가족들한테 일언반구 없이 심야에 고속도로를 질주하다가 방호벽에 부딪쳤지. 사고였는지 자살이었는지는 확실하지 않아. 아무튼 이제 제단 위에 올릴 산 제물이 사라지자 여론의 관심은 곧 가루베 요이치의 재판과 혼자 남은 어머니 기미코에게 쏠렸어. 기미코 역시 피해자 유족들에게 정식 사죄 같은 건 하지 않은 상태였으니. 하지만 아들이 그런 사건을 일으킨 것으로 모자라 남편까지 자살 같은 형태로 죽어 버린 상황이야. 기미코 입장에서는 유족들에게 사죄할 경황이 아니었을지도 모르지."

공판은 이듬해 여름부터 시작됐다. 재판에 나선 검사는 당시 사이타마 지검의 삼석 검사였던 미사키 교헤이 검사. 솔직하고 근엄한 성격으로 검찰 내부에서 에이스로 추앙받는 인물이었다.

그에 맞서 변호 측에 선 사람은 인권 변호사로 명성이 높은 제1도쿄 변호사회의 쓰쓰미 신고 변호사. 교통사고로 목숨을 잃은 가루베 겐키치가 아들에게 남긴 가장 큰 선물이 바로 그였다.

쓰쓰미 변호사가 제일 먼저 한 일은 요이치에게 사죄의 편지를 쓰게 해 이치노세와 고이즈미의 유족에게 보낸 것이었다. 반성하는 모습을 보이고 있으니 감형을 탄원해 달라고 부탁하고 나선 것이다. 물론 양쪽 유족은 편지를 받는 것을 거부했지만, 쓰쓰미 변호사는 내용 증명이라는 수법을 동원해 요이치의 편지가 유족의 집에 확실히 도착했다는 것을 증거 중 하나로 삼았다. 상투적인 수법이기는 해도 유족을 자극하는 듯한 전술에 가루베를 향한 대중들의 증오는 더욱 커졌다.

"전전戰前의 사법 체계에서 원래 피고인의 권리 같은 건 찬밥 취급이었지. 치안 유지법이나 특고(2차 대전이 끝날 때까지 있었던 일본의 비밀 정치 경찰. 주로 사상범을 잔혹하게 고문해 악명이 높았다—옮긴이) 같은 게 그 상징이다. 이후 신헌법이 공포되자 이번에는 이전 체계에 대한 반동으로 피고인의 인권을 목청 높여 부르짖게 됐어. 인권 변호사라는 이들이 그중 가장 선봉에 섰고."

"그런데 기소 전 정신감정에서 책임 능력이 있다고 판명되지 않았습니까. 그럼 더는 변명도 못 하는 것 아닌가요? 살해된 자들이 어린 소녀들이기도 하고요."

"사람들도 대부분 그렇게 예상했지. 그리고 검찰의 구형은 사형. 무고한 이들을 말도 안 되는 이유로 둘이나 죽였으니 당연한 구형이라며 여론도 검찰을 지지했어."

현재 법원은 사형 판결을 내릴 때 1983년 7월 8일 대법원이 제시한 사형 적용 기준, 이른바 나가야마 기준을 참고할 때가 많다. 요건은 다음과 같다.

1. 범죄의 성질
2. 범행 동기
3. 범행 양태, 특히 살해 수법의 집요성, 잔학성.
4. 결과의 중대성, 특히 살해된 피해자의 수.
5. 유족의 피해 감정
6. 사회적 영향
7. 범인의 나이
8. 전과

9. 범행 이후의 참작 사유

아홉 조항을 모두 충족할 필요는 없고, 또 모든 조항을 충족했다고 해서 사형 판결이 확정되는 것은 아니다. 미묘한 것이 4번에서 제시하는 피해자의 수인데, 3인을 넘으면 사형, 2인이면 종합적으로 판단해 사형 또는 무기, 유기 징역형이라는 소위 시세 같은 것이 존재한다.

9번 조항인 범행 이후의 참작 사유를 고려해 법정에서 후회하고 속죄하는 자세를 강조해야 한다고 판단했을 것이다. 가루베는 공판의 최종 의견 진술 때 두 희생자를 향해 이렇게 말했다.

'저는 돌아가신 이치노세 씨와 고이즈미 씨의 몫까지 살고 싶습니다. 오래오래 살면서 두 분께 평생 속죄하겠습니다.'

피해자 유족이 들으면 매우 화가날 만한 진술이고 정상 참작의 여지라고는 없어 보였다. 앞서 제시한 사형 판결 요건의 대부분을 충족하기도 하니 가루베에게는 틀림없이 사형이 내려지리라 모두가 예상했다.

그러나 1심은 뜻밖에도 무기 징역을 선고했다.

당시 재판장은 시부사와 에이치로 판사. 그는 범죄의 성질과 범행 동기가 사회 통념상 간과할 수 없고 사회에 미친 영향이 크다고 하면서도 피고인 가루베 요이치가 정신적으로 아직 미성숙하고 전과가 없다는 점, 그리고 피해자가 두 명이라는 점에서 '잔학성의 정도와 피고인의 범죄 경향을 고려하면 반드시 사형에 처해야 한다고 판단하기 어렵다'를 판결의 골자로 들었다.

검찰은 당연히 선고 당일 즉시 항소에 나섰다. 사형이 확실하다고 예상하기도 했지만 빈번히 발생하는 흉악 사건을 억제하기 위해서라도 가루베 사건은 반드시 극형 판결이 나와야 하는 사정이 있었기 때문이다.

"그 판결로 쓰쓰미 변호사는 유명세를 치렀지만 그래도 가장 명성을 떨친 사람은 시부사 판사였어. 재판에서 보통 재판장의 이름이 거론되는 일은 거의 없는데, 그만큼 시민 감정과 괴리된 판결을 내렸다는 뜻이겠지."

"설마 그 재판장이 사형 폐지론자 같은 사람이었습니까?"

"한때 그 설마가 정말로 사람들 입방아에 오르내린 적이 있었지. 본인은 정작 사형 폐지론을 입에 담은 적은 한 번도 없지만, 그전에도 사형인지 무기 징역인지 미묘하게 갈리는 재판에서 모조리 사형 선고를 회피했거든. 그래서 뒤에서 붙은 별명이 '온정 판사'라는 별명인데, 아무튼 피해자 유족 입장에서는 분통이 터질 만한 일이지. 살해된 이치노세 하루카와 고이즈미 레이나의 유족은 언론에 시부사 재판장에 대한 불신을 공개적으로 표명했어. 거기에 언론과 여론이 편승했고. 만약 시부사 판사가 정말 사형 폐지론자라는 게 증명되면 재판의 엄격함을 담보하는 의미에서 그 판사를 파면하는 것도 분명 검토됐을 거야. 하지만 인간의 마음은 악마도 알 수 없지. 법무성과 판사 자신이 노코멘트로 일관하자 그를 향한 비판도 점차 사그라들었어."

"2심의 판단은 어땠습니까?"

"당시만 해도 하급심의 판단이 뒤집히는 사례가 거의 없었지. 제출된 증거에 명백한 하자나 위헌 요소가 없는 이상 역전 판결은 있을 수 없었어. 2심은 지방 법원의 판결을 지지했어. 검찰도 상고해 봐야 거듭 창피만 당할 거라 판단했는지 2심을 끝으로 백기를 들었고, 결국 가루베의 무기 징역이 확정됐지."

고테가와는 불쾌한 듯 표정을 일그러뜨렸다. 생각이 고스란히 얼굴에 드러나는 그로서는 당연한 반응이다.

"유족이 그걸로 승복한 겁니까?"

"승복했겠나?"

와타세는 바로 대답했다. 현경 본부 관할에서 일어난 사건이니 남의 일로 치부할 수는 없다. 비단 와타세뿐만 아니라 그후 가루베의 행적과 유족들의 움직임에 관심을 둔 사람은 많았을 것이다.

"이치노세, 고이즈미 양 유족은 집단 소송 형태로 민사 소송을 걸었다. 가루베에게는 이미 유죄 판결이 내려졌으니 민사 재판은 아주 짧은 기간에 결론이 났지. 총액 8천 5백만 엔의 배상 명령. 하지만 가루베 본인은 교도소 안에 있고 유일하게 배상액을 지불할 수 있을 것 같았던 그의 아버지 겐키치의 재산도 이미 오래전에 처분돼 대부분 변호사 비용으로 사라진 상황이었어. 재판에서 이겼어도 양 유족에게 땡전 한 푼 지급되지 않은 거야."

"……기미코 씨는 그때 이혼한 상태였군요."

"정확하게 말하면 겐키치가 사망하자 호적에서 제외됐지. 너무도 절묘한 타이밍이라 죽은 남편이 미리 언질을 줬다는 소문도 돌았어. 아무튼 가루베 기미코는 결혼 전 성인 도노하라로 돌아갔고 전에 살던 집도 처분했어. 두 사람의 죽음에 책임을 질 사람이 한 명도 없어진 거야. 이게 바로 가루베 사건의 전말이야."

설명을 다 듣고 고테가와는 침묵에 잠겼다. 그때를 떠올렸는지 도요시로도 오만상을 짓고 있다.

당시에는 와타세도 참담한 기분이었다. 타인에게 인정을 받지 못해서 응석을 부린다. 그런 세 살배기 어린아이 같은 이유로 사람을 둘이나 죽인 인간이 지금도 담장 안에서 숨을 쉰다. 사법 체계의 말석에 있는 사람으로서 법원의 판단에 이의를 제기할 수는 없지만 그래도 석연치 않은 느낌은 남았다. 젊은 고테가와라면 더욱 그럴 것이다.

이윽고 고테가와가 다시 입을 열었다.

"민사 재판 이후 두 유족은 어떻게 됐습니까?"

"어떻게 되고 자시고도 없어." 와타세는 두 유족을 추적한 기사를 기억 속 서랍에서 꺼냈다. 꺼낼 때마다 속이 뒤틀리는 이야기다. "이치노세 하루카와 고이즈미 레이나 둘 다 미래가 창창한 소녀들이었지. 그 미래가 수염을 덥수룩하게 기른 세 살배기가 휘두른 흉기에 썩둑 잘려 나간 거야. 부모 형제들이 얼마나 원통했겠나? 그렇지만 법원은 양쪽 유족의 기대에 부응할 마음이 없었어. 범죄 피해자 급부금도 최대 3천만 엔에 미치지 못했고. 소중한 딸을 허망하게 잃고 생긴 빈틈이 그런 걸로 채워지겠나? 그리고 빈틈이 생겨 버린 가족이 그 뒤로 어떻게 변해 가는지는 너도 모를 리 없겠지."

고테가와는 입가를 일그러뜨렸다. 그에게는 소년 시절 아버지의 빚 때문에 가족이 뿔뿔이 흩어진 경험이 있다. 가족의 유대관계와 허약함을 다른 사람보다 훨씬 잘 알고 있다.

"주간지에 가족들 사이에서 불신이 생겼다는 소식까지는 보도됐어. 하지만 그 뒤로 어떻게 됐는지는 후속 기사가 나오지 않았지. 그들의 관계가 회복됐는지 아니면 더 큰 금이 가서 결국 파탄났는지 지금도 관계자 외에는 아무도 모르는 상황이야."

그때까지 묵묵히 듣고만 있던 도요시로가 끼어들었다.

"와타세 경부님은 양쪽 유족이 수상하다고 보십니까?" 사냥감의 냄새를 맡은 개의 눈빛이다. "도노하라 기미코는 양 유족에게 세상에 한 명 남은 원수였습니다. 가루베 때문에 가정이 파탄 난 유족이 복수 상대를 고른다면 그녀밖에 없겠죠."

그렇게 해석하면 '네메시스', 즉 복수의 여신의 수수께끼도 풀린다.

"그리고 기미코를 살해할 때 쓴 흉기가 부엌칼 비슷한 거라고 검시관이 말하지 않았습니까? 부엌칼이면 가루베 사건 때 사용된 흉기와 똑같습니다. 마구 찌른 살해 수법도 그렇고요. 범인이 10년 전 사건에서 사용된 것과 같은 흉기로 범인의 가족을 공격한다. 그야말로 확실한 복수 아닐까요?"

도요시로의 목소리가 흥분한 듯 떨려 있다. 발상 자체는 나쁘지 않지만 역시 예단에 지나지 않는다.

"도요시로 형사님. 추측은 나중에 하고 일단 이번 '네메시스' 건은 언론에 흘리지 않는 게 좋을 것 같습니다."

그 말에는 도요시로도 군말 없이 고개를 끄덕였다. '네메시스'의 이름이 언론에 나오면 눈치 빠른 이들은 곧장 '복수'를 떠올릴 것이다. 그리고 도노하라 기미코의 결혼 전 성을 알아내 용의자를 좁히려 들 것이다. 그런 움직임이 생기면 수사에 지장을 줄 건 불 보듯 뻔하다.

"알겠습니다. 이번 일에 대해서는 수사원 모두에게 함구령을 내려 두겠습니다."

"그리고 또 하나. 이치노세, 고이즈미 양 유족의 사진을 구해 탐문 수사 때 활용해 주십시오."

"만약 유족 중 누군가가 현장 근처를 어슬렁거렸다면 주요 용의자가 될 수 있겠군요. 알겠습니다. 그럼 이만 실례하겠습니다."

도요시로는 그 말을 끝으로 수사원이 모인 곳으로 달려갔다. 뒷모습을 끝까지 지켜보던 고테가와가 의심 가득한 눈빛으로 와타세를 돌아봤다.

"피해자 유족이 복수했을 가능성을 얼마나 진지하게 보시는 겁니까?"

"얼마나냐니. 내가 가당치도 않은 걸 관할에 의뢰하겠나?"

"반장님은 생각을 전부 입 밖에 꺼내는 분이 아니잖습니까."

고테가와는 단정적으로 말했다.

흥. 이제는 조금 남의 속을 떠보는 법을 배운 듯하다.

"이번 일이 만약 피해자 유족의 복수라면 그토록 간단한 결말도 없겠지."

"네?"

"동기는 명확해. 용의자 수도 한정돼 있고. 한 명 한 명의 알리바이를 확인하고 심문을 집요하게 이어 가다 보면 언젠가 범인이 불거져 나오겠지. 하지만 '네메시스'가 잘못 알려진 '복수'를 의미하는 게 아니라 올바른 어원인 '의분'을 의미한다면 어떨까? 가루베 사건과 직접 관련이 없는 제삼자가 그야말로 의분에 취해 죄수의 가족에게 정의의 철퇴를 내리고자 했다면? 용의자 수는 단숨에 두 자릿수 정도로 치솟을 거야. 자신들의 평소 행동거지는 신경 쓰지도 않고 정의의 사도인 척하는 녀석들은 차고 넘칠 만큼 많으니."

"하지만 그건 좀……. 자신의 신념과 주장을 관철하려고 생면부지의 타인을 죽이다니요."

"그렇다면 가루베 요이치는 어떻지? 그는 자신의 자아를 지키고 싶다는 이유 하나로 생면부지의 타인을 둘이나 죽였어. 표적이 조금 다를 뿐 행동 원리는 완전히 똑같지. 그리고 요즘 같은 때 그런 쓰레기 같은 녀석은 어디든 있을 테니."

고테가와는 혼란스러운 것처럼 고개를 흔들었다.

"그럼 저는 당장 뭐부터 시작해야 할까요?"

"시신을 우라와 의대로 보내서 미쓰자키 교수님께 사법 해부를 요청해. 뭔가 나올지 모르니."

"반장님은 어떡하실 거죠?"

"가능성을 하나씩 줄이기 위해 돌아다녀야지."

3

그 후 와타세에게 우라와 의대 법의학 교실의 부검 보고서가 도착했지만 특별히 놀랄 만한 새로운 사실은 없었다. 그래도 위 내용물을 통해 사망 추정 시각이 8월 8일 오후 10시에서 다음 날 오전 1시 사이로 밝혀졌다.

시간대를 고려하면 범인이 도노하라 기미코가 잠들 시간을 노려 침입했다고 해석해야겠지만 시신이 복도에 있었던 사실에서 다음과 같은 상황을 추측할 수 있었다.

범행 시각이 되자 범인이 유리칼로 현관 미닫이문 자물쇠를 딴다. 침입을 시도했으니 집 안의 불이 이미 꺼져 있었을 가능성이 크다. 범인은 기미코가 잠들었다고 판단해 집 안에 들어갔다.

기미코는 현관으로 들어오면 가장 먼저 나오는 다다미방에서 잠들어 있었다. 범인이 방에 들어갔을 때 기미코가 깨어 있었는지 잠들어 있었는지는 확실하지 않다. 그러나 어쨌든 기미코는 범인의 존재를 눈치채고 다다미방에서 도망쳤다. 그러나 멀리 도망가지는 못했고 복도 끝에서 그녀는 범인과 마주 보게 된다. 여기서 기미코는 가슴과 배에 각각 깊이가 얕은 공격을 당했다. 그녀는 반사적으로 등을 돌렸고 그 뒤로 치명상을 입어 숨을 거둔다. 여기까지의 흐름은 바닥에 남은 발자국으로 추측한 것이다.

범인은 바닥에 엎드린 채 쓰러진 기미코를 잠시 관찰했다. 벽에 글자를 쓰기 위해 필요한 일정량의 피가 나올 때까지 기다려야 하기 때문이다.

벽에 피로 글자를 다 쓴 범인은 집 안을 뒤지지 않고 그대로 집을 나왔다. 이 역시 발자국으로 추측했는데 이러한 사실로 범인의 목적이 절도가 아니라 기미코를 살해하는 것이었음을 알 수 있다.

기미코가 비교적 나이가 많았다는 점도 범인이 범행을 극히 효율적으로 저지르는 데 한몫한 것 같다. 기미코는 반항다운 반항한 번 하지 못했고 심지어 비명도 지르지 못했다. 아니, 질렀을지도 모르지만 적어도 옆집에 사는 이웃의 귀에 닿지 않았다.

범인이 장갑이나 모자를 착용했는지 살해 현장과 다다미방에서는 기미코가 아닌 다른 사람의 지문이나 머리카락은 나오지 않았다. 또한 기미코의 집에서 반경 5백 미터를 수색했지만 지금껏 흉기도 발견되지 않은 상황이다.

　감식반의 보고에 따르면 범인이 기미코에게 치명상을 가한 순간 반동으로 튄 피를 뒤집어썼을 가능성이 크다. 그러나 피투성이가 된 상의를 입은 채 거리를 배회했어도 밤의 어둠에 묻혀 보이지 않았을 것으로 추정된다.

　수사본부는 구마가야역에서 기미코의 자택까지 가는 길에 설치된 CCTV 영상들도 분석했지만 수상쩍은 사람은 나오지 않았다. 따라서 범인이 주변 지리를 잘 아는 사람일 수 있다고 의심하는 수사원도 있었지만, 요즘은 CCTV 위치를 탐지하는 애플리케이션이 있으니 그런 판단이 반드시 옳다고는 할 수 없다.

　한편 탐문 수사에서도 눈에 띄는 성과를 거두지 못했다. 우에조노 야스에의 증언대로 기미코의 교우 관계는 지극히 협소했고 자치회에서 최소한의 교류를 하는 것 외에는 늘 인사 정도만 했다고 한다. 우라와역 묻지 마 살인 사건을 고려하면 이해가 되는 행동이다. 이웃 중에는 그녀의 아들이 가루베 요이치임을 아는 사람이 많다. 그런 집단에 자기가 먼저 나서서 다가갈 리 없다.

　그리고 교류하는 사람이 적었으니 애증 관계가 생길 여지도 없었다. 기미코와 가루베의 관계를 아는 사람들도 그녀를 적극적으로 따돌린 것은 아니었고, 친정에 돌아오고 얼마 안 됐을 때는 관심이 있었을지라도 10년 정도 옆집에 살다 보면 저절로 관심도 사그라들었다고 보는 게 자연스러웠다.

수사본부는 특별 노인 요양원에 입소한 기미코의 친어머니를 현장에 데려가 금품과 다른 소지품 등이 사라졌는지 확인했지만 역시 도난당한 물건은 없다는 증언을 얻었고, 그로써 절도범의 가능성은 완전히 시야에서 사라졌다. 또한 노인 요양원의 통금 시간을 생각하면 어머니가 딸의 사망 추정 시각에 현장에 나타나는 것은 절대 불가능했다.

묻지 마 살인 같은 범행.

부엌칼 같은 흉기.

그런 흉기로 피해자를 마구 찌른 수법.

상황만 놓고 보면 용케도 도요시로가 지적한 대로 가루베 사건의 주요 사안들을 그대로 모방했다고 볼 수 있다. 함구령이 엄중히 깔렸기 때문에 피로 쓴 '네메시스'라는 글자에 대해서는 아직 외부에 새지 않았지만 신문 기자 중에는 무시무시하게 냄새를 잘 맡는 이도 있어 절대 방심할 수는 없다.

만약 '네메시스'가 죄수의 가족을 노렸다는 사실이 세간에 알려지면 어떻게 될까. 와타세는 그런 상황이 펼쳐졌을 때의 대비책을 머릿속에 줄곧 그렸다.

마침 그때 사토나카 현경 본부장이 와타세를 불렀다.

과장과 형사부장을 거치지 않고 현경의 수장이 직접 부르는 일은 흔하지 않다. 당장 떠오르는 것은 상벌에 관한 사안 정도인데 지난번 불려갔을 때는 독단적인 수사 때문에 본부장 주의를 받았다. 이번에도 어차피 대단한 일은 아닐 거라고 예상했다.

와타세는 본부 청사 맨 위층에 있는 본부장실을 찾았다.

이곳에 올 때마다 늘 하는 생각이지만 조직의 윗선은 왜 하나같이 높은 곳에 있는 방을 선호하는 걸까.

'바보와 연기는 높은 곳을 좋아한다'라는 일본 옛말을 모르는 걸까.

본부장실에 들어가자 사토나카는 이미 맞은편에 자리 잡고 있었다. 그렇게 해서 앞에 선 사람을 위압할 수 있다고 생각한다면 우스꽝스러울 따름이다.

"와타세입니다."

"앉게."

조금이라도 영광이라는 듯 행동한다면 다소 좋게 볼 수도 있겠지만 안타깝게도 와타세는 그런 기특한 생각은 할 줄 모른다. 와타세는 인사도 하지 않고 사토나카의 맞은편에 앉았다.

"무슨 일입니까?"

"지금 자네 반이 맡은 구마가야 살인 사건에 대해 묻고 싶은 게 있네."

아차 싶었다. 설마 어디선가 이번 건에 간섭이라도 들어온 걸까.

와타세가 보기에 사토나카라는 인물은 마치 실리주의와 권위주의가 양복을 입고 있는 듯한 남자이고 책임은 지는 것이 아닌 회피하는 거라고 생각하는 경향이 있다. 그런 사람이 쓸데없이 현장 일에 참견할 리는 없고, 그렇다면 지휘관을 직접 불렀다는 것은 자신보다 윗선에 있는 사람에게 압력을 받은 게 틀림없었다.

그러나 가루베 요이치 사건은 억울한 무죄 사건이나 경찰과 검찰이 실수를 범한 안건은 아니다. 외려 검찰이 여론에 떠밀리는 형태로 항소에 나섰고 그런데도 결국 범인이 극형을 면한 패배전이었다. 이제 와서 무슨 참견할 게 있다는 말인가.

"수사 정보라면 과장님과 형사부장님께 보고가 올라오고 있지 않습니까?"

"중대한 문제지만 구리스 과장에게 모든 정보가 들어간다고 보지 않네."

"설마요. 1과 수사원들은 전부 고분고분해서 정보를 숨기거나 하는 사람은 없을 텐데요."

"딱 한 명을 제외하고는 그렇지."

나를 가리키는 걸까. 그렇다면 시치미를 떼 봐야 소용없다.

"확증이 없는 정보를 올리면 수사가 더 혼란에 빠질 수도 있습니다."

"흥. 수사에 혼란을 초래할 수준의 정보라는 자각은 있나 보군."

"밀고 당기기는 잘 못합니다. 바로 본론으로 들어가시죠."

"자네 입에서 그런 말을 듣다니. 뭐 그만하지. 함구령이 깔려 있기는 하지만 현장에 복수를 암시하는 문구가 남겨져 있었다더군."

"복수라는 건 하나의 견해일 뿐입니다. 수사를 혼란스럽게 하기 위한 작전일지도 모릅니다."

"지금 나랑 농담하나? 그럼 왜 함구령을 내리도록 했지?"

사토나카의 눈빛이 어둡게 웃는다. 이렇게 웃는 남자가 다른 곳에서는 인정 많은 사람으로 추앙받고 있으니 신기할 따름이다.

"함구령을 내리게 한 건 옳은 결정이었어. 그것 때문에 자네를 질책할 생각은 털끝만큼도 없네. 아니, 이렇게 부른 것도 자네의 팔다리를 묶을 의도는 아니야. 오히려 그 반대지."

"반대라면 열심히 하라고 독려하시려고 부른 겁니까?"

"얼른 해결해 줬으면 하네."

요청하는 듯하지만 말투는 명령이다.

"우라와역 묻지 마 살인 사건이었나. 이번 피해자가 그 사건 범인의 모친이라던데."

"네."

"그러면 복수라는 건 그 사건이 엮여 있다는 뜻이겠지."

"그렇게 해석하는 사람도 있겠죠."

"그런 사람이 있다면 더욱더 조기 해결이 중요해지지. 이 나라의 법률은 복수를 허용하지 않으니."

사토나카는 기도하듯 양손을 포갰다. 자신의 지론이 얼마나 옳은지를 부하에게 설명할 때 나오는 버릇이다.

"대부분의 나라들과 마찬가지로 이 나라도 살인을 금하고 있네. 다만 사형만은 예외지. 사형 집행은 법원의 판결에 따라 법무성이 시행하는 행정 행위니까."

그의 말을 들으며 와타세는 하품을 참았다. 사토나카가 지금 늘어놓는 일장 연설은 그의 지론이 아니라 전직 법무 대신 나카무라 쇼자부로가 발표한 담화를 그대로 옮긴 것일 뿐이다.

"따라서 그 밖의 다른 살인을 인정하는 건 법질서의 붕괴로 이어질 수밖에 없네. 현장에는 복수를 암시하는 메시지가 남아 있지 않았나. 이건 결코 용납해서는 안 될 일이야."

사토나카의 말이 그야말로 거슬리는 것은 그의 말이 겉발림에 지나지 않기 때문이다.

"어디서 압력이라도 들어왔습니까?"

"뭐?"

"본부장님 정도 되시는 분이 그런 단순한 이유로 이 불량 경찰을 설득할 것 같지는 않아서요."

사토나카는 와타세를 노려본 채로 침묵에 잠겼다. 상대가 어떻게 나올지 가만히 살피는 눈빛이다.

그렇다면 카드를 한 장 펼쳐 볼까. 어차피 사토나카도 같은 패를 보고 있다.

"현장 벽에는 '네메시스'라는 글자가 적혀 있었습니다. 본부장님은 아실지 모르겠지만 네메시스는 그리스 신화에 등장하는 복수의 여신인데 올바른 어원은 '복수'가 아닌 '의분'입니다. 정확하게 보면 살인의 동기도 의분으로 해석할 수 있습니다."

"……무슨 뜻이지?"

"피해자와 가까운 사람이 저지른 복수라면 사분私憤이라고 불러야 하겠죠. 하지만 의분이라면 집행자는 제삼자가 됩니다."

"자신을 정의의 사도라고 믿는 사람이 벌인 짓이라는 건가?"

"아뇨. 단지 그뿐이라면 단순한 사적 형벌이지요. 의분으로 해석하면 조금 성가신 측면이 있습니다. 바로 복수의 대상이 법무성일 경우입니다."

사토나카는 침묵을 지켰지만 놀란 것 같지는 않았다. 역시 그는 이런 해석도 다 아는 상태에서 나를 부른 것이다.

"가루베 요이치는 원래 사형 판결을 받을 몸이었다. 그러나 변호인의 간계, 혹은 검찰의 서투른 조치 때문에 사형을 면했다. 사건을 맡은 재판관은 사형제도를 부정하는 사람이 아닌가. 법원이 사형 판결을 회피하고 있다면 나 자신이 그걸 대행해 주겠다……. 그런 해석입니다."

직접 입에 담자 새삼 과대망상 같은 해석처럼 느껴졌다. 그러나 과대망상이라고 한다면 가루베에게 살해된 피해자 두 사람의 원한을 풀어 주겠다는 것도 만만찮은 과대망상이다. 다만 사건을 직접 맡은 사법 기관인 법원과 법무성은 받아들이는 방식이 다를 것이다.

"그건 해석이라기보다 허풍에 가깝군."

"네. 하지만 '네메시스'의 뜻을 곡해하는 이라면 누구든 떠올리겠죠."

범인이 만약 정상적이지 않은 사상을 지닌 자라고 해도 판결에 이의를 제기하려고 살인을 저질렀다면 문제는 쉽게 풀리지 않는다. 사안은 재판과 사형제도의 시시비비를 가리는 것으로 발전할 가능성도 있다. 법무성으로서는 결코 환영할 만한 일이 아니다.

개인의 복수를 허용하지 않는다는 것은, 바꿔 말해 국가가 정한 제도에 비판의 칼날을 들이밀지 말라는 뜻이기도 하다. 따라서 사토나카보다 윗선에 있는 사람이 이번 사건을 전해 듣고 불안해지는 것도 이해할 수 있다.

"흠. 허풍이든 곡해든 사법 체계에 반기를 든다는 점에서는 똑같지. 어쨌든 빠른 시일 안에 해결해야 할 안건이야."

사토나카는 자신이 원하는 결론에 도달했다고 생각했는지 만족한 듯이 고개를 끄덕였다. 체면을 지키는 동시에 다루기 어려운 부하를 잘 조종했다고 자화자찬하고 있을 것이다.

"자네에게도 이번 사안의 중대성이 충분히 전해진 듯하군. 그럼 뼈를 깎는 각오로 열심히 해 주게."

와타세는 대답하지 않았지만 뼈를 깎기 전에 의욕부터 깎이겠다고 속으로 생각했다.

형사부실로 돌아가자 곧장 고테가와가 호기심을 드러내며 물었다.

"본부장님 호출이라니. 무슨 일입니까?"

"질타와 격려. 나라의 흥망성쇠가 이번 일에 달렸다는군. 긴 말하고 싶지 않으니 일단 가자."

무슨 뜻인지 몰라 당황하는 고테가와를 뒤따라 와타세는 차에 올라탔다.

목적지는 지바 교도소였다.

현재 일본에는 총 62개의 교도소가 있다. 그중 범죄 경향이 진행 중이지 않은 죄수는 A급 교도소에 수감되고, 범죄 경향이 진행 중인 죄수는 B급 교도소에 수감된다. 그리고 A급, B급은 그가 재입소자인지 아닌지, 그리고 집행 형기가 8년 이상인지 아닌지에 따라 다음과 같이 구분된다.

· 첫 입소자이고 집행 기간이 10년 이상인 죄수를 수감하는 교도소 ―야마가타 교도소, 지바 교도소, 나가노 교도소, 오카야마 교도소, 오이타 교도소

· 첫 입소자이고 집행 기간이 10년 미만인 죄수를 수감하는 교도소 ―오비히로 교도소, 야마가타 교도소, 구로바네 교도소, 이치하라 교도소, 요코하마 교도소, 나가노 교도소, 시즈오카 교도소, 도쿄 구치소, 후쿠이 교도소, 나고야 교도소 등

· 재입소자이고 집행 기간이 10년 이상인 죄수를 수감하는 교

도소 —아사히카와 교도소, 기후 교도소, 구마모토 교도소, 도쿠
시마 교도소 등

· 재입소자이고 집행 기간이 10년 미만인 죄수를 수감하는 교
도소 —아바시리 교도소 등

· 의료 교도소 —하치오지 의료 교도소, 오카자키 의료 교도
소, 오사카 의료 교도소, 기타큐슈 의료 교도소

· 여성 교도소 —도치기 교도소, 가사마쓰 교도소 등

· 외국인 교도소 —요코스카 지방 교도소 등

와타세와 고테가와가 찾아간 지바 교도소에는 가루베 요이치
가 수감돼 있었다.

접수를 마치고 면회실에서 약 15분을 기다리자 아크릴판 너머
로 회색 작업복을 입은 남자가 나타났다.

가루베 요이치였다.

아래로 처진 어깨에 살짝 굽은 허리. 평범한 키와 체격이지만
왠지 허약해 보인다. 올해로 서른여섯일 텐데 동안이어서인지 얼
굴에 아직 20대의 앳된 기운이 남아 있고, 주뼛주뼛 올려다보는
모습이 힘없는 동물을 연상시킨다. 이 남자가 사람을 두 명이나
끔찍하게 살해했다는 이야기를 들으면 대부분 낯선 느낌을 받을
것이다.

"사이타마 현경의 와타세다."

와타세가 자신의 이름을 대자 가루베는 살짝 놀라는 듯했다.

"사이타마 현경이요? 절 체포한 건 우라와 경찰서 아닙니까?"

"오늘은 다른 사건에 대한 소식을 너에게 전하러 왔다."

"다른 사건? 저와 관련이 있는 건가요?"

"그제 아침 네 어머니가 집에서 살해된 채 발견됐다."

와타세의 말을 들은 순간 가루베는 눈을 휘둥그레 떴다.

"……그게 정말입니까."

"굳이 거짓말을 전하려고 이런 지바 언저리까지 오지는 않겠지. 살해된 시각은 8일 늦은 밤. 밖에서 침입한 누군가의 흉기에 찔렸어."

가루베는 시선을 피하지 않고 그대로 와타세의 얼굴을 노려봤다. 진실인지 거짓인지를 가늠하는 눈빛이다.

지바 교도소의 교도관들도 도노하라 기미코와 가루베를 연결지어 생각하지는 못했을 것이다. 경악하고 의심하는 가루베는 연기하는 것 같지 않았다.

"범인은 잡혔나요?"

"아직 수사 중이다."

그러자 가루베는 하늘을 우러르며 짧게 탄식했다.

"정말인가 보군요. 어머니가 살해됐다는 게."

몹시 감정이 메마른 목소리였다.

"담담하군."

"울라고 하시면 울 수도 있겠지만…… 그러지 않겠습니다. 그런 거짓말 같은 연기를 보여 봐야 민폐만 끼칠 테니까요."

"강요하지 않으면 눈물도 안 나오나."

"너무한 어머니였으니까요."

"학대를 당한 경험은 없지 않나?"

"아이에게 애정을 쏟지 않은 것 자체가 학대랑 비슷한 겁니다. 사랑을 충분히 받았다면 저도 그런 사건을 일으키지 않았겠죠. 와타세 형사님이라고 하셨나요? 제 진술 조서는 읽으셨나요?"

"그래. 읽었다."

"그럼 제가 어떤 가정환경에서 자랐는지도 아시겠군요. 아버지가 유명한 교육자라고 해서 사생활에서도 훌륭한 교육자였다고 할 수는 없습니다. 실제로 저한테는 아주 냉담한 아버지였죠. 이건 하지 마라, 저것도 하지 말라고 강요만 하는 게 교육이라면 교도소도 어엿한 교육 기관입니다."

옆에 있던 교도관이 가루베를 흘겨봤다. 면회실에서도 교도소를 비판하는 것은 허용되지 않는다. 방금 말은 아슬아슬하게 허용 범위에 해당하는 걸까.

"아버지는 네가 체포되고 얼마 안 있어 사망했지."

"그래서 저더러 죄송함을 느끼라는 건가요? 하핫. 형사님. 그건 그냥 내뺀 겁니다. 자기가 낳은 자식이 불량품이니 저명한 교육자로서 변명할 도리가 없어 죽은 거예요. 딱히 책임을 진 것도 아니죠. 세상을 향해 사죄하거나 지금껏 쌓아 올린 부와 명예를 모두

반납하거나 피해자 유족에게 고개를 숙이는 등 그런 이런저런 성가신 일들이 싫어서 도망쳤을 뿐입니다. 죽는 방식으로써는 아주 최악이에요."

가루베는 냉소하듯 말했다. 처음에는 허세를 부리는 건가 싶었지만 웃는 얼굴이 전혀 연기 같지 않다.

"미리 말씀드리지만 제가 일부러 과장하거나 하는 건 아닙니다. 그 사람이 교통사고로 죽었다는 소식을 들었을 때 저는 교도소 안에서 남몰래 승리 포즈를 취했을 정도니까요."

"딱히 널 의심하지는 않아. 다만 아버지가 그렇게 냉담했던 만큼 어머니는 널 따뜻하게 대해 주지 않았나?"

그러자 가루베는 고개를 숙이고 소리 죽여 큭큭 웃었다.

"아무래도 형사님은 가족이라는 것에 환상을 품고 계시는 것 같네요."

"그게 이상한가?"

"어머니니까 무조건 자식을 따뜻하게 대한다는 게 환상 말고 또 표현할 말이 있을까요? 현실 속 제 어머니는 아버지의 하녀처럼 오로지 제가 아버지의 지시를 잘 따르는지만 옆에서 감시하는 존재였습니다."

와타세는 귀로는 가루베의 이야기를 들으며 머릿속으로 주간지가 보도한 기미코의 행적을 떠올렸다. 그녀는 공판 중 한 번도 방청석에 나타나지 않았고 공식 인터뷰도 하지 않았다.

"형사님, 그 여자는 말이죠. 결국 현모양처를 연기했을 뿐입니다. 정숙한 아내, 자애가 넘치는 어머니를요. 하지만 아들은 살인귀에, 남편은 여론에 떠밀려 스스로 목숨을 끊었으니 줄행랑을 쳐 버린 거죠. 생각해 보십쇼. 그 여자는 판결이 확정되고 제가 이곳에 틀어박혀도 한 번도 만나러 오지 않았습니다. 편지만 딱 한 통 왔네요. 그것도 자기는 예전 성으로 돌아가 새 삶을 시작하겠으니 너도 다시 태어났다는 마음으로 열심히 살아가라는 편지였어요. 전 그 편지를 보고 웃음이 터졌습니다. 무기 징역을 사는 몸인데 다시 태어나 봐야 무슨 소용 있습니까? 정말 끝까지 폼이나 재고 앉았어요. 아무튼 그 여자가 살해됐다고요? 그것 참 고소하네요. 진심을 다해 범인을 축복해 주고 싶은 심정입니다."

이건 서른여섯이나 먹은 인간이 할 말이 아니다.

이 남자는 체포돼 이곳에 수감된 후 몸으로만 나이를 먹었다. 매일매일 만나는 사람들이 자신과 같은 범죄자와 교도관뿐이니 이렇게 될 만도 하다.

교도소에서 징역형을 마친 사람은 출소하는 순간 우라시마 다로(거북이를 도와주고 용궁에 다녀오니 300년이 지나 있었다는 일본 설화 속 주인공—옮긴이)가 된 것 같은 기분에 휩싸인다고 한다. 가루베를 보고 있으니 그 말이 완전히 틀리지는 않은 것 같았다. 주변의 전자제품이나 유행어만 달라지는 게 아니다. 담장 안과 밖은 흐르는 시간 자체가 다르다는 것을 몸소 느끼게 된다.

문득 옆을 돌아보자 고테가와가 뭔가 할 말이 있는 얼굴로 다리를 덜덜 떨고 있어 와타세는 눈을 한 번 흘겨 줬다. 여기서 면회자끼리 티격태격해 봐야 득 될 건 없다.

　"그렇게 어머니가 싫나?"

　"싫고 좋고의 차원이 아니라 그냥 거슬렸던 겁니다. 살해돼서 고소하다는 건 제 방에 서식하던 바퀴벌레가 사라져서 후련하다……. 뭐 그 정도 느낌이라고 할까요."

　"그렇게나 마음이 식어 있다면 이쪽도 말 꺼내기가 더 쉽겠군. 그럼 하나 묻지. 기미코 씨를 사적으로 증오하던 사람 중에 범인으로 짚이는 사람 없나?"

　"그 여자를 증오하던 사람이요? 뭐야. 강도의 소행 같은 게 아니었던 겁니까?"

　"도난당한 물건은 하나도 없었다더군."

　"아, 그래서 원한 쪽을 좇고 있는 겁니까. 그런데 그 여자가 대체 어떻게 죽은 겁니까?"

　"그걸 알아서 무슨 쓸모가 있지?"

　"있죠. 나중에 상상하면서 여운에 잠길 수 있잖습니까."

　와타세의 인내심도 슬슬 바닥을 드러내기 직전이지만 여기서 조사를 중단할 수는 없었다. 허락된 면회 시간은 고작 30분이다. 말 하나하나를 감정적으로 받아들이면 시간 낭비다.

　"수사 정보니까 자세한 건 말해 줄 수 없다. 하지만 네가 이치노세 하루카와 고이즈미 레이나를 살해했을 때와 비슷할 만큼 참혹했다는 것만은 알려 주지."

"오, 과연. 그렇군요." 가루베는 갑자기 흥미를 느낀 듯했다. "제가 그 일을 벌였을 때가 정확히 기억은 안 나지만 칼로 마구 찔렀다면 원한 쪽을 살필 수밖에 없겠네요. 흐음, 근데 말이죠. 와타세 형사님. 죄송하지만 떠오르는 사람 중에 그 여자를 그토록 증오할 만한 사람은 없는 것 같습니다."

"타인의 미움을 살 분이 아니었다는 건가?"

"아뇨, 아뇨. 인간이 다른 인간을 증오하려면 그만큼 상대를 매일매일 열심히 떠올려야 하지 않습니까. 그래서 애정과 증오는 종이 한 장 차이라는 말도 있고요. 그 여자를 그토록 증오할 만큼 사랑해 준 사람은 없었을 거라는 뜻입니다. 실제 외동아들인 저마저 이 모양이니까요. 미루어 알 만하잖습니까? 또 저도 이웃이나 친척들과 사이가 좋은 편이 아니어서 그 여자랑 특별히 친했거나 사이가 안 좋았던 사람은 모릅니다."

"그런가. 그럼 너 자신은 어떻지?"

"저요?"

"널 죽이고 싶어 할 만큼 미워하던 녀석. 이를테면 구치소나 교도소에 위협 섞인 편지 같은 걸 보낸 녀석은 없었나?"

"아아, 그 말씀이었나요. 그러니까 제가 죽도록 밉지만 이런 곳에 들어와 있으니 손쓸 도리가 없다. 그렇다면 대신 그 녀석의 엄마라도, 라고 범인이 생각했다는 거죠? 흠, 아예 터무니없지는 않지만 그렇다고 수긍이 가는 이야기도 아니네요."

가루베는 자못 유쾌한 듯 웃었다.

그 얼굴을 보고 고테가와의 표정이 한층 더 구겨졌다. 와타세는 눈짓으로 그를 제지하고 가루베의 대답을 기다렸다.

"그런데 절 미워하는 녀석이라면 하늘의 별만큼이나 많지 않을까요? 제 사건이 실린 기사, 물론 저는 하나도 못 봤지만 나중에 들어온 신입한테 물으니 꽤나 화제가 됐던 모양이던데요. 지금은 그때보다 사회 부적응자도 늘었겠죠. 그렇다면 인터넷에서 목청껏 정의를 부르짖는 녀석들은 전부 용의자가 될 겁니다. 뭐 정작 저 자신은 이렇게 담장 안에서 보호받고 있으니 안전하지만요."

"여기서는 지낼 만하나?"

그러자 가루베는 히죽 웃으며 아크릴판에 얼굴을 갖다 댔다. 비밀 이야기라도 하려는 모양이다.

"징역이라고 해도 다리가 풀릴 정도로 고된 육체노동을 시키는 건 아닙니다. 무기 징역도 모범수만 되면 가석방될 수도 있고요."

"요즘은 가석방 확률이 점점 낮아지고 있어. 재범률이 줄 기색이 없으니."

"아, 그건 그럴지도 모르겠네요. 못 나가면 또 못 나가는 대로 상관없습니다. 여기 있으면 삼시 세끼 밥이 딱딱 나오고 아프면 의사한테 공짜로 진찰받을 수도 있죠. 형사님. 재범률이 떨어지지 않는 건 담장 바깥보다 이곳에 있는 게 더 편해서가 아닐까요?"

교도소와 소년원 같은 시설이 점차 교화의 기능을 잃어 간다는 것은 이미 오래전부터 지적된, 범죄의 60퍼센트가 재범이라는 구체적 숫자도 뒷받침하지만 가루베의 말과 행동을 보고 있으니 직접 체감됐다. 모든 죄수가 가루베 같지는 않겠지만 이는 반박하기 어려운 사실이 되어 머릿속에 새겨졌다.

와타세는 문득 묻고 싶어졌다.

"가루베. 최종 의견 진술 때 네 입으로 무슨 이야기를 했는지 지금도 기억하나?"

"네? 글쎄요. 10년 전에 한 말을 정확히 기억하는 사람이 있을까요."

"당시 넌 이렇게 말했다. '돌아가신 이치노세 씨와 고이즈미 씨의 몫까지 살고 싶습니다. 오래오래 살면서 두 분께 평생 속죄하겠습니다.'"

가루베는 순간 표정이 굳었지만 얼마 안 돼 너털웃음을 터뜨렸다.

"아, 이제야 기억나네요. 네, 네, 그렇게 말했었죠."

"그 말은 순 거짓말이었나?"

"설마요. 진심이었습니다, 진심이요. 진심이라고 믿어 주셨으니 그 재판장님도 제게 무기 징역을 선고하신 거 아니겠습니까. 그분께는 정말 감사하고 있습니다. 사형을 면하게 해 주셔서. 덕분에 오늘도 이렇게 두 분의 명복을 빌 수 있고요."

가루베가 손을 모아 합장하려고 할 때 교도관이 옆에서 말을 걸었다.

"시간이 다 됐습니다."

"이런. 벌써 30분이 지났나요. 즐거운 시간은 항상 순식간에 끝나네요."

"즐거웠다니 다행이군."

"다음에 또 오셔서 재밌는 이야기를 들려주십쇼. 그럼 이만."

가루베는 가볍게 고개를 숙이고 교도관과 함께 문을 지나 사라졌다.

와타세와 고테가와만 남았다. 와타세가 자리에서 일어서려고 했을 때 고테가와가 입을 열었다.

"반장님."

"어?"

"요즘도 사형 폐지 같은 걸 주장하는 사람들이 있죠?"

"있지."

최근 내각부에서 발표한 '기본 법제도에 관한 여론 조사'에서 국민의 80퍼센트 이상이 사형제도를 찬성한다는 결과가 나왔다. 반대로 사형 폐지를 주장하는 사람은 10퍼센트에도 미치지 못했다. 그러나 한편으로 세계의 흐름은 분명 사형 폐지 쪽으로 기울고 있다. 2007년 5월에는 UN 고문 금지 위원회가 일본에 사형 집행 정지를 요구하는 권고도 했다.

"그런 소리를 하는 사람들한테 가루베와 30분 정도만 대화를 나눠 보라고 하고 싶네요."

4

가루베와의 면담은 불쾌했지만 그래도 가능성을 하나 없앴다는 사실에는 변함없었다. 와타세는 다음으로 우라와역 묻지 마 살인 사건의 피해자 유족을 찾아가 보기로 했다.

첫 번째 피해자 이치노세 하루카는 사이타마현의 대학에 다니는 학생이었고 본가는 나가노현 우에다시에 있었다.

공교롭게도 고테가와가 다른 사건을 같이 맡고 있어서 이번에는 와타세 혼자 우에다에 가게 됐다. 오미야에서 신칸센으로 갈아타고 한 시간 반 남짓을 달리자 우에다에 도착했다.

우에다에 내린 와타세는 서둘러 이치노세의 집으로 향했다. 수사 자료에 적힌 주소가 지금도 맞는다면 시가지에서 그리 멀지 않은 곳에 이치노세 하루카의 집이 있을 터였다.

우에다시 번화가를 지나 렌터카를 타고 몇십 분 정도 달리자이내 논밭 풍경이 펼쳐졌다. 미리 준비한 동네 지도를 보니 논밭을 사이에 두고 부지가 널찍한 집들이 드문드문 지어져 있는 듯했다. 이치노세의 집도 예외는 아니었다.

도착해 보니 예상한 대로 이치노세의 집은 오래된 명가 같은 분위기를 뿜냈다. 지금은 보기 힘든 위풍당당한 일본식 가옥이 주변 풍경에 자연스럽게 녹아들어 있다.

현관문에서 방문 목적을 알리고 잠시 기다리자 노부인 한 명이 모습을 드러냈다.

"먼 길 오시느라 고생 많으셨어요. 하루카의 엄마 가스미라고 합니다."

와타세는 가스미의 풍모를 보고 내심 당황했다. 머리카락이 새하얗고 허리가 조금 굽은 데다 얼굴에 깊게 주름이 잡혀 있다. 수사 자료에 적힌 대로라면 아직 50대일 텐데 어머니라기보다 할머니처럼 보였다.

생각이 얼굴에 드러났는지 아니면 이런 반응에 익숙한지 가스미는 별반 신경 쓰는 기색 없이 수줍은 듯 웃었다.

"하루카 일 때문에 오셨다죠. 아무튼 안으로 들어오세요."

와타세는 그녀의 안내를 받아 긴 복도를 걸었다. 복도 길이로도 집이 매우 크다는 것을 알 수 있다. 이토록 넓은 저택인데도 조금 전부터 가스미 외의 다른 가족은 보이지 않는다는 게 신기했다.

"다른 가족분들은……."

"올봄에 아들이 취직해 집을 나갔죠. 지금은 저 혼자 살고 있답니다."

다다미방에 들어가 와타세는 가스미와 다시 마주 봤다. 약 10

평 정도 되는 방 한가운데에 두 사람만 앉아 있자 오래된 저택의 분위기에 압도될 것 같았다.

"10년 전 사건의 수사 자료를 읽었습니다. 그때는 아드님 외에 남편분도 계셨던 것 같은데요."

"남편은 이미 세상을 떴답니다." 가스미는 차분히 웃으며 말했다. "전에는 아무리 힘들어도 티도 안 날 만큼 건강한 사람이었는데 하루카가 그렇게 죽고 나서 급속도로 몸이 쇠약해져서…… 차마 눈 뜨고 볼 수 없을 만큼 시들어 버렸지요."

"하루카 씨를 몹시 아끼셨나 보군요."

"눈에 넣어도 아프지 않을 거라는 말이 정확히 들어맞는 딸이었어요. 그래서 하루카가 이곳을 떠나 사이타마에 있는 대학에 가겠다고 했을 때는 난생처음 말다툼을 했을 정도죠. 그래도 딸의 열의에 밀려 마지못해 허락했어요. 사건 직후에는 그때의 선택이 얼마나 후회되고 또 후회되던지요. 왜 그때 좀 더 반대하지 않았을까……. 본인의 의사를 무시해서라도 반대했다면 하루카가 죽지 않았을 텐데 하고 줄곧 저 자신을 책망했답니다." 가스미의 얼굴에 그늘이 드리웠다. "한편으로는 참 부조리하다고 느꼈어요. 하루카를 죽인 건 다른 사람인데 왜 가족들이 죄책감을 느껴야 하는지요."

가스미의 말이 와타세의 가슴을 파고들었다. 이렇게 남겨진 이들의 아픔과 고통을 접하는 건 현장을 돌아다니는 경찰들뿐이다. 와타세를 비롯한 경찰이 범인을 체포해 검찰에 송치한 뒤에는 유족의 슬픔이 법정에 도달하지 않는다. 요즘 들어서야 간신히 피해자 유족의 재판 참관이 허용됐지만 그래도 피고인과 성격증인(법정에서 원고 또는 피고의 성격·인품 등에 관해 증언하는 사람—옮긴이)에게 질문을 던지거나 피해자 논고와 구형 정도에 그친다. 피고인에게 주어진 권리와 비교하면 천양지차인 것만은 변함없다.

"저희 유족과 고이즈미 씨 유족은 가루베에게 극형이 내려지기를 바랐습니다. 열아홉, 열두 살 소녀를 아무 이유도 없이 그저 자신보다 약하니까 죽인 거잖아요. 그런 게 용서받을 일일까요? 저희는 답은 사형밖에 없다고 확신했습니다. 그런데 판결은 무기 징역이었죠. 저는 지금도 선명하게 기억해요. 그 시부사와라는 재판장이 무기 징역을 선고한 순간, 가루베와 변호사는 서로 마주 보고 미소를 지었죠. 승리의 미소였어요. 그 모습을 보고 얼마나 원통하고 분하던지……."

입 밖으로 나오는 말과는 별개로 말투 자체는 담담하다.

그러나 와타세는 마치 가위에 눌린 것처럼 꼼짝도 할 수 없었다.

"당시 저희 유족이 받은 충격은 이루 말할 수 없을 정도였어요. 검찰도 공분하며 그날 즉시 항소를 해 주셨죠. 하지만 고등법원에서도 판결은 뒤집히지 않았어요. 담당 검사님은 죄송하다며 저희에게 고개를 숙이셨지만, 그날부터 남편은 눈에 띄게 쇠약해졌죠. 가루베와 변호사, 재판장을 저주하며 나날이 야위어 갔어요.

한이란 게 사람을 좀먹는다는 게 정말 사실이더군요. 남편이 죽기 직전 남긴 말은 '내가 하루카 곁에 무사히 잘 갈 수 있을까'라는 한마디였어요. 죽은 딸에게 너무도 무력했던 자신을 마지막 순간까지 원통해 한 거예요."

"여러분은 그 뒤 민사 재판에도 임하셨죠."

"도무지 넋 놓고 있을 수만은 없겠더라고요. 하지만 8천 5백만 엔이라는 돈에는 아무런 의미도 없었어요. 이렇게 말하면 어떻게 들릴지 모르겠지만 두 사람의 생명이 고작 8천 5백만 엔 같은 푼돈일 리 없으니까요. 금액에 대해 왈가왈부할 생각은 전혀 없었답니다. 저희는 그저 가루베와 그 가족들이 책임을 느껴 주기만을 바랐을 뿐이에요."

"가루베가 여러분 앞으로 편지도 보냈다더군요."

"아, 네, 편지요. 재판이 시작되기 직전에야 느닷없이 보냈더군요. 속셈이 너무 빤히 들여다 보여서 봉투를 여는 손도 더러워질 것 같아 아예 받기를 거부했어요. 어차피 가루베와 그 가족들에게 책임질 마음 같은 건 처음부터 없어 보였고요."

"가루베의 가족에게 직접 항의하려고 하지는 않으셨습니까?"

"물론 그러려고 했죠. 사건은 가루베 혼자 저지른 일이고 부모에게 뭐라고 해 봐야 소용없다는 건 알았지만 그래도 한마디 하지 않고서는 못 배길 것 같았거든요. 그렇게라도 하지 않으면 오히려 저희가 어떻게 될 것 같았어요. 하지만 저희가 직접 그의 가족에게 접근하는 건 검찰이 엄중히 제지하더군요. 이 나라에는 사적 복수가 금지돼 있다. 그걸 시도하다가는 우리 쪽에 있는 정의란 것이 사라져 버린다고 간청했어요."

부조리하지만 납득할 수밖에 없다. 아무리 피해자라고 해도 사건을 일으킨 당사자가 아닌 관계자들에게 뭔가를 요구할 때 가해자로 바뀔 수 있기 때문이다.

"딸을 그렇게 빼앗기고 남편마저 먼저 저세상으로 떠나자 이집은 완전히 폐가가 돼 버렸죠. 이건 정말 말도 안 되는 이야기인데, 저희는 오히려 피해를 본 처지인데 이웃이나 친척들도 하나같이 이 집에 마가 낀 것처럼 저희를 멀리하는 거예요. 사람들의 왕래가 끊긴 집이 화목할 수 있겠어요? 아들도 더는 이곳에 돌아오고 싶지 않은 것 같고요. 이 집은 이제 저에서 대가 끊길 거예요."

가스미는 말을 마치고 짧게 탄식했다.

와타세는 비로소 이해했다. 가스미가 실제 나이보다 더 들어 보이는 건 살아가는 데 필요한 것들을 수없이 잃었기 때문이 틀림없다.

슬픔은 인간의 생명력마저 앗아가 버리는 것이다.

"그런데 형사님. 왜 이제 와서 이런 이야기를 다시 들으러 오신 거죠?"

"사건이 새로운 전개를 보였기 때문입니다. 혹시 최근 가루베의 가족에 관한 뉴스를 들으셨습니까?"

"글쎄요……. 잘 모르겠네요."

시치미를 떼는 것처럼은 보이지 않았다.

"며칠 전 가루베의 어머니가 누군가에게 살해됐습니다. 그것도 몹시 잔혹하게."

"어머나." 가스미는 놀랐는지 손으로 입가를 가렸다. 그 몸짓도 자연스러워 연기하는 것 같지 않았다.

"아마…… 집을 처분했다고 들었는데."

"친정으로 돌아가 결혼 전 성을 되찾았더군요. 부인께서 기사를 못 보고 지나치신 것도 그래서겠죠."

"살해됐다고 하셨는데, 그게 정말인가요?"

"네. 참으로 희한하게 아야카 씨와 비슷한 방식으로 살해됐습니다. 범인은 아직 붙잡히지 않았고요."

그러자 가스미가 수상쩍어하는 눈빛으로 와타세를 봤다.

"이제야 알겠네요. 형사님은 저를 범인으로 의심해서 여기까지 오셨군요."

"꼭 이치노세 씨만을 의심하는 건 아닙니다."

"형사님 입장에서는 그렇게 말씀하실 수밖에 없겠죠."

"8월 8일 밤에 어디서 뭘 하셨는지 여쭤도 되겠습니까?"

"알리바이인가요?"

"관계자분 모두에게 묻고 있습니다. 설문 조사 같은 거라고 생각해 주십시오."

"되게 적나라한 설문 조사네요. 8월 8일⋯⋯. 평소와 다를 바 없었던 것 같아요. 밤 10시까지 TV를 보고 잠자리에 들었어요. 혼자 살아서 증명해 줄 사람은 없지만요. 다만."

"다만?"

"이런 촌에 사는데도 저한테는 차가 없거든요. 만약 우에다역까지 가야 한다면 이웃 중 누군가의 차를 얻어 타거나 택시를 타야만 가능해요. 제가 그렇게 움직였다면 반드시 증언하는 사람이 나타나겠죠?"

지당한 의견이라고 생각했다. 그리고 그걸 떠나 애초에 가스미가 유리칼을 써서 도노하라 기미코의 집에 몰래 침입하는 모습이 머릿속에 잘 그려지지 않았다.

"몹시 잔혹한 방식이었다고 하셨는데, 대체 어떤 식이었던 거죠?"

"하루카 씨 때와 비슷하다고만 말씀드리겠습니다. 오늘 이곳을 찾은 이유 중 하나이기도 합니다."

"원한이 느껴지는 살해 수법이었나 보네요. 가루베도 그 소식을 들었나요?"

"제가 전했습니다."

"가루베는 어떻게 반응하던가요? 놀라거나 울음을 터뜨렸나요?"

와타세는 질문에 대답하지 않고 말없이 고개를 좌우로 흔들었다.

가스미는 고개를 들어 잠시 허공을 올려다 봤다.

"왜 그러시죠?"

"뭔가 기분이 석연치 않네요. 가루베를 비롯해 책임이라곤 일절 지지 않은 그 가족을 지금껏 계속 원망해 왔지만 그래도 막상 죽었다고 하니 희한하게 동정심 같은 것도 들어요. 살짝 허전하기도 하고요."

"허전함 말입니까."

"이로써 원한을 품는 사람이 한 명 줄었으니까요. 남은 건 가루베뿐인데, 분명 그 자식은 교도소 안에서도 매일매일 뻔뻔하게 잘 지내고 있겠죠. 형사님께 꼭 듣지 않아도 눈에 선해요. 그놈은 어머니가 살해됐다고 울음을 터뜨릴 만한 인간이 아니에요. 중요한 건 자신의 목숨뿐이죠." 가스미의 목소리에서 처음으로 원통한 울림이 들린 듯했다. "저기요, 형사님. 형사님은 범인이 가루베를 증오한 나머지 그 어머니를 대신 죽였다고 보시나요?"

"가능성 중 하나이기는 하죠."

"그렇다면 정말 멍청한 범인이네요. 어머니를 죽여 봐야 그 파렴치한 놈은 눈 하나 까딱하지 않을 테니까요. 이런 말은 조금 불경할지도 모르지만 그 어머니도 참 헛된 죽음을 맞이한 것 같아요. 아무 의미나 가치도 없이 죽었으니."

과연. 그래서 조금 전에 동정심이 느껴진다고 한 거였나.

"참 허무하네요. 살인범의 어머니가 살해됐다고 해 봐야 분은 조금도 풀리지 않아요. 가루베 본인이 옥사하지 않는 이상 이 석연치 않은 기분은 평생 계속되겠죠." 와타세는 말문이 막혔다. "저기요, 형사님. 하루카가 살해되고, 남편이 스트레스로 세상을 뜨고, 집안은 붕괴되고, 그리고 이번에는 가루베의 어머니가 살해됐어요. 그런데 그 모든 원인을 제공한 가루베는 지금도 뻔뻔하게 아주 잘 살아 있죠?"

"네."

"이런 말은 해도 될지 모르겠지만, 그때 가루베만 사형됐다면 적어도 하루카를 제외한 다른 사람들의 운명은 달라졌을 수도 있지 않을까요? 왜 그런 놈을 살려 둬야만 했을까요. 갱생은 고사하고 평생 감옥 안에만 눌어붙어 있을 그런 놈을 위해 왜 쓸데없이 세금과 인력을 낭비해야 할까요?"

와타세는 대답하지 못했다.

고이즈미 레이나의 집은 우라와구 기시초에 있었다. 현경 본부로 돌아가는 길에 고이즈미의 집에 들러 보기로 했다.

기시초 일대는 즐비한 저층 주택 사이에 신축 아파트가 띄엄띄엄 들어서 있다. 오래전부터 살던 주민에 다른 현에서 유입된 젊은 가족들이 더해져 인구가 약간 늘었다.

고이즈미의 집은 유치원 뒤편에 있었다. 해가 질 무렵이라 집 안에서 부연 불빛이 새어 나왔다.

인터폰을 누르고 잠시 기다리자 고등학생 정도 돼 보이는 소년이 문을 살짝 열고 고개를 내밀었다.

"누구세요?"

올려다보는 눈빛이 불안해 보이는 건 내 얼굴이 흉악해 보여서일 것이다. 여기서 괜히 붙임성 있게 웃음 지어 봐야 더 겁먹을 뿐이라는 것은 경험으로 잘 알고 있다. 와타세는 말없이 경찰수첩을 내보였다.

"와, 형사님이다."

"부모님 안 계시나?"

"아버지는 항상 10시가 넘어서 오세요. 어머니는 시간제로 일하시는데 30분 뒤에 돌아오실 거예요."

"여기서 좀 기다려도 될까?"

"……형사님이니 제가 말릴 수는 없겠죠. 그런데 무슨 수사예요?"

"예전에 일어난 사건 때문에 좀."

"혹시 가루베 사건인가요?" 말에 날이 서 있다. "저는 동생 히데키라고 해요."

그런가. 고이즈미 레이나에게 동생이 있다고 수사 자료에 적혀 있었다. 당시 일곱 살이었으니 지금은 고등학생쯤 됐을 것이다.

"누나가 살해된 사건이면 저와도 관련이 없지는 않아요. 저한테 알려 주세요."

당시 일곱 살이던 아이에게서 얼마나 많은 정보를 끌어낼 수 있을지 불분명하지만 이대로 외면하면 히데키 쪽에서 고분고분히 넘어갈 것 같지 않다. 와타세는 고개를 절레절레 흔들며 집 안에 발을 들였다.

히데키가 히데키는 3평 정도 되는 응접실로 와타세를 데려갔다. 좁게 구분 지어진 벽 이곳저곳에 가족사진이 걸려 있다. 사진을 잠시 둘러보던 와타세는 어떤 사실을 눈치챘다.

모든 사진에서 고이즈미 레이나가 보이지 않았다.

"많이 뗀 거예요, 그거."

히데키는 익숙하지 않은 듯이 쟁반을 들고 오더니 벽도 보지 않고 말했다.

"뭘 말이지?"

"누나가 찍힌 사진은 전부 뗐어요. 보고 있으면 미쳐 버릴 것 같다면서 어머니가 전부 떼어내 앨범에 넣었어요."

"사건이 일어났을 때 넌 일곱 살이었지. 초등학교 1학년이었겠군."

"그래도 기억해요. 전 누나를 아주 좋아했거든요. 12월 5일 오후 5시 32분. 그 시간을 잊어버린 적은 단 한 번도 없어요."

"그때 넌 어디 있었지?"

"저도 누나랑 같이 우라와역에 있었어요. 비록 누나랑 떨어져 광장에서 먼 곳에 있었지만." 목소리에서 분노가 느껴졌다. "그때 만약 누나 옆에 있었으면 누나를 구했을지도 모른다……. 그런 생각이 들 때마다 가슴 언저리가 콱콱 쑤셔요. 요즘은 조금 나아졌지만요."

"옆에 있었으면 네가 찔렸을지도 모르지."

"그러는 게 나았어요."

"응? 왜지?"

"저 같은 꼴통보다 누나가 살아 있어야 엄마 아빠도 더 기쁠 테니까요."

"건강하지 못한 사고방식이군. 게다가 이랬으면 어땠을까 하는 식의 이야기는 건설적이지 않아."

"하지만 사실인걸요. 전 그것도 또렷이 기억해요. 누나는 그 남자의 칼에 찔려 머리는 물론 옷까지 전부 피투성이가 된 채 구급차에 실려 갔지만 결국 도중에 죽어 버렸죠……. 전 구급차 안에서 누나랑 함께 있었어요. 구급 대원분이 최선을 다해 누나를 살리려는 걸 옆에서 지켜봤어요."

와타세의 맞은편에 앉은 히데키는 고개를 살짝 숙인 채 이야기하고 있다. 면목 없어 하는 기운이 느껴지는 건 죄책감 때문일까.

"병원에 도착하고 의사 선생님이 누나가 죽은 걸 확인하고 얼굴 위에 시트를 덮었어요. 전 뭐가 뭔지 몰라서 계속 평펑 울기만 했죠. 그러다가 아빠랑 엄마가 달려왔는데…… 엄마는 느닷없이 저한테 화를 냈고, 아빠는 그런 엄마를 울면서 말리고……. 집 밖에서 두 분의 그런 모습을 보는 건 처음이라 정말 무서웠어요. 지금도 가끔 꿈에 나올 정도예요."

"그렇다고 네가 대신 칼에 찔릴 이유는 되지 않지."

"누나는 아주 똑똑했어요. 머리가 좋고 사교성도 좋았죠. 저와는 딴판이에요. 그러니까 아는 거예요. 그때 제가 누나 대신 칼에 찔렸다면 부모님 두 분 다 지금보다 행복했을 수도 있다는 걸요."

옳지 못한 자세라고 생각했다.

이 소년은 돌연 덮쳐 온 재난 앞에 무력했던 스스로에게 낙담하고 절망하고 있다. 유소년기에는 누구든 크고 작은 열등감을 느끼지만 이는 성장하면서 점점 해소된다. 열등감을 느끼게 하는 대상보다 자신의 성장이 더 도드라지기 때문이다.

그러나 그 대상이 죽은 자라면 이야기는 달라진다.

죽은 자는 무적이다.

자신이 아무리 성장하고 현명해져도 죽은 자는 그것을 넘어서는 존재로 계속해서 군림한다.

고이즈미 레이나의 부모도 마찬가지일 것이다. 죽은 아이의 나이를 세는 것처럼 자신의 꿈과 이상을 죽은 자에게 투영한다. 그리고 죽은 자를 영원히 가족의 일원으로 두는 가족은 나중에 반드시 어그러진다.

"근데 이제 와서 왜 그 사건을 다시 수사하시는 거예요?"

"혹시 신문 안 읽었나?"

"죄송해요. 인터넷에서 가끔 뉴스를 훑어보기만 해서."

와타세가 도노하라 기미코 사건에 대해 설명하자 히데키는 용수철처럼 몸을 일으켰다.

"그 자식의 어머니가 살해됐다고요?"

"그래서 조금이라도 관련 있는 사람들을 이렇게 찾아다니고 있는 거야."

"그건 저나 우리 엄마아빠도 용의자라는 뜻이에요?"

"아직 누군가를 특정한 건 아니야. 어디까지나 형식상이지."

"그래도 알리바이 같은 걸 조사하시지 않나요?"

"그것도 형식상 하는 거야."

"어차피 두 분께 같은 질문을 하실 거면 지금 제가 말씀드릴게요. 8월 8일은 평소와 똑같았어요. 제가 제일 먼저 집에 왔고, 그 뒤로 6시가 넘어 엄마가 왔고, 아빠는 11시가 넘어서 돌아오셨죠. 아빠가 마지막으로 식사와 목욕을 하고 12시가 지나서는 세 사람 다 잠들었어요. 평일은 늘 이런 식이에요. 가족이 하는 증언을 얼마나 믿어 주실지는 모르겠지만요."

"평범한 일상을 보낸다면 대부분 그렇겠지. 밤이 깊어서도 누군가와 함께 있었다는 걸 증명할 만한 사람은 비행 청소년이나 조폭 정도 아니겠나?"

"그건 좀 편견 같아요."

고등학생이 지니는 양식에는 편견이 조금 섞여도 된다. 와타세는 자신의 지론을 굳이 입 밖에 꺼내지는 않았다.

어쨌든 여기서 구마가야에 있는 도노하라 기미코의 집까지 가려면 차나 전철을 이용할 수밖에 없다. 조금만 조사해도 진위는 금세 밝혀질 것이다.

"이렇게 가루베의 손에 살해당한 사람들의 가족을 찾아다닌다는 건 가루베를 미워하는 사람을 찾고 있다는 뜻이네요."

"원래 떠오른 사람은 전부 찾아가 보는 게 범죄 수사야."

히데키는 형식뿐인 설명이라고 생각하는 것 같았다.

"괜히 변명하지 않으셔도 돼요. 제가 형사님이었어도 분명 저희나 이치노세 씨 가족을 의심했을 테니까요."

"그런가."

"원망하지 않을 리 없잖아요. 그 자식이 지금도 살아 있는데요."

그 말에는 기시감이 느껴졌다.

그렇다. 이치노세 가스미와 똑같다.

"어차피 조사하면 나올 테니 지금 말씀드리는데, 저는 평소에도 가루베와 그 가족을 욕했어요. 저희와 이치노세 씨 가족이 민사 재판으로 배상금을 청구했는데 저쪽에서 한 푼도 주지 않았다는 것도 알고요. 법률이 어쩌니, 가족의 책임 범위가 어디까지니 하는 어려운 건 모르지만 가루베 요이치라는 인간이 살아 있어서는 안 될 인간이라는 건 알아요. 죄 없는 사람을 두 명이나 죽였는데 막상 죄가 있는 사람은 살아 있다니, 이보다 더 말도 안 되는 일이 있어요?"

히데키의 목소리에서 열기가 느껴졌다. 그 모습을 보고 와타세는 깨달았다. 지금 이 말은 금방 만들어진 것이 아니다. 10년이라는 오랜 세월 동안 숙성되고 발효되어 당장은 식지 않을 열기를 띤 마그마에서 방출되고 있다.

"법률이 허락만 해 주면 언제든지 그 자식을 죽이고 싶었어요. 하지만 그 자식은 지금 교도소 안에 있으니 손쓸 도리가 없죠. 그럼 이쪽 세계에 있는 그 자식 가족한테라도 복수해야겠다는 마음이 드는 게 당연하지 않겠어요?"

2
공분 公憤

1

　중앙 합동 청사 6호관 도쿄 지방 검찰청. 미사키 교헤이 차장 검사는 위층에 있는 검사장실로 향하고 있었다.

　출근한 지 얼마 되지 않았는데 전화로 호출이 와 의아하게 생각했다. 단순 업무 연락이라면 서기관을 거쳐 전달하거나 메일을 보내면 그만이다. 아무 예고도 없이 상사가 직접 호출하는 건 인사와 관련된 문제나 기밀 사항, 둘 중 하나 때문이다.

　인사 문제라면 아마 좌천일 것이다. 그건 이미 각오했다. 미사키는 지난 항소심에서 무죄 판결을 받아 패소했다. 책임을 지기에 안성맞춤인 타이밍이다.

　원래 도쿄 지검 차장 검사가 법정에 서는 일은 그리 흔하지 않다. 관습 파괴라는 비난을 들으면서까지 법정에 선 것은 승산이 충분했던 데다 변호인석에 앉은 사람이 오래전 미사키에게 패배의 쓰라림을 안긴 남자여서였다. 말하자면 동쪽에서 빰 맞고 서쪽에서 화풀이하겠다는 식의 사적 동기 때문에 맡은 안건이었다.

그러나 반드시 이길 거라 예상한 공판에서 미사키는 패배했다. 법정에 선 미사키의 개인적 동기가 어떤지는 차치하고 항소심에서의 역전 판결은 그대로 도쿄 지검의 오점으로 남는다. 미사키를 향한 비난도 당연히 거세질 수밖에 없다.

그래도 정작 미사키 본인은 별로 개의치 않았다. 변호인과의 갈등을 떠나 새롭게 드러난 사실은 검찰과 재판관들도 납득할 만한 것이었다. 다시 말해 초동 단계부터 경찰과 검찰의 눈이 흐려져 있었고, 항소심에서 올바른 판단이 내려졌다면 무슨 불만을 말할 수 있을까. 무고한 피고인이 억울하게 유죄 판결을 받고 진범이 안식을 얻는 것에 비하면 검찰의 승패 따위 보잘것없는 것이라고 미사키는 생각했다. 권위를 지키기 위해 진실을 보고도 못 본 척하는 조직은 사회에 해가 될 뿐이다. 줄곧 그렇게 생각하며 보내온 검사 인생에는 한 점의 부끄러움도 없었다.

그러나 그것은 어디까지나 미사키의 가치관에 불과했다. 검찰청 조직은 거대하다. 그리고 조직의 논리 앞에서 법의 정의나 진실 추구 같은 그럴싸한 말은 쉽게 묻혀 버린다.

나에게 과연 어떤 처분이 내려질까. 검사장실 앞에 선 미사키는 가볍게 헛기침을 한 번 하고 문을 똑똑 두드렸다.

"미사키입니다."

"들어오게."

집무실이라기에는 너무 넓고 응접실이라기에는 내부 장식이 간소한 방. 미사키를 부른 사람은 그 가운데에 앉아 있었다.

히로사키 다이지 검사장. 61세의 나이치고 흰머리 한 가닥 보이지 않는 것은 원래 노화가 늦어서일까, 아니면 염색해서일까. 신경질적인 눈매는 물론 전반적으로 실제 나이보다 젊어 보여 3년 뒤 정년을 맞이할 사람으로는 도무지 보이지 않는다. 아니, 검찰총장은 65세가 정년이니 어쩌면 본인은 그것을 노리고 있는지도 모른다.

히로사키의 명성은 미사키가 특수부에 있던 시절부터 알려지기 시작했다. 그는 거물 국회의원의 의혹 사건을 다수 맡아 모조리 승리를 거뒀다. 일약 특수부의 이름을 높인 공로자이고, 그에게 취조를 받은 관료들에게 도깨비라고 불렸을 정도로 가차 없는 성격은 지금도 종종 언론의 입방아에 오르내린다. 또한 미사키가 존경하는 사법 관계자 중 한 명이기도 했다.

"갑자기 불러서 미안하네."

"아뇨. 이미 각오하고 있었습니다."

"각오? 무슨 말이지?"

"검사장님께서 직접 부르실 정도이니 그에 걸맞은 내용이란 건 알고 있습니다."

"하하." 히로사키의 표정이 살짝 누그러졌다. "미사키 교헤이가 그런 착각을 다 하는군. 이거 유쾌한데. 예상보다 더 중대한 이야기이기는 하지만 자네를 어떻게 하겠다는 이야기는 아니야. 일단 앉게." 히로사키가 소파로 자리를 옮겨서 미사키도 뒤따라 앉았다. "인사이동을 떠올린 건 지난 판결을 염두에 두고 있어서인가?"

"그렇습니다. 검찰 입장에서는 패배전이었으니까요."

"솔직한 건 여전하군. 패소한 안건이 그렇게 신경 쓰이나?"

"승소한 건 별로 기억에 남지 않지만 패소한 건 좀처럼 잊히지 않습니다."

"그래서 오늘날의 자네가 있는 거겠지. 현명한 인간일수록 실패를 발판 삼으니."

미사키는 왠지 엉덩이가 근질근질했다. 일부러 추어올려 준다는 것은 알아도 얼굴을 마주하고 칭찬받는 상황에는 그리 익숙하지 않다.

"2003년 말에 발생한 우라와역 묻지 마 살인 사건을 기억하나?"

그 말을 듣는 순간 사이타마 지방 법원의 법정 풍경이 뇌리에 되살아났다. 당연히 기억한다. 미사키가 사이타마 지검의 삼석 검사이던 시절 맡은 안건이었다.

삶에 좌절해서 저지른 사건이라고 하면 그럴싸하겠지만, 실상은 뒤틀린 인정 욕구로 가득 찬 젊은이가 일으킨 사건. 그는 하굣길 학생과 퇴근하는 회사원으로 바글거리던 우라와역에서 흉기를 휘둘러 당시 12세, 19세 소녀를 살해했다. 아버지는 저명한 교육 평론가였는데, 이런 환경에 대한 반동이 살해 동기 중 하나였다는 분석이 나왔다.

"가루베 요이치 말이군요."

"역시 기억하나."

"담당 검사가 된 이후 처음으로 패배했다고 느낀 재판이었으니까요."

정확하게 말하면 조금 다르다. 처음으로 패소했다는 점도 있지만 미사키는 그때의 판결 내용을 지금도 납득하지 못한다. 당시 양형 판단에 영향을 미친 나가야마 기준에 비춰 봐도 사형 판결이 마땅한 안건이었다. 그러나 재판장이 내린 판결은 무기 징역. 연전연승 기록이 깨졌다는 사실보다 판결의 골자에 부아가 치밀었다.

'잔학성의 정도와 피고인의 범죄 경향을 고려하면 반드시 사형에 처해야 한다고 판단하기 어렵다.'

법정에서 그 한마디를 들었을 때 미사키는 무심코 귀를 의심했다. 연약한 여성, 하물며 저항할 힘도 없는 열두 살 소녀를 흉기로 마구 찌른 행위의 어디에 잔학성이 없다는 말인가. 단순히 자기 생각대로 삶이 풀리지 않았다는 동기만으로 아무 상관도 없는 사람을 끔찍하게 죽인 인격 파탄자의 어디가 범죄 경향이 경미하다는 말인가.

"사건을 맡은 자네뿐만이 아니야. 그 판결은 검찰에 몸담은 모두에게 불쾌한 충격을 안겼지. 판결을 내린 시부사와 판사를 불신하는 목소리가 높아진 것도 그 사건이 계기였어."

길게 이야기하지 않아도 히로사키가 무슨 말을 하려는지 알수 있었다. 이 나라의 형사 재판에서 유죄율은 99.9퍼센트. 바꿔 말하면 법원과 검찰청은 일종의 밀월 관계에 있는 셈이다. 물론 검찰이 확고한 물증을 갖춘 다음 기소하기도 하지만 극단적인 유죄율의 배경에는 형사소송법 321조가 있다.

형사소송법 321조 1항

피고인이 아닌 다른 사람이 작성한 진술서 또는 그의 진술을 녹취한 서면 중 진술자의 서명 또는 날인이 있는 것은 다음에 나열된 경우에 한해 증거로 삼을 수 있다.

동 2호

검찰관 앞에서 진술을 녹취한 서면(검사 조서)은 그 진술자가 사망, 정신 또는 신체의 장해, 소재 불명 또는 국외에 있어서 공판 준비 및 공판 기일에 진술할 수 없을 때. 혹은 공판 준비 및 공판 기일에 이전 진술과 상반되거나 실질적으로 다른 진술을 했을 때. 단 공판 준비 및 공판 기일 진술보다 이전 진술을 신뢰해야 할 특별한 정황이 있을 때로 한정한다.

쉽게 말하면 재판관 앞에서 진술한 증언은 검사 조서보다 증거로써 가치가 높지만 증언보다 검사 조서에 신뢰해야 할 특별한 사정이 있는 경우에는 검사 조서를 증거로 채택한다는 조문이다. 바꿔 말해 검찰 측의 명백한 날조가 있지 않은 이상 원래 재판소는 검사 조서를 채택하기 때문에 결과적으로 검찰에 유리한 판결이 나온다. 그러므로 가루베의 무기 징역은 더욱 법원에 뒤통수를 맞은 듯한 인상을 줬다.

"어떤 심정 변화가 있었는지 그 재판을 계기로 시부사와 판사는 피고인에게 유리한 판결을 내릴 때가 많아졌고 급기야 온정 판사 같은 별명까지 붙었지. 일반 시민이 들고일어날 정도의 판결은 아니니 어차피 찻잔 속 태풍일 뿐이지만 우리 검찰 입장에서 분명 골치 아픈 일이기는 해."

"분명 그런 경향이 있죠. 그런데 가루베 사건에 무슨 문제라도 생겼습니까?"

"며칠 전 가루베의 어머니가 살해됐네."

"네?"

미사키는 자기도 모르게 몸을 일으킬 뻔했다.

"10일에 일어난 일이야. 결혼 전 성인 도노하라로 돌아간 가루베 기미코가 구마가야시에 있는 본가에서 살해된 채 발견됐네. 흉기에 수차례 찔렸고 사후 이틀이 지난 상태였다더군."

미사키는 가루베 기미코에 대한 기억도 아직 선명했다. 요이치가 살해한 두 소녀의 유족이 민사 재판으로 배상금을 청구했지만 그녀는 지급에 응하지 않았고 법정에도 나타나지 않았다. 무기 징역 판결이 나와 낙담한 미사키를 더욱 불쾌하게 한 사건이었다.

"절도범의 소행이었습니까?"

"그게 말이지. 시신 옆에 범인이 남긴 것으로 보이는 메시지가 있었다고 해. 벽에 피로 쓴 '네메시스'라는 글자가 적혀 있었네."

'네메시스'. 다소 편중된 상식을 지닌 미사키도 그것이 그리스 신화에 등장하는 여신의 이름인 것 정도는 알고 있었다.

"복수의 여신인가요."

"그래. 살해된 도노하라 기미코는 평소 이웃들과 거의 교류하지 않았고 접점이 없으니 당연히 갈등도 없었지. 또 친모를 노인요양원에 입소시키느라 재산이 많았던 것도 아니라더군. 딸린 가족이라고는 요이치 말고 없었으니 유산 상속을 목적으로 하는 범행도 아닐세. 그래서 수사를 맡은 현경 본부는 동기가 될 만한 것 중 하나로 복수를 들었네. 다시 말해 옥중에 있으니 손쓸 수 없는 가루베 요이치 대신 그의 어머니에게 벌을 내렸다는 가설이야."

역시 '네메시스'에서 복수의 의미를 읽어 낸 걸까.

"하지만 그건 좀 무리하게 갖다 붙인 느낌도 듭니다. 가루베에게 살해된 피해자 유족의 범행이면 모를까요."

"피해자 유족의 알리바이에 대해서는 전담반이 계속 수사 중일세. 다만 중요한 건 범인이 누구인지가 아니야. 도노하라 기미코를 살해한 이유가 정말 복수라면 일반 시민들에게 알려지는 게 문제지."

히로사키의 목소리가 갑자기 무게감을 띠었다.

"우리의 심증은 일단 젖혀 두고 판결이 확정된 징역수의 가족이 복수라는 명목으로 대신 살해됐다는 이야기가 세상에 퍼지는 걸 상상해 보게. 과연 재판 제도에 대해 왈가왈부하는 수준으로 그치겠나? 그걸 뛰어넘어 사법 체계, 나아가서는 법치 국가에 대한 불신으로 이어질 수밖에 없어."

고작 살인 사건 하나로 세상이 그토록 떠들썩해질까. 미사키는 문득 그런 의문이 들었지만 한편으로 고착화된 조직과 시스템일수록 반동에 민감해진다는 이야기도 떠올랐다.

사법의 판단이 점차 고인 물이 되어 간다는 세간의 지적이 나오자 다급해진 법무성이 도입한 수단이 바로 시민이 참가하는 배심원 제도다. 그러나 위헌이라는 비판을 받으면서까지 채택한 신제도는 결과적으로 판결의 엄벌화를 불렀다. 논리보다 감정을 우선하는 국민성에 적합하지 않다는 점도 있지만, 법조계 스스로 고쳐 가야 할 문제를 일반 시민에게 떠맡긴 것에 지나지 않는다. 판결이 시민 감각과 거리가 멀다고 진정 느낀다면 자신들이 시민 감각을 기르면 그만일 문제를 성가시다고 방폐한 끝에 그런 사달이 났다.

그리고 지금은 배심원 제도로 내려진 판결이 상급심에서 뒤집히는 사례가 늘고 있다. 미사키는 그것을 제도의 실책을 인정할 수밖에 없게 된 사법 체계의 반동이라고 생각했다. 지금도 사법 체계는 결국 고착화된 상태인 것이다.

거기까지 생각이 미치자 히로사키의 걱정도 이해됐다. 고착화된 체계는 취약해진다. 히로사키는 작금의 사법 체계를 누구보다 잘 알기 때문에 일반 시민의 불신이 얼마나 큰 위협을 초래할지 계산하는 것이다.

"가타키우치(에도 시대까지 계속된 무사 계급의 사적 복수를 허용한 제도—옮긴이)나 무사 47인의 복수(에도 시대에 주군을 잃은 47명의 무사가 끝내 복수하고 할복한 사건—옮긴이) 같은 이야기에 박수를 보내는 국민성이야. 밖에서는 티를 안 낼지언정 처벌을 회피한 범죄자나 도리에 맞지 않는 판결을 내린 법원을 향한 복수에 동조하는 의견은 늘 어느 정도 존재해 왔지. 그리고 그런 감정에 휩쓸린 목소리가 틈만 나면 커져 버리는 나라야, 이 나라는."

"상당히 비관적으로 보시는군요."

"이건 내 생각이 아닐세. 나보다 윗선에 있는 이들의 한탄 같은 거지. 하지만 아예 기우라고 잘라 말할 수는 없지 않겠나. 만약 이번 일이 정말 복수라면 이건 사법 체계에 대한 테러리즘과 같은 뜻이 되네. 법원이 내린 판단에 일반 시민이 반기를 들고 사적 형벌을 가하는 상황을 용납하면 법치 국가의 근간이 흔들릴 수밖에 없어."

갑자기 열기를 띤 목소리를 들으며 미사키는 다른 쪽으로 생각을 굴렸다. 도쿄 지검 검사장의 윗선이면 고검 또는 대검일까. 아니면 법무성일까.

아니나 다를까 히로사키는 미사키의 생각을 읽은 듯했다.

"한탄의 출처가 어딘지 떠올리고 있나 보군."

"아뇨. 출처가 어디고 어떤 의혹이 있다 해도 흉악 범죄를 용납하지 않는 검찰의 존재 의의에 반하지 않으니 상관없습니다."

"여전하군."

"뭐가 말이죠?"

"체면을 지키는 것과 이상을 좇는 것. 상반된 두 가지 목적을 어려움 없이 한데 묶을 수 있는 자네의 능력 말이네. 그런 인재는 어디서든 중용되고 신뢰를 얻지."

히로사키는 의미심장하게 웃어 보였지만 미사키는 덩달아 웃을 수 없었다.

"구체적으로 위에서 무슨 지시를 내린 겁니까?"

"'네메시스'의 존재가 드러나지 않는 선에서 사건의 조기 해결을 꾀하라. 뻔하지 않나?"

"사건의 관할을 놓고 봐도 사이타마 지검 쪽에 할 이야기인 것 같습니다만⋯⋯."

"자네가 그냥 그렇게 넘길 수 있겠나?"

히로사키가 쏘아보며 말하자 미사키는 속으로 이를 갈았다.

젠장. 이 남자는 나의 천성을 알고 있다. 자기 일에 끝까지 집착하고 실패를 영원히 되새기는 성격을 훤히 꿰고 있는 것이다.

"윗선의 지시는 당연히 사이타마 지검에 전달됐네. 이미 현경 쪽에도 압박이 들어갔겠지. 자네가 할 일은 없어. 그렇지만 소식을 전하지 않으면 자네가 언짢을 것 같아서 말이야."

약삭빠른 말이었다.

일단 대비는 해 두었지만 개인적으로 움직이는 것을 막지 않겠다는 의미다. 그리고 이럴 때 대체로 대답은 정해져 있다.

"배려해 주셔서 감사합니다."

"아니. 나로서도 자네가 이해해 준다면 그보다 좋을 건 없지."

미사키는 그 말도 머릿속에서 변환했다. 도쿄와 사이타마 지검에 폐를 끼치지 않는 선에서 이해가 될 때까지 움직여라. 그런 의미다.

"다른 지시 사항이 없으시면 이만 실례하겠습니다."

"그래. 쓸데없는 잡담으로 자네의 귀중한 시간을 빼앗아서 미안하네."

미사키는 검사장실에서 나가 자기 방까지 발걸음을 재촉했다. 미결 서류가 쌓였지만 급한 것은 없으니 가루베 사건 기록을 되읽어 볼 시간은 있다.

판결문은 데이터베이스에서 손쉽게 검색할 수 있지만 그것만으로 부족하다. 미사키는 검찰 사무관 요코야마 준이치로에게 지시해 우라와역 묻지 마 살인 사건의 공판 기록 전체를 받았다.

"사건을 차장 검사님께서 담당하셨군요."

공판 기록의 일부를 읽었을 것이다. 요코야마는 자료를 책상에 두자마자 그렇게 말했다.

"예리하군. 벌써 내용도 읽었나?"

"조금만 읽어 봤습니다. 각 서류의 사건 번호가 일치하는지 확인도 해야 해서요."

"그럼 판결을 읽고 한심하게 생각했겠지. 사형이 틀림없을 사건이 무기 징역이 됐으니. 이건 방심한 멍청이의 패배 일지야."

"그렇게까지 말씀하시는 건……."

"검찰은 마땅히 이겨야 하네. 패소한 안건은 철저히 담당자를 문책하고 두 번 다시 같은 전철을 밟지 않게끔 해야 하지."

"그럼…… 당시 차장 검사님도 징계를 받으신 겁니까?"

"그 뒤로 얼마 동안 출근하기도 무서웠지."

미사키는 씁쓸하게 당시를 회상했다. 동료와 상사의 차가운 시선보다 피해자 유족에게 공판 결과를 보고하는 자리가 훨씬 힘들었다. 유족의 격려를 듣는 것은 더욱 괴로웠다.

"그건 그렇지만, 이제 와서 왜 다시 이걸……."

요코야마는 의아해하며 물었다. 그 역시 징역수의 가족이 살해된 소식을 알지 못했다.

"그냥 확인할 게 좀 있어서."

"저라면 제가 패배한 기록을 다시 훑어보고 싶지 않을 텐데요. 하물며 이미 오래전 종결된 사건 아닙니까?"

요코야마가 거리낌 없이 칭찬의 눈빛을 보냈다.

미사키는 마음이 불편했다. 이 남자는 아무래도 본보기로 삼을 대상을 잘못 선택했다.

그리고 틀린 것이 하나 더 있다. 그 사건은 아직 종결되지 않았다. 뒤늦게 무덤에서 되살아난 것이다.

요코야마가 방에서 나가자 미사키는 곧장 공판 기록을 읽기 시작했다. 공판 기간에도 종이에 구멍이 뚫릴 만큼 열심히 읽은 덕에 대충 훑기만 해도 자세한 정보가 머릿속에 연이어 재생되었다.

지금 다시 검증해도 당시 패인은 뚜렷하다. 재판관들, 그중 특히 무기 징역을 강하게 지지한 시부사와 재판장의 심증을 바꾸지 못한 게 가장 큰 패배 원인이었다. 현행범으로 체포됐기 때문에 목격자는 부족하지 않았다. 물증도 차고 넘친다고 할 만큼 충분했다. 검사 조서에는 가루베의 이기적인 행동 원리와 원통하게 살해된 두 사람의 억울함을 넘치거나 부족한 것 없이 기재했다. 그리고 두 사람을 살해한 범행 수법을 사실 그대로 적음으로써 잔혹성도 충분히 주장했다고 생각했다.

그러나 그것으로는 부족했다. 적어도 시부사와에게 범행의 잔혹성을 알리고 가루베에게 갱생 가능성이 없음을 납득시킬 만큼의 재료는 되지 못한 것이다. 당시만 해도 피해자 유족의 재판 참관이 허용되지 않았고, 영정 사진을 법정에 가져오는 행위조차 피고인에게 불필요한 심리적 압박을 줄 수 있다는 이유로 금지됐다. 피해자 참관 제도는 2008년 12월 1일에 도입됐는데 만약 조금 더 일찍 도입되었다면 판결이 바뀌었을지도 모른다.

그러나 미사키는 다시 생각했다. 가루베는 열두 살, 열아홉 살의 저항하지 않는 소녀를 흉기로 마구 찔러 죽였다. 그 행동만으로 충분히 잔혹하지 않은가. 시부사와 재판장은 설마 피해자의 피를 빨거나 그들의 유해를 더럽히지 않는 한 잔혹성을 인정하지 못 하는 걸까.

피해자 유족은 미사키와 비슷할 정도로, 미사키보다 더 시부사와에 대한 불신감을 드러냈다.

특히 이치노세 하루카의 어머니 가스미는 미친 사람처럼 억울해하며 울부짖었다. 대체 그 재판장은 가족이 있으냐. 자기 아이가 아무 이유도 없이 살해됐는데 그래도 범인의 사형을 바라지말라는 말이냐. 그놈이 감옥에서 명을 다할 때까지 우리 돈으로호의호식하게 그냥 내버려 두라는 말이냐.

고이즈미 레이나의 부모도 격분했다. 지금 당장 가루베가 수감된 곳으로 가 딸이 당한 것처럼 그놈을 찔러 죽이겠다고 했다.

그러면 저는 다음으로 여러분을 기소해야 합니다. 미사키가 그렇게 말하자 레이나의 아버지 시게하루는 분을 참지 못하며 되받아쳤다. 미사키 검사님. 저희는 에도 시대 사람들이 부럽습니다. 당시에는 사적 복수가 허용됐으니까요. 근대에 접어들어 사적복수가 금지되고 대신 재판과 사형제도가 자리 잡게 됐다고 생각했습니다. 하지만 그건 사실이 아니었습니다. 재판 제도는 유족의 한을 조금도 풀어 주지 못합니다. 그러기는커녕 괴물 같은 살인자를 극진히 감싸고 죽을 때까지 돌봐 주는 복지 제도였던 겁니다.

미사키는 되받을 말이 없었다.

선고 당일 즉시 항소했지만 2심은 결국 지방 법원의 판결을 지지했고 검찰은 상고를 포기했다. 이때도 미사키가 두 유족에게 재판 결과를 알리러 갔는데 그들은 하나같이 실의와 절망의 늪에 빠져 있었다. 살아갈 희망을 잃은 것처럼 모두가 공허한 눈빛을 하고 있었다.

가족이 살해돼도 나라는 피고인의 인권과 삶만 지켜 주고 살해된 이와 유족에게는 한 줌의 자비도 내려 주지 않았다. 법정은 복수의 장場이 아니라고 주장하고 유족에게만 일방적으로 인내심을 강요했다.

미사키도 법조계에 종사하는 자로서 법에 따를 수밖에 없다는 것은 알지만 유족의 참담한 심정도 가슴이 아릴 만큼 이해할 수 있었다. 미사키가 처절하게 패배한 당사자였으니 더욱 그랬다.

법정이 복수의 장이 아니라면 사형제도는 대체 무엇을 위해 존재하나요.

고이즈미 레이나의 어머니에게 그 질문을 받았을 때도 미사키는 대답하지 못했다. 인권과 범죄 억지력이라는 관점에서 설명하기는 쉽지만 그것을 유족들이 납득할 리는 만무했다. 그들이 원하는 것은 법학자가 내세우는 논리가 아닌 사형대에 매달린 가루베의 모습이었던 것이다.

미사키는 점차 당혹감을 느끼기 시작했다. 재판 기록을 뒤질수록 '네메시스'의 정체가 유족 중 누군가인 것처럼 느껴졌다. 아니, 굳이 기록을 볼 것까지 없다. 그들 이외에 대체 누가 가루베 요이치의 가족에게 증오를 품는다는 말인가.

수사본부는 유족을 얼마나 조사했을까. 이미 누군가를 용의자로 지목해 추궁하고 있을까.

궁금해진 미사키는 탁상 위에 있는 전화기로 사이타마 현경에 전화를 걸었다. 사이타마 지검에 있을 때부터 현경에는 연락망이 있다. 현직 사토나카 본부장과는 접점이 없지만 간부 중 몇몇과는 지금도 연하장을 주고받는 사이다.

확인해 보니 수사를 전담한 반이 와타세 경부의 반이라고 했다. 그렇습니까, 하고 미사키는 전화를 끊었다.

와타세 경부. 지금도 검거율로 현경 수위에 군림하는 남자. 그의 실적과 능력을 고려하면 이미 오래전에 경시 직급을 달아도 이상하지 않지만 과거의 상벌 이력 때문에 승진을 못 하고 있다. 경부 직급이면서 늘 현장을 돌아다니느라 승진이 늦어진다는 소문도 있지만 본인, 그리고 현경 본부도 압도적인 검거율 때문에 그의 행동을 묵인하고 있다.

미사키도 사이타마 지검 시절 와타세와 여러 번 얼굴을 마주

했다. 그는 처음 대면할 때부터 뭔가 언짢은 듯한 표정을 고수하며 단 한 번도 웃어 주지 않았다. 미사키는 그의 그런 태도에 불만은 없었다. 오히려 상대의 직급에 따라 고개를 숙이는 각도를 조절하는 부류가 질색이었다.

와타세는 입을 다물고 있으면 수사 1과가 아닌 조폭 담당 형사로 보일 만큼 인상이 흉악했다. 그러나 막상 대화를 나눠 보면 수사의 핵심을 정확하게 파악하고 있고, 풍부한 경험과 명석한 두뇌를 지녔음을 금방 알 수 있었다. 그가 보내온 수사 자료에도 누락된 부분이라고는 없어서 치열하게 일하는 남자라고 감탄한 기억이 있다.

그는 가장 먼저 누구를 의심할까. 거기까지 생각이 미치자 미사키는 다른 각도에서 어느 가능성을 떠올리고 하마터면 앗, 하고 소리칠 뻔했다.

만약 '네메시스'에 해당하는 인물이 복수를 목적으로 가루베의 어머니를 살해했다면 범죄 대상은 가루베의 가족에 그치지 않을 것이다.

예컨대 그의 변호를 맡은 쓰쓰미 신고 변호사. 쓰쓰미 변호사의 법정 전술 덕에 가루베가 사형을 면했다고 '네메시스'가 판단한다면 '네메시스'에게 변호사는 가루베와 비슷할 만큼 무거운 죄를 지은 인물로 비칠 것이다.

그에게 징역형을 선고한 시부사와 재판장 또한 유족의 입장에서는 용서할 수 없는 존재다. 도노하라 기미코 이상으로 증오스러울 것이 분명했다.

설마. 미사키는 그냥 웃어넘기려고 했지만 잘 되지 않았다. 냉정하게 생각하면 징역수의 가족을 살해하는 것보다 가루베가 사형을 면하도록 옆에서 도와준 사람을 없애는 게 복수로써 더욱 적합하지 않을까.

지금 당장 쓰쓰미 변호사와 시부사와 판사의 안위를 파악해야 한다. 미사키는 다시 탁상 위 전화기에 손을 뻗었다.

2

도쿄 고등법원 합동 청사는 미사키가 있는 제6호관의 대각선 맞은편에 있다. 걸어서 몇 분이면 가는 거리다.

먼저 전화를 걸어 약속을 잡아 두었다. 형사부 접수처에서 방문 목적을 알리자 직원이 안쪽 재판관실로 미사키를 안내했다.

미사키는 재판관실 앞에서 기이한 압박을 느끼며 멈춰 섰다.

재판관실은 일종의 성역이다. 이 안에서 재판관들은 판결 내용을 조율하고 판결문을 작성한다. 이른바 재판 사무의 최종 행정이 이곳에서 이뤄진다. 일반인은 물론 검사나 변호사도 쉽사리 발을 들일 수 있는 곳이 아니다. 미사키가 도쿄 지검의 차장 검사가 아니라면 문전박대를 당했을 수도 있다.

재판관실에 들어서자 다리가 다섯 개 달린 책상 앞에 시부사와가 앉아 있었다.

"오, 미사키 검사님."

시부사와는 한 손을 들며 온화한 얼굴로 미사키를 맞았다.

시부사와 에이치로. 흰머리가 섞인 머리를 가지런히 빗어 뒤로 넘겼고, 지적인 눈동자는 마치 철학자를 연상하게 한다. 가루베 사건 때는 사이타마 지방 법원의 판사였지만 현재는 도쿄 고등법원 형사부의 총괄 판사 직함을 지니고 있다.

재판관의 정년은 대법원과 간이 재판소 판사를 제외하면 65세로 정해져 있다. 그러니 총괄 판사라는 직함은 내년에 65세를 맞이하는 시부사와의 공로를 인정한 인사 때문에 얻은 것이라고 심술궂은 견해를 내놓는 사람도 있다.

시부사와의 권유로 미사키는 맞은편 소파에 앉았다. 시부사와가 앉은 의자의 높이가 높은 탓에 절로 올려다보는 모양새가 됐다. 법정 안의 위계가 여기서도 이어진다며 미사키는 속으로 쓴웃음을 지었다. 법정에서 재판관석이 높은 곳에 있는 것은 판결의 엄정함을 재인식시키기 위한 것인데 시부사와는 그것을 법정 밖에까지 끌고 나온 걸까.

"검사님의 활약은 이곳에도 전해지고 있습니다. 무엇보다 건강해 보이셔서 다행입니다."

"아뇨, 그래 봐야 아직 풋내기지요."

"서둘러서 절 찾아오실 만큼 급한 이야기가 있는 겁니까?"

"네. 판사님의 신변 보호와 관련된 이야기입니다."

미사키의 말을 듣고 시부사와는 이맛살을 찌푸렸다.

"신변 보호라. 편안하게 들을 이야기는 아닌 것 같군요."

"오래전, 그러니까 2004년 판사님이 사이타마 지법, 제가 사이타마 지검에 있을 때 심리하신 우라와역 묻지 마 살인 사건을 기억하십니까?"

"기억하지요. 아마 2심에서 피고인의 무기 징역이 확정된 안건이죠? 무슨 문제라도?"

"며칠 전 범인의 어머니가 누군가에게 살해됐습니다."

미사키가 사건의 개요를 설명하는 동안에도 시부사와의 미간에 박힌 주름은 사라지지 않았다.

"범인이 '네메시스'라는 글자를 남겼다는 점에서 수사본부는 가루베 요이치에게 원한을 품은 사람을 위주로 조사하고 있는 듯합니다. 하지만 가루베에게 직접 손을 뻗치지 못해 대신 그의 어머니를 살해했다고 가정할 경우 범행 대상은 가루베의 가족에 그치지 않을 확률이 높습니다."

거기까지 설명을 듣고서야 시부사와의 이마 주름이 사라졌다.

"과연. 그러니 그에게 무기 징역 판결을 내린 제게도 위험이 찾아올 수 있다는 뜻인가요. 그럼 2심에서 1심 판결을 지지한 재판장도 똑같이 위험하겠군요."

"당시 도쿄 고법에서 사건을 맡으신 분은 요네쿠라 판사님이었습니다."

요네쿠라는 3년 전 퇴임한 이후 작년 봄에 세상을 떴다. 요네쿠라의 근황을 알고 있는지 시부사와는 금기를 건드린 듯한 얼굴로 고개를 끄덕였다.

"그럼 그 변호사는 어떻습니까? 쓰쓰미 변호사였나요. 2심에서도 그가 변호를 맡지 않았습니까?"

"쓰쓰미 변호사에게는 별도로 주의를 요청할 생각입니다."

"하하. 범인을 변호한 사람보다 판결을 내린 사람이 더 표적이 되기 쉽다는 논리인가요."

"이런 말씀을 드려도 될까 모르겠지만, 원래 변호라는 건 남의 원한을 사는 일입니다. 실제로 변호사가 담당 안건과 관련해 폭행당하거나 살해되는 사건도 발생하고 있죠."

"흠. 듣고 보니 분명 판결에 불만을 가져 재판관을 공격한 사례는 제가 과문해서 그런지 잘 모르겠군요. 그래서 무사태평한 저에게 주의를 촉구하러 오셨나 보네요." 시부사와는 완전히 긴장이 풀린 말투로 말했다. "실례지만 가능성은 있어도 제가 표적으로 정해진 건 아니지 않습니까."

"그건 그렇습니다."

"그리고 이곳에만 있으면 낯선 난동꾼이 청사 안에 침입할 가능성은 매우 작습니다."

그것 역시 시부사와가 말한 대로다. 합동 청사의 주요 시설과 법정에는 늘 경비원이 배치돼 있고, 침입자가 돌연 난폭한 행동을 해도 즉시 제압할 수 있는 태세를 갖추고 있다.

"저로서는 경시청 경비부에 협조를 요청해 판사님의 자택 주변을 경호하는 방법을 생각 중입니다. 사건을 맡은 수사본부도 그런 요청을 딱 잘라 거절하지는 못할 거고요."

"정말로 저의 자택 경호가 필요한 조치라고 보십니까?"

"일이 벌어지면 그때는 늦습니다."

"그런 얘기가 외부에 새기라도 하면 세금 낭비라느니 특권층의 호사라고 주장하는 사람이 나오지 않으리라고 단언할 수 없겠죠."

"대책을 세우지 않은 채 화를 불렀다고 비난당하는 것보다 대책을 세우고도 아무 일도 일어나지 않아 비난당하는 게 훨씬 낫습니다."

시부사와는 잠시 진의를 가늠하듯 미사키의 얼굴을 바라봤지만 잠시 후 이해한 것처럼 표정을 누그러뜨렸다.

"제가 거절하면 또 거절한 대로 이런저런 부서에 폐를 끼칠 것 같네요."

"아마도 그렇겠죠. 법조계, 경찰 조직, 그리고 언론도 일이 벌어진 다음에 범인을 찾아 나서는 걸 아주 좋아하니까요."

"가차 없으시군요. 검찰은 내부 경쟁이 치열해서일까요. 아니, 이건 농담입니다."

시부사와도 사람이 꽤 짓궂다. 겉보기에는 강직해 보이는 검찰 조직도 내부에 들어가면 온갖 권모술수가 넘실댄다. 검사 대량 채용 시기에 들어온 이들이 어느덧 중견으로 성장했는데 그들에게 주어질 자리는 부족한 것이 원인이다. 고착화된 조직의 지병 같은 것인데 시부사와 정도 되는 사람이 그런 사실을 모를 리 없다. 이런 짓궂은 모습은 시부사와의 개성일까, 아니면 노인 특유의 괴팍함일까.

"겁을 주려고 드리는 말씀은 아니지만 판사님 본인뿐 아니라 가족분들도 표적이 될 수 있습니다."

"오, 그럴 수도 있겠군요. 저와 제 가족을 지켜 주신다면 굳이 고집을 부려 가며 거절할 이유도 없겠죠. 그럼 잘 부탁드리겠습니다."

본인의 승낙은 얻었다. 이제는 정식 절차 또는 독자적인 경로를 통해 경호를 요청하면 되지만, 불현듯 미사키의 의식의 밑바닥에서 의문이 조금씩 고개를 들었다. 최근 몇 년간 느낀 석연치 않은 기분과 함께 바닥 깊숙한 곳에 잠겨 있던 의문.

그 해답이 지금 눈앞에 앉아 있다.

구형을 거절당한 당사자가 판결을 내린 사람에게 직접 그 이유를 묻는 것이 금기라는 건 잘 알고 있다. 판결문에 명시돼 있다고 하면 그만이다.

그러나 이제 그로부터 시간이 자못 흘렀다. 또 판결을 둘러싸고 새로운 사건도 발생했다. 신변 경호를 제안한 자로서 피해서는 안 될 질문이라고 생각했다.

"판사님. 하나 여쭤도 되겠습니까?"

"뭐죠?"

"사건 당시 피고인 가루베에게 무기 징역 판결을 내리셨을 때 시부사와 재판장님과 좌배심 히가시가와 판사보님은 무기 징역, 우배심 데루마 판사님이 구형대로 사형 판단을 하셨죠."

"기억력이 좋으시군요."

"패소한 재판이었으니까요. 그리고 하나 더 기억하는 건 히가시가와 판사보님이 맡은 첫 번째 사건이 바로 가루베 사건이었다는 겁니다."

미사키는 꼭 어제 일처럼 떠올렸다. 패배했다는 분한 마음에 당시 사건을 담당한 재판관들의 경력과 평판을 조사하기 시작했다. 그 과정에서 새로 생긴 의문도 있다.

좌배심 히가시가와 판사보는 시부사와 판사에게 설득당한 것이 아닐까. 그리고 판사 경력 10년의 베테랑 데루마 판사는 반대로 두 사람에게 저항한 것이 아닐까.

재판관은 한 사람 한 사람이 독립된 사법 기관이라고 하지만 법복을 입은 지 얼마 안 된 판사보가 노련한 선배에게 이런저런 훈수를 듣는다면 판단을 번복할 가능성도 있지 않을까.

판결은 전원 일치가 아닌 합의체의 과반수로 결정되니 시부사와는 좌우 배심 중 어느 한쪽이라도 자기편으로 돌리면 자신의 판단을 밀어붙일 수 있다. 그렇다면 당연히 베테랑인 데루마보다 신입인 히가시가와를 회유했을 것이다.

시부사와는 흠, 하고는 턱을 괬다.

"아무래도 검사님은 제가 고의로 사형 판결을 회피하기 위해 계획했다고 의심하시는 것 같군요."

"그건 아닙니다. 단지 이번에 이런 사건이 발생했으니 그때 양형 합의가 어떻게 이뤄졌는지 궁금할 뿐입니다."

"합의는 밀실, 즉 지금 이곳과 같은 재판관실에서 이뤄지죠. 외부인이 거기에 의혹의 눈길을 보내는 건 어쩔 수 없을지도 모르겠습니다. 하지만 현직, 게다가 차장 검사라는 직위에 있는 검사님이 의심하실 줄은 예상하지 못했네요."

시부사와는 흥미롭다는 듯이 말했다. 말 군데군데에서 비웃는 듯한 울림이 느껴지는 건 미사키의 자의식 과잉 탓일까.

"결론부터 말씀드리자면 세 사람의 의견은 판결문에 반영돼 있습니다. 데루마 판사님의 반대 의견까지 다 적혀 있지요."

역시 판에 박힌 대답으로 얼버무릴 생각일까. 미사키가 슬슬 단념할 때쯤 시부사와가 느닷없이 입을 열었다.

"생각해 보면 제가 '온정 판사'라는 별로 달갑지 않은 별명으로 불리게 된 것도 그 사건이 계기였죠. 검사님 같은 검찰분들 입장에서 보면 그야말로 거슬리기 짝이 없는 별명 아니겠습니까."

"검찰에도 온정은 있습니다."

"아, 네. 실례했네요. 하지만 별명만 붙은 건 아닙니다. 제가 사형 폐지론자라는 소문도 돌았죠. 처음 그런 이야기를 꺼낸 쪽은 항상 그렇듯 신문과 주간지였지만 검찰에도 그런 이야기가 돌지 않았습니까?"

미사키는 일부러 입을 다물었다. 침묵으로 긍정의 의사를 나타낼 심산이었다.

"배심원 제도가 도입되고 배심원을 선임할 때 재판장이 배심원에게 이것저것 묻는 절차가 있습니다. 그때 하는 질문 중 하나로 '절대로 사형을 선택하지 않겠다고 생각하십니까?'라는 게 있죠. 다시 말해 불공평한 판단을 내릴 염려가 있는 후보자를 제외하기 위한 질문인데, 미루어 생각하면 배심원에게 요구되는 것은 당연히 재판관에게도 요구되겠죠."

요즘 뉴스에 자주 언급되는 화제라 미사키도 알고 있었다. 사형까지 예상되는 재판에서 재판장이 사전에 배심원에게 그 질문을 하지 않은 게 문제시된 것이다.

"다만 이것은 대법원이 질문 예시 중 하나로 들고 있을 뿐이고, 질문 자체도 어디까지나 판단 근거에 불과합니다. 사형 폐지인가, 존치인가. 인간의 마음속 문제까지 파고 들어가면 한도 끝도 없으니까요. 고로 현장에서는 종교상의 이유로 사형 판결을 내릴 수 없는 사람의 사퇴는 인정하지만 사형 폐지론자를 처음부터 배심원에서 제외할 필요는 없다는 의견도 있습니다."

"외람되지만 판결이 합의체의 과반수로 결정된다는 걸 고려하면 재판관 중 사형 폐지론자가 포함되는 건 그대로 판결 내용을 좌우할 요인이 되지 않습니까?"

"검사님은 즉 그것이 마음속 문제에만 그치지 않는다고 말씀하시는 거군요."

미사키의 반박을 들은 시부사와는 장난기 어린 미소를 지었다.

"법원이 겉에 내세우는 입장은 사형 폐지론 자체를 거부하는 게 아닙니다. 하지만 검사님 같은 검찰분들까지 반드시 그렇지는 않겠죠."

"사형제도를 부정하는 자세는 현행 법체계에 적합하지 않다고 생각합니다. 법률이 개정되지 않는 한 저희 법조계 종사자들은 우선 사형제도가 필요하다는 입장을 견지한 채로 범인을 붙잡고 기소하고 재판정에 세워야 한다고 봅니다."

"마음속 문제까지 파고들 수 없다고 말한 마당에 제가 사형 폐지론자인지 존치론자인지 하는 개인적 사정은 일단 논외로 하죠. 그런 상태에서 검사님께 묻고 싶습니다만, 계몽 사상가 베카리아의 주장에 대해 어떻게 생각하십니까?"

체사레 베카리아는 18세기 이탈리아 법학자다. 그는 저서 『범죄와 형벌』에서 고문과 사형에 반대 의견을 제시했다. 시부사와는 그 부분을 지적했다.

"인간이 사회 계약을 맺을 때 생명에 대한 권리까지 예탁해서는 안 된다. 따라서 국가가 정상적인 상태라면 사형을 폐지해야한다…… 말인가요."

"그렇습니다."

"한편 사회 계약설을 처음으로 부르짖은 토머스 홉스는 생명권, 자유권, 재산권 중 하나를 빼앗기는 것은 사회 계약 위반이니 살인에 대한 응보로 사형이 합리적 귀결이라고 주장했습니다."

"그렇다면 사형 폐지론자가 가장 목청 높여 부르짖는 무고한 피해자 발생의 위험성에 대해서는 어떻게 생각하십니까?"

시부사와는 살짝 언짢아하는 표정을 보였다.

"재판관인 저희가 사형 폐지론을 아예 무시하지 못하는 건 과거부터 원죄(억울하게 뒤집어쓴 죄—옮긴이)가 발생하고 있기 때문입니다. 아니, 비단 과거뿐만 아니라 현재도 저희 눈에 보이지 않는 깊숙한 곳에 잠재하고 있을지도 모르죠."

원죄라는 말을 듣고 심기가 언짢아진 것은 미사키도 마찬가지였다. 원죄는 경찰과 검찰이 만들고 법원이 인정함으로써 성립하기 때문이다. 바꿔 말해 원죄 사건에서 검찰과 법원은 공범 관계에 있다.

"피고인의 사형이 집행되면 나중에 원죄가 드러나도 돌이킬 수 없죠. 하지만 징역형에 머무르면 재심 이후 명예를 회복할 수도 있습니다. 역대 법무 대신이 사형 집행 지시서에 사인을 망설인 것도 이런 오인 체포와 오심의 가능성을 완전히 버리지 못했기 때문입니다."

"사형이 집행되면 돌이킬 수 없다고 하지만 오랜 징역 생활로 삶이 망가져 버리면 역시 돌이킬 수 없는 건 매한가지입니다."

"그 말씀이야말로 궤변입니다. 죽음을 제외한 다른 것은 대부분 돌이킬 수 있습니다. 저속한 이야기지만 그래서 손해 배상이라는 제도가 존재하고요. 잃어버린 시간을 되돌리는 건 불가능할지언정 돈으로 환산할 수는 있죠. 하지만 교수대의 이슬로 사라져 버린 목숨을 되돌리는 것은 신도 할 수 없습니다."

"그래도 오심을 없애기 위해 사형제도 자체를 폐지하는 건 법치 국가의 근간을 부정하는 폭론 아닐까요? 애초에 그렇게 되면 가족과 가까운 이들을 억울하게 잃은 유족과 관계자들은 계속해서 고통을 겪어야 합니다. 법률이 무고한 사람을 계속 괴롭히는 거야말로 본말전도입니다."

"형벌은 피해자와 피해자 유족의 처벌 감정에 부응할 목적으로 존재하는 게 아닙니다. 또 백번 양보해 형벌에 그런 측면이 있다고 가정해도 가해자를 사형하는 것으로 피해자가 얼마나 큰 만족을 얻는지는 객관적으로 증명할 수 없지요. 범인이 사형된다고 해도 모든 관계자의 가슴 속 응어리가 사라진다고 단언할 수 없습니다. 번데기 앞에서 주름잡는 것일지 모르지만, 형법의 목적은 인간이 저지른 죄에 합당한 처벌을 내리는 것과 동시에 범죄의 원인을 교정하고 갱생시킴으로써 사회 질서를 유지하는 것입니다. 진부한 말이지만 법정은 복수의 장이 아니에요."

마지막 말에는 미사키도 고개를 끄덕일 수밖에 없었다. 법정은 복수의 장이 아니다. 반박할 도리가 없다.

하지만 그래서 '네메시스'는 법정 밖을 복수의 장으로 선택한 게 아닐까. 지금처럼 피고인의 인권만 중시되는 법체계에 반기를 들고 자신만의 법에 따른 게 아닐까.

"다른 사람을 죽여도 사형당하지 않는다면 흉악 범죄의 억지력이 손실됩니다."

"범죄 억지력에 대한 논의에는 과학적 근거가 있는 게 아니에요. 오히려 UN 범죄 방지 통제 위원회가 2002년 개정한 조사 결과 보고서에서는 범죄 억지력 측면에서 사형이 초래하는 위협과 그보다 가벼운 종신형 사이에 뚜렷한 차이가 있음을 인정하지 않았습니다. 더 비속한 예를 들자면 법무 대신이 아무리 사형 집행을 지시해도 그 순간 범죄 건수가 감소했다는 데이터는 존재하지 않지요."

"얼마 전 나온 조사에서는 일본 국민의 80퍼센트 이상이 사형을 존속해야 한다고 생각한다는 결과가 나왔습니다."

"내각부가 발표한 '기본적 법제도에 관한 여론 조사' 말인가요. 그런 조사는 원래 질문 내용과 대상자를 조금만 손보면 얼마든지 수치가 바뀌는 법이에요. 국민 투표라도 한다면 이야기가 달라지겠지만."

시부사와는 미사키의 주장을 하나하나 반론했다. 조금 생각하면 그럴 만도 한 것이 시부사와가 지금 입에 담는 말은 사형 폐지론자들이 항상 부르짖는 주장의 복사본이다. 서로의 논리를 모순이고 궤변이라며 인정하지 않으니 결국 탁상공론에 그치고 만다.

그리고 미사키는 문득 깨달았다.

이런 발전 없는 논의를 이어 감으로써 시부사와는 사형 폐지론과 마찬가지로 존치론에도 모순이 있다고 말하고 싶은 것이다.

미사키의 안색을 읽었는지 시부사와는 왠지 의기양양하게 미소 지었다.

"이제는 눈치채셨겠지만 실은 사형 존폐 논의 자체에 대단한 의미는 없습니다. 왜냐하면 검사님이 말씀하시는 사형 존속을 원하는 80퍼센트 이상의 국민은 그런 논의가 아닌 감정으로 의사를 결정하고 있기 때문이죠. 사형제도의 옳고 그름은 해당 국가의 정치 체제와 국민감정으로 정해집니다. 세계에서 사형제도를 유지하는 나라가 어떤 법칙 아래에 편재돼 있다는 점에서도 명확하죠."

"결국 감정론이라고 말씀하시는 겁니까."

"아뇨, 그렇지 않습니다. 제가 당시 가루베 피고에게 징역형을 내린 건 사형제도의 존폐론이나 감정론에 따른 것이 아니라는 점, 그저 단순히 판결문에 쓴 것 외에 다른 건 아무것도 포함돼 있지 않다고 말하고 싶을 뿐입니다."

과연 그럴까. 미사키는 미심쩍었다. 시부사와의 장황한 이야기를 듣는 동안 그는 단 한 번도 자신이 사형 폐지론자가 아니라고 단언하지 않았다.

"하지만 제가 재판에 임하는 태도와는 별개로 세계의 흐름은 틀림없이 사형 폐지 쪽으로 기울고 있죠. UN 고문 금지 위원회는 일본에 사형 집행 정지를 권고하고 있습니다. UN 인권 이사회의 이사국인 우리나라가 그 권고를 계속 무시할 수는 없겠죠. 물론 저는 세계의 흐름을 기초로 판결문을 작성한 적은 없지만, 일본의 사법 체계가 갈라파고스 상태로 전락하는 것을 막으려면 일정 부분 배려는 필요하다고 봅니다. 그럼으로써 국민이 낯선 느낌을 받는다면 그건 이 나라의 국민이 세계 시민으로서 아직 미성숙하다는 것을 뜻하지 않을까요."

미사키는 왠지 시부사와에게 휘둘리는 것 같아 도통 납득할 수 없었다. 세계 시민을 운운하는 부분에 이르러서는 책임을 전가하는 느낌까지 들었다.

"덕분에 오랜만에 유익한 대화를 나눴습니다. 검사님의 귀중한 시간을 낭비하게 해서 죄송하군요."

"아뇨. 판사님의 고견을 접할 기회가 드문 만큼 저도 감사히 들었습니다. 그럼 실례하겠습니다."

무의식중에 언짢은 기색을 보인 걸까. 미사키가 자리를 뜨려고 하자 시부사와가 멈춰 세웠다.

"검사님. 잠깐만요."

"네?"

"이대로 가시면 검사님도 찝찝하시지 않겠습니까."

"아뇨. 괜찮습니다."

"숨기지 않으셔도 됩니다. 저도 다른 사람의 기분 정도는 파악할 줄 알고, 쓸데없는 오해로 검사님을 불쾌하게 하고 싶지 않습니다."

조금 전 이야기의 어디에 오해를 살 여지가 있다는 걸까. 미사키는 괜스레 화가 치밀었지만 엉거주춤 일으킨 엉덩이를 다시 원위치로 돌렸다.

"이건 법원 관계자 중에도 아는 사람이 적은 이야기입니다. 아마 경찰 관계자라면 더 적겠죠."

느닷없이 시부사와의 말투가 확 변했다. 지금껏 쾌활하게 들리기까지 한 목소리도 한 단계 작아졌다.

"그나저나 미사키 검사님. 검사님의 자제분도 활약이 이만저만 아닌 모양이더군요. 이름이 요스케였나요?"

미사키는 무심코 의표를 찔려 몸이 굳었다.

설마 여기서 아들의 이름이 나올 줄은 상상도 못 했다.

"언젠가 TV에서 봤습니다. 무려 쇼팽 콩쿠르의 결선 진출자라니요. 검사님도 오죽 자랑스러우시겠습니까."

"최근 몇 년간 연락 한 번 안 했습니다."

미사키는 불쾌한 표정을 감추지 않았다. 그런 불효자 녀석은 얼굴도 떠올리고 싶지 않았다.

"이런. 제가 괜한 질문을 한 걸까요."

"아뇨, 굳이 감추거나 할 일은 아닙니다. 그냥 아비 마음을 몰라주는 아들일 뿐이니……. 그런데 제 아들 이야기가 갑자기 왜 나오는 겁니까?"

"검사님께도 자식이 있으니 제 심정을 어느 정도 헤아려 주실 거라 생각해서요. 가루베 사건을 심리하기 1년쯤 전, 저에게도 어떤 사건이 일어났습니다. 그 일이 가루베 사건에 아예 영향을 끼치지 않았다고는 잘라 말할 수 없겠고요."

"무슨 일이 있었던 겁니까?"

"제 손녀딸이 유괴돼 살해됐습니다."

순간 미사키는 말문이 턱 막혔다.

"당시 제 딸은 평범한 회사에 다니는 남자와 결혼해 도호쿠에 살고 있었습니다. 부부 금실이 좋아 결혼한 지 얼마 되지 않아 아이가 생겼죠. 딸을 쏙 빼닮은 여자아이였습니다. 그런 손녀가 세 살이 되던 해에 어느 직업 없는 남자가 손녀딸을 유괴한 겁니다. 경찰은 기동력을 총동원했지만 범인이 밝혀졌을 때 손녀딸은 이미 세상을 떠난 뒤였죠. 범인은 그 작고 가냘픈 목을 졸랐다고 합니다. 성이 다르고 거주지가 떨어져 있는 탓에 언론사 대다수는 피해자 가족 중 현직 판사가 있다는 것을 보도하지 못했습니다."

"……범인은 어디서 재판을 받았습니까?"

"모리오카 지법입니다. 1심 판결은 무기 징역. 2심도 1심 판결을 지지해 검찰이 상고했지만 대법원에서 최종 기각됐습니다."

미사키는 들으면서 가슴이 콱 메였다. 가루베 사건과 판박이 아닌가.

"범인은 판결이 확정돼 아사히카와 교도소에 수감됐습니다. 유괴가 초범은 아니었습니다."

미사키는 혼란스러웠다. 손녀딸을 죽인 범인이 무기 징역 판결을 받았다. 그리고 그 뒤 일어난 비슷한 사건에서 시부사와는 범인에게 징역형을 선고한 것이다.

"똑같이 어린 소녀를 살해한 범인 아닙니까?"

"맞습니다. 유괴와 묻지 마 살인이라는 차이는 있지만 범죄 양상과 결과는 비슷하지요."

"그런데도 가루베에게 무기 징역을 선고하신 겁니까?"

"그런데도, 가 아니라 그래서입니다."

시부사와는 미사키를 타이르듯 말했다.

"사적인 아픔을 기준 삼아 타인의 죄를 판단하는 건 엄격히 금해야 합니다. 그러면 그야말로 조금 전 제가 부정한 감정론으로 피고인을 재단하는 게 되니까요. 범인에 대한 개인적인 증오는 공정한 눈을 흐리는 협잡물에 불과합니다. 범죄로 가족을 잃었다고 해서 재판관이 엄벌주의로 일관하면 그것은 질서라고 할 수 없습니다."

의연한 목소리가 가슴을 때렸다.

스스로를 규제한다. 입에 담기는 쉽지만 시부사와 같은 처지에서 실천하기는 쉽지 않았을 것이다. 미사키는 기세에 눌려 잠시 꿈쩍도 할 수 없었다.

"부끄러움을 견디며 제 이야기를 꺼낸 건 조금 전 말씀드렸듯 검사님을 불쾌하게 하고 싶지 않기 때문입니다. 가루베 피고의 사건은 분명 검찰의 구형대로 되지 않았습니다. 하지만 그건 불확실한 사형 폐지론이나 저속한 감정론에 좌우되지 않은 판단이었음을 알아주셨으면 합니다."

미사키는 절로 고개가 숙어졌다.

"……아무리 몰랐다고 해도 이런저런 실언을 해 버렸네요."

"검사님 입장에서는 그럴 수밖에 없죠. 신경쓰지 않으셔도 됩니다."

미사키는 답답한 마음을 품은 채 재판관실을 나왔다.

3

시부사와의 신변 보호는 관할 문제 때문에 경시청 경비부에 요청하기로 했다. 처음에는 경시청도 경호 필요성에 의문을 느끼는 듯했지만 미사키가 사건의 개요를 설명하자 흔쾌히 수락해 주었다.

미사키는 다음으로 쓰쓰미 신고 변호사를 불러 보기로 했다.

쓰쓰미 신고의 사무소는 아카사카에 있다. 지하철로 두 정거장이니 성인이면 쉽게 걸어갈 수 있는 거리다.

시부사와에게 주의를 요청할 때는 직접 가고, 쓰쓰미는 이곳으로 부른다. 누가 봐도 차별적인 대우에는 평소의 적대 관계가 영향을 미친다. 유치하게 보일 수도 있지만 쓰쓰미에게는 최소한의 예의만 갖추면 충분했다.

똑같은 법조계 종사자인데도 법정에서 검찰과 변호사는 적대 관계에 있다. 그래도 진지하고 성의 있게 임하는 자세를 보며 미사키가 경의를 표하는 변호사도 적지 않다. 서로의 입장을 뛰어넘어 술잔을 기울이며 법률에 대해 논하고 싶은 인물도 있다.

그러나 쓰쓰미는 그런 부류가 아니었다.

제1도쿄 변호사회 소속. 변호사 번호는 3만 번대. 사무소 홈페이지와 자신의 SNS에서 그는 끈질기게 느껴질 만큼 '인권 변호사'를 간판으로 내걸고 있다. 미사키는 인권 변호사에게 별다른 편견이 없다고 스스로 생각하지만 자신의 신념과 주장을 대놓고 선전하는 사람 중에 제대로 된 사람이 없다고 보고 있다.

또한 쓰쓰미는 일본 변호사회 형사 사건 변호 센터 사형 변호 소위원회가 작성한 '사형 사건의 변호를 위한 지침'이라는 제목의 글을 자신의 홈페이지에 공개했다. 지침은 사형 회피를 유일한 최대 목표로 명기하고, 목표를 달성하기 위해 피고인이 범행을 부인하는 사건의 경우 피해자의 재판 참관 반대, 그리고 수사 단계에서는 묵비권 행사를 원칙으로 삼는다. 물론 변호사회 내부에도 이의를 제기하는 사람이 있지만 쓰쓰미는 지침을 더없을 정도로 예찬했다.

그리고 무엇보다 미사키는 쓰쓰미의 인품을 좋아할 수 없었다.

사무소 홈페이지에 자신의 전적을 자랑스럽게 내보이는 태도와 아슬아슬하게 비밀 엄수 의무에 저촉되지 않는 선에서 법정 투쟁의 상세한 내용을 발설하는 것도 혐오감을 불렀지만, 무엇보다 볼썽사나운 것은 자신이 수집하는 롤렉스 시계를 '때와 장소에 맞춰 착용하고 있습니다'라는 코멘트를 붙여 가며 올린다는 사실이다. 평소에는 약자의 편이라고 큰소리를 떵떵 치면서 한편에서는 고급 시계를 자랑하는 저급한 졸부 근성은 우스꽝스럽다 못해 추악했다.

재판이 아닌 다른 일로 변호사가 검찰의 호출을 받는 상황은 흔하지 않다. 쓰쓰미는 약속 시간보다 일찍 도착해 접수처에서 연락해 왔다. 미사키가 면회 약속이 있다고 해야만 면회인이 엘리베이터에 탈 수 있다.

미사키는 자기 방에 직접 그를 들이기가 내키지 않아 별실에서 기다리게 했다. 약속 시간보다 조금 늦게 별실 문을 열자 쓰쓰미가 불안한 얼굴로 기다리고 있었다.

"기다리게 해서 미안합니다."

"아뇨. 제가 일찍 도착하는 바람에……." 뭔가 뒤가 켕기는 일이라도 있는지 평소 법정에서 보이는 위풍당당한 모습은 온데간데 없었다. "갑자기 호출을 받아 조금 당황스럽습니다. 대체 무슨 일이죠?"

"2004년에 변호사님이 담당하신 우라와역 묻지 마 살인 사건을 기억하십니까?"

"우라와역 묻지 마 살인 사건……. 아아, 가루베 요이치 사건 말이군요. 네, 기억합니다."

"얼마 전 그의 어머니가 구마가야시에 있는 자택에서 시신으로 발견됐습니다."

미사키가 그렇게 알리자 쓰쓰미는 수상쩍어하며 눈을 가늘게 떴다. 아무래도 무엇을 의미하는지 아직 파악하지 못하는 듯했다.

경찰의 수사 자료를 쉽게 입수할 수 있는 시부사와와 달리 쓰쓰미는 변호를 맡은 사건을 제외하고는 평범한 일반인 입장이다. 부주의하게 그에게 수사 정보를 흘려서는 안 된다. 미사키는 사건 개요와 현장 상황으로 미루어 범행 동기로 복수가 점쳐진다고 설명했다.

"복수……."

"네. 가루베 요이치에 대한 복수. 또는 그에게 사형을 내리지 못한 것에 대한 보복."

"그런 말도 안 되는……."

쓰쓰미는 어이가 없는지 웃어넘기려 했다. 그러나 미사키의 진지한 얼굴을 보고는 곧장 얼굴에서 웃음기를 지웠다.

"확실히 말도 안 되는 이야기라고 느끼시겠죠. 하지만 살해될 이유라고는 전혀 없는 범인의 어머니가 살해된 것도 만만치 않게 말도 안 되는 이야기입니다. 현시점에는 살해 동기를 복수라고 보는 것이 이치에 맞습니다."

"그럴 리가요. 전혀 이치에 맞지 않습니다. 가루베 요이치는 정식 절차를 통해 재판에서 판결받았고 지금도 지바 교도소에서 속죄의 나날을 보내고 있습니다. 모든 것이 법률에 따라 엄숙하게 진행돼 왔습니다."

엄숙하게라. 미사키에게 그 말이 불쾌하게 들렸다.

"그건 어디까지나 가해자 측 논리군요. 변호사님과 가루베는 법의 판단을 받았다고 생각하시겠죠. 하지만 중요한 걸 잊고 계십니다."

"뭐죠?"

"다른 사람을 공격할 때 생기는 통증. 통증은 원래 때린 쪽은 잊어도 맞은 쪽은 결코 잊지 못하는 법입니다."

"하지만 벌써 10년이나 지난 옛날이야기 아닌가요?"

그렇다. 그로부터 10년이 흘렀다.

만약 술이라면 적당히 숙성돼 향긋한 풍미를 발산하는 시기다.

"시간이 지날수록 점차 농축되는 감정도 있죠. 변호사님은 피해자 유족 입장에서 사안을 생각해 보신 적이 있습니까? 억울하게 가족을 잃고, 희망을 빼앗기고, 심지어 범인이 멀쩡히 살아 있는 동안에는 영원히 고통이 이어지는 상황. 그건 오직 경험해 본 자만이 알 수 있는 지옥의 괴로움일 것입니다. 변호사님은 그런 원통함을 상상해 보신 적이 있습니까?"

"그 말씀이야말로 번지수를 잘못 짚으신 듯하네요. 저는 어디까지나 일로써 변호를 의뢰받았을 뿐이고……."

"그것도 변호사님만의 논리지요. 가루베가 사형을 면한 건 실력 있는 변호사님이 최선을 다해 주신 측면이 큽니다. 뭇사람들이 보는 시선이 일치할 겁니다."

"말도 안 되는 소리 하지 마십쇼."

쓰쓰미는 낯빛을 바꿔 마치 미사키가 범인이라도 되는 것처럼 항의했다.

"저는 오로지 의뢰인의 이익을 지키기 위해 필사적이었습니다. 유족에게 편지를 보내게 한 것도, 당사자의 가정환경에 문제가 있었다고 주장한 것도 전부 의뢰인의 이익을 위해서였죠. 물론 다소 악랄했거나 과장한 부분도 없지는 않겠지만 그 정도는 허용 범위 안에 있었습니다. 딱히 드문 일도 아니고요."

이래서는 끝이 없다. 미사키는 속으로 탄식했다.

이 사람에게 피해자의 심정을 헤아릴 마음은 없다고 해도 좋을 것이다. '의뢰인을 위해서'라고 하면 듣기에는 그럴싸하지만 정작 타인에게 고통을 준 의뢰인에게 합당한 속죄를 요구할 마음은 조금도 없다.

조금이라도 피고인을 안락하게 해 주는 판결을 받아 낸다. 미사키는 그것이 변호사의 존재 의의는 아닐 거라고 생각했다. 안락한 처벌이 아닌, 범한 죄에 걸맞은 타당한 처벌과 속죄 방법을 모색한다. 그런 자세야말로 피고인에게 이익이 되는 것이 아닐까.

"애초에 범행 동기가 복수로 정해진 것도 아니잖습니까. 강도나 정신이상자의 소행일 가능성도 있습니다."

"쓰쓰미 변호사님. 변호사님은 가루베가 여성 두 명을 어떻게 살해했는지 기억하십니까?"

"네. 첫 번째 여성은 흉기인 부엌칼로 여러 번 찔렀죠. 두 번째 여성은 경동맥을 절단했고요."

"가루베의 어머니는 첫 번째 여성분이 살해된 방식과 매우 흡사하게 살해됐습니다. 그것만 놓고 봐도 제게는 복수의 기운이 아주 절절히 느껴지는데요."

쓰쓰미는 입을 다물었다. 어쩌면 자기 자신이 흉기에 찔리는 광경을 상상했을지도 모른다.

"수사 정보이니 자세한 건 말씀드릴 수 없지만, 현장에는 분명 복수를 암시하는 물증이 남아 있었습니다. 그러므로 수사본부도 원한 쪽에 무게를 두고 있는 상황이고요."

"그렇다면 범인의 정체도 더 쉽게 가늠할 수 있지 않을까요? 가루베에게 살해된 피해자 유족을 한 사람씩 조사해 보면 될 텐데요."

"굳이 지적하실 필요도 없이 수사본부는 지금 당연히 그렇게 하고 있을 겁니다. 하지만 변호사님, 사안을 너무 좁게 바라보시는 거 아닐까요? 가루베의 판결 때문에 분노를 느낀 사람은 비단 피해자의 유족뿐만이 아닙니다. 정의의 사도를 자처하는 이들은 TV와 인터넷을 보며 모두 그렇게 느꼈겠죠. 이 세상에는 공분이라는 것이 존재합니다. 그리고 정의를 자처하는 이들은 비난당하는 사람에게는 비난당할 만한 이유가 있다고 믿어 의심치 않지요. 머리에 나사 하나가 풀린 누군가가 분노를 참지 못한 나머지 변호사님을 습격한다고 해도 이상할 게 없는 상황입니다."

그제야 쓰쓰미는 안절부절못하기 시작했다. 길을 잃은 아이처럼 눈빛이 힘없이 흔들리고 있다.

"미사키 검사님, 일부러 저를 이렇게 불러서 경고하시는 건 저를 보호해 주실 방법도 떠올렸다는 의미로 봐도 될까요?"

"아뇨, 제가 할 수 있는 일이라곤 이런 게 전부입니다. 경호라면 경찰 쪽에 일단 언질은 해 두죠. 그러니 쓰쓰미 변호사님."

"네."

"이번 사건이 해결될 때까지 되도록 외출은 삼가시는 게 좋아

보입니다. 이럴 때 눈에 띄는 건 자살 행위를 하는 것이나 마찬가지입니다."

쓰쓰미는 부랴부랴 고개를 주억거렸다.

쓰쓰미를 돌려보낸 다음 미사키는 공용차를 타고 사이타마 현경으로 향했다. 요코야마가 자신이 운전하겠다고 나섰지만 기존 업무가 아닌 다른 일을 검찰 사무관에게 시킬 마음은 없었다.

17호선 도로를 직진하자 그리운 사이타마 지방 법원과 사이타마 지방 교도소 건물이 점차 시야에 들어왔다. 저곳에서 현청을 지나 오른쪽으로 꺾으면 사이타마 현경 본부가 나온다.

외래 주차장에 차를 세우고 청사 건물로 향했다. 1층에서 신원과 방문 목적을 알리자 접수대에 있는 여성 직원의 안색이 싹 바뀌었다. 현경 본부에 도쿄 지검 차장 검사가 직접 찾아오는 건 역시 이례적인 일인 것이다.

접수처 직원은 수사 1과 형사부실을 안내했다. 약간 낡은 엘리베이터에서 내리자 벽과 천장에 옅게 댓진이 밴 구역이 나왔다.

미사키가 찾는 남자는 창가 자리에 앉아 있었다. 어디에 있어도 이 흉악한 얼굴을 알아보지 못할 리 없다.

"오오, 이거 오랜만이군요. 차장 검사님."

"겉보기에 전혀 변한 게 없군, 경부."

와타세는 느릿느릿 자리에서 일어나 가볍게 고개를 숙였다. 같은 자리에 있는 수사원들이 무슨 일인지 몰라 눈을 휘둥그레 뜨고 두 사람을 지켜봤다.

"이게 몇 년 만이지."

"마지막으로 뵙고 나서 10년은 흘렀을 겁니다."

"그렇게 오랜만이면 조금 더 접대용 얼굴을 해보는 게 어떤가?"

"진심으로 제 웃는 얼굴을 보고 싶으신 겁니까?"

"잠시 괜찮겠나?"

"슬슬 오실 때가 됐다고 생각하고는 있었습니다."

"이런. 이미 계산 완료인가."

"다른 곳으로 가시죠."

미사키에게 이의는 없었다.

와타세와 미사키는 거의 아연실색하고 있는 사람에게 슬쩍 눈길을 한 번 주고 별실로 자리를 옮겼다.

"여전히 직급은 경부인가?"

"다른 사람 위에 설 만한 그릇이 못 돼서요."

"간부 녀석들에게 들려주고 싶은 말이군. 이제 와서 새삼스럽지만 경부에게는 출세욕이란 게 없나?"

"저한테는 딱 좋은 직책입니다."

"아무튼 그건 그렇고, 구마가야시에서 일어난 독거 여성 살인 사건 말인데 수사가 얼마나 진행됐지?"

"이치노세 하루카, 고이즈미 레나의 유족을 만나고 왔습니다."

"심증은 어떻던가?"

"뚜렷한 알리바이가 없어 현재 증거를 모으는 중입니다. 다만 가루베 본인과 가족에게 노골적으로 분노를 드러내는 사람은 있더군요. 심증은 현시점에 검은색에 가까운 회색이라고 해야 할까요. 검사님은 언제 소식을 접하신 겁니까?"

"오늘 아침. 출근하고 바로 호출을 받았네."

와타세는 미사키의 말을 듣고 이해한 것처럼 고개를 끄덕였다.

"이 시간에 오신 걸 보니 호출을 받고 곧장 다른 누군가에게 주의를 촉구하고 오셨겠죠?"

미사키는 내심 혀를 내둘렀다. 고작 이 정도 대화로 와타세는 자신이 관계자들을 만났다는 것을 꿰뚫어 봤다. 외모도 변하지 않았지만 빈틈없는 구석도 여전하다.

"그전에 일단 확인하고 싶은 게 있네. 사건이 어떻게 진행되느냐에 따라 이번 일은 단순 살해 사건이 아닌 법원, 나아가서는 법무성을 조준하는 사건으로 발전할 수 있어. 여기까지는 자네도 이해하겠지?"

"네. 저도 동감입니다."

"가상의 피해 대상 중에는 현직 판사도 포함되지. 아직 직접적인 피해가 나오지도 않았는데 도쿄 지검이 눈에 띄게 수사에 개입할 수도 없는 노릇이야. 나와 경부가 잠시 둘이서 공동 전선을 펼쳐야 할 것 같네."

"저도 바라던 바입니다."

와타세는 미사키의 요청도 이미 예측한 것처럼 대답했다. 아군이니 믿음직스럽기는 하지만 만약 적으로 돌리면 무시무시한 존재가 될 거라는 생각이 문득 머리를 스쳤다.

한편으로는 묘하게 마음이 들뜨기도 했다.

차장 검사가 된 이후 법정에 직접 서는 일은 거의 사라졌다. 담당 검사에게 지시를 내리고 지검 전체를 관리하는 게 주 업무가 되었다. 그러나 수사 자료를 훑어보고 현장을 뛰는 수사원과 직접 만나 대화를 나누다 보면 가장 바쁘기는 했어도 충실했던 담당 검사 시절이 머릿속에 되살아난다. 비단 와타세 때문만이 아니라 나도 아직 현장 업무에 애착이 있어서일 것이다.

"지검과 가까우니 시부사와 판사님과 쓰쓰미 변호사에게는 사건 내용을 미리 전달해 뒀네. 수사 방해가 될 수도 있으려나?"

"아뇨. 판사님께는 저보다 미사키 검사님이 전하는 게 더 빠르겠죠. 판사님은 어떻게 반응하시던가요?"

"사형 존폐에 대한 이야기를 꺼내시더군. 사형 폐지는 전 세계의 흐름이고 자신이 내린 판단은 세간의 양식에서 벗어나지 않는다고 했어. 본인 입으로 직접 말한 적은 없지만, 시부사와 판사는 사형 폐지론자야."

그러자 와타세는 호오, 하고 흥미진진한 듯 목소리를 높였다.

"재판장이 사형 폐지론자라면 문제가 되지 않습니까?"

"인간의 내면과 관계된 일이라 대법원 윗선과 법무성도 종교 외의 다른 신념이 재판관의 결격 사유가 될 수는 없다고 말한 적이 있어. 하지만 실무상 사형 판결을 내리지 못하는 재판관을 법정에 세울 수는 없으니 변론 준비나 서면 작성 같은 다른 업무로 돌리고는 하지. 방금 말했듯 시부사와 판사는 자신의 판단이 양식적이고 타인의 비난을 받을 만한 것은 아니라고 믿는 듯해. 일단 경시청 경비부에 자택 경호는 요청해 뒀네."

"쓰쓰미 변호사 쪽은 어땠죠?"

"그야말로 소심한 인간이더군. 그쪽에서 앞장서서 보호를 부탁했네. 확고한 신념도 없는 주제에 공명심과 타산만으로 변호를 해대니 막상 좋지 않은 일이 터지는 순간 본색을 드러내는 거지. 그보다 더 볼썽사나운 게 있겠나. 새삼 드는 생각이지만 그에게 변호를 부탁한 피고인들은 하나같이 꽝을 뽑은 거나 마찬가지야."

"하지만 사형이 마땅한 죄를 무기 징역으로 감형시켜 줬으니다 꽝이라고는 할 수 없겠죠."

"원래 복과 화는 번갈아 온다고 하지 않나. 무기 징역을 거머쥔 것까지는 좋았지만 그 일 때문에 가족이 참극에 휘말린다면 역시 꽝이라고 해야 하지 않을까?"

"정작 가루베 요이치 본인은 그렇게 생각하지 않는 듯합니다."

"가루베를 만났나?"

"지바 교도소에 면회를 갔습니다. 어머니가 살해됐다는 소식을 듣고 놀라기는 하지만 슬퍼하지는 않더군요. 오히려 정떨어진 어머니가 죽어서 후련해하는 모습이었습니다."

"……그래도 친어머니 아닌가."

"친어머니라 더 애정이 뒤틀렸을지도 모르죠."

"그 자식이 또 뭐라고 했지?"

그러자 와타세는 벌레 씹은 표정을 지었다.

"들으시면 기분 나빠질 겁니다."

"상관없네. 그 자식 얼굴을 떠올렸을 때 이미 기분은 최악이 되었으니."

와타세는 가루베와 면회했을 때 나눈 대화를 그대로 들려줬다. 부모를 향한 비난, 교도소 생활이 쾌적하다는 소감, 그리고 법정에서 입에 담은 사죄가 과연 진심이었는가 아닌가 하는 이야기.

와타세의 말을 듣고 있으니 속에서 욕지기가 올라왔다.

"마지막에는 즐거운 시간이었다고 하더군요."

"그 대화를 시부사와 판사에게 들려주고 싶군. 아니, 그런 말을 들어도 눈썹 하나 까딱할지 모르지만."

"자제심 차원의 문제가 아니군요."

"재판에 감정을 끌어들여서는 안 된다고 하지만, 법정 밖에서도 철면피를 뒤집어쓴 모습을 보면 조금은 그의 인간성을 의심하고 싶어지네. 이게 다 내가 수양이 부족해서이려나."

"다른 사람을 재판하는 사람은 신의 대행자니까요. 신에게 인간다움을 요구해 봐야 소용없을지도 모릅니다."

"신의 대행자라면 네메시스도 마찬가지네. 경부, 우리 한번 속을 터놓고 이야기해 보지."

미사키가 몸을 앞으로 쭉 뻗자 와타세는 한쪽 눈썹을 올렸다.

"경부가 확증도 없는 이야기를 안일하게 입에 담을 사람이 아니란 건 알고 있네. 하지만 굳이 물어보지. '네메시스'의 목적이 뭐라고 생각하나? 역시 복수인가?"

"뜨내기의 범행일지라도 집 안에 사라진 물건이 없으면 복수쪽일 가능성이 큽니다. 다만 사적인 복수면 그나마 나은 편이죠."

"그게 무슨 뜻이지?"

"네메시스의 올바른 의미는 의분입니다. 사적인 복수를 뜻하는게 아닙니다."

"그건, 설마……."

"범인이 만약 올바른 의미의 '네메시스'를 자처하고 나섰다면 동기는 한 개인이 아닌 사회를 향한 것이라는 뜻이 됩니다. 그럴경우 '네메시스'가 사냥감으로 삼는 대상은 가루베 요이치와 관련된 사람에 그치지 않을 겁니다."

냉정하고 담담한 목소리라 미사키는 더욱 혼란스러웠다.

"경부는 '네메시스' 사건이 이번 한 건으로 끝나지 않을 거라 보는 건가?"

가루베 사건뿐만이 아닌, 피해자와 피해자 유족의 가슴에 한을 남긴 사건.

세상을 떠들썩하게 한 동시에 부당한 판결이라고 비판받은 사건.

그런 사건 전부에 '네메시스'가 개입하려고 한다면……

"애초에 배심원 제도가 도입된 건 사법부 판단이 시민 감각과 동떨어진다는 비판을 들어서지. 이건 바꿔 말해 배심원 제도 도입 전 재판에서 피해자 측에 원한을 살 만한 판결이 수없이 많았다는 뜻이 되기도 하네."

"네. 그래서 사적인 복수라면 그나마 나은 편이라고 한 겁니다. 가루베 사건은 2003년 인터넷이 폭발적으로 보급되기 직전쯤 일어났습니다. '네메시스'가 만약 사건의 직접 관계자가 아니어도 인터넷에서 가루베의 어머니에 관한 정보를 얻었을 가능성이 있습니다." 와타세는 그렇게 말하고 주머니에서 A4 크기 종이를 꺼냈다. "이걸 한번 봐 주십시오."

문서를 보고 미사키는 무심코 비명을 지를 뻔했다.

'우라와역 묻지 마 살인 사건의 범인 가루베 요이치의 어머니(도노하라 기미코)는 지금 이곳에 살고 있다.'

제목 밑에 구마가야시 사야다 O-O이라는 주소와 '도노하라'라고 적힌 문패가 달린 건물의 확대 사진이 있었다. 심지어 친절하게 지도까지 첨부돼 있다.

'가루베 요이치의 무기 징역이 확정된 후 유족 측에서 민사 소송을 하건 말건 이 뻔뻔한 어머니는 결혼 전 성을 되찾아 본가로

돌아갔다. 자살한 남편과 투옥된 아들에게 모든 책임을 떠넘기고 혼자만 안전지대로 도망친 것이다.'

소위 거대 커뮤니티 게시판이라고 불리는 곳에 올라온 글이었다. 글에는 불특정 다수의 댓글까지 달렸는데, 하나같이 악의에 가득 차 도노하라 기미코에게 정의의 철퇴를 내려야 한다고 합창했다..

"이건⋯⋯."

"며칠 전 인터넷에서 저장한 겁니다. 댓글은 몇 년 전에 끊겼지만 글 자체는 아직 남아 있죠. 사건 관계자가 아닌 제삼자도 이런 글을 보면 손쉽게 도노하라 기미코가 현재 사는 곳을 알 수 있었습니다. 사냥은 더 간단했을 테고요."

미사키는 등골이 오싹했다.

개인 정보 보호니 뭐니 다 소용없다.

와타세가 지적한 대로 '네메시스'가 의분을 범행 동기로 삼았다면 인터넷 정보만으로 충분하다. 생면부지의 제삼자가 저지른 충동적 범행이라면 관계자 조사나 탐문 수사도 의미가 없어진다. 미궁에 빠질 확률이 가장 큰 것이 바로 그런 종류의 범행이다.

"경부의 가설이 옳다면⋯⋯ 아니, 옳지 않기를 바라지만⋯⋯ 이건 묻지 마 살인이군. 예상할 수도 없고 수사할 방법도 없는."

"그래서 저도 걱정하고 있습니다."

미사키는 와타세가 오랜만에 자신을 만나고도 한 번도 웃지 않은 게 그의 성격 때문이라고 생각했다.

하지만 이유가 있던 것이다. 분명 속으로 이런 가능성을 떠올리고 있었다면 웃음이 나올 리 없다.

만에 하나에 대비해 시부사와 판사와 쓰쓰미 변호사에게 경호원을 붙였다. 그러나 경호 대상이 백 명, 이백 명이라면 어떡해야 할까. 모든 지자체의 현경 본부와 연대할 수 있을까. 경시청은 어떤 판단을 내릴까.

아니, 그보다 더 중요한 문제가 있다.

사회 혼란이다.

지금까지도 가해자 가족은 당연하듯이 배척되고 억압받았다. 인간은 정의라는 것을 아주 좋아하고, 그런 명목만 내걸면 제아무리 비겁하거나 냉혹한 짓을 해도 칭찬받아 마땅할 행동이라며 추켜세운다.

그래도 시간이 지나면 금세 잠잠해진다. 어차피 얄팍한 정의가 오래 지속될 리 없고 사람들의 관심은 항상 새로운 사건으로 향하기 때문이다.

그러나 가해자 가족이 연이어 범죄 표적이 되는 사태가 발생하면 틀림없이 얄팍한 정의가 횡행할 것이다. 그것도 수백 건 단위로.

"현재 도노하라 기미코 살해 사건은 가루베와 관련된 사람들로 한정해 수사를 진행하고 있습니다. 한심한 이야기지만 지금으로서는 그쪽에서 용의자가 나타나 주기만을 기다릴 수밖에 없습니다."

"알겠네."

와타세는 기다릴 수밖에 없다고 했지만 그렇다고 이 남자가 그저 손가락만 빨고 있을 리 없다. 부하에게 모든 것을 떠맡기지 않고 자신도 한 마리 사냥개가 되어 사냥감의 소굴에 코를 들이밀게 분명하다. 그리고 나는 이 남자의 후각에 의지할 수밖에 없다.

"은밀히 연락을 취하도록 하지. 나도 경호를 부탁한 두 사람의 주변을 확인하겠네. 수상한 움직임이 포착되면 즉시 전달하겠어."

"잘 부탁드립니다."

무뚝뚝한 대답이지만 그래서 더 신뢰할 수 있다.

별실에서 나갈 때 미사키는 불현듯 푸념 한마디를 하고 싶어졌다.

검찰청 안에서 개별 안건에 대해 푸념을 늘어놓은 적은 없다. 푸념한다고 해 봐야 상급자에게만 푸념하기로 해 왔었다. 그런데도 와타세에게 푸념하고 싶어진 것은 아마도 그가 지금 자신과 비슷한 냄새를 맡고 있어서일 것이다.

"요즘은 영 성가시고 까다로운 사건이 늘었어. 전에는 훨씬 단순했는데 말이지."

"전이나 지금이나 별로 달라진 건 없습니다."

"그런가."

"숨어 있던 악의가 눈에 보이게 됐을 뿐이지요."

4

오전 6시 30분, 방내 방송으로 알람 소리가 일제히 울려 퍼졌다.

사가라 미쓰오는 태엽 달린 인형처럼 상반신을 일으켜 서둘러 작업복으로 갈아입고 이불을 갰다. 그리고 독방 안을 청소하고 세수까지 8분 안에 끝냈다. 처음에는 제한 시간 10분을 넘어서 간수에게 여러 번 지적받았지만 요즘은 간신히 시간 안에 소화할 수 있게 됐다. 신통하게도 아침 알람이 울리기 직전에 저절로 눈이 떠진다. 인간의 몸은 규칙적으로 생활하면 시계처럼 작동한다고 들었는데 아마도 그래서일 것이다.

방 가운데에서 책상다리를 하고 앉아 있자 6시 40분 정각에 간수가 왔다.

"점호!"

간수의 지시에 따라 끝에서부터 순서대로 수인 번호를 외친다.

"2354번!"

사가라는 자신의 번호를 외쳤다. 징역수에게는 이름이 없다. 번호가 있을 뿐이다. 듣기로는 담장 밖에서도 머지않아 국민 총배번호제(국민 모두에게 각각 개인을 식별하는 번호를 교부해 행정 정보의 집약화를 모색하는 제도—옮긴이)가 도입된다고 한다. 그렇다면 교도소는 미래를 선도하고 있는 것인지도 모른다.

7시 정각. 죄수들은 번호순으로 일렬로 늘어서 식당으로 향한다. 식사는 하루 중 몇 안 되는 도락이라 메뉴를 확인하는 것만으로 마음이 들뜬다. 오늘 아침은 연어구이와 우엉조림, 중국식 탕국과 매번 똑같이 익숙한 현미밥. 식사 역시 15분 안에 마쳐야 한다. 밥과 반찬을 남겨도 되지만 남기는 사람은 거의 없다.

아침 식사를 마치고 방에 돌아가 작업장에 갈 준비를 하고 또다시 책상다리를 하고 앉는다.

7시 30분에 출방. 사가라는 이때도 "2354번, 나갑니다!" 하고 외친다. 방을 드나들 때는 이 의식을 빠뜨리지 않는다. 익숙해지니 대형차가 후진할 때 '후진합니다' 같은 기계음이 나오는 것과 비슷하게 느껴졌다. 처음 들어왔을 때만 해도 군대 같은 분위기에 진력이 났지만 지금은 아무 느낌도 없다.

다 함께 발을 맞춰 신체 검사장으로 향한다. 검사장 안은 비좁다. 죄수와 검사 담당 간수가 들어오면 꽉 찬다.

사가라는 재빨리 팬티만 남기고 작업복을 벗고 손을 위로 올려 만세 자세를 취했다. 입을 크게 벌리고 하반신 뒤쪽이 간수에게 잘 보이도록 훤히 드러낸다. 이른바 캉캉 춤이라고 불리는, 방과 작업장을 오갈 때 위험물을 반입하는지 확인하기 위한 행위다. 몰래 숨겨 둔 물건이 없는 게 확인되면 다시 작업복을 입는다. 처음에는 비인간적인 대우에 치욕감을 느꼈지만 익숙해지자 치욕이 일상이 되어 무감각해졌다.

국민 체조를 마치고 작업장으로 출발, 8시에 본격적인 작업이 시작된다.

사가라에게 할당된 작업은 전단과 안내 책자 등 각종 인쇄물을 제작하는 일이다. 교도소 안에서 작업 인원이 두 번째로 많다. 교도소 내 작업장이라고 해도 우습게 볼 수는 없다. 오프셋 인쇄기와 전자 조판 시스템을 도입해 동네 인쇄소와 비교해도 완성품의 질이 뒤처지지 않는다. 다만 글자나 사진의 위치가 가끔 어긋날 때는 있다.

비단 인쇄물뿐만 아니라 교도소에서 만든 것은 시가의 반값 정도로 거래된다. 가격이 저렴한 이유는 인건비가 가격에 포함돼 있지 않아서인데, 대신 죄수들에게 전문 지식을 습득시킨다는 대의명분을 내세워 균형을 맞춘다. 하지만 출소할 때는 담장 밖의 기술이 내부의 기술과 비교할 수 없을 만큼 발달해 모처럼 습득한 기술이 쓸모없어질 때가 많다. 결국 대의명분은 어디까지나 대의명분일 뿐이라는 말이다.

작업이 시작되면 잡담은 일절 금지되고 인쇄기 소리가 작업장 안을 지배한다. 사가라가 있는 작업장은 조용한 편이다. 자동 세차기를 만드는 작업장에서는 하루 종일 선반과 연마기가 작동되는 탓에 소음 문제로 청력 이상을 호소하는 사람도 나온다고 한다.

작업에 필요한 최소한의 대화는 허용되지만 그것도 간수의 허가가 필요하고 멋대로 떠들면 처벌 대상이 된다. 아무도 입을 열지 않고 묵묵히 자신에게 할당된 작업을 이어 간다. 사가라도 이곳에 수감되기 전까지만 해도 말이 많은 편이었지만 지금은 온종일 입을 다물고 있어도 괴롭지 않게 됐다. 허울 좋은 로봇이나 마찬가지지만 인간은 역시 적응의 동물이다. 규칙에 익숙해지고, 지시에 익숙해지고, 질책에 익숙해지고, 그리고 굴욕에 익숙해지다가 조금씩 감정이 마모되어 간다. 바꿔 말해 징역이란 인간성이 철저하게 박탈되어 가는 과정이다.

9시 45분에 오전 휴식에 들어간다. 고작 10분에 불과해 화장실에 다녀오면 끝난다.

사가라는 한숨 돌리려고 천장을 올려다 봤다. 천장에 누드 사진이 걸린 건 아니지만 주변 간수나 죄수들의 얼굴을 쳐다보는 것보다 몇 배는 마음이 평온해진다.

"이봐. 그거 알아?"

옆에 선 2350번이 느닷없이 사가라에게 말을 걸었다. 옆방이라 이름 정도는 알고 있다. 밖에서 강도 살인을 저지르고 들어온 하세가와라는 남자다.

"뭐?"

"1275번 면회에 형사가 왔대." 1275번이라는 말을 들어도 바로 얼굴이 떠오르지 않았다. "거 있잖아. 10년 정도 전에 우라와역에서 여대생과 초등학생 여자아이를 죽인 녀석."

그 말을 듣고서야 가루베 요이치의 이름이 떠올랐다. 800여 명이나 되는 징역수 중 이름이 기억나는 사람은 세상을 뒤흔든 중대 사건을 일으키거나 어린 소녀를 살해하고 들어온 사람뿐이다. 중대 사건은 논외로 하고 어린 소녀 살해범이 왜 악명이 높으냐면, 죄수 중 자식이 있는 사람이 많고 이 안에서도 어린 소녀를 살해하는 건 가장 질 나쁜 범죄라고 생각하기 때문이다. 특히 소녀 강간으로 들어온 자는 '페도필리아(소아성애증─편집자) 새끼'라는 욕을 듣고 출소할 때까지 인간쓰레기 취급을 받는다.

가루베는 중대 사건과 소녀 살해 조건을 다 충족하므로 더욱 악명이 높았다.

"형사가 무슨 일로 면회를 왔지?"

"그 자식 어머니가 살해됐다더군. 불똥이 튄 모양이야."

"불똥이라니?"

"원래라면 당연히 사형인데 녀석의 변호사가 이리저리 잘 피해준 덕분에 징역형에 그쳤잖아. 그걸 못마땅하게 여긴 누군가가 대신 녀석의 엄마를 죽인 거지."

"오, 잘 아네. 꼭 본인한테 직접 들은 것처럼."

"본인이 여기저기 떠벌리고 다니고 있어."

하세가와는 길가의 개똥이라도 밟은 듯한 얼굴로 말했다. 사가라도 덩달아 그와 비슷한 표정을 지었다.

"범인에게 직접 손을 뻗칠 수 없으니 대신 엄마를 죽인 건가? 집념이 대단한 녀석이네."

"그래. 내용이 내용인지라 순식간에 빵 안에 소문이 쫙 퍼졌어."

이곳 지바 교도소에는 징역 10년 이상을 선고받은 죄수들이 수감돼 있다. 개중에는 25년처럼 거의 종신형에 가까운 형기를 받은 사람도 있다. 피해자 가족으로서는 복수하고 싶어도 복수할 방도가 없다. 수많은 피해자 유족 중 범인 대신 그 가족을 죽여야 겠다고 떠올리는 사람이 나올 만도 하다.

"담장 밖에 마누라나 자식을 남기고 온 녀석도 많잖아. 그런 녀석들은 조바심 좀 나겠는걸."

"1275번을 어지간히 원망했나 보네."

"그런데 이번에는 범인이 번지수를 잘못 짚은 것 같아. 1275번은 꼭 기쁘다는 듯이 이야기를 퍼뜨리고 다니니까. 그 자식은 원래 여자아이를 살해할 정도로 인간쓰레기이기는 하지. 우리랑은 다르게."

하세가와는 할 말이 더 남은 듯했지만 때마침 간수가 휴식 시간이 끝났음을 알려 이야기는 거기서 중단됐다.

"작업 재개!"

호령을 시작으로 사가라와 하세가와는 다시 기계의 일부가 되어 오프셋 인쇄기에 매달렸다. 그러나 사가라는 팔다리를 기계처럼 움직여도 머릿속으로 다른 것을 떠올리고 있었다.

번지수를 잘못 짚었다는 말이 맞는 것 같다.

하지만 어쨌든 나와는 상관없는 이야기다.

어차피 나한테는 불똥이 튈 가족이 남아 있지 않으니까. 사가라는 내심 득의의 미소를 지었다. 누가 범인인지는 몰라도 통쾌하기는 하군. 가능하면 똑같은 사건이 자주 일어나서 전국 각지의 징역수 가족들이 연이어 끔찍이 살해된다면 그보다 더 재밌는 건 없을 텐데.

사가라는 작년 징역 16년 판결을 받고 지바 교도소에 수감됐다. 죄목은 살인, 검찰 측 구형은 사형이었으니 따지고 보면 사가라도 아슬아슬하게 사형을 면한 사람 중 하나다.

2년 전 사가라는 절도 목적으로 어느 집에 침입했다.

분명 집 안에 사람이 없을 거라고 예상했지만 운 나쁘게도 안쪽 방에 잠들어 있던 주부가 사가라의 침입을 눈치챘다. 상황이 그렇게 된 이상 사가라도 세게 나갈 수밖에 없었다. 운이 나쁜 건 피차일반이었다.

우선 비명을 지른 주부를 구타했다. 단지 기절만 시킬 심산이었는데 비틀거리던 주부는 화장대 모서리에 머리 옆 부분을 부딪치고 움직임을 멈췄다. 황급히 달려가 보니 이미 숨져 있었다.

그 모습을 딸이 목격했다. 아직 스무 살 정도로 앳돼 보였지만 그렇다고 못 본 척 넘어갈 수는 없었다. 사가라는 이미 사람 하나를 죽인 탓에 어찌할 바를 모르다가 결국 숨이 턱 끝에 차오를 때까지 그녀를 때렸다.

축 늘어진 딸을 혼자 남겨 두고 집 안을 뒤지며 돈이 될 만한 것들을 긁어모았다. 예상보다 많은 현금과 귀중품이 있어 수확은 만족스러웠다.

어차피 얼굴을 봤으니 딸을 살려 둘 수는 없다고 판단했다. 그녀를 능욕하고 행위 도중 목을 졸랐다. 소문으로 듣던 대로 목을 조르자 질구가 수축해 느낌이 더 좋았다. 다만 오래가지 못했고 몇 분 지나지 않아 그녀는 숨을 거뒀다.

숨이 끊어진 몸에서는 순식간에 분뇨가 방출됐다. 하반신이 분뇨투성이가 되자 역시 성기도 사그라들어 사가라는 사정하지 못하고 그녀의 시신에서 몸을 뗐다. 시신의 질 내에 체액을 남길 생각도 없었으므로 마침 적당한 타이밍이었다.

욕실에서 하반신에 묻은 분뇨를 물로 씻어낸 후 집을 나섰다. 전과가 없어서 지문 정도는 남겨도 괜찮으리라고 대수롭지 않게 생각했다.

그러나 일본 경찰은 솜씨가 뛰어난 동시에 집요했다. 경찰은 목격자를 찾고 CCTV 영상을 분석해 고작 두 달 만에 사가라를 검거했다. 현장에 남은 지문과 머리카락, 그리고 딸의 하복부에 남은 땀이 DNA 감정을 통해 사가라의 것으로 판명됐다.

검찰은 사가라의 행위를 극히 이기적이고 잔인한 행위로 단죄하고 사형을 구형했다. 재판에 임한 배심원 여섯 명도 피고석에 있는 사가라를 증오 어린 시선으로 노려봐서 그대로 심리가 이어지면 사형 판결이 나올 가능성이 컸다.

그러나 재판장이 구원의 신이 돼 주었다. 어떤 합의가 있었는지 듣지 못했지만 사가라에게 내려진 판결은 징역 16년. 사형을 각오하고 있던 사가라에게는 그야말로 무사 생환이었다. 당시 재판장이었던 시부사와라는 판사는 '온정 판사'라는 별명이 있는 듯했다. 태어나서 한 번도 남에게 감사해 본 적 없던 삶이었다. 부모는 일찍이 세상을 떴고 옆에서 악행을 말리는 사람도 없었다. 시부사와는 판결문에서 피고인의 삶에 동정해야 할 부분이 있다고 했다. 그날부터 사가라에게 시부사와는 세상에서 유일하게 감사함을 느끼는 인물이 됐다.

판결 당시 사가라는 서른네 살이었다. 16년 형기를 무사히 마치고 출소하면 쉰 살. 모범수가 되어 조금 더 일찍 나갈 수도 있겠지만 솔직히 요즘은 담장 밖보다 안에 있는 게 더 마음 편하다고 느끼기 시작했다. 이 안에서는 어린 여자아이를 죽인 사람을 제외하면 형량이 길수록 더 높은 평가를 받는다. 주변 죄수들도 왠지 사가라를 신경 써 주는 듯했고, 애초에 멋대로 말하거나 움직이는 게 금지돼 있어서 누군가에게 갑자기 공격당할 걱정도 없이 그야말로 평화롭게 지낼 수 있다. 일은 가벼운 노동이고 세 끼 건강식에 규칙적인 생활. 에어컨이 없는 것이 옥에 티지만 한밤에 찬 이슬을 피할 수 있으니 배부른 소리를 할 때가 아니다. 중졸에 품성이 불량하다고 뒤에서 수군거리는 소리를 들으며 어디에도 다가갈 수 없었던 바깥 생활과 비교하면 천국이나 마찬가지다. 사가라는 무사히 형기를 마쳐 출소했는데도 다시 경범죄를 저질러 돌아오는 이들의 심정을 절절히 이해했다. 자신도 출소 이후 선배들의 행동을 답습할 가능성이 컸다.

나이 50줄에 접어든 전과자가 세상에 나가 봐야 제대로 된 직업을 얻을 리 만무하다. 계약직 사원이 되기도 어렵고 시급 천 엔 수준의 3D 직종에나 종사하며 근근이 여생을 보내는 게 고작일 것이다.

게다가 교도소는 모든 악행을 배울 수 있는 최고의 교육장이다. 강도, 사기를 시작으로 온갖 범죄의 전문가들이 한데 모여 있다. 딱히 학습 의지가 없어도 우수한 강사들의 이야기가 절로 귀에 들어온다. 반년만 강의를 들어도 어엿한 청강생이 될 수 있다. 그리고 몸에 밴 지식과 기술은 구사하지 않고서는 못 배긴다. 사가라는 출소하자마자 그간 배운 것들의 성과를 몸소 체험하고 다시 교도소에 돌아올 계획이었다.

요즘 사가라는 자주 다음과 같은 생각을 했다.

세상에는 악행에 발을 담그지 않고 살아갈 수 있는 자와 그렇지 않은 자가 있다. 범죄라는 것은 두 부류를 같은 곳에 두기 때문에 발생하는 트러블이다. 진심으로 범죄를 미연에 방지하고 시민의 생명과 재산을 지키고자 한다면 왜 양쪽을 분리하지 않는 걸까. 교도소는 갱생 시설이며 그 안에서 형기를 보내는 자를 정말로 참된 인간으로 교화할 수 있다고 믿는 걸까.

인간은 근묵자흑이다. 악독한 인간들 사이에 던져 놓고 사람을 교화하고자 하는 건 미친 짓이나 다름없다. 악인을 진정 선인으로 만들고 싶으면 선인 집단에 집어넣는 것이 마땅한데, 위정자나 공무원은 어느 하나 그런 방법을 제안하지 않는다. 아니, 제안하지 않으니 위정자와 공무원으로 살아갈 수 있다.

상관없어.

어쨌든 사가라는 '온정 판사' 덕분에 구사일생으로 목숨을 얻었다. 모처럼 길어진 생명줄을 좀 더 평화롭고 안온하게 지키고 싶었다. 담장 밖에서 얼빠진 복수의 사도가 살육을 반복해 준다면 자신은 안전지대에서 느긋이 구경하면 된다.

점심시간까지 앞으로 두 시간 남짓.

'오늘 메뉴가 뭐였더라?' 하고 떠올린 순간 조금 전까지 사가라의 머릿속에 있던 출소 이후의 청사진은 깨끗이 사라졌다.

3
비분 悲憤

1

9월 3일 오후 11시 35분.

슈퍼에서 근무를 마친 니노미야 데루히코는 집으로 향하고 있었다. 늘 그렇듯 제방 옆 모랫길을 직진하다가 가쓰시카 대교가 눈에 들어오면 집까지 얼마 남지 않았다는 뜻이다.

늦더위가 기승을 부려 이 시간에도 아스팔트에서 오후의 잔열이 올라왔다. 하지만 자전거를 타고 달리는 터라 강에서 부는 시원한 바람이 쾌적하게 느껴진다. 그가 사는 빌라에서 슈퍼까지 절대 가깝지 않은 거리를 자전거를 타고 다니는 이유 중 하나도 바로 이 기분 좋은 바람 때문이다. 물론 가장 큰 이유는 경차나 오토바이를 살 형편이 못 돼서겠지만.

오늘 햇볕도 뜨거웠다. 아스팔트의 반사열을 받으며 카트를 회수하고 있으니 딱 20분 만에 속옷이 땀으로 흠뻑 젖었다. 옆을 지나가는 손님이 자신을 피하는 것은 틀림없이 땀 냄새 때문이었다.

어찌 됐든 일을 마쳤다. 자전거 바구니에는 비닐봉지에 든 맥주가 따개를 열어 주기만을 이제나저제나 기다리고 있다. 곧 날짜가 바뀔 시간이지만 특별히 서두를 이유는 없었다. 어차피 집에 가 봐야 기다리는 사람은 없고 일찍 가야 할 이유도 없다. 그저 캔맥주를 홀짝이며 빈둥빈둥 뉴스를 보는 것이 니노미야의 휴식이었다.

의욕도 목적도 없이 일용할 양식을 얻기 위해 일한다. 언젠가 체력이 쇠퇴해 일할 수 없게 되면 월세가 밀린 빌라나 길 위에서 객사할 것 같은 예감이 나날이 현실적으로 다가오지만, 따뜻한 물에 몸을 담그고 있는 안도감이 그것을 잊게 해 줬다.

전에는 이렇지 않았다. 대형 자동차 기업의 영업 사원으로 실력을 발휘하던 시절에는 매일매일 의욕이 넘쳤다. 가정을 지키고 생활을 더 풍요롭게 하겠다는 목적이 피로를 반으로 줄여 주었고 기쁨을 갑절로 만들었다. 꿈에 그리던 미래의 청사진은 희망과 안락으로 가득 차 있었다. 노동에 수많은 의미가 있었고 집에는 마땅히 사랑해야 할 가족과 일상이 축적되어 있었다. 삶은 생에 대한 실감으로 넘쳤다.

그러나 지금은 살아 있다는 기분이 들지 않는다. 대체 언제부터 나는 이렇게 돼 버린 걸까. 즉시 떠오르는 것은 아들 게이고가 일으킨 그 사건이다. 그것을 기점으로 가정이 붕괴했고 니노미야는 사랑하고 지켜야 할 것들을 잃었다. 지킬 것을 잃은 순간 좌절이 찾아왔고 기력은 쇠퇴했다. 가능성과 희망을 빼앗긴 인간은 쇠약해지기 마련인 걸까.

그래도 게이고가 체포 송치돼 재판이 시작될 때만 해도 아직 가족 사이에 일체감이 지속되고 있었다. 아내 구니에와 손을 맞잡고 아들의 무죄를 빌고 또 빌었다.

하지만 범한 죄가 너무도 크고 무거웠다. 동기와 경위를 떠나 사람을 둘이나 죽인 것이다. 피고인에게 정신적인 문제라도 있지 않은 한 무죄 판결은 나올 리가 만무했다.

몇 번의 공판을 거쳐 게이고에게는 합당한 판결이 내려졌다. 세상 사람들은 관대한 판결이라며 반감을 내비쳤지만 반대로 니노미야와 구니에에게는 가혹하다고 느껴지는 판결이었다.

형량을 떠올리자 마음이 무거워졌다. 아무 문제를 일으키지 않고 무사히 형기를 마치고 출소한다고 해도 그때 게이고는 이미 마흔일곱 살. 니노미야는 거의 일흔이다. 어쩌면 아들과는 저세상에서나 재회하게 될지도 모른다.

오래 살아 익숙한 가와고에시에 있는 아파트를 처분하고 이웃의 눈을 피하기 위해 지금 사는 빌라로 이사했다. 그 후 얼마간은 아내와 둘이 살았지만 아들의 출소를 기다리는 생활에 지친 구니에가 이혼을 선언하고 에히메에 있는 본가로 돌아가 버렸다. 민사 재판으로 피고인 유족에게 청구된 배상금을 마련하느라 고통스러웠던 탓도 있었을 것이다. 그 뒤로 니노미야는 방 두 칸짜리 집에서 줄곧 혼자 살고 있다.

30년 가까이 근무한 회사도 더 다닐 수 없게 되어 그만뒀다. 노골적인 따돌림은 없었다고 해도 죄수의 아버지를 보는 시선은 상상 이상으로 냉혹했다.

지급받은 퇴직금을 다 쏟아부어도 배상금의 절반도 되지 않았다. 피해자 유족에게서 부족한 액수만큼 추가 청구가 들어왔지만 지금은 그냥 방치하고 있다. 니노미야에게도 자신의 생활이 있었다.

구직 지원 센터는 쉰 넘은 남자에게 조건이 괜찮은 일을 주선해 주지 않는다. 구인 정보에 나이 제한은 사라졌어도 면접에서 자동 탈락하면 매한가지다. 결국 다섯 번째 회사인 슈퍼마켓에서 카트 운반 일을 맡게 됐다. 회사원 시절과 비교해 시급은 경악할 수준이지만 분에 넘치는 소리를 할 처지가 아니었다.

자전거를 타고 제방 옆을 달리자 왼쪽으로 널찍한 운동 공원이 보였다. 지금은 인적이 없지만 낮에는 학교 야구부에서 나와 연습을 했을 것이다.

니노미야는 불현듯 아들과 캐치볼을 하던 시절을 떠올렸다. 그때도 지금과 같은 하천 부지였다.

게이고는 초등학생 시절부터 야구를 시작해 중학교, 고등학교, 대학 때까지 유니폼을 계속 갈아입었다. 대부분의 야구 소년들처럼 프로가 되겠다는 꿈이 있었지만 역시 대부분의 야구 소년들처럼 재능의 한계에 부딪혀 날개를 접었다. 그래도 졸업 이후에도 아마추어 야구팀에서 투수를 맡았으니 미련은 남았을 것이다.

둘이 캐치볼을 하던 때만 해도 게이고는 분명 평범한 어린아이였다. 이제는 그냥 헛소리에 불과하다는 것을 뼈저리게 느끼고 있지만 당시만 해도 '건전한 몸에 건전한 영혼이 깃든다'라는 표어를 당연하게 여겼다. 그런 아이가 왜 감옥에 갇히는 처지가 됐을까. 본인의 자질에 문제가 있었을까. 아니면 아빠인 나의 양육 방식이 틀린 걸까.

나 자신이 역부족이었던 것만은 확실하다. 직장에서 사람과 돈을 다루며 능력 있는 남자처럼 행세했지만 모든 건 회사의 간판과 직함이 있었으니 가능한 일이었다. 집에 돌아가 넥타이를 풀면 알몸 상태의 남자로 돌아갔다. 그리고 알몸 상태의 니노미야는 아버지, 그리고 남편으로서도 제 몫을 하지 못했다.

아아, 그만, 그만.

가족을 떠올리고 싶지 않았다. 떠올리면 지금의 쓸쓸하고도 살벌한 상황이 더 절절히 체감되기 때문이다.

니노미야는 생각을 멈추려고 고개를 두어 번 흔들었다.

그리고 문득 깨달았다.

조금 전부터 몇 미터 뒤에서 차 한 대가 바싹 달라붙어 오고 있었다. 별로 페달을 세게 밟는 것도 아닌데 차량과의 거리가 그대로다. 뒤따라오는 차들이 참지 못하고 옆을 지나쳐 갔지만 문제의 차량은 신경 쓰는 기색도 없었다.

암흑 속에서 전조등 불빛만 눈부시게 빛나서 차종과 차체의 색도 분간할 수 없다. 하지만 수상한 기운만은 느껴졌다.

설마 내가 거금을 갖고 다니는 사람처럼 보이는 걸까. 아니, 그럴 리 없다. 출근할 때는 항상 후줄근한 바지와 싸구려 셔츠를 입는다. 아무리 얼빠진 소매치기라도 옷차림만 보고 사냥감을 구분할 수 있다.

뭔가 꿍꿍이가 있다. 니노미야가 의아하게 생각하자 차가 마침내 속도를 높여 간격을 좁히기 시작했다.

역시 기분 탓이었나. 니노미야는 가슴을 쓸어내렸다. 생각하면 당연한 일이다. 돈 없음, 재산 없음, 가족 없음. 이런 사람을 공격해 대체 뭘 빼앗아 간다는 말인가.

예민한 자의식을 부끄러워하고 있자 차가 조금씩 간격을 좁혀 왔다. 아니, 급가속해 따라오는 것 같기도 했다.

니노미야는 순간 등골이 오싹해져 갓길에 자전거를 붙였다.

등 뒤에서 엔진 소리가 점점 크게 들렸다. 니노미야는 더 왼쪽으로 도망치며 페달을 세게 밟았다.

틀림없다.

저 차는 나를 노리고 있다.

전조등 불빛이 온몸을 비춘다고 생각한 순간 엔진이 포악하게 울부짖었다.

순간적으로 자전거 핸들을 왼쪽으로 꺾자 앞바퀴가 갓길에서 벗어났다. 니노미야가 탄 자전거는 그대로 제방의 내리막길을 미끄러져 내려갔다.

비명을 지를 새도 없었다. 낙하하는 동안 반사적으로 핸들에서 손을 떼자 니노미야의 몸이 허공에 붕 떠올랐다.

하늘과 땅이 뒤바뀐다.

충격.

격통.

충격.

격통.

콘크리트 블록에 몸을 수차례 부딪친 후 니노미야는 하천 부지에 굴러떨어졌다.

온몸의 통증을 견디며 상반신을 일으켰다. 머리를 부딪치지 않은 게 천만다행이었다.

경사로를 내려오는 소리에 고개를 돌리자 지금껏 뒤쫓아 오던 차가 멈춰 서 있고 누군가가 자신을 향해 다가왔다. 분명 책임을 느끼고 상태가 어떤지 보러 오는 것이리라. 다행이다. 큰일이 났다는 걸 깨닫고 병원에 데려가 주거나 구급차를 불러 줄 것이다.

검은 그림자가 니노미야를 내려다 봤다. 가로등 불빛이 역광이라 남자인지 여자인지 구분할 수 없다.

갑자기 화가 치밀었다.

"다, 당신이 난폭하게 운전해서……."

그러나 말은 끝까지 이어지지 않았다.

위로 크게 들어 올린 그림자의 양손에 봉 모양의 물건이 들려 있었다.

봉이 니노미야를 향해 떨어진다.

머리 앞쪽에 충격을 느낀 순간 니노미야는 자신의 두개골이 움푹 파이는 소리를 들었다.

*

다음 날 와타세는 고테가와가 운전하는 차를 타고 마쓰도시 고야마 현장으로 향했다.

"그런데 지바에서 일어난 사건인데 왜 우리한테 통보가 온 겁니까?"

고테가와가 미심쩍은 듯이 말했다.

"마쓰도 경찰서 강력계에서 연락을 받았어. 아무래도 그쪽에서 이번 일이 '네메시스'와 관련됐다고 판단한 것 같다."

네메시스에 대해 공표하지 않고 있지만 경찰 내부망을 통해 전국 경찰서에 정보가 퍼졌다. 그래서 통보가 들어온 것이다.

협력 체계가 제대로 작동하는 것 같아 마음이 놓이지만 와타세는 불안감을 더 크게 느꼈다. 두 번째 사건이 왜 마쓰도에서 일어났을까. 가루베 요이치와 관련된 인물 중 지바현에 사는 사람은 없을 터였다.

그렇다면 이번 일은 역시 가루베 사건과 별개라는 나의 예상이 적중한 건 아닐까.

현장은 가쓰시카 대교 앞 제방 아래에 있는 하천 부지였다. 도로에서 보이지 않게 파란색 시트를 쳐 놓은 곳 주변을 마쓰도 경찰서 수사원과 감식반원들이 바쁘게 돌아다니고 있다.

출입 금지가 적힌 노란색 테이프를 지나 안으로 들어가자 낯익은 남자가 다가왔다.

"먼 길 오시느라 고생하셨습니다, 와타세 경부님."

강력계의 다테와키였다. 다른 사건에서 합동 수사를 한 적이 있어 와타세와 알고 지내는 사이다.

"'네메시스'와 관련됐다고 들었습니다."

"일단 가서 보시죠. 마침 검시가 막 끝난 참입니다."

시신은 비교적 평탄한 부지에 안치돼 있었다. 시트를 걷어 보니 사인이 한눈에 봐도 뚜렷해 검시관이 일찍 일을 끝마친 게 이해됐다.

시신의 앞머리가 석류처럼 쪼개져 있었다.

갈라진 곳에서 흐른 뇌척수액이 굳어 가고 있다. 상처 입구의 출혈이 엄청나 시신의 상반신이 피로 얼룩져 있었다. 기온이 오른 탓인지 사후 얼마 되지도 않았는데 부패한 냄새가 코를 찔렀다.

"최초 발견자는 근처를 조깅하던 동네 주민입니다. 시신이 어디에 감춰져 있었던 건 아닌 모양입니다. 사인은 보시다시피 두개골 골절에 따른 뇌타박상. 흉기는 범인이 가져간 듯하지만 검시관은 쇠파이프 같은 모양의 물건으로 추측했습니다."

"피해자의 신원이 밝혀졌습니까?"

"주머니에서 사원증이 나왔습니다. 니노미야 데루히코, 55세. 이 앞 '고야마 슈퍼'에서 일하던 직원이고 일을 마치고 집에 돌아가는 길에 습격당한 듯합니다." 다테와키는 제방 아래 경사로 쪽을 가리켰다. "이미 감식반이 가져가 없지만 피해자의 자전거가 저 주변에 쓰러져 있었습니다."

"피해자가 자전거에 탄 상태였다면 공격 수법도 한정되겠군요."

"그 말씀이 맞습니다. 오토바이나 차로 추적했을 가능성은 부정할 수 없지만 도로 위에 눈에 띄는 타이어 자국 등은 발견되지 않았습니다. 자전거에 충돌 흔적도 없는 걸 보면 단순히 옆으로 피하려다가 본인이 핸들을 놓친 것으로 감식반은 보고 있습니다."

와타세는 시신의 머리부터 발끝까지 꼼꼼히 살폈다. 무릎과 정강이, 어깨 일부분에 타박상이 있지만 상처 형태로 보면 얻어맞은 게 아니라 뭔가 평평한 것에 세게 부딪힌 흔적임을 알 수 있다. 아마 굴러떨어지다가 콘크리트 블록에 부딪힌 상처일 것이다. 오른손 검지 끝에는 피를 닦은 듯한 흔적도 있다.

"현재 주변을 탐문 수사 중입니다만…… 아직 이렇다 할 목격 증언은 얻지 못했습니다. 사망 추정 시각은 오후 11시부터 자정 사이. 이미 사람들의 발길이 끊긴 시간대고 동네 주민도 비명이나 다른 소리 같은 건 듣지 못한 듯합니다."

"피해자가 심야 근무를 한 겁니까?"

"'고야마 슈퍼'는 11시까지 영업합니다. 피해자는 카트 정리를 마치고 영업이 끝나자 곧장 가게를 나갔다고 합니다. 슈퍼에 문의 해 확인했습니다."

요즘은 고객층의 생활 습관 변화에 맞춰 영업시간을 연장하는 점포도 늘고 있다. 오후 11시 영업 종료는 평범한 축에 속한다.

"피해자는 퇴근 직전 식료품 판매대에서 고등어 통조림과 맥 주를 샀습니다. 그것들을 바로 이 비닐봉지에 집어넣었습니다."

다테와키는 비닐에 싸인 흰색 비닐봉지를 내밀었다.

와타세의 눈이 순간 한곳에 집중됐다.

비닐봉지에 적힌 피로 쓴 글자.

'네메시스'

와타세 옆에 있던 고테가와가 낮게 신음했다.

시신의 검지에 남은 혈흔은 이 네 글자를 적은 흔적이 분명했다.

"사이타마 현경에 연락한 이유가 이거였군요."

"네. 이 사인이 없었다면 그냥 근처에 사는 못된 놈의 소행으로 생각했을 수도 있었겠죠. 보시다시피 피해자의 차림새가 이렇고 범인이 지갑에는 손을 대지 않았으니까요. 비닐봉지에 피해자의 손가락을 이용해 글자를 적은 것으로 보입니다. 조금 전 감식반이 간이 채취를 통해 그렇게 판단했습니다."

"그렇다면 이 피해자도 과거 사건의 관계자인 걸까요."

"4년 전 일어난 아게오 스토커 살인 사건…… 기억하시죠?"

와타세는 말없이 고개를 끄덕였다. 잊었을 리 없다. 사건을 맡은 아게오 경찰서뿐만 아니라 사이타마 현경 본부의 오점이라고도 불린 사건이었다.

2009년 9월 5일 아게오시 스이조 공원 근처 공사 현장에서 여성 변사체 두 구가 발견됐다. 살해된 사람은 당시 대학교 4학년인 22세의 구세 히로코와 72세의 친할머니 구세 요코. 시신에는 몸싸움을 벌인 흔적이 있었지만 더 눈에 띈 것은 치명상이었다. 두 사람은 둔기로 수차례 구타당해 머리가 쪼개져 있었다. 거듭된 충격 때문에 완전히 형태를 잃어버린 상태였다.

현경 본부와의 합동 수사로 용의자는 얼마 안 돼 체포됐다. 가와고에시에 거주하며 스포츠용품점에서 일하던 당시 29세의 니노미야 게이고. 피해자 구세 히로코와 교제하다가 사건이 일어나기 얼마 전 헤어져 경찰은 애당초 치정 갈등이 원인인 살인 사건으로 추정했다.

그러나 수사가 진행되면서 현경 본부는 아게오 경찰서의 수상쩍은 움직임을 포착했다. 히로코의 부모가 사건 발생 전에 고소장을 제출했다고 증언했는데 아게오 경찰서에 기록이 남아 있지 않은 것이다. 또한 현경 본부에서 부모를 조사할 때는 어떻게든 구실을 갖다 붙여 아게오 경찰서 수사원이 동석하려고 했다.

이상하게 여긴 전담 수사원이 관계자 모두를 조사한 결과 경찰 쪽에 불명예스러운 사실이 산더미처럼 나왔다. 히로코와 그녀의 부모는 전부터 니노미야 게이고의 스토커 행위 때문에 골머리를 앓고 있었고, 아게오 경찰서에 여러 번 상담했지만 경찰은 민사 불개입 원칙을 이유로 들어 수사 의지를 보이지 않았다고 한다. 니노미야 게이고의 위협 행위가 피해자의 집과 피해자 아버지의 직장에까지 향하면서 사태가 심각해질 무렵 제출된 고소장은 아게오 경찰서 담당자에 의해 단순한 피해 신고로 위조됐다. 그 직후 피해자 가족에게는 고소를 일단 한 번 취하해 달라는 요청까지 들어왔다고 한다. 고소를 한 번이라도 취하하면 같은 내용으로 두 번 다시 고소하지 못 하게 되지만 담당 경찰은 그런 사실도 알리지 않고 속였다.

만약 고소를 접수하자마자 아게오 경찰서가 수사에 착수해 니노미야 게이고를 체포했다면 히로코도 살해되지 않았을 것이다. 그런 사실이 언론에 폭로되자 여론이 폭발했다. 불상사가 일어난 것은 수사상 실수가 아니라 경찰의 직무 태만과 무사안일주의의 소산이었고, 결국 아게오 경찰서 담당자 몇 명이 징계면직 처분을 받고 내부 감사를 맡은 현경 본부는 사죄하는 한편 국가 배상 청구 소송의 대상이 됐다.

"그 사건에서 아게오 경찰서의 근무 태만이 크게 부각된 탓에 정작 중요한 니노미야의 행태는 묻힌 감이 있습니다. 딱히 아게오 경찰서를 두둔하는 건 아니지만 니노미야의 범행도 악독하기 그지없었습니다."

와타세와 함께 고테가와도 묵묵히 고개를 끄덕였다. 사건이 일어난 2009년은 고테가와가 수사 1과에 배속된 무렵이라 사건의 개요는 알고 있을 것이다.

"이대로 계속 날 무시하면 너희 부모를 죽일 거다. 니노미야는 피해자를 그렇게 겁박해 피해자와 손녀를 걱정해 따라 나온 피해자의 할머니를 공사장에 데려가 현장에 있던 쇠파이프로 구타했다. 사건의 경위가 대략 이랬죠? 그렇다면 이번에 니노미야의 아버지가 살해된 수법과 비슷하군요."

다테와키는 동의하듯 고개를 끄덕였다.

범인의 가족을 피해자가 당한 것과 같은 수법으로 살해한다. '네메시스'는 치밀하게 첫 번째 범행을 답습한 것이다.

그 뒤 사이타마 지검에 송치된 니노미야는 살인죄로 기소됐다. 재판은 니노미야의 범행이 상해 치사인지 살인인지, 즉 살의의 유무에 쟁점을 뒀다.

"사이타마 지검은 그전부터 이어진 악랄한 스토커 행위와 수차례에 걸친 협박 문언으로 미루어 살의가 있었다고 주장했다. 하지만 변호 측은 흉기가 된 쇠파이프가 사전에 준비된 게 아닌 원래부터 현장에 있었던 것이라는 점에서 상해 치사를 주장……. 맞습니까?"

"네, 맞습니다. 결과는 1심 판결이 징역 18년. 검찰이 항소했지만 2심도 1심 판결을 지지. 결국 검찰이 상고를 포기해 1심 판결이 그대로 확정됐죠. 당시에는 아게오 경찰서의 근무 태만 문제까지 섞여 여론이 니노미야에게 악감정을 드러냈지만 그런 것이 판결 내용에 반영되지는 않았습니다."

다테와키는 와타세와 고테가와가 도착하기 전에 사건 기록을 대략 훑어봤을 것이다. 그의 설명에는 막힘이 없었다.

이야기를 듣는 동안 세간을 뒤흔든 아게오 스토커 살인 사건의 전말도 다시 떠올랐다. 당시 언론은 사건을 보도할 때 아게오 경찰서의 근무 태만에 중점을 뒀고 니노미야의 범행에 대해서는 자세히 언급하지 않았다.

하지만 사이타마 현경이 사죄하고 관련 담당자의 처분이 정해져 경찰에 대한 언론 보도가 막을 내리자 재판의 모두 진술로 범행을 알게 된 여론은 이번에는 니노미야와 그 가족에게 위협을 가했다.

피해자와 가족을 끊임없이 따라다닌 집요함과 잔혹한 범행 수법, 그리고 자신의 감정을 일방적으로 밀어붙인 이기적인 태도. 그의 미성숙한 정신 상태를 참작해야 한다는 소수의 목소리는 히로코와 할머니, 그리고 유족을 동정하는 대다수의 목소리에 철저히 가로막혔다. 따라서 1심의 징역 18년 판결은 시민 감각과 너무도 동떨어졌다는 비난이 쏟아졌다.

그리고 이 역시 가루베 사건을 꼭 빼닮았다. 사형 판결이 마땅한데도 예상을 넘어서 감경된 판결. 사형을 면함으로써 증오의 대상이 된 피고인.

"똑같네요." 고테가와가 조용히 중얼거렸다. "개인이 대상이 아닙니다. '네메시스'는 지금 사법제도 자체에 복수하려는 겁니다."

맞은편에 있는 다테와키도 같은 생각을 했는지 입을 다물고 반론하지 않았다. 아직 경험이 부족한 고테가와의 견해와 그럭저럭 경험이 쌓인 다테와키의 견해가 일치한다는 것은 이것이 상식적인 결론임을 나타낸다.

"니노미야는 어머니도 있었던 것으로 기억하는데요."

"니노미야 구니에 씨 말이군요. 구니에 씨는 니노미야의 형량이 확정되고 데루히코 씨와 함께 이곳 마쓰도시로 이사했지만 얼마 안 돼 이혼했습니다. 지금은 친정이 있는 에히메로 돌아갔다고 합니다."

사건이 발생한 지 몇 시간 되지 않았는데 벌써 거기까지 조사를 마쳤나.

"니노미야 게이고는 지금 어느 교도소에 수감돼 있습니까?"

"오카야마 교도소입니다."

다테와키가 선뜻 대답했다.

"오카야마. 그럼 니노미야에게 아버지가 살해됐다는 소식은 아직 전달되지 않았겠군요."

"네. 오늘 안에라도 오카야마 교도소에 연락할 생각입니다."

"괜찮다면 제가 가 봐도 되겠습니까?"

그러자 다테와키는 수상쩍어하는 표정을 지었다.

"와타세 경부님이 직접 말인가요?"

"다테와키 형사님은 에히메에 있는 어머니 쪽에 연락해 주셨으면 합니다. 평소 멀리 나갈 일이 없으니 이럴 때라도 가 봐야죠."

먼 곳에 사는 구니에와 현재 교도소에 수감된 게이고 둘 다 이번 사건과 직접 관련이 없는 것만은 명백하다. 하지만 '네메시스'의 실체에 다가가려면 화근의 원흉인 게이고를 만나야 한다. 지금의 직책이라면 오카야마 출장을 요청해도 거절당하지 않을 것이다.

"여전히 재빠르시군요."

다테와키는 반은 놀라고 반은 부럽다는 듯이 말했다.

"폐를 끼치는 김에 하나만 더. 스토커 사건 피해자 유족의 연락처를 알고 싶습니다."

"알려드릴 수는 있지만…… 혹시 유족도 경부님이 직접 조사하실 생각입니까?"

와타세는 미안하다며 고개를 가볍게 숙이고 다테와키의 시선을 피했다. 상대가 어떻게 받아들일지는 신경 쓸 바 아니지만 최소한의 예의는 지키고 싶었다.

서로 수집한 정보는 교환하기로 약속하고 와타세는 파란 시트 밖으로 나갔다. 햇볕이 아까보다 더 뜨거워졌다.

"반장님. 지금 바로 오카야마행 기차를 알아보겠습니다."

"티켓은 한 장이면 돼."

"네?"

"넌 다른 할 일이 있다."

와타세는 말하기가 무섭게 곧장 휴대폰으로 그에게 전화를 걸었다. 서로의 입장과 직급이 다르지만 본인에게 직통 전화 번호를 받았다. 그쪽에서도 약간의 무례한 행동은 이해해 줄 것이다.

—네, 미사키…….

"와타세입니다. 차장 검사님. '네메시스'가 두 번째 사건을 일으켰습니다."

수화기 너머에서 말문이 막힌 미사키의 모습이 눈에 보이는 듯했다.

하지만 그것도 잠깐이고 와타세가 니노미야 데루히코 살해 사건의 개요를 설명하자 미사키는 이런저런 것들을 물으며 확인했다.

—경부, 잠깐만. 아게오 스토커 살인 사건에서 1심 재판장을 맡은 사람이 분명…….

"그렇습니다. 시부사와 판사입니다. 지난번과 같습니다."

옆에서 두 사람의 통화를 듣고 있던 고테가와가 눈을 부릅떴다. 와타세는 입 다물고 있으라고 한 손으로 그를 제지했다.

　—과거 사건과 같은 살해 수법, 여론의 비난을 산 판결, 그리고 판결을 내린 사람이 동일한 판사라. 달갑지 않은 일치점이군. 이로써 시부사와 판사 개인에 대한 복수의 의미가 더 강해졌어.

　"확실히 그런 경향은 부정할 수 없습니다. 그렇지만 여론에 휩쓸리지 않고 오직 나가야마 기준을 토대로 했다면 니노미야가 받은 징역 18년이라는 판결은 타당했을 수도 있습니다."

　—무슨 말을 하려는 거지?

　"재판장이 시부사와 판사가 아닌 다른 사람이었어도 동일한 판결이 나왔을 가능성이 크다는 말이죠. 그럼 시부사와 판사 개인보다 역시 사법제도 자체에 대한 테러라고 판단해야 하지 않을까요?

　—여전히 뒤숭숭한 소리를 잘도 하는군.

　"무조건 낙관하는 것보다는 위험을 피할 수 있다고 생각합니다."

　—그건 그렇지. 그래서, 나한테 뭘 부탁할 생각인가?

　"시부사와 판사에 대한 경호를 더 엄중히. 그리고 '네메시스'에 대한 함구령도 더욱 철저히 내려주시면 감사하겠습니다."

　—두말할 나위 있겠나.

　자세한 사정과 대처 방법 모두 속속들이 아는 사람들끼리 긴 말은 필요 없다. 그 말을 끝으로 와타세는 전화를 끊었다.

　옆에서 듣고 있던 고테가와가 입을 열었다.

　"반장님, 저한테 지시하실 건 뭡니까?"

"니노미야 데루히코와 구세 히로코의 부검 보고서를 받아오도록 해."

"두 사건에서 사용된 흉기나 사인이 똑같지 않습니까. 굳이 꼭……."

"완전히 똑같은 건 아니야." 와타세는 고테가와의 얼굴을 보지도 않고 말했다. "두 건 모두 치명상이 된 건 머리를 향한 타격이야. 하지만 구세 히로코는 수차례에 걸쳐 구타당한 반면 이번 니노미야 데루히코는 단 한 방으로 끝났지. 그게 아무래도 마음에 걸려."

"피해자가 언제 숨이 끊어졌는지에 따라 다른 것이 아닐까요? 죽으면 더 때리지 않아도 되니."

"그건 부검 보고서가 알려 주겠지. 섣부른 추측은 금물이다."

2

용도와 건축 자재가 같다면 어느 시설이든 사양이 비슷해진다.

와타세는 이번에 처음 오카야마 교도소를 찾았지만 지바 교도소와 한없이 비슷한 인상을 받았다. 같은 LA급 교도소이고 수감 인원도 비슷한 수준이라 더 그렇게 느꼈다.

원래라면 정식 절차를 거쳐야 하지만 이번에는 사정이 달랐다. 사전에 현경 본부를 통해 신청했기 때문에 만나려는 사람과 바로 면회할 수 있었다.

아크릴판 너머에 있는 니노미야 게이고는 풀이 죽은 것처럼 보였다.

"먼 곳에서 일부러 이런 곳까지 와 주셔서…… 정말 감사합니다." 올해로 서른셋이 될 테지만 가루베와 달리 이쪽은 생김새가 나이에 걸맞다. "어젯밤 막 담당자한테 아버지 이야기를 들어서…… 죄송합니다. 아직 마음이 좀 진정되지 않네요."

"어디까지 들었지?"

"어제 아침 마쓰도에 있는 집 근처에서 시신으로 발견됐다고만……. 형사님도 그 소식을 전하러 오신 거 아닌가요?"

게이고는 절실한 눈빛으로 와타세를 올려다 봤다. 와타세는 수사본부가 발표한 정보를 전달했다. 물론 피로 쓴 '네메시스' 글자에 대해서는 아직 밝힐 수 없었다.

"쇠파이프 같은 걸로 머리를 맞았다더군요."

"그래. 그게 치명상이었지. 위로가 되지는 않겠지만 자신한테 무슨 일이 일어났는지도 모른 채 돌아가셨을 거야."

"왜 아버지를 그렇게 죽인 걸까요. 히로코와 할머니가 죽어서 원한을 품었다면 저한테 푸는 게 맞지 않습니까?"

게이고도 범행 동기로 복수를 곧장 떠올린 듯했다.

"너에게 원한을 품은 사람의 범행으로 보나?"

"당연하죠. 아버지는 남한테 미움을 살 만한 분이 아니었습니다. 어디에나 있는 평범하고 자상한 아버지였죠."

교제하던 여성과 가족을 악착스럽게 따라다니고 위협하고 급기야 때려죽인 남자가 아버지 이야기가 나오자마자 효자의 얼굴을 보인다. 이런 모습을 처음 본 사람은 낯선 느낌을 받겠지만 와타세에게는 익숙한 광경이었다.

"자상한 아버지라."

"이래 봬도 어렸을 때는 야구 소년이었습니다. 아버지는 저와 자주 캐치볼을 해 주셨죠. 저한테 조금만 운이 따라 줬어도 지금쯤 프로 선수가 되어 멋지게 살고 있었을지도 모릅니다."

"운이라."

"고시엔(일본 고교 야구 전국 대회—옮긴이)에 간 녀석들이 반드시 좋은 선수는 아닙니다. 프로가 되는 건 결국 운이 좌우하죠."

또 이런 소리인가. 와타세는 순식간에 흥이 식었다. 오직 능력이 없는 자들만이 자신의 능력 부족이 아니라 운을 탓한다.

"전 태어날 때부터 운이 없었습니다. 히로코처럼 헤픈 여자를 만나지 않았다면 그런 사건도 일어나지 않았을 테고요. 아버지도 이렇게 슬프게 떠나보내지 않았을 겁니다."

구세 히로코의 부모가 이 이야기를 들으면 어떤 표정을 지을까.

"절대 운이 나쁜 건 아닌 것 같은데. 사람을 둘이나 죽였는데 고작 18년만 있으면 밖에 나갈 수 있지 않나."

"고작 18년이라뇨. 전형적으로 이런 곳에 들어와 본 적이 없는 분이 하실 말씀이네요."

게이고의 눈빛에 어둠이 깔렸다.

"아버지가 자주 면회를 왔나?"

"아뇨. 지바와 오카야마는 멀어서……."

"어머니의 본가가 있는 에히메와는 가깝지 않나?"

"그런 여자는 제 쪽에서 사절입니다." 느닷없이 게이고의 목소리에 날이 섰다. "가족이 하나로 똘똘 뭉쳐도 모자랄 판국에 혼자 도망친 여자예요. 제대로 된 엄마가 아니죠. 왜 그런 여자는 뻔뻔히 지금도 살아 있는데 아버지가 살해되어야 하는 겁니까?"

"그래서 우리도 헤매고 있지." 와타세는 아크릴판에 얼굴을 갖다 댔다. "수법만 보면 네게 원한이 있는 사람의 범행인 건 대략 가늠이 돼. 너와 네 아버지에게 원한을 품었을 거라고 짚이는 사람이 있나?"

"상식적으로는 히로코의 부모가 있겠죠." 게이고의 입가가 조금 올라갔다. "그 멍청한 부부는 자기 딸이 얼마나 못된 년이었는지 몰라요. 아니, 알아도 모르는 척했으려나요? 아무튼 그런 쓰레기 같은 여자 하나가 죽었을 뿐인데 꼭 어느 나라 여왕님이라도 승하한 것처럼 호들갑을 떨더군요. 형사님. 혹시 들으셨습니까? 제 재판 때 그 부부도 법정에 있었습니다. 저를 향해 대체 왜 딸과 할머니를 죽였느냐, 속죄는 하고 있느냐며 고래고래 소리를 치더군요. 두 사람은 제게 극형이 떨어지기를 빌고 있었습니다. 그래서 징역형 판결이 나왔을 때는 표정이 아주 걸작이었죠. 꼭 세상 모든 것에 절망한 것 같더군요. 오랜 노력이 수포로 돌아가면 인간은 저렇게 되는구나 싶었습니다."

"그럼 구세 씨 부부가 네 아버지를 죽였다는 건가?"

"죽였는지 어쨌는지 몰라도 원망은 하고 있었겠죠. 근데 아버지가 퇴직금을 몽땅 털어 배상금도 이미 지불했다고 들었습니다. 물론 전액이 아니었다고는 하는데, 저는 징역을 살고 있고 자신들은 돈까지 챙긴 상황이에요. 이제는 원망할 이유 같은 것도 없다는 말입니다. 그런데도 지금까지 저와 아버지를 원망하고 있다면 이건 뭐 적반하장이죠."

자기가 하는 말에 스스로 흥분했는지 게이고의 말이 점차 열기를 띠었다.

"대체 저랑 아버지더러 뭘 얼마나 더 보상하라는 겁니까. 전 변호사에게 배웠습니다. 사람 한 명 죽여 봐야 초범이면 사형까지는 안 나온다. 둘을 죽여도 정상 참작 여지가 있으면 회피할 수 있다. 셋을 죽이면 그때부터는 조금 힘들다……. 형량에도 그런 시세 비슷한 게 엄연히 존재한다더군요. 그렇다면 그런 성질머리 더러운 악녀 하나가 세상에서 사라졌다고 왜 저희 아버지까지 그렇게 돼야 하는 겁니까?"

"구세 히로코 씨가 악녀였나."

"네. 제가 그토록 사랑을 쏟아부었는데도 금세 변심했습니다.

자기도 절 사랑하고 있는데 정작 자신은 모르고 있었던 거예요. 전 개의 진짜 마음을 깨닫게 해 주려고 수도 없이 마음의 문을 두드렸지만 끝까지 문을 열어 주지 않았죠."

그래서 억지로 문을 부쉈다는 말인가. 핑계 없는 무덤 없다는 말은 정확히 이럴 때 써야 할 것이다.

고테가와와 함께 오지 않은 것이 정답이었다. 만약 이 자리에 그가 있었다면 안색이 변해 아크릴판 너머로 시비를 걸었을 것이다.

"그 밖에 또 짚이는 건?"

"본인과 직접 관련된 일도 아닌데 자신이야말로 정의의 편이라고 믿는 녀석의 짓일까요. 저보다 늦게 들어온 사람한테 들었는데, 인터넷에 자신과 가족들에게 욕설을 퍼붓는 녀석들이 수도 없이 많았다더군요. 익명 아니면 욕 한마디 못 할 비겁한 녀석들이요. 뭐 그런 놈들 중 한두 놈이 대신 복수해 주는 사람인 척하면서 실행에 옮겼을지도 모르겠네요."

"진부한 가정이군. 그 정도로는 범인을 특정하는 데 전혀 도움이 안 돼." 와타세는 도발하듯 말했다. 미성숙한 자아를 지닌 인간에게는 이렇게 말하는 것이 가장 효과적이다. "깜빡하고 말 못했는데 난 네 아버지 사건을 담당한다. 이제는 니노미야 씨의 한을 풀 수 있는 사람은 나밖에 없지. 그러니 조금 더 진지하게 생각하도록 해. 네 아버지가 죽어서 좋을 사람이 누구지? 널 괴롭게 해서 가장 크게 웃을 사람이 누구냐?"

와타세의 질문을 듣고 게이고는 잠시 생각에 잠겼다. 그러나 머리를 아무리 굴려도 납득이 가는 용의자가 떠오르지 않는지 그는 고개를 절레절레 흔들었다.

"제가 생각하기에 실행에 옮길 만한 사람은 구세 씨 부부밖에 없는 것 같네요. 그 두 사람은 이미 조사했습니까?"

"동시 진행 중이야."

그러자 게이고가 갑자기 "형사님" 하고 몸을 앞으로 뻗었다.

"꼭 좀 부탁드립니다. 아버지의 원수를 갚아 주십쇼."

눈빛이 워낙 진지해서 와타세는 슬슬 어이가 없어졌다.

"물론 수사는 절대 대충 하지 않을 거다. 그렇지만 원수를 갚는다고 해 봐야 경찰이 할 수 있는 건 범인을 체포해 검찰에 송치하는 것까지야."

"벌을 내리는 건 법원이 할 일이기는 하죠."

"반드시 그렇다고는 할 수 없지."

게이고는 이상해하는 표정을 지었다.

"무슨 뜻인지 잘 모르겠는데요."

더 얘기해 봐야 얻을 게 없다고 판단한 와타세는 자리에서 일어섰다.

"시간을 빼앗았군."

"정말로 부탁드립니다, 형사님."

등을 돌릴 때 문득 궁금해졌다.

"아까 교도소 안에서 18년 동안 지내는 게 사형보다 더 괴롭다는 듯이 말했지. 그게 정확히 무슨 뜻이지?"

"무슨 뜻이긴요. 몸으로 느껴지는 실감 말입니다, 실감."

게이고는 그런 것도 모르냐는 듯이 대답했다.

"사형은 사람을 한순간에 죽이는 형벌이죠. 하지만 징역형은 사람을 서서히 죽여 가는 형벌입니다."

"문학적 비유인가."

"비유가 아니라 실제로 느끼는 감각이라니까요. 이 교도소에 수감된 지 20년째인 선배가 있는데 말이죠. 거의 폐인처럼 지냅니다. 언뜻 보면 멀쩡한데 아마 그 상태로 밖에 나가 봐야 일주일도 못 버틸걸요. 다른 사람을 평범하게 대하는 법, 윤리관, 가치관. 그런 것들이 이 안에 있으면 점차 뒤틀려서 고칠 수 없게 됩니다."

의기양양하게 말하는 모습을 보니 아무래도 본인도 그렇게 느끼는 듯했다. 역시 벌을 받고 있는 당사자라 그런지 징역형에 대한 고찰이 핵심을 정확히 찔렀다.

와타세는 말이 나온 김에 하나 더 묻기로 했다.

"네메시스라는 단어를 들어 본 적 있나?"

질문을 받은 게이고는 꼭 여우에 홀린 듯한 표정이었다.

"그게 뭡니까?"

"아니, 됐다."

와타세는 두 번 다시 돌아보지 않았다.

오카야마에서 돌아와 쉴 새도 없이 바로 현경 본부의 고테가와와 합류했다. 시간은 이미 오후 8시를 지났다.

"니노미야 데루히코의 부검 보고서가 나왔습니다. 이건 구세 히로코의 부검 보고서입니다."

와타세는 두 장의 보고서를 낚아채 비교했다. 사인은 둘 다 두개골 골절에 따른 뇌타박상. 그러나 니노미야는 일격으로 끝난 데 반해 구세 히로코에게는 크고 작은 타박상 일곱 개가 있었다. 따라서 니노미야는 전두부 파쇄에 그쳤지만 구세 히로코는 얼굴과 빗장뼈, 거기에 갈비뼈까지 부러진 상태였다. 현장 사진을 보지 않고 보고서에 적힌 내용만 읽어도 시신의 참혹한 모습이 생생히 떠올랐다.

이 일곱 개의 타박상을 만든 사람이 자신의 아버지를 끔찍이도 생각하는 게이고라는 것을 떠올리자 왠지 속이 뒤집혔다.

"오카야마 쪽은 어땠습니까?"

"자신과 아버지를 죽이고 싶을 만큼 원망할 사람은 구세 부부밖에 없을 것 같다고 했어. 그야말로 상상력이 부족하지만 그래도 가장 유력한 용의자들이니 그쪽부터 접촉할 수밖에 없겠지. 구세 부부는 지금도 아게오 시내에 살고 있다더군. 가자."

"알겠습니다."

와타세는 고테가와에게 운전을 맡기고 눈을 게슴츠레 뜨고 팔짱을 꼈다. 옆에서 보면 잠시 눈을 붙이는 것 같겠지만 뇌세포는 평소보다 더 빠르게 돌아가고 있다.

"반장님. 잠시 괜찮을까요?"

"뭐지?"

"계속 떠오르는 건데 말입니다. '네메시스'는 왜 인터넷이나 언론 같은 곳에 범행 성명문을 보내지 않는 걸까요?"

와타세는 눈을 다시 크게 떴다.

"녀석의 목적이 정말 이 나라의 사법제도에 대한 복수라면 조금 더 많은 시민에게 선전해야 효과가 있지 않을까요? 이건 개인이 벌이는 테러나 마찬가지니까요. 하지만 도노하라 기미코 사건이 일어났을 때부터 지금껏 어느 인터넷 사이트나 게시판을 뒤져봐도 네메시스의 네 자도 안 보이는 상황입니다. 범인은 계속 침묵을 지키고 있고요. 혹시 범인의 진짜 목적은 그냥 사적인 복수 아닐까요?"

이제는 조금 쓸 만한 추측도 할 줄 알게 됐다. 와타세는 고테가와를 힐끗하고 다시 눈을 반쯤 감았다.

"그럼 그 복수의 대상이 누구지? 도노하라 기미코와 니노미야 데루히코를 잇는 접점은 현재까지 시부사와 판사밖에 없잖나. 그리고 복수의 대상이 시부사와 판사라면 그를 내버려 두고 징역수의 가족을 죽일 이유가 불분명해지고."

"그래서 답답합니다. 거기서부터가 이어지지 않아서……"

"그럼 조금 더 생각해라." 와타세는 뿌리치듯 냉담하게 내뱉었다. 이 풋내기는 뿌리칠수록 필사적으로 쫓아온다. 그 다리 힘이 곧 실력이 될 것이다. "가능성이 제로라고 생각되기 전까지는 머릿속 한구석에 넣어 둬."

살해 현장인 스이조 공원을 오른쪽에 두고 17호선 도로를 북상하자 저층 주택이 모인 마을이 나타났다. 구세 부부는 여기 어딘가에서 숨죽인 채 살고 있을 것이다.

구세 부부가 사는 곳은 아담한 2층 높이의 주택이었다. 일렬로 늘어선 집 여섯 채가 똑같아 보이는 건 건물을 지어 동시 분양해서일 것이다. 오도카니 켜진 문등이 그야말로 적적해 보이지만 어디든 있을 법한 평범한 구조의 집이었다.

그러나 이 평범한 집에 평범하지 않은 비극이 날아들었다.

문패에는 '구세 다카히로, 하루노, 히로코'라고 적혀 있다. 죽은 사람의 이름을 그대로 남겨 두었다는 점에서 유족의 깊은 미련이 느껴졌다.

인터폰을 누르고 신원과 방문 목적을 전하자 잠시 후 우울한 인상의 40대 주부가 문을 열고 나왔다. 구세 하루노로 보였다.

"니노미야 씨가 세상을 떴다는 소식은 TV 뉴스로 접했습니다. 마침 남편도 돌아왔으니……."

와타세와 고테가와가 안방에 들어가자 머리가 완전히 하얗게 센 남자가 소파에 앉아 있었다.

"히로코의 아비입니다."

구세 다카히로는 그렇게 자신을 소개했다. 나이가 아직 쉰도 되지 않았을 텐데 흰머리와 깊은 주름 때문에 실제 나이보다 더 들어 보인다. 몇 군데를 테이프로 보수한 소파가 집 안의 적적한 기운을 더했다.

"니노미야 씨 일로 오셨다고요?"

"늦은 시간에 죄송합니다. 살인 사건이라 모든 관계자에게 이야기를 듣고 있습니다."

"모두라면 그 남자도?"

그 남자가 누구를 지칭하는지는 굳이 물을 것도 없었다.

"니노미야 게이고는 조금 전 면회하고 왔습니다."

"아버지의 비보를 듣고 어떤 표정을 짓던가요?"

구세 다카히로의 입이 기대감으로 일그러졌다.

"몹시 낙담한 것처럼 보이더군요."

"그런가요." 그는 안도한 듯 탄식을 내쉬었다. "낙담했다, 라……
네, 그렇군요."

"니노미야가 어떻게 반응할지 그렇게 궁금하셨습니까?"

"조금 너무하다고 생각하실지 모르겠지만, 솔직히 고소합니다.
아니, 물론 살해된 아버지는 딱하지만 그 일로 그놈 마음에 조금
이라도 생채기가 생겼다면 기쁠 따름이죠. 놈은 또다시 자기혐오
에 빠질까요?"

"피해자 니노미야 데루히코 씨에 대해 평소 어떻게 생각하셨습

니까?"

"솔직히 사건이 일어나고 얼마 안 됐을 때는 원망스러웠습니다. 그놈을 조금 더 제대로 교육하고 키웠다면 그런 일도 일어나지 않았을지 모른다……. 하지만 사건이 보도되고 언론과 여론이 합세해 니노미야 씨를 공격하는 모습을 보니 점차 그분도 피해자 중 한 명이라고 생각하게 되었죠."

"피해자 말입니까."

"위협 섞인 전화, 집 문밖에 붙는 포스터, 인터넷에 올라오는 여러 비난. 정도의 차이는 있어도 저희와 니노미야 씨에게 쏟아진 반응은 비슷했지요."

그때 구세 다카히로 옆에 앉은 하루노가 이야기에 끼어들었다.

"정말 대중들은 왜 이렇게나 잔인할까 싶었어요. 범인의 집에 그런 짓을 하는 건 그렇다 쳐도 억울하게 딸을 잃은 저희에게까지 왜 매정한 짓을 하는지……."

하루노가 내뱉은 비탄이 그리 놀랍지는 않았다. 히로코와 그녀의 할머니 요코가 살해된 지 사흘이 지나고서부터 말 없는 전화가 걸려오거나 그들을 비난하는 사람이 나타나기 시작한 것이다.

물론 애도를 표하고 함께 울어 주는 사람도 있었다. 그러나 한편으로 가족이 입은 상처를 더 크게 벌리고 상처에 소금을 뿌리는 사람도 있었다.

"전 정말로 분하고 비참해서…… 밖에 나가면 이웃들이 저희를 욕할 것 같아 반년 정도는 낮에 외출할 수도 없었습니다."

"2심에서 그놈의 징역형이 확정되고 저희는 검사님과 상담해 민사로 배상 청구 소송을 진행했습니다. 그쪽에서는 청구액의 절반도 안 되는 금액을 입금한 뒤 소식을 끊었고, 저희는 남은 금액도 당장 입금하라고 재촉했지만…… 그게 다카히로 씨의 퇴직금이었다는 건 뒤늦게 알았습니다. 아내분과 이혼하고 이번에 이런 일까지 벌어져서 결국 그분이 자기 아들 몫까지 대신 벌을 받은 모양새가 돼 버렸네요. 어차피 그놈은 감옥 안에서도 자신이 저지른 죄를 참회 따위 하지 않을 테니까요."

구세 다카히로는 반은 원망스럽게, 반은 쓸쓸하게 말했다.

"니노미야 데루히코 씨와는 한 번도 얼굴을 마주한 적이 없습니다. 만난다고 해 봐야 서로 피해자와 가해자의 부모죠. 대체 어떤 얼굴로 만나 무슨 말을 해야 할지 가늠도 되지 않더군요. 아니, 얼굴을 본 순간 손이 먼저 나갈지도 모른다. 그렇게 생각하자 좀처럼 만나고 싶은 마음이 들지 않았습니다. 하지만 살면서 한 번 정도는 만나 봐야 하지 않았을까 하고 지금은 뒤늦게 후회가 됩니다."

"그래도 니노미야 게이고만은 절대, 결단코 용서할 수 없어요." 하루노는 남편의 말을 부정하듯 끼어들었다.

"1심과 2심에서 모두 사형을 면하자 그는 저희 쪽을 바라보며 히죽 웃더군요. 마치 승리를 거머쥐기라도 한 것처럼……. 다른 사람들은 알아채지 못하게끔 몰래……."

"여보, 이제 그만하지."

"하, 하지만!"

"아무리 발을 동동 굴려 봐도 그놈한테 우리의 손이나 목소리가 닿지도 않아."

"하지만 우리가 이렇게 그 남자를 계속 증오하지 않으면 히로코와 어머님이 너무 가엾어서……."

구세 다카히로는 아내를 달래지 않고 그저 말없이 고개를 숙였다.

피해자는 항상 이렇다. 와타세는 기시감에 휩싸였다. 사랑하는 사람, 소중한 것을 빼앗긴 박탈감을 채우기 위해 항상 가슴속에 원한을 되새겨야 한다. 사라진 것을 잊어버리지 않도록 원통함을 계속 마음에 각인해야 한다.

그러나 원한이든 원통함이든 가슴에 남으면 응어리가 되고 독이 된다. 자신도 모르게 정신을 갉아먹고 육체를 피폐하게 만든다. 구세 다카히로가 실제 나이보다 늙어 보이는 것도 그런 독이 쌓여서가 아닐까.

"형식적인 질문이라 죄송합니다만, 9월 3일 오후 11시부터 자정 사이 두 분은 어디 계셨습니까?"

"자주 듣는 알리바이라는 건가요." 구세 다카히로는 자조하듯 웃었다. "뭐 니노미야 씨를 죽이고 싶을 만큼 증오한 인물로 저희가 가장 의심스럽겠죠. 하지만 형사님, 그 시간에 저희는 둘 다 잠자리에 있었습니다. 부부끼리의 증언은 믿을 게 못 되겠지만요."

"그 시간이면 오히려 그게 당연하겠죠."

"뉴스에는 자세히 나오지 않던데 니노미야 씨는 어떻게 살해된 겁니까? 머리를 맞았다고 하던데 혹시 히로코 때처럼 쇠파이프로 머리를 맞은 건가요?"

"상황이 비슷한 것만은 확실합니다."

그러자 부부는 서로 마주 보며 누가 먼저랄 것도 없이 고개를 끄덕였다.

"……이런 일이 다 생기는군요."

"이런 일이라면?"

"전부터 아내와 이따금 이런 대화를 나눴습니다. 만약 부부 중 어느 한쪽이 미쳐서 니노미야 씨 부부에게 복수를 한다면 어떤 식으로 할까 하는 이야기요. 오랜 세월 함께 살아왔으니 생각도 비슷해진 거겠죠. 아내와 저의 대답은 같았습니다. '히로코와 어머니가 그렇게 된 것처럼 쇠파이프로 머리를 박살 낼 거다.'"

"형사님은 딸의 끔찍한 시신 상태를 보셨나요?"

"아뇨."

"엄마인 제가 이런 말하기 좀 그렇지만, 히로코는 이목구비가 뚜렷하고 예쁜 딸이었답니다. 그런 딸을 그 자식은 쇠파이프를 휘둘러 잔인하게 죽였죠. 큰 눈과 오뚝 솟은 코도 엉망진창으로 만들어 버렸습니다. 그래서 만약 복수한다면 놈의 얼굴도 차마 눈 뜨고 볼 수 없을 만큼 심하게 만들어 버리겠다고 생각했어요."

"그 상대가 니노미야 데루히코 씨가 돼 버린 건 저희도 바라던 바가 아니지만, 세상에는 역시 저희와 비슷한 생각을 하던 사람이 있었나 봅니다. 이 일로 가슴 속 응어리가 사라졌다고까지는 할 수 없겠지만 뭔가 위안은 되는 것 같네요."

누군가가 죽어 위안이 된다. 그것은 그것대로 몹시 잔인한 이야기처럼 들렸다.

"형사님, 이건 푸념처럼 들릴지도 모르겠지만 그때 왜 법원은 그놈에게 사형을 내리지 않았을까요. 만약 그놈에게 사형 판결이 떨어졌다면 저희 부부가 이렇게 힘들게 살지 않았을 겁니다. 니노미야 데루히코 씨도 잠시는 괴로웠겠지만 이렇게 살해되지 않았을 테고요. 아내분과 헤어지지 않았을 수도 있습니다. 그놈 하나 살려 두는 바람에 다른 여러 사람이 불행해졌습니다. 그딴 판결에 대체 무슨 가치가 있는 겁니까?"

하루노도 남편의 의견에 동의하는 것처럼 와타세를 절실한 눈빛으로 바라봤다.

두 사람이 무엇을 원하는지는 손바닥 보듯 훤히 보였다. 경찰 관계자 입에서 그때의 판결이 오심이었다는 말을 듣고 싶은 것이다.

"죄송합니다, 구세 씨. 저희 일은 용의자를 체포해 검찰에 송치하는 것까지입니다. 저에게 재판 과정과 판결의 공과를 논할 자격은 없습니다."

그렇게 대답하자 구세 부부는 동시에 입술을 깨물었다.

"그런데 혹시 두 분은 '네메시스'라는 단어에 짚이는 바가 없습니까?"

"네메시스······."

구세 다카히로는 그렇게 중얼거리고는 아내와 한 번 마주 보고 고개를 좌우로 흔들었다. 몸짓에 연기하는 느낌은 없었다.

3

그 후 수사본부는 도노하라 기미코 살해 사건으로 수사 선상에 오른 이치노세 하루카와 고이즈미 레이나 유족의 9월 3일 알리바이를 확인했지만 와타세가 예측한 대로 그들은 모두 잠들어 있거나 집 안에 있었다고 증언했다. 물론 뒷받침할 만한 것은 본인 또는 가족의 증언밖에 없어 증거 능력은 없는 거나 마찬가지였다.

이치노세 하루카의 남동생 이치노세 도시키와도 연락이 됐다. 도시키는 현재 오사카시에 있는 부동산 회사에서 근무하고 있고 도노하라 기미코 사건과 이번 니노미야 데루히코 사건의 알리바이도 확인됐다. 그전까지 유일하게 연락이 되지 않은 관계자였던 만큼 도시키를 의심하는 목소리도 나왔지만 알리바이 성립을 기점으로 그 가능성도 사라졌다.

첫 번째 사건과 두 번째 사건 모두 범행에 사용된 흉기가 아직 발견되지 않았다. 유일한 진전이라고는 양쪽 현장에 남아 있던 정체불명의 발자국과 '네메시스'의 글씨체가 같은 사람의 것으로 밝혀진 것 정도다. 이로써 두 사건이 동일범의 소행임이 확실해졌다.

그러나 첫 번째 사건이 발생하고 슬슬 한 달이 지날 시점인데도 지금껏 유력한 단서나 용의자는 떠오르지 않았다. 수사본부 구성원들, 특히 진두지휘를 맡는 야기시마 관리관과 사토나카 현경 본부장으로서는 매일매일 인내심이 필요하리라는 것은 쉽게 가늠할 수 있었다.

물론 윗선만 초조한 것은 아니었다. 와타세 반을 중심으로 한 현경 본부, 관할인 구마가야 경찰서와 마쓰도 경찰서도 각각 수사원을 동원했지만 성과가 전혀 없는 수사에 지치는 사람들이 하나둘 나오기 시작했다.

이런 상황에서도 그나마 다행인 것은 '네메시스'의 존재가 아직 언론에 새지 않았다는 사실이었다. 야기시마 관리관의 철저한 정보 통제와 기자 클럽(일본에서 정부 부처 및 공공 기관 등의 기자실에 출입하는 기자들이 모여 만든 단체—옮긴이)에 대한 미사키 검사의 압력이 효과를 발휘하는 것처럼 보였다. 두 사건의 접점을 언론이 낌새채게 되면 시민들은 분명히 동요하고 혼란스러워 할 것이다. 그

리고 혼란스러워질수록 수사에 악영향을 끼치는 건 자명한 이치
였다.

와타세가 고테가와에게 재판 기록 조사를 지시한 건 마침 그
런 때였다.

"시부사와 판사가 재판장이었던 사건 전부를 말입니까?"

"가루베 요이치 재판 이후에 맡은 것들만 봐도 돼. 그가 '온정
판사'라고 불리기 시작한 게 그 무렵이었으니."

"반장님, 설마……."

"그래. 그 설마가 맞다." 와타세는 성가신 마음에 그의 말을 가
로막았다. "중대 사건이라 사형 여론이 강했는데도 징역형을 받거
나 형량이 현저히 줄어든 사건. 그런 사건의 가해자 가족을 추려
서 한 명씩 접근해 봐야겠어."

"……반장님은 '네메시스'가 세 번째 범행을 저지를 거라 보시
는 겁니까?"

"그러지 않으리라는 보장은 어디에도 없지."

"재판관은 보통 오전 1회, 오후 1회로 매일 법정에 두 번은 선
다는 이야기를 들었습니다. 가루베 사건이 일어난 게 2003년이
었으니 햇수로 11년. 얼추 계산해도 안건 수가 상당한데요."

"그렇겠지."

"건당 가해자 가족 수를 계산하면 몇 배가 될 테고요."

"그렇겠지."

"관계자를 전부 경호할 수는 없지 않겠습니까. 지금도 손이 모자란 판국인데요."

그런 건 굳이 부하에게 지적당할 것도 없이 와타세도 충분히 알고 있었다.

"'네메시스'는 시부사와 판사가 판결을 내린 사건 관계자들을 노리고 있어. 그들을 감시하는 건 물론 경호 문제도 있지만 선수를 치는 의미가 더 크지."

"무슨 뜻인지는 알겠습니다……."

"명단을 추려 놓고도 손만 빨고 있다가 그중 누가 세 번째 희생자가 되기라도 해 봐. 인원이 부족했다거나 세 번째 범행은 예측하지 못 했다는 식의 변명이 통할 것 같나? 그걸 떠나 우리의 양심이 비명을 지르겠지. 아무것도 하지 않고 후회하는 것보다 하고 나서 후회하는 게 몇 배는 더 낫다."

고테가와는 순순히 고개를 끄덕였다.

"그런데 실제로 인력이 부족한 건 부정할 수 없습니다."

"사이타마현의 모든 관할 경찰서, 부족하면 다른 현에 지원을 요청해서라도 해야지. 물론 지시는 윗선이 해야겠지만."

그러자 고테가와는 갑자기 얼굴을 찡그렸다.

"반장님. 사토나카 본부장님을 이용하실 생각입니까?"

"원래 상사는 자유자재로 다룰 줄 알아야 해. 늘 말했을 텐데."

"······그건 쉽게 다룰 상사가 있는 분이나 하실 말씀 같은데요."

"떠들 시간 있으면 손부터 움직여."

와타세는 군말 없이 형사부실을 뛰쳐나가는 고테가와의 뒷모습을 바라보며 다음 수를 떠올리기 시작했다.

사냥감을 포획하려면 우선 사냥감과 같은 감각을 지녀야 한다. 사냥감과 같은 시각으로 세상을 보고, 같은 청각으로 주변 소리에 귀를 세운다. 그러면 자연스럽게 노리는 대상의 범위가 좁혀진다.

'네메시스'가 시부사와가 맡은 사건에 시선을 집중하고 있다는 것은 대략 예상할 수 있다. 그중에서도 사법부 판단이 무르다는 평을 들은 안건 중 피고인이 현재 수감 중인 안건. 범인의 목적이 피해자의 복수 대행이라면 징역수의 가족보다 징역수 본인이 우선순위에 와야 앞뒤가 맞는다. 그러지 않는다는 것은 시야에 들어오는 안건 중 형기를 마치고 출소한 사람이 없어서다.

여기까지는 문제없다. 사냥감의 시선과 크게 엇나가지 않을 것이다. 그렇다면 다음으로 '네메시스'의 내면을 살펴보자.

애초에 나는 '네메시스'의 범행 동기를 사법제도를 향한 복수로 가정했고, 사토나카 현경 본부장과 미사키 차장 검사도 그 가능성을 부정하지 않았다.

그러나 복수를 해서 '네메시스'가 얻을 이익이 과연 무엇일까.

돈은 아니다.

그렇다면 정치적 주장이나 종교적 열락일까. 두 가지는 모두 밑바탕에 충족감이 있다. 그러나 고작 충족감을 얻기 위해 인간은 동족을 죽이는 존재라는 말인가.

물론 바다 건너에서는 정치적, 종교적 이유로 발생하는 살인이 많다는 것은 부정할 수 없다. 상대를 살해해 엄청난 충족감을 맛보기도 할 것이다. 그러나 정치적으로 온당하고 종교관도 관대한 편인 일본인에게는 어울리지 않는 동기다.

그렇다면 사회 혼란을 꿈꾸는 유쾌범(세상을 놀라게 하고 반응을 즐기기 위해 범죄를 저지르는 자—옮긴이)의 짓일까. 와타세는 그런 가설에도 동의할 수 없었다. 단지 사회 혼란이 목적이라면 좀 더 무해하면서도 효과적인 방법이 얼마든지 있다. 살인이라는 선택지는 너무 위험성이 크다.

반드시 무언가가 있다. '네메시스'에게 득이 되는, 돈이 아닌 다른 형태의 뭔가가 있을 것이다.

와타세가 의자에 깊숙이 앉아 숙고하고 있을 때 탁상 위에 있는 전화기가 울렸다. 내선 램프에 불이 들어왔고 액정 부분에 네 자릿수 발신자 번호가 표시돼 있다. 누가 전화했는지는 즉시 알 수 있었다.

와타세는 혀를 한 번 차고 수화기를 들었다.

"네, 와타세……"

—지금 당장 올라오게.

사토나카의 목소리가 살짝 긴장해 있었다. 애초에 어지간히 긴

장할 사태가 벌어지지 않는 한 현경 본부장이 일개 경부를 부를 일도 없다.

본부장실에 들어가자 사토나카의 입가가 불길하게 일그러져 있었다.

"무슨 일이라도 있습니까?"

사토나카는 입을 다문 채 책상 위에 있는 신문을 턱으로 가리켰다. 이런 무례한 태도가 익숙함을 넘어 이제는 거의 자연스럽게 느껴진다.

사이타마 일보 오늘 자 석간신문 1면. 큰 제목에 와타세의 눈길이 고정됐다.

사법제도에 대한 도전인가

뒤이어 소제목과 부제.

구마가야와 마쓰도에서 연쇄 살인

피해자는 둘 다 징역수의 가족

그리고 기사 전문.

지난달 10일 발생한 구마가야시 도노하라 기미코 씨 살해 사건과 이달 3일 니노미야 데루히코 씨 살해 사건은 동일범의 소행일 가능성이 크다는 것이 관계자의 증언을 통해 밝혀졌다. 도노하라 씨와 니노미야 씨는 각각 과거 중대 사건을 일으킨 징역수의 관계자라는 사실도 판명됐다. 또한 범인이 두 현장에 모두 '네메시스'라는 글자를 남긴 것이 동일범의 소행이라는 근거가 됐다. 수사본부는 두 사건이 현행 사법제도에 불만을 가진 자의 범행일 가능성을 시야에 넣고 수사를 진행 중이다.

"석간신문 초판이다. 사이타마 일보에 있는 지인이 전해 줬지. 두 시간 후에 사이타마 전역에 배부될 거라더군."

예상대로 사토나카의 표정이 굳었다.

"그토록 엄중하게 함구령을 내렸는데 이 꼴이라니."

사토나카는 책상을 주먹으로 내려쳤다. 어지간히 화가 났는지 평소와 달리 감정을 고스란히 드러내고 있다.

"대체 누가 정보를 흘렸지? 본부 수사원인가? 아니면 관할?"

"아마 둘 다 아닐 겁니다."

와타세는 짐짓 아무렇지 않게 대답했다.

"그런 것치고 기사 내용이 너무 정확하잖나. 이건 어디선가 정보가 새지 않은 이상 쓸 수 없는 기사야."

"사이타마 일보는 기자 클럽에 출입금지 상태죠."

"몇 년 전인가 자네가 그렇게 하라고 하지 않았나?"

"기자 클럽에 못 오니 거기서 샌 정보를 입수했을 리도 없습니다. 이건 감이 뛰어난 기자의 독자 취재입니다. 적이기는 하지만 대단하군요."

기사에 기자 이름은 없지만 사이타마 일보에서 이런 특종을 터뜨릴 수 있는 기자는 한 명밖에 떠오르지 않는다. 그가 타고난

후각과 놀라운 취재력을 발휘해 물어 온 정보가 틀림없었다.

"아무리 함구령을 내려도 효력이 있는 건 수사 관계자와 기자 클럽 소속 언론사들뿐이니까요. 그 밖의 다른 수도꼭지를 잠그지 못한 저희의 실수입니다."

"꼭 잠그지 못한 수도꼭지가 어딨는지 아는 듯한 말투군. 그럼 자네 손으로 직접 잠가 주겠나?"

사토나카는 탄식을 섞어 지시했다. 물론 기사가 나온 것 정도로 자신을 부르지 않았으리라는 것은 와타세도 예상하고 있었다.

"한 번 엎질러진 물을 주워 담을 수는 없겠지. 이제 곧 '네메시스'와 그의 노림수를 모두가 알게 될 거야. 상황이 이렇게 된 이상 더 늦어져서는 안 되네. 하루빨리 '네메시스'를 체포하지 않으면 사회 불안은 더욱 커지게 돼."

사회 불안이 아니라 법조계의 불안 아닐까. 와타세는 속으로 그렇게 수정했다. 배심원의 엄벌 의식이 만든 사형 판결을 판례와 경험치를 통해 상급심에서 뒤집는 재판관. 사형 폐지를 서슴지 않게 외치는 변호사. 심지어 아무 맥락도 없이 서양 사례를 들며 사형은 전근대적이고 잔인한 제도라는 논리를 펼치는 사법 언론. 그런 이들에게 '네메시스'는 시민 감정을 대변하는 존재처럼 보이는 측면이 있을 것이다. 위협적이라고 하면 분명 위협적이다.

"네메시스'의 범행은 비뚤어진 보복 행위에 불과해. 하지만 그런 행태를 긍정적으로 보는 사람들이 늘 존재하지. 국민의 80퍼센트 이상이 사형제 존치를 지지하는 이 나라에서는 그런 경향이 더욱 현저하게 나타날 거야."

사토나카의 염려도 완전히 터무니없다고는 할 수 없다. 흉악범은 사형에 처하는 게 사회 질서에 도움이 된다. 보통은 좀처럼 내세우기 힘든 주장도 80퍼센트 이상이 같은 의견이라면 실명으로도 소리 높여 외칠 수 있다.

하지만 지나친 보복 주의와 앙갚음을 예찬하는 데 치중하면 징벌보다 갱생으로 사회 질서를 유지하려는 현 재판 제도를 부정하는 세력이 될 수 있다. 사형수를 감옥에 수감해 두고 집행을 망설이는 법무 대신과 법무성을 향한 비판으로 옮겨 갈 위험성도 있다.

"형사부장에게 수사 진척이 더디다는 보고를 받았네. 원인이 뭐지? 수사원들의 태만인가?"

"태만이 아니라 오로지 증거물 부족 때문입니다."

"프로파일링 쪽은 어떤가?"

"프로파일링 같은 건 결국 허황된 이론에 가깝고 실제 사례에서 별반 도움이 안 된다는 건 본부장님도 잘 아실 텐데요."

프로파일링은 한때 유행한 수사 기법이지만 원죄로 밝혀진 아시카가 사건에서 오인 체포의 원인으로 지적받았고 세타가야 일가족 살인 사건에서는 수사진을 미궁에 빠뜨린 이유가 되기도 했다. 흉악 사건이 비교적 적게 일어나는 일본에서는 분석에 필요한 데이터 자체가 희소하기 때문에 정확하고 세밀한 결론을 얻기 어려운 것이다.

이쯤 되자 사토나카의 표정도 역시 험악해졌다.

"그럼 지금 우리한테 필요한 게 뭐라고 보나?"

"수사 진척도 필요하겠지만 더 이상 사건이 확대되지 않도록 예방선을 쳐 두는 것도 가치가 있겠죠."

"예방선?"

떡 본 김에 제사 지낸다고 와타세는 이 기회에 시부사와 재판장이 맡은 안건의 피고인 가족을 체제를 꾸려서 감시해야 한다고 제안했다.

"현재 다음 피해자가 될 가능성이 있는 사람을 추리는 중입니다. 원하신다면 하루 이틀 안에 제출할 수도 있습니다."

그러자 예상대로 사토나카는 소극적인 반응을 보였다. 현경 본부 관할만이면 몰라도 다른 지역에 지원을 요청하려면 이곳저곳에 고개를 숙여야 하고, 때로는 식구의 치부를 드러내야 할 수도 있어서일 것이다.

"그 예방선의 효과가 어느 정도라고 보나?"

"적어도 예상치 못한 사태가 발생할 경우에 변명할 정도는 되겠죠."

"……여전히 입과 머리가 잘 돌아가는군." 불만스러운 얼굴로 결론짓는 모습을 보니 마지못해 와타세의 제안을 검토할 생각인 듯했다. "그럼 수도꼭지를 다시 잠그는 건 부탁 좀 하겠네."

상사를 자유자재로 다루기 위해 스스로 먼저 움직인다. 처음부터 정보의 출처를 확인할 생각이었으니 와타세에게 불만은 없었다.

계획도 대략 세워 둔 상태였다.

오후 7시를 앞둔 시각, 도쿄 고등법원 합동 청사를 지켜보고 있자 역시나 정면 현관 앞에 그가 모습을 드러냈다.

사이타마 일보 사회부 기자 오노우에 젠지. 몸집이 작고 잽싼 발걸음에 설치류처럼 툭 튀어나온 앞니. 한번 보면 잊어버리기 어려운 외모지만 될 수 있으면 잊고 싶다.

와타세를 본 오노우에는 노골적으로 불쾌한 표정을 지었다.

"이런. 와타세 경부님 아닙니까. 고생 많으십니다."

"누가 쓸데없는 특종을 터뜨려 준 덕에 아주 고생 중이지."

"혹시 절 기다리신 겁니까? 이런, 설마요."

"특종을 터뜨린 뒤에는 가장 취재하기 어려운 관계자를 바로 찾아가는 게 자네 방식이야. 시부사와 판사가 대체로 이 시간에 퇴근한다는 것도 미리 조사해서 나왔겠지. 아닌가?"

오노우에는 언짢은 듯 얼굴을 찌푸렸다.

"……전부 꿰뚫어 보신 것 같아서 기분은 별로지만 말씀하신 게 얼추 맞습니다. 아무튼 그래서, 저한테 무슨 용건이시죠?"

"'네메시스' 정보는 그 조깅남한테서 캐냈나?"

이런 유형의 사람에게 완곡하게 물어봐야 소용없다. 단도직입적으로 파고들어야 한다.

사이타마 일보 1면을 봤을 때부터 최초 발견자가 미심쩍었다. 현장 부근 빌라에 사는 40대 중년 남성. 수사원을 제외하고 '네메시스'라는 네 글자를 본 사람은 그 사람뿐이다. 그리고 이 오노우에라는 기자는 그런 인간의 빈틈을 노리는 수법에 능하다.

아니나 다를까 오노우에는 체념한 듯 짧게 탄식했다.

"뭐 만만한 상대이기는 했습니다. 취재비를 약간 건네고 공명심을 살짝 부추기니 술술 불어 주더군요."

"구마가야 사건에서 시신의 최초 발견자는 '네메시스' 글자를 못 봤지. 그런데도 두 사건을 연결 지을 수 있었던 이유가 뭔가?"

"그야 두 사건 모두 와타세 경부님이 행차하셔서 아니겠습니까. 오히려 지바현 마쓰도 경찰서의 관할 사건에 사이타마 현경 경부가 고개를 들이미는 상황이 더 이상합니다. 그래서 살짝 조사해 보니 피해자가 둘 다 징역수의 가족이더군요. 그래서 같은 종류의 사건이라는 느낌이 들었죠."

제기랄.

와타세는 속으로 이를 갈았다. 설마 자신이 정보원이 될 줄은 상상도 못 했다.

"그나저나 공무에 방해가 될 만한 행동은 안 한 것 같은데요."

"기사에 그런 제목을 떡하니 붙인 사람이 할 말은 아니군. 아무리 호의적으로 해석해도 그건 법조계를 향한 도발이야. 참 잘도 사회부 데스크의 승인을 얻었네."

"저희 같은 지방지는 엘리트들만 모인 전국지와 다르게 자유도가 높아서요."

"그 엘리트들이 만든 신문이 내일부터 너희 꽁무니를 쫓을 것도 이미 다 계산해 뒀겠지."

"후후. 그게 바로 특종의 묘미라는 겁니다. 신문사 간판과 예산, 조직의 크기 같은 것과도 상관이 없죠. 오로지 기자의 감과 재량만으로 겨루는 거라서요."

"특종이 사회 불안과 소동을 초래하는 건 안중에도 없는 건가."

그러자 오노우에는 조용히 킥킥거렸다.

"경부님도 참 짓궂으십니다."

"무슨 뜻이지?"

"저 같은 언론계 종사자들은 권력을 쥔 쪽에서 숨기고 있는 걸 만천하에 드러내는 게 일입니다. 경부님도 잘 아실 겁니다. 경부님 같은 경찰분들의 일이 범인 체포와 검찰 송치에 그치고 피해자와 유족의 정신적 케어는 아닌 것과 마찬가지죠."

평소에도 어지간히 여기저기서 지탄받았을 것이다. 오노우에의 정색하는 모습에는 후련한 느낌마저 들었다. 다만 성격에 문제가 있는 와타세는 순순히 받아들이지 못했다.

"그렇게까지 말한다면 '네메시스'의 존재가 뭘 초래할지 정도는

예상하고 있겠군.'

"그야 뭐. 비단 저희뿐만 아니라 전국지들이 후속 보도를 내놓으면 '네메시스'는 그야말로 현행 사법제도의 안티테제로 거듭나겠죠. 갱생 같은 건 바랄 수도 없는 흉악범인데도 극형 여부를 판단할 때 무조건 판례에 따른다. 힘들여 사형 판결을 내려도 국민의 혈세로 사형수에게 삼시 세끼를 챙겨 주고, 역대 법무 대신은 본인의 직무인데도 집행 명령서에 좀처럼 서명하려 하지 않는다. 덕분에 전국 교도소에서 사형 집행을 기다리는 사형수가 줄 기색이 없고, 심지어 교수대에서 목을 매기도 전에 병으로 죽는 녀석들까지 나오는 판국입니다. 외람된 말이지만 이건 시스템의 고착화 말고는 달리 표현할 말이 없겠죠. 그 원흉이 무엇인지 현명한 경부님은 이미 알고 계실 겁니다."

당연히 짐작은 하고 있지만 내 입장에서는 가볍게 입에 담을 수 없다. 그것을 아는지 오노우에는 당장에라도 침을 질질 흘릴 것처럼 희열을 얼굴에 드러내고 있다.

"이런, 어떤 명제도 항상 쾌도난마로 답을 내리는 경부님께서 침묵을 지키시는 건가요. 그럼 제가 대신 대답해 드리죠. 사법 관계자들이 좀처럼 사형 집행의 가속 페달을 밟지 못하는 건 원죄에 대한 걱정이 늘 머릿속에 있기 때문입니다."

역시 비슷한 생각을 하고 있었나.

와타세는 오노우에를 노려봤다. 평소에도 흉악한 내가 이런 표정까지 지으면 상당한 위협으로 느껴지겠지만 어차피 이 정도로 꼬리를 내릴 상대도 아니다.

"사형이 집행된 이이즈카 사건, 최근의 아시카가 사건처럼 세상에 원죄가 의심되는 사건은 적지 않습니다. 사형을 집행하는 것까지는 좋아도 만약 사건이 원죄로 밝혀지면 집행과 관련된 이들에게 유형무형의 재난이 덮치게 되죠. 양심의 가책을 견디지 못하는 사람이 생기고, 오인 체포와 오심 책임을 추궁받아 직책에서 밀려나는 사람도 나올 겁니다. 25년 전 우라와 경찰서가 일으킨 원죄 사건에 이름을 올린 바 있는 경부님 앞에서는 굼벵이 앞에서 주름 잡기 같은 이야기일 테지만요."

그 말에도 와타세는 반론할 수 없었다. 당시 원죄를 만든 이, 그것을 간과한 이, 은폐하려고 한 이들은 모두 크고 작은 처벌을 받았다. 한 번이라도 그런 재난을 직접 목격한 자라면 누군가를 용의자로 단정하고 체포하고 고소하고 벌하는 일에 망설여질 수밖에 없다.

"그들은 그런 상황이 두려워 못 견디는 겁니다. 그래서 집행을 망설이는 거고요. 대단한 이야기도 아니죠. 법조계라는 좁은 세계에 함께 거주하는 다른 사람들을 신용하지 못하고, 자신이 내린 결단에 책임을 지려 하지 않고, 자신에게 주어진 사명을 완수할 생각이 없는 그런 비겁한 인간들이라서입니다."

"사법 관계자들이 다 그렇게 한심한 녀석들인 것 같나?"

"물론 다 그렇지는 않겠죠. 하지만 경부님. 제가 나쁘게만 보는 걸지 모르겠지만 이상하게도 제 눈에는 그런 양반들밖에 안 보입니다. 법을 수호하고, 집행한다. 신을 대행하는 것 같은 그런 고상한 일을 하면서 정작 내면은 자기 자신밖에 볼 줄 모르는 흔하디흔한 샐러리맨, 혹은 제 한 몸 지키는 것에만 혈안인 관료들처럼 쩨쩨한 인간들밖에 없다. 그렇다면 그들이 이 나라의 사법과 사형제도를 얼마나 진지하게 생각하고 임하는지 검증할 좋은 기회라고 보지 않으십니까?"

오노우에는 자못 유쾌한 듯 떠들었다. 와타세는 오랜 세월 그와 알고 지내서 알고 있다. 이는 절대 도발 같은 것이 아니다. 이 남자는 권력자를 조롱하고 업신여기는 것을 진심으로 즐기고 있다.

"이런 일을 하다 보면 말이죠. 이 나라에서 일어나는 범죄의 양상이 희미하게 눈에 들어오기 시작합니다. 와타세 경부님과 경찰분들의 활약으로 전보다 범죄 건수 자체는 줄었습니다. 반면 실태는 해가 갈수록 더 흉악해지고 있죠. 배심원 제도 도입과 엄벌화를 한데 묶은 논조의 글을 자주 접하는데, 실은 시민 감각이 범죄의 흉악화를 쫓아가고 있다고 볼 수도 있습니다. 그런 와중에 출현한 '네메시스'는 일종의 트릭스터(주로 신화에서 질서를 깨고 장난을 좋아하는 장난꾸러기 인물—편집자) 같은 느낌도 드네요. 그가 피해자 유족의 복수를 대행한다면, 복수의 여신 네메시스의 사자使者라고 해야 할까요? 법의 여신 테미스에게 도전하는 네메시스의 사자. 저는 이번 사건을 그렇게 보고 있습니다."

"자네 고견은 잘 들었네." 와타세는 목소리를 한층 낮췄다. "기자 클럽에 속해 있지도 않은데 그 정도로 정보를 긁어모은 것도 높이 평가하겠어."

"칭찬해 주셔서 영광입니다."

"그러니 충고도 하나 하지. '네메시스'가 왜 현장에 사인을 남기면서도 극장형 범죄처럼 범행 성명문을 내놓지는 않은지 떠올려 본 적 있나?" 갑자기 오노우에의 표정이 굳었다. "녀석은 절대 다른 사람의 눈에 띄고 싶어 하지 않아. 이유는 아직 모르겠지만 그저 자기가 저지른 일이라는 증명을 남기려고 사인을 남긴 것처럼 보이지. 즉, 그 일이 언론에 의해 퍼지는 상황은 녀석에게 그야말로 민폐 극심한 일일지도 몰라. 게다가 언제였더라. 사이타마 일보는 세계의 흐름이 사형 폐지 쪽으로 기울고 있는데 일본은 왜 사형 존치에 집착하는가, 라는 식의 현 제도에 반기를 드는 논조의 사설을 실은 적도 있지 않나? '네메시스'가 만약 사형 폐지에 이의를 제기할 목적으로 범행을 반복하고 있다면 다음 표적은 의외로 사이타마 일보가 될 수도."

"그건 좀 말이 안 되는……."

"오, 그럼 피해자 유족의 복수를 대행한다는 건 말이 된다고 보나? 하나 더 덧붙이자면 사건 관계자를 보호하는 건 경찰의 책무지만 보도 관계자까지 신경 쓸 여력은 없지. 지금도 늦지 않았어.

호신용으로 뭔가 준비해 두는 게 좋을걸."

그 말만을 남기고 와타세는 발길을 돌렸다. 오노우에가 어떻게 반응할지는 알 바 아니다. 내일 니노미야의 시신을 처음 발견한 조깅남을 찾아가 따끔한 맛을 보여 주면 사토나카의 지시는 달성한 셈이 된다.

수도꼭지는 잠갔다. 남은 문제는 새어 나온 물이 어디까지 퍼지는가였다.

와타세의 예상대로 이튿날 조간신문은 전부 사이타마 일보 기사의 후속 기사로 가득 채워졌다.

기자에게 타 언론사 기자가 터뜨린 특종의 후속 보도를 하는 것 만큼 굴욕적인 일도 없다고 하지만, 기사 내용이 내용인 만큼 가만히 무시하고 있을 수 없었을 것이다.

반향은 대단했다.

두 사건이 모두 중대 사건과 관련됐다는 점도 충격이지만 범행 동기가 사형을 면한 죄수에 대한 복수일 수 있다는 점은 시민들에게 더 큰 충격을 안겼다. 다른 살인 사건들과 달리 살해된 사람이 범죄 가해자의 가족이라는 사실이 시민들의 보복 감정을 미묘하게 자극한 것이다. 또한 쉽게 망각하는 이들에게 중대 사건에서 느낀 증오를 되새기게 하는 효과도 나타났다.

가루베 요이치를 보며 느낀 뭔지 모를 이물감.

니노미야 게이고를 향한 의분.

누구나 사형이 나올 거라 예상한 상황에서 나온 온정 판결.

각질로 변한 딱지가 뜯긴 것처럼 잊고 있던 악감정이 거센 파도가 되어 되살아났다. 그러자 살해된 도노하라 기미코와 니노미야 데루히코에게 향해야 할 동정이 상쇄되는 형태로 사그라져 버렸다. 물론 죄수 본인이 아닌 가족에게 화살을 돌리는 건 번지수가 틀렸다는 지적도 나왔지만, 원래 정론일수록 감정론에 밀리기 마련이다. 전문가 직함을 자랑하는 사람들이 아무리 일견 타당해 보이는 정론을 내세워도 보고 듣는 사람들의 마음에 와닿지는 않았다.

시민들은 대부분 겉으로는 '네메시스'의 살인을 비난했다. 그러나 복수 대행까지 비난하는 의견은 얼마 되지 않았다. 앞서 말한 것처럼 가루베, 니노미야 두 수형자가 저지른 범죄가 너무도 잔악무도했고, 피해자 유족의 목소리가 순식간에 주목받았기 때문이다.

모 방송국이 가루베, 니노미야 사건 피해자 유족의 육성을 공개했다. 그중 가루베의 손에 살해된 고이즈미 레이나의 동생 히데키의 인터뷰에는 먼저 세상을 뜬 누나를 향한 애달픔이 담겨 시청자의 공감을 샀다.

"살해된 사람이 그놈이 아니라 가족인 건 안타깝게 생각해요. 하지만 솔직히 말해 저도 그놈에게 복수하고 싶어요. 죄를 미워하고 사람을 미워하지 말라는 말이 있지만, 모두가 그렇게 명확하게 구분 지어 행동하지는 못할 거예요. 그리고 그렇게 딱 잘라 구분하면 억울하게 죽은 누나가 마음 편히 저세상에 가지 못할 것 같은 기분도 들어요."

니노미야 게이고의 손에 살해된 구세 히로코의 아버지 다카히로의 말은 더욱 신랄했다.

"니노미야의 아버지가 살해된 건 정말로 날벼락 같은 일이죠. 부조리하고 불합리하다고 생각합니다. 요즘 들어 더 절실히 느끼지만 그때 왜 법원은 이렇게 화근이 남을 판결을 내린 걸까요. 니노미야 게이고가 사형됐다면 이런 비극도 일어나지 않았을 겁니다. 저희 유족이 고통받을 일도, 니노미야 씨 가족이 여론에 규탄당할 일도 없었겠죠. 일본에는 엄연히 사형제도가 존재하고 니노미야 게이고는 그에 준하는 죄를 저질렀는데도 법원은 살해된 딸과 어머니의 목숨보다 그 남자의 목숨을 우선했습니다. 결국 법원이 불행의 씨앗을 흩뿌린 거나 마찬가지입니다."

구세 다카히로의 외침은 사형 폐지론에 대한 이의 제기이자 '네메시스'의 행동 원리에 동조하는 것이었다.

그리고 상황이 이쯤에 이르자 사형제도에 대한 논의가 더욱 활발해졌다. 수형자의 징벌보다 갱생에 무게를 둔 재판제도, 그리고 인권 변호사를 자처하는 변호사들이 소리 높이 부르짖는 사형 폐지론이 비판의 도마 위에 오른 것이다.

사형 폐지론자들의 주장은 구태의연하다는 비난을 면치 못했다. 주장의 근거가 되는 자료는 정확도가 떨어지고, 마지막에는 반드시 서양의 대세에 따르라는 말로 끝났다. 그러나 존치론자의 주장에도 과학적 데이터에 기초한 근거가 없고 여론조사 결과만을 중시하자는 감정론이 대부분을 차지했다.

사형제도에 대한 논의는 종교관과 윤리관, 그리고 국가의 내정 문제에 깊숙이 연관된다. 따라서 논의에는 법률가 외에도 종교가, 교육자, 범죄 심리학자, 사회학자, 정치인, 심지어는 전직 수형자까지 나서 다양한 의견이 오가기보다 혼란스러운 양상만을 더했다.

물론 법무성과 법원도 못 본 척으로 일관할 수는 없었다. 온정 판결을 향한 의심의 눈길은 그대로 관계 부처에 대한 비난으로 바뀌었고 또다시 시민 감각과 동떨어졌다는 지적이 쏟아졌다. 형사소송법에는 판결 확정으로부터 6개월 안에 사형을 집행해야 한다는 내용이 명기돼 있다. 그런데도 취임 이래 한 번도 사형 집행 지시서에 서명하지 않은 현직 법무 대신은 국회 질문에서 자신의 종교관을 설명하는 처지가 됐다.

이제는 미사키와 사토나카의 걱정이 현실이 되었다. 가해자 측을 향한 '네메시스'의 보복은 기존 사형 존폐 논의에 불을 붙이는 것을 넘어 대형 화재를 일으키는 결과를 초래한 것이다.

하지만 이런 일련의 움직임이 외려 당연하다는 목소리도 나왔다. 어느 토론 방송에 출연한 전직 신문 기자는 이렇게 말했다.

"다 터질 만해서 터진 문제라고 봅니다. 전 우연한 계기로 UN

사형 집행 정지 결의 자리에 있었습니다만, 일본 정부는 이의를 제기하지 않고 그렇다고 결의에 따르는 것도 아닌, 그저 다른 나라의 비난이 사그라들기만을 고개 숙인 채 기다리는 것처럼 보이더군요. 이건 단순히 일개 내각의 문제가 아니라 역대 정권이 쌓아 온 정치 과제이기도 합니다. 우리나라는 오랫동안 한 정당이 장기 집권을 해 왔습니다. 그리고 정권이 오래 지속될수록 현행 제도가 계속 이어지는 경향이 있죠. 문제가 겉으로 드러나지 않으면 괜히 서둘러 변화를 꾀할 필요도 없지 않겠느냐고 생각하는 겁니다. 이후 정권이 교체되고 새 정권의 정책 목록에 '사형 존폐에 대한 국민적 논의'라는 게 있었습니다. 아니, 실제 법무성 법제 심의회에서 이에 대한 토론을 시도하기도 했죠. 하지만 당시 법무 관료가 '법제 심의회는 논의가 어느 정도 무르익은 단계에 결론을 내는 회의이고, 아직 방향성이 정해지지 않은 상태에서 토론하는 장소가 아니다'라며 스톱 사인을 보냈습니다. 법무 관료 입장에서 제도와 체제 변경 같은 건 그저 성가실 따름이니까요. 그 후에도 전문가를 소집한 공부 모임이 계획됐지만, 다들 아시다시피 새 정권이 3년간 개각을 여러 번 한 탓에 그 모임도 자연히 소멸돼 버렸죠. 그러나 언제든 논의할 기회는 있었습니다. 그것을 간과해 온 법무성, 나아가서는 정부의 책임은 절대 작지 않지요. 이번 일은 기회가 있었는데도 불구하고 시도하지 않은 것에 따른 반동이 돌아온 거나 마찬가지입니다."

인터넷 세계는 더더욱 뜨거웠다. 실명으로 글을 올리는 SNS에는 온건한 의견이 대부분이었지만 그러지 않은 커뮤니티 게시판과 트위터 등지에서는 '네메시스'에 대한 칭찬이 쏟아졌다. 그의 행동 원리가 복수의 대행이었다는 점이 누리꾼들의 마음을 사로잡았는지 '네메시스'는 일약 영웅 칭호를 얻게 되었다.

'네메시스는 이름 그대로 신이다!'

'이 나라에는 마음 편히 눈을 붙이는 가해자 가족이 많지. 절대 도망치게 두지 마라. 앞으로도 피해자 유족의 한을 풀어 줘!'

'사형 하나 못 하는 게 무슨 법치 국가냐.'

'지금 당장 법무 대신은 사임하라. 후임은 네메시스로!'

'경찰은 네메시스 검거보다 쓰레기 같은 가해자 가족들부터 단속해라. 범인을 양산한 장본인들이니 똑같은 죄를 물어야 하지 않나?'

영웅 예찬과 함께 떠오른 것은 신속한 사형 집행 요구와 사형수의 처우에 관한 이의 제기였다. 극형에 해당하는 죄를 저지른 자를 왜 우리 세금으로 후하게 대접해야 하느냐는 분노가 자신의 현 상황에 불만을 품는 젊은 층부터 중장년층에 이르기까지 골고루 퍼졌다.

한편 느닷없이 불똥을 맞은 법무성은 불을 끄는 데 매달렸다. 그러나 관청이 할 수 있는 일이라고는 분위기가 가라앉을 때까지 잠자코 기다리거나 관계 부서에 압력을 가하는 것 둘 중 하나밖에 없었다.

법무성은 그 두 가지를 동시에 했다. 시민의 항의에는 귀를 닫는 한편 내각 관방을 통해 경찰청에 사건의 조기 해결을 요청한 것이다. 요청은 경찰청장부터 사이타마 현경 본부장을 경유하며 호된 지시가 되었고, 수사본부에 내려올 때는 반드시 완수해야 할 명령으로 바뀌었다. 그리하여 수사본부는 증원이 필요해졌지만 와타세의 제안을 받아들인 사토나카가 시부사와 재판장 안건의 가해자 가족에게 제법 많은 수사원을 투입한 탓에 만족할 만한 인원 보충은 할 수 없었다.

그리고 이대로 수사가 진척을 보이지 않으면 조만간 경찰청이 수사본부에 개입할 것은 불 보듯 뻔한 일이었다.

4

교도소의 아침은 빠르다.

복역수의 기상 시간이 평일은 오전 6시 50분으로 정해져 있어 직원도 그 시간까지 출근해야 한다.

하야미 쇼이치가 근무하는 가와고에 소년 교도소도 예외는 아니었다. 7시 정각에 모든 교도관이 일렬로 줄을 서 직원 점호를 한다.

아침이 이른 만큼 교도소 내부는 아직 냉방이 충분히 되지 않았다. 관사와 가깝다고 해도 막 갈아입은 제복은 통풍이 잘 되지 않아 새벽에 머물러 있던 열기가 피부에 끈적하게 달라붙었다.

"경례!"

"안녕하십니까!"

인사하고 나서는 휴대품을 확인한다.

"교도관 수첩."

"휴대용 포승줄."

"호루라기."

교도관들은 휴대품을 하나하나 앞으로 내밀며 확인했다. 하야미는 간수 업무는 하지 않지만 그래도 휴대품 세 가지는 늘 갖고 다녀야 한다.

다음으로 상사인 고소네 총괄 교정 처우관의 훈시가 시작된다. 특별한 주의 사항이 없으면 짧게 끝내 줬으면 하지만 아쉽게도 고소네라는 남자는 훈시 길이로 자신의 지위를 확인하는 버릇이 있다. 오늘도 형사 시설을 둘러싼 각종 문제와 복역수 처우에 이르기까지 귀에 못이 박일 정도로 들은 이야기를 줄줄이 늘어놓았다. 하야미는 훈시 시간이 이따금 교도관의 징역형처럼 느껴지기도 했다.

직원 점호가 끝나면 교도관은 각자 위치로 흩어진다. 대다수는 수형자들이 일어났는지 확인하기 위해 각 방을 점검하러 가지만 하야미를 비롯한 몇 명은 수형동이 아닌 별동으로 향한다.

하야미 일행이 향한 곳은 분류 심의실이었다. 7평 정도의 공간에 냉방이 필요 이상으로 잘 들어와 있다. 이곳에 하야미를 포함한 심리기관 다섯 명이 모이는데 그중 두 명은 오늘 비번이다.

하야미가 자기 책상 앞에 앉아 기다리고 있자 조금 늦게 고소네가 왔다.

"흠, 오늘은 오후에 수형자 면접이 있으니 그전까지 기결 카테고리 분류 작업을 해 두도록."

고소네는 그 말만 하고 곧장 심의실을 나갔다.

"하야미, 그거 알아?" 고소네가 나가자마자 옆자리에 있는 사카이다가 하야미에게 얼굴을 들이밀며 물었다. "오늘 수형자 면접, 원래는 오전에도 할 예정이었는데 갑자기 처우부 회의가 잡혀서 일정이 바뀐 모양이야."

"아, 그 얘기, 나도 들었어."

맞은편에 앉은 다치바나 교카가 흥미진진해 하는 얼굴로 사카이다를 봤다.

"근데 무슨 회의지?"

"그거 아닐까? 그 있잖아. '네메시스'인가 뭔가 하는 유쾌범."

그러자 교카는 아아, 하고 이해한 것처럼 고개를 끄덕였다.

"뉴스 프로그램에서 '일본의 사법제도에 도전한다'느니 뭐니 시끄럽게 떠들더라. 분명 징역수의 가족이 표적이라면 긴급회의를 열만도 하지."

"담장 밖에 가족을 두고 온 수형자 입장에서는 신경이 쓰일 수밖에 없고 그러면 당연히 관리 체제에도 지장이 생길 거라고 보는 건가. 그렇지만 솔직히 어디까지 믿어야 할지 지금은 좀 불분명하기는 해. 사형을 면한 징역수에게 피해자 유족이 원망을 품는 건 이해할 수 있지만, 그걸 생판 모르는 제삼자가 대행하겠다고 나서는 건 사춘기 청소년이나 할 법한 발상 아닌가? 난 현실성이 떨어진다고 보는데. 하야미, 넌 어떻게 생각해?"

"세상에는 다양한 범죄자가 있으니까요." 하야미는 어깨를 움츠렸다. "이 좁은 가와고에 소년 교도소 안에도 정신적으로 문제가 있어 보이는 애들이 꽤 있잖아요. 그럼 교도소 밖에는 더 많다고 계산해야겠죠."

"그렇지."

교카가 맞장구를 쳤다.

"수감되어 있으니 면접이나 심리 검사를 통해 어떤 인간인지 분류하는데, 분류한 만큼 안심할 수 있기는 하지. 우리가 사전에 대처법을 강구할 수 있으니까. 하지만 일단 교도소 밖으로 나가면 누가 어떤 사람인지 겉만 봐서는 알 수 없잖아. 시치미 뗀 얼굴로 거리를 걷고 있어도 속으로는 인체를 어떻게 해체할지 떠올리고 있을지도 모르고."

"그런가. 인간을 분류해서 관리하는 교도소 안이 오히려 안전한 셈이군. 꽤나 아이러니한데."

인간을 분류한다는 말에 살짝 거부감이 들 수 있지만 하야미를 비롯한 심리기관들의 일이니 어쩔 수 없다.

심리기관은 법무성 소속 전문직이다. 수형자의 갱생을 위해 면접과 심리 검사를 하고 향후 처우에 관한 방침을 세우는 업무를 맡고 있다. 개선 지도 프로그램을 만들거나 수형자 심리 상담 등도 진행하므로 업무 관계상 수형자들을 몇 가지 형태로 분류한다. 사람을 물건처럼 다룬다고 보는 의견도 있지만 형사 시설 내 관리를 고려하면 심리기관의 업무는 꼭 필요한 일이라 할 수 있다.

"다만 이건 현장에서 나오는 말인데, 판결이 범죄 양상에 적합하지 않은 사례가 꽤 있나 봐. 징역 3년을 선고받았는데 아무리 봐도 10년 이상의 L급일 것 같은 수형자가 여기저기 보이기도 하잖아. 물론 죄상이 그에 걸맞게 가벼우면 어쩔 수 없지만, 애초부터 수용 분류가 잘못됐는데 레벨이 다른 곳에 집어넣어 봐야 의미가 있나."

"개인적으로 관심이 생겨서 좀 조사해 봤는데." 사카이다는 누가 듣는 것도 아닌데 목소리를 낮췄다. 이런 묘한 연기 섞인 행동을 하는 게 사카이다의 습관이다. "'네메시스'가 표적으로 고른 게 우라와역 묻지 마 살인 사건의 가루베 요이치 가족과 아게오 스토커 살인 사건의 니노미야 게이고 가족인데 분명 그 둘, 범죄 경향을 고려하면 징역형은 너무 가볍잖아. 남아 있는 심리 검사 데이터를 보면 갱생과 사회 복귀 가능성도 절망적인데 대체 왜 그런 판결을 내렸을까?"

"두 건 다 시부사와 에이치로 재판장이 맡은 안건이지?"

"맞아. 그 '온정 판사.'"

"아무리 당사자의 갱생을 목표로 삼는다 해도 지나치게 가벼운 형벌에 그치면 온정은 아니라고 보는데⋯⋯."

"나도 격하게 동의. 다른 데서는 입을 찢는다 해도 할 수 없는 말이지만, 우리 같은 심리기관이 떼를 지어 몰려가거나 지도 교관이 아무리 고심해서 교육해도 갱생이 불가능한 범죄 소년도 분명히 있으니."

심리기관은 성인 수형자뿐만 아니라 소년 감별소에 송치된 범죄 소년의 면접과 심리 검사도 맡는다. 그렇게 해서 나온 검사 결과를 가지고 향후의 처우를 정하고 평가하는 것도 똑같다.

다만 소년 쪽이 수고가 더 들고 실질적 책임의 무게도 훨씬 무겁다. 특히 세상을 떠들썩하게 한 소년 범죄일 경우 소년법 보호에 따라 형벌을 면하는 대신 소년이 무사히 갱생했는지 여부가 교정국, 나아가서는 법무성의 체면과 직결된다. 따라서 소년 범죄 중 특히 중대한 사안은 심리기관과 지도 교관 여럿이 조를 짜 출소 뒤에도 관찰을 계속하는 경우가 많다. 수감되는 연수를 포함하면 10년을 훌쩍 넘는 장기 관찰이고, 투입되는 인원과 비용을 고려하면 이토록 수고가 많이 드는 사안도 없다. 게다가 이제는 완전히 다시 태어났다고 판단했지만 간혹 성인이 된 범죄 소년이 또다시 사건을 저지르는 경우도 있어서 사회 복귀를 위해 분투한 팀원들 입장에서는 수고는 많고 실질적인 이득은 적은 일이다.

"가루베 요이치와 니노미야 게이고가 둘 다 그런 부류지. 지금은 저마다 수감 시설에서 얌전히 지내고 있지만 시한폭탄이나 마찬가지야. 범행 양상도 절대 평범하지 않고. 심신 손실이나 미약은 아니지만 반사회적 경향이 너무 강하지. 심리기관이 해서는 안 될 말이지만 그 두 사건만큼은 온정 따위 아무런 의미도 없어."

"저희가 이렇게 말해 봐야 소용없죠." 하야미는 애써 냉정하게 말했다. "판결을 내릴 수 있는 건 재판관들뿐이고 재판관에게 심리기관의 노하우를 요구하는 건 무리예요."

"흐음, 하야미는 여전히 체념이 빠르네. 난 수형자들을 면접할 때마다 무력감 때문에 힘든데."

"무력감 말인가요."

"생각해 봐. 우리 같은 심리기관들이 열심히 노력해 수감 시설 설비를 개선해도 재범률이 몇 년간 계속 상승하는 추세잖아. 꼭 교도소가 살기 편하니 다시 돌아오는 느낌이야. 형사 시설이 더 나아지고 그곳 직원들이 고생하면 할수록 재범률이 높아지다니. 이건 너무 질 나쁜 농담 같지 않아?"

"반대로 사카이다 씨가 너무 집착하는 것 같은데?" 교카가 농담 섞어 말하며 수습했다. "재범률이 상승 추세인 건 맞지만 그래도 다른 나라들보다는 훨씬 나은 편이야. 또 범죄 건수 자체는 거의 변동이 없거나 감소 추세지. 그건 자랑스러워해도 좋다고 봐."

"아니, 내가 하고 싶은 말은 말이지. 우리는 힘들여 대학원까지 나와 기관 시험을 패스하고 심리기관이 됐잖아. 그런데 성과가 눈에 보이지 않으니 뭔가 허무하다는 거야. 열심히 한 일들이 전부 헛수고로 돌아가는 것 같아서."

하야미는 옆에서 들으며 분명 고개를 끄덕일 부분이 있다고 생각했다.

작년부터 제도가 바뀌었지만 2011년까지 심리기관이 되는 방법에는 크게 두 가지가 있었다. 하나는 국가 공무원 I종 시험(인간 과학I)에 합격해 법무성 교정국에 배속되는 길. 또 하나는 심리학 관련 대학원 석사 과정을 마치고 A종 인정 감별 기관 선고를 통해 채용되는 길이다. 둘 다 전문 지식 습득이 필요한 데다 합격하는 건 바늘구멍을 통과하는 것보다 어렵다.

하야미가 선택한 건 두 번째인 기관 선고였다. 1차로 기초능력 시험(다지 선다형)과 전문 시험(다지 선다형, 서술형), 2차로 면접을 거쳐야 간신히 채용된다. 시험 내용, 특히 전문 시험이 몹시 까다로워 낙방의 고배를 마시는 사람이 많다. 하야미도 대학 입시보다 채용 시험이 더 어려웠던 것으로 기억했다.

전문성이 요구되고 범죄를 저지른 자들을 애정을 품고 대하는 자질도 필요하다. 공무원다운 안정적인 삶을 추구해 시험을 치르는 사람은 별로 없고 범죄 소년의 교화, 수형자의 사회 복귀를 진지하게 생각하는 사람들이 대부분이다. 그러므로 입성 전에 품고 있던 이상과 현실의 괴리에 모두들 크고 작은 실망감을 맛본다. 사카이다는 그 전형적인 사례다.

"사카이다 씨 심정도 이해는 가지만 여기서는 하야미처럼 큰 기대를 가지지 않는 게 편하고, 오히려 그래야만 지치지 않고 일을 오래 할 수 있어. 업무 스트레스 때문에 우울증에 걸린 선배도 있잖아. 그런 건 비극이야, 정말."

"혹 떼러 간 사람이 되레 혹 붙이고 오는 꼴인가. 비웃음거리도 안 되겠네."

"슬슬 일을 시작해야 하지 않을까요?" 하야미는 조심스레 입을 열었다. "오전 중에 분류를 마쳐 둬야 할 것 같아요. 오후에는 평소보다 면접 건수가 많을 것 같은 예감이……."

"그게 정답이네!"

"나도 격하게 동감."

두 사람은 서둘러 작업에 착수했다.

심리기관의 업무에는 수형자의 정신적 케어 외에도 입소 시 조사와 분류 작업을 들 수 있다. 고소네가 지시한 분류 작업이라는 것이 이 업무를 뜻한다.

수형자가 좀 더 효과적으로 갱생하기 위해 개개인의 인격 특성과 환경을 종합적으로 고려해야 한다. 경미한 죄를 저지른 수형자 옆에 중대한 범죄 경향을 지닌 사람을 붙이면 악영향을 끼칠 수 있다. 그래서 수형자에게 적합한 수감 시설을 전국에서 골라 가장 효과적으로 보이는 교육 및 지도를 하는데 이를 분류 처우 체제라고 부른다.

작업은 우선 수형자 한 명 한 명을 수감 분류 급수를 기반으로 분류하는 것부터 시작한다. 구체적으로 다음의 10급수다.

A급 범죄 경향이 진행 중이지 않은 자

B급 범죄 경향이 진행 중인 자

W급 여성

F급 일본인과 다른 처우가 필요한 외국인

I급 금고형에 처해진 자

J급 소년

L급 집행 형기 10년 이상의 자

Y급 26세 미만의 성인

M급 정신상 질병 또는 장해를 보유한 자

P급 신체상 질환 또는 장해가 있는 자

다음으로 기존 처우 분류 급수 판정을 기반으로 구체적인 처우 내용이 정해진다.

V급 직업 훈련이 필요한 자

E급 교과 교육이 필요한 자

G급 생활 지도가 필요한 자

T급 전문적 치료 처우가 필요한 자

S급 특별한 교양적 처우가 필요한 자

R급 치료적 생활 훈련이 필요한 자

O급 개방적 처우가 적절히 인정되는 자

N급 경리 작업 적격자로 인정되는 자

이 두 항목으로 분류해 수형자의 수감 시설을 정하고 해당 시설로 이송하는 것이 심리기관의 임무다. 비단 분류만 하는 것은 아니다. 심리기관은 수형자가 입소할 때 심리 검사와 면접을 세밀하게 하는데 이는 수형자 분류의 기초 자료가 되므로 심리기관이 수형자의 운명을 정한다고 해도 과언이 아니다.

이송 시설이 잘못 선정될 경우 수형자가 된 후의 삶이 망가질 수밖에 없다. 따라서 입소 시 조사는 정확하고 엄정해야 한다. 심리기관은 공안직이라 일반 공무원보다 급여를 10퍼센트 정도 더 받지만 조건만 보고 선택할 일은 아니다. 심리기관이 하는 일의 진수가 바로 거기에 있다.

조사 센터가 있는 교도소는 전국에 총 여덟 곳. 한 곳이 처리해야 하는 건수가 상당하다. 그러나 단 한 건도 허투루 해서는 안 된다. 아무리 수형자라고 해도 한 사람의 운명이 걸려 있기 때문이다.

　하야미는 묵묵히 자신에게 주어진 일을 해 나갔다. 이따금 자신이 타인의 인생을 좌우하는 듯한 착각에 휩싸일 때가 있고 그때마다 부담감이 엄습하지만 스스로를 다그쳐 가며 조사표를 살폈다.

　이제 와서 약한 소리를 해 봐야 소용없다. 학창 시절 친구와 약속했다. 나는 형사 시설에서 일하며 자랑할 만한 성과를 올릴 거라고. 매일매일 밤새워 시험공부를 하고 여러 즐거움과 단절한 채 지낸 것도 다 이 숭고한 목적 때문이 아니었던가.

　하야미는 잡념을 떨치고 작업에 몰두했다.

　좁은 심의실 안에 세 사람의 숨소리와 키보드 소리만이 조용히 흘렀다.

4
우분 憂憤

1

히로사키의 호출을 받았을 때부터 무슨 일인지 대략 감이 왔다.

미사키는 검사장실로 향하는 길목에서 벌써 위장 부근이 묵직해지는 느낌을 받았다. 와타세에게 니노미야 데루히코 살해 소식을 들은 것이 이틀 전이니 십중팔구 그 일로 불렀을 것이다.

검사장실 문을 두드리자 "들어오게" 하는 메마른 목소리가 들렸다. 목소리만 들어도 상대 얼굴이 보이는 듯했다.

안으로 들어가자 히로사키는 역시나 찌무룩한 표정을 하고 있었다.

"'네메시스'의 두 번째 막이 올랐더군." 좋지 않은 예감일수록 적중한다. "두려워하던 상황 중 벌써 두 가지나 현실이 돼 버렸어. 다음 사건이 일어나는 것. 그리고 두 살인 사건의 동기가 제삼자의 복수인 것."

히로사키의 책상 위에는 네 번 접힌 신문이 있었다. 제목만 봐도 알 수 있다. 미사키도 읽은 사이타마 일보 석간이다.

"자네도 당연히 읽어 봤겠지."

"네."

"기자 클럽에는 이미 손을 써 뒀는데 듣자 하니 이 신문사는 기자 클럽에 못 들어오는 곳이라더군. 그런데도 이런 특종이 터진 건 어디선가 정보가 새서겠지?"

"아니요. 확인했는데 수사본부와 기자 클럽에서 정보가 샌 흔적은 없었습니다. 특종을 터뜨린 기자가 독자적으로 취재한 듯합니다."

"그게 사실이라면 지방지에도 숨겨진 인재가 있다는 말인가. 흠, 거기까지 손을 뻗치지 못한 건 우리 실수군." 히로사키는 고민스럽게 신문 기사 제목을 손가락으로 툭툭 두드렸다. "지난번에 내가 자네에게 뭐라고 했는지 기억하나?"

그렇게 말하고 히로사키는 고민 어린 눈빛으로 미사키를 쳐다봤다. 눈빛이 순간 날카로워진 것은 절대 착각이 아닐 것이다.

"'네메시스'의 존재를 겉으로 드러내지 않고 사건의 조기 해결을 꾀한다. 물론 흉악 사건을 조기에 해결하는 건 당연하지만 거기에는 부주의하게 시민 감정을 자극해서는 안 된다는 의미가 포함돼 있었지."

굳이 말하지 않아도 안다. 히로사키도 다 알고서 말하고 있다. 즉 이것은 푸념의 형태를 빌린 질책이었다.

"하지만 '네메시스'의 범행이 밝혀지자마자 여기저기서 목소리가 터져 나오기 시작했어. 가해자 유족을 향한 분노와 동정, 과거 판결의 시민 감정과의 괴리, 피고인에게 징역형밖에 못 내린 검찰의 역부족, 그리고 이 나라에 뿌리 깊게 자리 잡은 사형 폐지론에 대한 의구심. 그 모두를 일일이 언급할 생각은 없네. 시민 감정을 자극해서는 안 되지만 시민 감정에 알랑거릴 필요도 없으니까. 알랑거리려다가 사법 체계가 혼란스러워진 선례도 있고."

히로사키는 지금 배심원 제도에 대해 말하고 있다. 일반 시민이 재판에 참여할 수 있게 되면서 재판은 명백히 엄벌화하는 방향으로 기울었지만, 지나친 엄벌화에 따른 반동으로 항소심이 심리가 충분하지 않다는 이유를 들어 1심 판결을 되돌려 보내는 사례가 눈에 띄게 늘었다. 1심 판결을 맡은 배심원들은 '충분히 논의한 결과라고 말하고 싶어도 비밀 엄수 의무 때문에 근거를 밝힐 수 없다'라며 정신적 스트레스를 호소한다. 그 밖에도 법정에서 현장 사진이 공개되는 것에 생리적 공포를 품은 배심원이 개정 직전에 출정을 거부한 사례, 중대 사건 공판 뒤 배심원이 재판정 모습을 언론에 흘린 사례도 발생했다. 모두 배심원 없이 재판관이 사건을 맡던 무렵에는 없었던 현상이고, 사법 시스템을 더 견고하게 만들려는 시도가 오히려 혼란을 초래하는 상황이 그야말로 역설적이라고 할 수 있었다.

"다만 도가 지나친 비판들이 나오고 있는 건 생각해 볼 일이지. 시민 감정이 달아올라 또 사법 시스템 개혁 같은 걸 부르짖으면 큰일이기도 하고. 게다가 이번에는 사형제도에 대한 언급이 포함돼 있잖나."

히로사키는 또다시 고민스럽게 고개를 흔들었다.

검찰과 법원은 각자 독립된 기관이기는 해도 감독 기관은 똑같은 법무성이다. 따라서 법원에 대한 회의와 비난을 완전히 무시할 수는 없다.

"일본은 선진국 중 사형제를 이어 가고 있는 몇 안 되는 나라 가운데 하나야. 그러나 교도소에는 다 수용하지 못할 정도로 많은 사형 확정수가 있고 집행은 거북이처럼 굼뜨지. 사형수를 오래 살려 두는 데 드는 비용은 물론 이런 모순이 겉으로 드러날수록 사형 존폐에 대한 논의가 더욱 많이 나올 거야. 아니, 실제로도 그 징후는 이미 나타나고 있지. 혹시 지난 토론 방송을 봤나?"

"네, 예의 그 전직 신문 기자가 UN 사형 집행 정지 결의에 대한 우리나라의 대응을 언급했죠."

"아니꼽기는 해도 그 기자의 지적이 정확해. 역대 내각이 사형 존폐에 대한 국민적 논의를 하겠다고 강조했으면서도 한 번도 실행에 옮기지 않은 건 사형 존폐 논의 자체가 판도라의 상자이기 때문이야."

미사키는 판도라의 상자라는 말이 그야말로 잘 들어맞는 표현이라고 내심 감탄했다. 상자를 열면 체제에 방해가 되는 것들만 튀어나온다. 특히 형사소송법 475조 2항의 '사형 집행 명령은 판결 확정일로부터 6개월 이내에 해야 한다'라는 조항은 법무성과 법무 대신이 골머리를 썩는 원인이다. 며칠 전 국회 질문에서 종교관에 대해 질문을 받은 법무 대신의 사례도 있어 향후 개각에서 걸림돌이 될 가능성을 부인할 수 없다. 사형 집행 정지를 결의한 UN에 대한 대응도 비난받을 것이다.

미사키는 이제 어느 정도 속을 털어놓아야 할 때라고 판단했다.

"윗선의 한탄이 원망으로 바뀐 겁니까?"

그러자 히로사키의 눈썹이 꿈틀거리며 반응했다.

"원래라면 '네메시스'에게 쏟아져야 할 분노와 비난이 뜬금없이 자신들을 덮친다면 원망스러울 수밖에 없겠지."

"완전히 잘못됐다고 할 수는 없겠다는 생각도 듭니다." 미사키는 짓궂은 이의를 제기했다. "물론 느닷없이 덮친 재난이기는 해도 번지수를 아예 잘못 짚은 건 아니죠. 고름은 언젠가는 흘러나오기 마련이니."

"튼튼하게 축조된 시스템 안에서 서식하는 자들은 급진적인 변혁을 원하지 않지. 자칫하면 자멸할 수도 있으니까. 정치판이나 법조계나 그 점에서만큼은 비슷해."

히로사키는 자조적으로 웃었다. 이 정도로 본심을 털어놓을 만큼 미사키를 신뢰한다는 증거다. 도쿄 지검 검사장쯤 되면 밀실 안에서도 솔직하게 뭔가를 이야기할 수 없다. 일일이 상대의 속마음을 재 가며 대화해야 하니 스트레스도 심할 것이다.

"게다가 급격한 변혁이 약점을 남기는 것도 사실이지. 더욱이 법치 국가의 근간을 이루는 사법 체계는 그런 약점이 생기는 걸 달가워하지 않아. 세상 사람들이 뭐라고 하건 섭리가 어떻건 변화는 신중하게 해야 하네. 법조인은 일을 졸속으로 처리해서는 안 돼."

"동감입니다."

"자네가 동의해 줘서 고맙군. 지금 '네메시스' 사건은 법무성, 더 나아가 사법 체계를 쓸데없이 자극하고 있어. 그래서 윗선은 사건이 확대되는 상황을 곤혹스러워하고 우려를 표하고 있네. 윗선의 탄식은 아래로도 새고 있고."

"그 탄식은 경찰청에까지 영향을 미치고 있겠죠."

"후후. 경찰청에는 탄식을 넘어서 불호령이 떨어지고 있지. 전에도 한 번 언급했으니 자네에게는 알려 주겠는데, 대검찰청을 통해 사이타마 지검에도 지시 사항이 내려간 듯하네. 독기가 제대로 오른 불호령인 모양이야. 말 나온 김에 묻겠는데 이번 사건을 담당하는 수사본부는 두 번째 살인이 일어나기 전까지 대체 뭘 했지? 그냥 수수방관하고 있었던 건가? 내부 사정을 잘 아는 사람에게 물으니 현장에서 지휘를 맡은 사람이 과장직이라던데."

미사키는 대번에 그 흉악한 얼굴을 지닌 경찰관을 떠올렸다.

"과장직이 현장에 나가는 것도 드문 일이지만 그 사람의 능력에 문제가 있는 거 아닌가?"

"제가 알기로 그렇지는 않은 것 같습니다. 사이타마 현경의 베테랑이고 검거율도 현경 안에서 톱을 달린다고 들었습니다."

"자네와 알고 지내는 사이인가?"

아무래도 이미 다 조사해 놓고 묻는 듯하다. 지인의 능력 부족이 네 탓이라고 하는 듯한 말투였다.

"제가 사이타마 지검에 있을 때 몇 번인가 얼굴을 본 적이 있습니다. 날 때부터 경찰수첩과 수갑을 입에 물고 태어난 것 같은 사람이죠."

"그건 믿음직스럽군. 그럼 그 천생 경찰관이 어째서 동일범의 범행을 두 번이나 놓쳤지?"

"'네메시스'의 표적이 너무 광범위해서겠죠. 사실 두 번째 살인은 지바 현경 관할에서 일어났습니다. 아무리 우수한 경찰관이어도 수도권 전역을 도맡을 수는 없습니다."

"수도권 전역이라는 걸 보니 범인의 표적이 시부사와 재판장이 맡은 안건에 한정된다고 가정하는 건가?"

"사건의 양상과 현장에 남긴 메시지를 고려하면 주의할 만한 공통점입니다."

"그래도 가루베 사건이 2003년에 일어났으니 햇수로 11년. 시부사와 판사가 그 사이 심리하고 징역형을 선고한 안건은 비단 열 건, 스무 건에 그치지 않을 텐데."

"그 경찰관은 시부사와 재판장의 안건과 관련된 모든 가해자 가족을 조사하고 있다고 들었습니다."

"흠, 인원을 다소 투입해서라도 세 번째 사건은 막아 보려는 건가. 분명 '네메시스'의 표적이 광범위하다는 걸 고려하면 최선의 방책이군."

스무 건 이상의 안건이라고 했으니 가해자 가족을 경호하는 인원이 '다소'로 그칠 리 없다. 남의 주머니 사정에는 여전히 무관심한 사람이다.

그러나 한편으로 항상 남의 주머니 사정을 신경 쓴다면 검찰청 수장에 오르지 못한다는 논리도 성립한다. 결국 기량보다 자질의 문제일 것이다.

"뭔가 불만이 있는 얼굴이군."

"검사장님 눈에 그렇게 보였다면 죄송합니다. 아쉽게도 싹싹한 것과는 거리가 멀어서."

"가루베 사건에 발을 담갔다는 사실만으로 직접 관련도 없는 이번 사건에 엮이게 되어 불만인가?"

"당치도 않습니다."

"자네 불만은 이해해. 하지만 지난번에는 그저 자네의 성실함만을 이용해 개별 수사를 촉구했지만, 생각해 보면 이번 일이 자네에게 플러스가 될 수도 있을 것 같네."

히로사키는 평가하는 듯한 눈빛으로 미사키를 쏘아봤다.

미사키는 갑자기 경계심을 느끼고 잠시 주춤했다.

"그게 무슨 뜻이죠?"

"도쿄 지검에서 차장 검사 2년, 뒤이어 고검 차장 검사로 2년을 착실히 마치면 자네는 이 의자에 앉게 되겠지."

히로사키는 자신의 의자 팔걸이를 툭툭 쳤다.

"하지만 만약 여기서 법무성이 곤란에 빠진 안건을 자네 지시로 해결하기만 하면 그 사이의 거리가 놀라울 정도로 좁혀져도 조금도 이상할 게 없네. 사건 관할지가 다르다는 트집을 잡는 사람도 나오겠지만 사법 시스템을 향한 테러를 진압한 공적 앞에서 그런 사소한 투덜거림은 산산조각 날 거야. 공을 세워 승진하는 거면 나와 교대하는 형태로 자네가 이 의자에 앉는 것도 충분히 가능한 상황이야."

"플러스라는 게 그런 뜻이었습니까?"

"원래 건전한 조직일수록 우수한 사람이 위로 올라가는 게 당연하지. 자네는 자신을 과소평가하는 경향이 있고, 지금의 직책이 자네 실력에 반드시 부합한다고 할 수도 없네."

"칭찬해 주시는 건 영광입니다만 검사장님의 과대평가일 수도 있습니다."

"이래 봬도 사람 보는 눈은 있고 그런 게 없으면 이 의자에 앉지

도 못해. 겸손도 지나치면 자학이 될 수 있네. 칭찬해 준 상대에게
도 실례라고 생각하지 않나?"

"죄송합니다."

미사키는 사과하면서 머리로는 다른 생각을 했다.

히로사키는 존경할 만한 인물이다. 그러나 존경의 대상은 어디
까지나 그의 수사 방법과 경력뿐이다.

이 남자는 오로지 부하의 승진만을 바라며 사건에 개입하기를
권할 사람이 결코 아니다. 오히려 부하의 명성을 드높이면서 자신
의 실속도 차릴 속셈일 것이다. 부하의 지시로 사건이 훌륭히 해
결되면 당사자에 대한 칭찬은 물론이고 상사의 지휘 능력도 평가
받을 수 있기 때문이다.

그는 다음으로 자신의 의자에 앉을 사람이 미사키라고 추어올
렸다. 그러나 자신의 퇴임과 동시에 그렇다고는 하지 않았다. 미사
키가 지검 검사장에 취임할 때 자신은 검찰총장 의자에 앉겠다는
속셈일까. 어쨌든 느닷없이 들이닥친 재난을 자신의 승진 기회로
삼는 것은 역시 보통내기가 아닌 그다운 모습이라고 할 수 있다.

"수사 진척 상황은 파악하고 있나?"

"조금 전 말씀드린 경찰관과 은밀히 연락하고 있습니다."

"매일매일 힘들겠지만 생각하기에 따라 이건 자네에게 유리한
안건이야."

"왜죠?"

"사건이 깨끗이 해결되기만 하면 다 자네의 점수가 될 테니까. 그런데 만약 해결되지 않아도 제삼자인 자네에게는 비난의 화살이 향하지 않지. 다시 말해 노 리스크 하이 리턴 아니겠나."

보통내기가 아닌 데다가 교활하기까지.

이곳에 더 있으면 왠지 그의 독기에 물들 것 같았다.

"먼저 실례하겠습니다."

히로사키가 점잖게 고개를 끄덕이는 모습을 보고 미사키는 검사장실을 나갔다. 용건을 마치니 위장 부근의 묵직함이 속이 뒤집히는 듯한 느낌으로 바뀌었다.

미사키는 집무실로 돌아가 내선으로 요코야마에게 전화를 걸었다.

—네, 요코야마입니다.

"미안하지만 재판 기록을 좀 가져다주겠나?"

판례만이라면 컴퓨터로 데이터베이스를 검색하면 된다. 그러나 미사키는 수사 자료와 관련 서류를 두 눈으로 확인하고 싶었다.

—조건은 어떻게 설정할까요?

"2003년 이후 시부사와 에이치로 판사가 재판장을 맡은 안건 모두."

—알겠습니다.

적게 잡아도 20건 이상. 아무리 서둘러도 적어도 한 시간은 걸릴 거라 예상했지만 요코야마는 채 40분도 되기 전에 골판지 상자에 자료를 가득 담아 가지고 왔다.

"차장 검사님. 혹시 '네메시스'와 관련된 겁니까?"

"왜 그렇게 생각하지?"

"저도 그 뉴스를 접해서요. 가루베 사건 이후 시부사와 판사가 맡은 안건이라는 말을 듣고도 감을 못 잡는다면 차장 검사님을 모시는 사무관으로서 실격입니다."

왠지 낯간지러운 말이지만 실제로 요코야마가 유능한 덕에 서류 업무가 지체되지 않는다. 뛰어난 실력과 예리한 감은 다른 검사들에게 자랑하고 싶을 정도다.

"그런데 왜 하필 차장 검사님이 '네메시스' 사건을 맡는 겁니까? 지금 그 건은 사이타마 지검과 지바 지검 관할 아닌가요?"

"가루베 사건을 담당했던 악연 같은 거지."

"그때 사건을 맡았다는 이유만으로 이렇게나 많은 안건을 조사하라는 겁니까?"

요코야마는 골판지 상자에서 자료 파일을 한 권씩 꺼냈다. 두어 마디 더 나누는 동안 책상 위에 파일이 산더미처럼 쌓였다.

"차장 검사님이 열심히 뛰는 모습에는 늘 고개가 숙여지지만 이건 허용량을 넘어선다는 생각만 듭니다. 평소 소화해야 하는 안건도 있는데요." 미사키를 예찬하는 눈빛이 지금은 약간 비난하는 기운을 띤다. "외람된 말이지만 이미 종결된 사건까지 손을 뻗치는 건 너무 무리하시는 게 아닐까 싶네요. 조만간 검사님의 몸 어딘가가 비명을 지를지도 모릅니다."

비명이라면 가루베 요이치의 어머니가 살해당했을 때부터 이미 들리고 있다.

"만약 종결되지 않았다면? 아니, 애초에 사건에 완전한 종결이라는 게 있을까." 미사키는 가장 위에 있는 파일을 손가락으로 톡톡 두드렸다. "요즘 갑자기 그런 생각이 들어."

"어떤 생각 말이죠? 저도 알아들을 수 있도록 설명해 주시겠습니까?"

"자네 같은 인재한테는 많은 설명이 필요 없겠지. 인간이 다른 누군가를 죽인다. 경찰이 범인을 검거하고, 우리 검찰이 기소하고, 법원이 재판한다. 하지만 단지 그것만으로 피해자와 유족의 삶이 원래대로 돌아오는 건 아닐세. 피해자가 사라져 버린 공백을 메울 수 있는 사람은 아무도 없지. 공백에 차오르는 건 슬픔과 원한뿐. 범인이 교수대의 이슬로 사라져도 그 감정은 사라지지 않아. 피해자 유족에게 그런 상황을 종결이라고 할 수 있을까? 더욱이 범인이 담장 안에서 뻔뻔하게 살아 있다면 원한은 계속해서 쌓일 뿐인데."

"꼭 '네메시스'에게 공감할 부분이 있다는 것처럼 들리네요."

"공감이 아니야. 그냥 이해가 된다는 거지."

진심이었다. 지금까지 검찰관의 입장에서 수백 명의 피해자 유족을 만나 왔다. 비탄에 잠긴 자, 분노하는 자, 감정을 억누르는

자. 그 모두에게서는 공통적으로 피가 터져 나올 것 같은 비명이 들리는 듯했다. 그런 비명을 가까운 곳에서 들으면 시간이 모든 것을 해결해 준다는 말은 허튼소리처럼 느껴진다.

"자기 가족이나 연인이 무참히 살해됐는데도 정작 죄를 저지른 범인은 가벼운 상처 하나 입지 않고 교도소에 수감된다. 교도소에서 그들을 기다리는 건 삼시 세끼 꼬박꼬박 나오는 식사와 주기적으로 몸도 씻을 수 있는 규칙적인 생활. 작업은 생산적이고 그곳에서 만들어진 물건이 요즘은 인터넷 판매까지 되고 있지. 말 그대로 영광스러운 2차산업 종사자들인 셈이야. 1년에 몇 번은 코미디언이나 아이돌이 찾아가 위문 공연을 하고, 심지어 그들의 인권은 법률로 완벽하게 보호되고 있어. 피해자의 무덤 앞에 선 유족들이 과연 어떤 생각을 할지 티끌만 한 상상력이 있는 사람이라면 누구든 떠올릴 수 있겠지."

"확실히 전에는 범죄 피해자 케어 같은 것도 거의 없었죠."

"그것도 전시戰時 중 한쪽에만 쏠렸던 사법 체계에 대한 거대한 반동이지. 가해자 인권과 권리에 초점을 맞추고 피해자 유족의 권리는 소홀히 해도 된다고 생각하게 된 거야. 반동이 생긴 것까지는 그렇다 쳐도 역시 너무 극단적이었어. 평론가처럼 거들먹거릴 생각은 없지만, 우리 일본인들은 원래 조금 극단적인 면이 있어. 우가 아니면 좌, 좌가 아니면 우. 극단에서 극단으로만 움직이지. 다 감정이 앞선 나머지 냉정한 판단을 내리지 못해서일 거야.

그건 시스템도 마찬가지고."

"'네메시스'도 그렇게 생각하고 있을까요? 한쪽에만 쏠린 현재의 사법 체계에 이의를 제기할 생각일까요?"

"그건 본인에게 직접 물어보지 않는 한 모르겠지. 하지만 시부사와 판사가 판결을 내린 안건만 고르고, 범행 뒤 '네메시스' 같은 의미심장한 사인을 남기는 걸 보면 추측이 완전히 틀리지는 않을 것 같네."

말을 마치고 미사키가 문득 요코야마의 얼굴을 보자 그는 왠지 곤혹스러워하는 표정을 짓고 있었다.

"왜 그러지?"

"혹시 차장 검사님은 메이지 시대까지 계속된 사적 복수를 지지하십니까?"

미사키는 불현듯 이 젊은 사무관의 의견이 궁금해졌다. 그러고 보니 요코야마가 옆에서 근무한 지도 1년이 넘었는데 서로의 윤리관이나 사법 체계에 관해 논한 적은 이번이 처음이다.

"사적 복수라면 분명 피해자 유족이 자기 손으로 원수를 갚는 거니 다소 울분은 풀리겠지. 하지만 그 시절이라고 무턱대고 복수를 허용했던 건 아니야. 사적 복수를 뜻하는 가타키우치는 기본적으로 무사 계급에만 허용됐고, 그것도 부모 등 존속이 살해되는 경우만 해당됐다. 미리 봉행소(에도 시대의 지방 관청—옮긴이)에 신청도 해야 하고 복수한 상대에게 또 다른 복수를 하는 건 금지됐어. 게다가 상대에게는 정당방위도 인정됐고. 결국 사적 복수가 엄격하게 법제화된 건 복수심을 해소하는 게 목적이 아니라 어디까지나 무사 계급의 명예를 지키기 위해서였어. 지지하고 뭐고도 없이 사적 복수는 당시 사법 시스템의 일부였던 거야. 그리고 원래 완벽한 시스템이라는 것은 존재하지 않고 그물망 틈새로 새어 나오는 사람이 생기기 마련이지. 난 '네메시스'도 그렇게 새어 나온 인간이라는 느낌이 들어."

"조금 의외네요." 요코야마는 곤혹스러운 표정을 지우지 않았다. "차장 검사님은 현재의 사법 체계를 옹호하실 줄 알았거든요."

"왜지? 나에게 그럴 만한 경험이 있어서?"

"네."

"원래 경험이 쌓일수록 보이는 게 있고 반대로 안 보이는 게 있지. 자네도 언젠가 그렇게 될 거야. 그러고 보면 자네는 아직 피의자를 취조해 본 적이 없지."

"아직 사무 쪽 업무를 숙달하는 데도 벅차서요."

검찰 사무관은 국가 공무원 시험 일반직 합격자 중 검찰청 단위에서 채용된다. 글자 그대로 검찰청 내 사무 업무를 도맡아 하지만 그 밖에도 검찰관을 보좌하고 피의자 취조, 영장 청구와 집행, 감정 촉탁 등을 한다. 2급 검찰 사무관으로 3년을 근무하면 시험을 봐서 부검사가 되는 길도 열려 있다.

"내 옆에서 일하게 된 게 자네한테는 마이너스려나. 난 피의자를 취조할 일이 별로 없으니."

"그 대신 차장 검사님께 이런저런 가르침을 얻고 있으니 신경 쓰지 않으셔도 됩니다." 우등생다운 판에 박힌 대답이지만 요코야마의 입에서 들으니 그야말로 자연스럽다. "제가 보기에 차장 검사님은 검찰관의 본보기가 될 만한 분이니까요. 사법 체계를 몹시 신뢰하실 거라고만 생각했습니다. 그래서 의외라고 말씀드렸고요."

"환멸을 느꼈나?"

"아뇨."

"자네는 '네메시스'에 대해 어떻게 생각하나? 피해자 유족의 대변자로 보나? 아니면 단순한 유쾌범으로 보나?"

"제가 본 뉴스에서 어느 전직 판사분이 네메시스의 행위를 두고 현행 사법에 대한 테러라고 말씀하시는 게 인상적이었습니다. 저도 같은 의견입니다. 조금 전 차장 검사님의 말씀을 빌리자면 '네메시스'의 행위는 사적 복수 같은 것도 아닙니다. 피해자 유족에게 위탁받은 것도 아니니 그들의 대행자도 아니죠. 그저 사법 체계의 빈틈에 폭탄을 설치하고 즐거워하는 걸로만 보입니다. 그냥 테러리스트의 짓이라고 봐야 하지 않을까요?"

체제의 빈틈에 폭탄을 설치한다. 과연 요코야마다운 멋들어진 표현이다. 피해자 유족의 심정을 배려하지 못하는 건 분명 사법 체계의 큰 구멍이다. 그곳을 파고들기 때문에 '네메시스'에게 동조하는 자가 생긴다. 구멍이 뚫린 체제를 불신하는 이들이 공감한다.

"그런데 듣자 하니 인터넷에서 '네메시스'를 추켜세우는 사람이 유독 많다더군. 테러리스트가 어떻게 그렇게 사람들의 인기를 끄는 걸까."

"차장 검사님은 인터넷을 잘 아십니까?"

"부끄럽지만 잘 모르네. 주가 조작 사건에서 피의자와 관련된 자료로 훑어본 적은 있지만 그것도 인터넷 세계의 극히 일부일 뿐이겠지."

"누리꾼들 대다수는 익명입니다. 익명들이 하는 말에는 책임이 없죠. 책임 없는 말에는 의미 같은 것도 없고요."

요코야마는 딱 잘라 말했지만 미사키는 속으로 과연 그럴까 싶었다.

익명이므로 입에 담을 수 있는 진실이 있다. 물론 대다수는 질투나 원한, 파괴 충동이지만 그것은 인간 본질의 일부이기도 하다. 사람들이 살인범 '네메시스'를 숭배하는 것처럼.

그리고 미사키는 문득 떠올렸다.

피해자 유족은 법률로부터 버림받은 사회적 약자다. 그리고 인터넷에서만 자기 생각을 퍼뜨리는 사람들도 마찬가지로 사회적 약자다. '네메시스'가 어두운 열정을 지닌 자들의 박수갈채를 받는 것은 그런 공통점이 있어서가 아닐까.

미사키는 갑자기 등골이 오싹해졌다.

우리와 대치하는 상대가 유쾌범 한 명이 아닌 사회와 법률로부터 튕겨 나온 자들의 원한이라면, 과연 우리에게 승산이 있을까.

2

다음 날 미사키는 지바시 주오구에 있는 지바 지방 법원을 찾았다.

2009년에 막 지어진 청사는 세련된 외관의 건물로, 늘 봐서 익숙한 도쿄 지방 법원의 위용과는 분위기가 사뭇 달랐다.

사전에 약속했기 때문에 서기관실에서 방문 목적을 알리자마자 응접실로 안내받았다. 약속 시간에 정확히 모습을 드러낸 사람은 옆구리에 법복을 낀 키가 훌쩍한 남자였다.

"기다리게 해서 죄송합니다. 전화 주신 미사키 검사님이시군요. 데루마입니다."

데루마 도요카즈는 그렇게 말하고 가볍게 고개를 숙였다.

미사키보다 네 살쯤 어릴 텐데 재판장을 맡은 경험이 있어서인지 법복을 입지 않아도 상대의 자세를 가다듬게 할 만큼의 위엄이 느껴진다. 서둘렀는지 이마에 희미하게 땀이 배어나 있다. 법복을 옆구리에 끼고 온 것은 미처 옷을 갈아입을 시간도 없이 다음 법정이 기다리고 있어서일 것이다.

"바쁘신데 죄송합니다. 좀 더 여유 있을 때 찾아뵈어야 했는데."

"아뇨, 아뇨. 대체로 이렇습니다. 언제든 별반 다르지 않아요."

보기보다 훨씬 붙임성이 좋은 남자였다.

"그럼 바로 본론으로 들어가겠습니다."

"우라와역 묻지 마 살인 사건. 가루베 요이치 사건 때문에 찾아오셨죠?"

미사키가 무슨 말을 하지도 않았는데 데루마는 대번에 용건을 알아맞혔다.

"어떻게 아셨죠?"

"바빠도 뉴스 정도는 챙겨 보니까요. 지금 세간을 뒤흔드는 '네메시스' 사건. 첫 번째 희생자가 가루베 요이치의 어머니이고, 면회 신청을 하신 분이 미사키 검사님. 기억을 더듬어 보자 예전 사건을 맡은 검사님의 성함도 미사키였다는 걸 떠올렸습니다. 이렇게 뵙게 되니 법정에 선 검사님 얼굴이 기억에 선하군요."

"고작 한 건 함께했을 뿐인데요."

"범행 내용이 내용인지라 기억이 더 선명한 거겠죠. 하지만 검사님, 가루베 요이치는 현재 지바 교도소에서 복역 중일 텐데요."

"오늘 찾아뵌 건 가루베 요이치가 아니라 그 판결 내용 때문입니다."

"판결문에 대해서는 당시 판결문 전문을 실은 잡지가 있습니다. 검찰청 데이터베이스에서도 쉽게 검색되지 않습니까?"

"제가 궁금한 건 법정에서 하신 말씀이 아닙니다. 재판관실에

서 판사님과 히가시가와 판사보, 그리고 시부사와 판사님 세 분
이 나눈 대화죠."

데루마는 흠칫 놀란 듯 눈을 크게 떴다.

"검사님도 아시다시피 재판관들의 합의 사항은 외부에 발설할
수 있는 게 아닙니다."

"가루베의 재판은 배심원 제도가 시행되기 전 치러졌으니 일반
시민은 참가하지 않았습니다. 사정을 아는 사람은 판사님들 세
분뿐이죠."

"제 반대 의견도 판결문에 실렸습니다. 전체를 읽으면 합의 사
항의 개요 정도는 파악하실 수 있을 겁니다."

"데루마 판사님은 검찰의 구형을 지지했고 시부사와 판사님은
사형 회피를 주장. 그리고 그 사건이 첫 담당 재판이었던 히가시
가와 판사보는 시부사와 판사님 의견에 동조했습니다. 저는 시부
사와 판사님이 히가시가와 판사보를 회유한 것이 아닐까 의심하
고 있습니다. 베테랑인 데루마 판사님보다 히가시가와 판사보 쪽
이 훨씬 설득하기도 수월했을 테니까요."

"히가시가와 판사에게 직접 물어보시면 되겠군요."

"데루마 판사님은 가루베 사건 외에도 시부사와 판사님과 함께
재판을 맡으셨습니다. 과거 재판 기록을 살펴서 알아낸 겁니다."

"당시 사이타마 지법은 사안이 많았기 때문에 우연히 겹쳤을
뿐이에요."

"그래서 판사님을 찾아뵌 겁니다. 시부사와 판사님과 여러 번 합의를 해 보신 판사님은 누구보다 시부사와 판사의 변절에 대해 잘 아실 테니까요."

"재판관 한 명 한 명은 독립된 존재입니다. 제가 다른 재판관에 대해 옳고 그름을 논해 봐야 무슨 의미가 있을까요."

"'네메시스'를 한시라도 빨리 붙잡기 위해서입니다." 그 이름을 대자 데루마는 침묵에 잠겼다. "일련의 사건이 시부사와 판사님과 관련된 재판의 영향을 받은 건 판사님도 아시겠죠. 범인이 피해자 유족의 복수 대행자를 자처하고 있다면 칼날이 시부사와 판사님께 향해도 하나도 이상할 게 없습니다."

"시부사와 판사님이 표적이 될 거라는 말인가요?"

"물론 판사님 자택에 경호원을 붙여 뒀지만 범인을 체포하기 위해 필요한 정보가 아직 갖춰지지 않아서요. 그중 하나가 바로 '네메시스'의 그림자입니다. 만약 범인이 시부사와 판사님께 적개심을 품고 있다면 판사님의 얼굴도 이미 여러 번 봤을 겁니다. 그럼 데루마 판사님께 묻겠습니다. 시부사와 판사님과 같은 법정에 서셨을 때 방청석에 뭔가 수상쩍었던 사람은 없었습니까? 이를테면 심리 중에 큰소리를 쳤다든지, 시부사와 판사님을 향해 협박 같은 말을 했다든지."

데루마는 기억은 더듬는 듯했지만 잠시 후 힘없이 고개를 가로 저었다.

"그런 방청인은 기억에 없군요……. 아니, 한두 명 정도 있었을지 모르지만 어차피 10년이나 지난 일이라서요. 제가 잊어버렸을 수도 있습니다."

"중대 사건에서 피해자와 가해자의 얼굴이 공개되는 일은 있어도 사건을 맡은 변호사와 검사, 재판관의 얼굴이 언론에 노출되는 일은 거의 없습니다. '네메시스'가 시부사와 판사님을 노린다고 가정하면 반드시 어디선가 판사님을 봤을 겁니다. 짚이는 곳이라면 먼저 법정 안을 꼽을 수 있고요."

"어디까지나 가정일 뿐이지 않습니까?"

"가정이 빗나가면 저도 좋겠습니다. 하지만 만에 하나 적중하는 경우를 상상하면 어떤 가능성도 소홀히 할 수 없습니다."

"조금 전 '그중 하나'라고 하셨죠. 더 있습니까?"

"시부사와 판사님은 역시 사형 폐지론자일까요?" 질문을 받은 데루마는 의도를 가늠하는 듯한 눈빛으로 미사키를 봤다. "실은 시부사와 판사님을 뵈었을 때 확인하고 싶었지만 교묘하게 말을 돌리시더군요. 오랫동안 시부사와 판사님과 같은 안건을 심리해 온 데루마 판사님이라면 대답하실 수 있지 않을까 싶었습니다."

"본인이 대답하지 않은 걸 저에게 대답하라는 건가요?"

"사형 폐지론자인지 아닌지 대답하는 것이 재판관 업무에 영향을 미친다……. 대외적으로 그것은 내면의 문제이고 법원도 그것을 법정에서 배제하는 이유로 삼지는 않지만, 어떤 흉악 범죄에도 극형을 내리지 못하는 판사를 재판관석에 계속 앉힐 수는 없겠죠. 따라서 당사자는 더욱 대답하기 곤란했을 겁니다. 하지만 시부사와 판사님은 현재 도쿄 고법 형사부의 총괄 판사라 앞으로 법정에 설 일이 없습니다. 밝혀져도 누군가가 피해를 보거나 하는 것은 아니라는 뜻입니다."

"그게 이번 사건과 무슨 관련이 있습니까?"

"보호해야 하는 사람의 특성을 알아 둘 필요가 있지요. 하물며 '네메시스'가 사형을 면한 징역수의 가족에게 살의를 품고 있다면 더욱더 그렇죠. 그다지 듣기 좋은 말은 아니겠지만, 시부사와 판사님의 신조가 만악의 근원이라고 하면 알려 주실 마음이 조금은 드실까요?"

"제 의견이 소용 있겠습니까?"

"재판 기록을 보면 시부사와 판사님을 가까운 거리에서 관찰할 수 있었던 사람은 판사님뿐입니다. 그리고 '네메시스'가 두 사건을 끝으로 살인을 멈춘다는 보증은 어디에도 없고요."

데루마는 잠시 주저하는 듯했지만 이윽고 무겁게 입을 열었다.

"시부사와 판사님의 손녀분 이야기는 들으셨습니까?"

"네. 세간에서 자신을 사형 폐지론자라고 말하는 것에 대한 반론 근거로 언급하시더군요."

"그 사건이 일어나고 1년 뒤에 가루베 사건의 심리를 맡으셨으니까요. 가루베 요이치 역시 어린 소녀를 살해한 마당에 시부사와 판사님께 가루베 사건을 맡기는 게 과연 타당한지 염려하는 목소리가 있었던 건 사실입니다."

"그런데도 시부사와 판사님은 검찰의 사형 구형을 기각하셨죠."

"네. 역시 공과 사를 구분하는 고결한 분이라고 법조계에서 약간 화제가 되기도 했습니다. 시부사와 판사님이 온정 판사라고 불리기 시작한 건 그 사건이 계기였고요."

"시부사와 재판장이 좌배심이었던 히가시가와 판사보를 설득하는 형국이었습니까?"

"설득이라기보다 위협에 가까웠다고 해야겠군요." 데루마는 얼굴을 살짝 찌푸렸다. "히가시가와 판사는 그게 첫 재판이었습니다. 말하자면 간신히 아장아장 발걸음을 떼기 시작한 아이였던 거죠. 시부사와 판사님은 그 아이의 팔을 강제로 잡아끄는 듯한 행동을 보이셨습니다. 자네의 한 표가 한 인간의 인생을 좌우한다, 자네는 속죄에 대해 어떻게 생각하나, 죄를 뉘우칠 방법이 교수대에서 사라지는 것뿐이라고 생각한다면 참으로 좁은 시야로 사안을 바라보는 것이다…… 등등 신임 판사가 반론하기 어려운 주장을 거침없이 펼치셨죠. 히가시가와 판사는 맥도 못 출 정도였습니다. 결국 그는 시부사와 판사님이 시키는 대로 순순히 따랐습니다."

"하지만 데루마 판사님은 끝까지 주장을 굽히지 않으셨죠."

"그때 제게는 이미 10년간의 법정 경험이 있었습니다. 공판 시작부터 가루베 요이치라는 인간을 봐 왔는데, 범행 수법과 이기적인 동기, 잔혹성, 그리고 반성의 기미까지 모든 면에서 그에게 갱생의 여지는 없었습니다. 판결문에도 적었지만 그가 저지른 죄는 극형이 마땅하다고 판단했죠. 하지만 시부사와 판사님의 의견은 저와 전혀 달랐습니다. 당사자에게 반성의 기미가 없다면 사형에 처해 봐야 의미가 없다. 그건 윤리를 모르는 짐승을 그저 살처분하는 것이나 마찬가지다. 진정한 속죄는 피고인에게 올바른 윤리를 가르쳐 후회하게 만드는 것이라고 하셨습니다."

"지극히 타당한 의견처럼 들리지만…… 어떤 의미에서 이상론에 가깝군요."

"네. 아무리 일본의 재판이 갱생 주의를 택한다고 해도 한도라는 게 있죠. 그건 법에 의한 사회 질서 유지라는 관점에서도 벗어나는 사안이었습니다. 그리고 애초에 법정은 판사 개인의 이상을 실현하는 장소가 아니라 개별의 안건에 적합한 판단을 내리는 곳이죠."

"사형 회피는 시부사와 판사님이 그린 이상이었던 겁니까?"

"가루베 사건 이후에도 몇 번인가 같은 안건을 합의한 적이 있지만 사형이 마땅한 사안에서 그분은 걸핏하면 징역형을 주장하셨습니다. 물론 사형 폐지론을 대놓고 부르짖지는 않는다고 해도 모든 사안에서 정상 참작 요소를 발견해 마지막에는 다른 배심을 몰아붙이셨죠. 음, 뭐라고 해야 좋을까요. 신조를 감춘 채 행동으로 보인다. 그분은 꼭 인도주의를 주장하면서 유대인을 배척하는 듯한 행동을 하셨습니다."

"모두가 시부사와 판사님의 의견을 논파하지 못한 겁니까?"

"슬픈 일이지만 판사 세계도 직함과 경험이 영향력을 미치는 곳입니다. 시부사와 판사님과 저만 해도 경험 면에서 20년 이상이나 차이가 나죠. 저 같은 사람의 식견으로는 도무지 논파할 상대가 아니었습니다."

"시부사와 판사님은 왜 그토록 사형 회피에 매달리신 걸까요."

"모르겠습니다. 다만 확실한 건 손녀의 사건을 계기로 시부사와 판사님은 사람이 변했다는 겁니다. 사형 폐지를 외치는 변호사는 많지만 집념과 실적 등을 고려했을 때 시부사와 판사님을 능가할 사람은 없습니다. 시부사와 판사님은 사실상 사형 폐지론의 선봉에 서 있다고 해도 과언이 아닙니다."

"그 소문은 저도 들어 본 적이 있습니다. 하지만 법조계 밖에 있는 사람이 그런 정보를 아는 게 가능하다고 보십니까?"

"온정 판사가 내린 판결에 대해서는 일본 변호사회의 기관지 「자유와 정의」에서 여러 번 다룬 바 있습니다. 일부 종합 잡지 등에서도 그분의 인품을 흥미롭게 다룬 적이 있죠. 꼭 법조계 종사자가 아니어도 시부사와 판사님의 판결 경향은 쉽게 알 수 있었을 겁니다."

지바 지방 법원을 뒤로한 미사키는 그대로 사이타마 현경 본부에 들렀다.

미사키를 맞이한 와타세는 여전히 무뚝뚝한 얼굴이었지만 애초에 이 남자에게 사교성을 바라는 게 잘못됐다. 쓸데없는 체면치레 인사도 필요 없어서 미사키는 곧장 본론으로 들어갔다.

"경부의 예상이 대체로 맞았군. 그것도 최악의 방향으로."

"성가신 징크스네요."

"니노미야 데루히코 수사는 얼마나 진척됐지?"

와타세는 미사키가 묻는 즉시 척척 대답했다. 오카야마 교도소에 가서 징역수 니노미야 게이고를 면회한 것. 피해자 구세 히로코의 부모를 조사한 것. 그리고 첫 번째 사건 관계자들의 알리바이를 확인한 것.

"새롭게 판명된 사실은 없는 건가."

"꼭 오래된 사건 기록을 억지로 펼쳐 보는 듯한 기분입니다."

"난 바로 조금 전 지바 지방 법원의 데루마 판사에게 재판관실 안에서 보인 시부사와 판사의 말과 행동에 대해 듣고 왔네."

"오."

미사키는 데루마에게 들은 이야기를 있는 그대로 전했다. 자신과 같은 정보를 얻은 와타세가 어떻게 판단할지 관심이 있었다.

"시부사와 판사의 변절에 대해 어떻게 보나?"

"아무래도 묘한 고집이 느껴집니다."

"고집이라."

"손녀딸을 그렇게 비참하게 잃는다면 대부분 엄벌화를 외칠 겁니다. 하지만 시부사와 판사님은 그런 상황을 필사적으로 부정하다가 오히려 극단적인 행동에 나섰을 가능성이 있죠. 꼭 어린아이의 오기처럼 비치는 건 제 눈에만 그런 걸까요."

오기라. 분명 미사키는 떠올려 보지 못한 발상이었다.

"그런데 말이네, 경부. 그토록 오랫동안 재판장을 맡아 온 판사가 오기 같은 걸로 온정 판결을 계속 내려왔다는 말인가? 그럼 정말로 어린애나 마찬가진데."

"정반대의 견해도 가능합니다."

"정반대?"

"배심원 제도가 도입된 이후 판결은 명백하게 엄벌화 쪽으로 향했습니다. 그런 엄벌화 경향 속에서 온정 판사의 존재는 꼭 사막의 오아시스처럼 소중하게 여겨지죠. 실제로 언론이 시부사와 판사의 이름을 꺼낼 때는 대체로 호의적인 내용입니다. 판사가 자신의 판결 경향을 다음 직위로 발돋움하는 포석으로 생각하고 있었다면 어린애의 오기는커녕 용의주도한 성인 남성의 처세로 의미가 뒤바뀌죠."

미사키는 와타세의 이야기를 듣고 깜짝 놀랐다. 자신도 대개 냉정하다는 평가를 받지만 와타세는 그 이상이다.

"대법원이 그런 인기에 영합하는 인사를 할 거라고 보나?"

"시류에 따라 달라지겠죠. 인사이동 시기에 갑자기 어떤 사정으로 법원에 역풍이 불기라도 하면 시선을 돌리기 위해 세간에서 좋은 평가를 받는 온정 판사를 대법원에 올리는 것도 충분히 있을 법합니다."

"꼭 어느 내각 같군."

"어차피 둘 다 피라미드형 조직입니다. 방어 수단과 발상이 비슷해지는 게 당연하죠."

"피라미드형 조직이라면 경부가 속한 경찰이야말로 정확히 들어맞지 않나."

"네. 그 말씀이 맞습니다. 다만 법원과 경찰이 다른 건 저희에게는 시부사와 판사님처럼 대중에 인기 있는 인재가 고갈됐다는 점이겠죠."

마지막은 자학 섞인 빈정거림으로 끝내나. 그러나 조직의 간판 크기를 자신의 가치와 동일시하는 얼간이 녀석들보다는 훨씬 낫다.

"시부사와 판사의 단순한 변덕인지 깊은 뜻인지는 차치하고, '네메시스'가 그의 온정 판결 때문에 구원받은 피고인들을 대상으로 삼는다면 우리가 수비해야 할 범위는 터무니없이 넓어져. 나도 조사해 봤지만 가루베 사건 이후 '네메시스'가 표적으로 삼을 만한 안건이 스무 건을 넘더군."

"정확히는 스물네 건입니다."

"세어 봤다는 건 이미 관계 부서에 연락이나 요청도 넣었다는 뜻인가."

"사이타마 일보에서 터뜨린 특종이 예상 밖의 부분에서 도움이 됐습니다. 그 특종 덕에 '네메시스'의 이름이 수도권 전역에 퍼져 다른 현 경찰에 가해자 유족 경호를 요청해도 문전박대당하지 않게 됐으니까요. 문제는 인원이죠."

"역시 그런가."

"경시청 경비부를 포함해 모든 경찰서가 가해자 유족 경호에 인원을 할당하기 힘들다고 했습니다. 요직에 있는 인물이면 모를까 일반인, 그것도 중대 사건을 일으킨 범인의 가족을 공공연하게 경호할 수 있겠느냐. 뭐 그런 반응이었죠."

미사키는 각 현경에서 그렇게 반응할 만도 하다고 생각했다.

"그래서 네, 그렇습니까, 하고 끝낼 경부가 아닐 텐데."

"만약 그쪽 관할에서 사건이 일어났을 때 우리가 사전에 권고했다는 것만은 잊지 마라. 그렇게 말하고 전화를 끊어 버렸습니다. 통화 도중 갑자기 끊어서 인상에 남을 테니 기억에서 완전히 잊히지는 않겠죠."

"사람이 짓궂군."

"그러지 않으면 이 일도 못 해 먹습니다."

자학 섞인 대답이지만 와타세의 입으로 들으면 통쾌하게 들리는 게 신기할 따름이다.

그러나 무뚝뚝한 말투에서는 다른 울림도 느껴졌다.

"경부, 뭔가 생각이 있는 거 아닌가?" 미사키가 그렇게 묻자 와타세는 반쯤 뜬 눈으로 미사키를 바라봤다. "자네 일을 별로 남한테 이야기하고 싶지 않겠지만 나한테만 들려줬으면 하네."

"이것도 처음부터 '네메시스'의 계략이 아닐까 하는 의심이 들어서요."

"뭐가 말이지?"

"도노하라 기미코 살인 사건과 니노미야 데루히코의 살인 사건을 연결할 수 있는 것은 오직 하나, 현장에 '네메시스'의 서명이 남아 있었다는 사실입니다. 만약 그게 없었다면 두 사건은 전혀 다른 별개 사건으로 취급됐겠죠."

"하지만 서명이 있었으니 '네메시스'도 일련의 살인이 복수의 대행임을 우리 사법 관계자와 세상에 알릴 수 있었지. 말하자면 '네메시스'의 존재 이유 같은 것 아닌가?"

"하지만 검사님. 녀석이 서명을 남긴 탓에 저희는 시부사와 판사가 맡은 모든 안건에 주목하고 가해자 가족을 감시할 수밖에 없어졌습니다. 이러면 조만간 경찰의 수사 능력이 한계에 부딪히겠죠. 경호에 인원을 배분한 탓에 정작 중요한 '네메시스'를 쫓을 개가 부족해집니다."

"설마 그런 걸 노리고 서명을 남겼다는 건가?"

"실제로 상황이 그렇게 돼 가고 있으니까요. '네메시스'가 노렸는지 아닌지는 별개로 하고 가해자와 그를 용서한 자들을 향한 복수라는 목적은 충분히 달성됐습니다. 그렇게 생각하지 않으십니까?"

미사키는 저도 모르게 신음을 내뱉었다.

도노하라 기미코, 니노미야 데루히코 살인 사건 때문에 사람들은 교수대에 올라야 마땅할 범죄자와 피해자의 원한이 지금도 생생히 살아 있다는 것을 알게 됐다. 가족이 저지른 사건이 종결돼 안도를 찾은 가해자 가족은 또다시 공포의 벼랑 끝에 섰고, 법조계는 안일한 사형 회피가 되레 화를 불렀음을 깨달았다. 와타세가 지적한 대로 '네메시스'는 두 번의 살인을 저지른 것만으로 이토록 엄청난 파급 효과를 불러일으킨 것이다.

"덧붙이자면 이는 시부사와 판사에 대한 복수이기도 합니다. 온정 판사라는 이름으로 대중의 인기를 얻은 판사가 이번 사건으로 대번에 재앙의 원인을 제공한 장본인으로 주목받았죠. 사람들의 평가는 백팔십도 바뀌었고 정년 이후 무지갯빛 여생을 꿈꾼 판사에게 강렬한 대갚음이 됐습니다."

"정말로 사안을 냉소적으로 보는군."

"그래야 이런저런 면에서 오판하지 않을 수 있어서요."

"수사본부 방침은 어떻지?"

그러자 와타세는 흥, 하고 코웃음을 쳤다.

"사이타마 현경과 지바 현경의 주도권 다툼이 간신히 일단락된 참입니다."

"……이런 판국에 그런 거에 매달리고 있었나."

"일단 현장의 사기가 평소보다 떨어져 있습니다. 가루베 사건과 니노미야 사건 모두 현장 형사들에게는 잊기 어려운 끔찍한 사건이었죠. 그때 피해자 유족의 침통한 얼굴과 목소리를 사건을 맡은 형사 모두가 지금도 기억하고 있습니다. 그 뒤에 내려진 사형 회피 판결도 비롯해서요. 당시 가해자 가족이 보복을 당했다고 해도 피해자를 동정하는 만큼 아무래도 미온적으로 대처하게 되죠. 지난 수사 회의에서는 형사 한 명이 피해자 유족과 똑같은 불만을 토로하기도 했습니다."

"그 형사가 뭐라고 했지?"

"'그때 녀석을 사형하기만 했어도 이런 사건은 안 일어났을 텐데요.' 그 말을 두고 부주의하다며 뭐라고 하는 사람은 한 명도 없었습니다."

미사키는 또다시 으스스한 느낌을 받았다.

수사 회의에서 나온 푸념을 아무도 질책하지 않은 것은 그 말이 모든 수사원의 심정을 대변하기 때문만은 아니다.

아마 사건 보도를 접한 일반 시민도 같은 감정을 품고 있어서일 것이다. 원래라면 시민의 적, 법치 국가에 해를 끼치는 존재로 기피되고 증오의 대상이 되어야 마땅할 살인범이, 이번에는 피해자 유족의 원한과 시민 감정을 방패 삼아 사람들의 마음속 암흑에서 날뛰고 있다.

"사건 관계자 대다수가 사이타마현에 거주한다는 사실. 원인으로 꼽힐 사건이 전부 사이타마 현경 관할에서 발생했다는 사실. 이 두 가지를 근거로 합동 수사본부 주도권은 사이타마 현경의 야기시마 관리관이 쥐게 됐습니다."

"왠지 일이 돌아가는 과정이 별로 달갑지 않은 모양이군."

"얼토당토않은 고집과 주도권 다툼 때문에 꼭 이틀간 수사원들의 발이 묶여 있었습니다. 검사님이라면 초동 수사에서 이틀이라는 기간이 얼마나 중요한지 설명해드리지 않아도 아시겠죠."

그러나 와타세가 그런 상황에 순응할 인물이 아니라는 것도 잘 알고 있다. 수사본부의 방향성이 아직 정해지지 않았을 때 담장 안에 있는 가루베와 니노미야를 면회한 것도 와타세가 독단적으로 내린 결정이었을 것이다.

"그럼 이 질문에도 솔직히 대답해 주게. 경부는 지금 혹시 특정 인물을 조준하고 있나?"

미사키가 지그시 바라봐도 와타세의 반쯤 뜬 눈은 조금도 흔들리지 않았다.

끝까지 허투루 볼 수 없는 남자다.

"검사님이 제 생각을 물으셔서 어떡하나요. 어차피 머리가 잘 안 돌아가는 형사의 얼토당토않은 추측일 뿐입니다."

"경부가 정말로 그렇다면 그런 상대에게 이야기를 들으러 온 나는 그걸 뛰어넘는 얼간이라는 말이 되겠지. 괜찮으니 알려 주게.

양쪽의 고집과 세력권 다툼 이야기 때문에 지긋지긋해졌어. 입가심, 아니 귀가심으로 조금은 희망적인 이야기를 듣고 싶네.”

그러자 와타세는 어쩔 수 없다는 듯 고개를 흔들어 보였다.

“용의자 특정이 아닌 압축입니다.”

“조건부인가. 지금에 와서 설마 또 프로파일링 같은 말을 꺼낼 리는 없겠지.”

“‘네메시스’는 도노하라 기미코와 니노미야 데루히코의 현 주소지를 어떻게 알아냈는가. 바꿔 말해 두 사람의 정보를 알아낼 수 있었던 사람 중에 ‘네메시스’가 숨어 있다.”

“그 두 사람에 대한 정보는 인터넷 익명 게시판에 공개돼 있지 않나?”

“현 주소까지 공개된 건 도노하라 기미코뿐입니다. 니노미야 데루히코에 대해 공개된 건 가족 셋이 살았던 가와고에 옛 주소뿐이고 마쓰도의 현 주소는 어느 사이트 게시판에도 올라오지 않았습니다.”

“그럼 ‘네메시스’는……”

“스토커 못지않은 조사 능력을 지닌 놈이 아니라면 니노미야 사건의 자세한 기록을 아는 사람, 아니면 니노미야 데루히코와 사적인 접점이 있는 사람 중 하나겠죠.”

기대한 대로 조금은 희망이 섞인 이야기를 들어서 미사키는 짧게 탄식하고 엉거주춤 몸을 일으켰다.

"집무 중에 시간 빼앗아서 미안하네. 이제는 돌아가도록 하지. 뭔가 진전이 생기면 이쪽 사정은 신경 쓰지 말고 바로 연락해 줘." 그렇게 말하고 문득 떠올렸다. "당사자는 공언하지 않았다고 해도 데루마 판사가 보기에 시부사와 판사는 사형 폐지론자라더군. 나도 그렇게 생각하고."

"'네메시스' 일로 현재 일본에 사형 존폐 논의가 일어나고 있는데 정작 최선봉에 있는 사람은 침묵을 지킬 생각일까요."

"와타세 경부, 내가 생각하기에는 말이지. 메이지 유신 이후까지 사적 복수를 허용했던 일본에서 사형 폐지론은 시기상조일지 모른다는 생각이 드네. 게다가 80퍼센트가 넘는 국민이 사형제 존치에 찬성하기도 하고. 역시 피해자의 복수를 국가가 대행한다는 의식은 하루아침에 바뀔 수 있는 게 아니야. '네메시스'의 범행에 적잖은 지지자가 존재하는 것도 그 탓 아니겠나."

"그래도 법정은 복수의 장이 아니라는 대원칙이 있죠."

미사키는 순간 의아해졌다. 와타세가 평소 입에 담는 말치고는 묘하게 원론적이다.

아니, 애초에 나 자신이 모르는 와타세의 얼굴이 드러난 걸까.

"인간이 인간을 판가름하는 게 아닌, 인간이 신의 권위를 빌려 죄를 판가름하는 겁니다. 거기에 인간의 감정이 개입하는 건 바람직하지 않습니다."

"와타세 경부, 갑자기 무슨 일이지? 기특한 이야기를 다 하는군.

경부만의 명언 같은 건가?"

"전에 제가 본보기로 삼았던 어느 재판관님께서 하신 말씀입니다. 피해자 감정과 사형 존치론은 별개의 문제인데 이번에는 그것이 혼동되는 경향이 있습니다. 그것도 '네메시스'가 의도치 않게 뿌린 씨앗 중 하나일지 모르겠네요."

3

야기시마가 지휘권을 쥔 직후 열린 합동 수사 회의는 와타세가 예상한 대로 지휘 계통이 혼란스러운 상태 그대로였다.

단상에는 야기시마와 사토나카 본부장, 그 양옆에 지바 현경 본부의 미조구치 관리관과 와타세가 앉았다.

일본 전국의 현경 본부 관리관은 원칙상 과장 바로 아래 직책이 임명된다. 전에는 과장(경시) 바로 아래 직책이 차석(경부)이었지만, 조직이 확대돼 경부 직급이 늘어나자 각 과에 관리관 직위를 만들어 차석보다 윗선으로 올렸다.

네 명이 나란히 앉으려면 어쩔 수 없기도 하지만 미조구치는 와타세와 같은 취급을 받으며 말석으로 몰린 모양새가 되었다. 그것을 우연으로 받아들일지 야기시마의 도발로 받아들일지는 사람마다 다르겠지만 공교롭게도 미조구치라는 남자는 후자인 듯했다. 그는 자신의 자리가 끝에 있는 걸 보자마자 불쾌함을 감추지 못했다.

와타세는 미조구치를 힐끗 보고 바로 흥미를 잃었다.

"니노미야 데루히코가 살해된 현장 근처에 있는 CCTV 분석은 마쳤나?"

야기시마의 말에 맞춰 마쓰도 경찰서 수사원이 일어섰다.

"현장은……"

"목소리가 작아. 안 들린다."

"현장은 가쓰시카 대교 근처이고 제방 옆 모랫길이어서 CCTV는 설치돼 있지 않았습니다. 가장 가까운 곳에 있었던 카메라는 역시 모랫길 옆에 지어진 아파트 주차장에 설치된 것이지만 촬영범위가 좁아 피해자의 자전거나 그를 추적한 사람은 찍히지 않았습니다. 피해자의 모습이 찍힌 건 피해자가 근무하던 '슈퍼 코마야'에서 500미터 떨어진 지점에 있었던 카메라인데, 피해자가 찍힌 이후 카메라 앞을 통과한 차는 15분 사이에 72대, 오토바이가 10대로 총 82대. 차종은 현재 조사 중입니다."

"해당 차를 특정하지 못 한 건가?"

"범인은 피해자가 탄 자전거에 조금씩 접근하는 식으로 몰아가 결국 피해자를 하천 부지에 떨어뜨린 것으로 추측합니다. 현장에 타이어 자국이 없고 자전거에 부딪힌 흔적도 없습니다. 현시점에는 특정할 만한 유류품도 발견되지 않았습니다."

"다음으로 탐문과 목격 정보."

그 말에도 마쓰도 경찰서의 수사원이 일어섰다. 잘 모르는 야기시마를 상대해야 해서인지 언뜻 봐도 긴장해 있다.

"사망 추정 시각인 오후 11시부터 심야 0시 사이에는 해당 모랫길을 오가는 사람이 없었고, 또 주택이 모랫길보다 아래쪽에 있어 제방 때문에 시야가 가려진 모양새입니다."

"넋두리는 됐고. 목격 증언이 있었나, 없었나?"

"어, 없었습니다."

"소리 정도는 들렸을 텐데."

"그 시간대에도 가쓰시카 대교를 지나는 차들이 있었고 차들이 내는 주행 소리에 묻혔을 가능성이 있습니다. 그리고 피해자가 자전거와 함께 굴러떨어진 곳이 반대편 하천 부지여서 소리가 났어도 제방 때문에 차단된 것으로 추측합니다."

야기시마가 젠장, 하고 중얼거리는 소리가 와타세가 있는 곳까지 들렸다.

진전없는 수사 때문에 욕지거리를 내뱉을 거라면 수사원들이 없는 곳에서 해야 할 것이다. 현장을 지휘하는 관리관이 되레 현장의 사기를 저하시키는 모순적인 행동을 몸소 선보이는 꼴이다.

"다음으로 피해자의 교우 관계."

이번에 보고하러 일어선 사람은 다테와키였다.

"피해자 니노미야 데루히코는 평소 근무지를 제외한 곳에서는 알고 지낸 사람이 없었으며 특히 이웃들과 교류는 전무했다고 말해도 좋을 정도였습니다. 아들이 중대 사건의 가해자이고 현재도 복역 중이라는 사실이 영향을 끼친 것으로 추측합니다. 피해자의 근무지 관계자 중에도 피해자와 특별히 친밀하게 지내던 사람은 없었고, 전달 사항 외에는 인사 정도만 나눴고 가족에 대한 이야기를 들은 적은 한 번도 없었다고 합니다. 피해자를 채용한 '슈퍼 코마야'의 점장도 마찬가지인데, 면접 때 그에게 가족 구성을 물어도 아내와 별거 중이라고만 대답했다고 합니다."

다테와키의 보고를 듣고 가해자 가족이 처한 현실이 떠올랐다. 사형 판결을 면했다고 해도 절대 세상으로부터 용서받은 건 아니다. 아니, 명命이 길어진 탓에 오히려 비난과 배척은 더 거세졌다.

그런 괴물을 만든 건 너희 가족의 책임이다. 당사자가 담장 안에서 유유자적 살아가고 있으니 너희가 대신 복수의 대상이 되어라. 평화는 허락하지 않는다. 희망도 용납하지 않는다. 매일매일 진흙밭을 구르며 후회와 참회, 고뇌를 하면서 살아가라.

데루히코의 자전거 바구니에 발견된 것은 맥주 한 캔과 당일 세일 품목이던 고등어 통조림 캔이었다.

데루히코의 집에서 나온 오락 거리는 TV와 중고 서점 가격표가 그대로 붙은 만화책 종류뿐이었다. TV를 보며 맥주와 세일 품목으로 혼자 저녁밥을 때운다. 가해자 가족의 저녁은 그랬다. 대화를 주고받을 상대나 친구도 없이 매일 가족 중 죄인이 있다는 사실을 숨기기에 급급하고, 고개를 조아린 채 살아가는 것이 그의 일상이었다.

'네메시스'는 대체 그런 현실을 어디까지 알고 있을까. 와타세는 문득 떠올렸다.

굳이 '네메시스'가 피해자의 복수를 대행하겠다고 나서지 않아도 니노미야 데루히코는 이미 보복을 당하고 있었던 게 아닐까. 사회적 제재라는 이름의, 구체적 정의와 책임 소재도 불분명한 집행 기관에 의해 끊임없이 괴롭힘을 당하고 있었던 게 아닐까.

피해자와 가해자라는 입장은 범인이 체포되는 순간에 뒤바뀌는 경우가 종종 있다. 피해자 유족은 여론을 아군 삼아 가해자 측을 몰아세우고, 가해자 측은 이마를 땅바닥에 비비며 사죄를 반복한다. 단 하나의 범죄가 양쪽에 불행과 비극을 흩뿌린다. 죄를 저지른다는 것은 다시 말해 그런 것이다.

"그럼 헤어진 부인 쪽은 어떻지? 수상한 인물에게 쫓기고 있었다거나, 그와 비슷한 이야기를 본인에게 들은 건 없나?"

"전 부인인 구니에 씨는 피해자와 이혼한 후 지금은 에히메에 있는 본가에 살고 있습니다. 구니에 씨를 찾아가 물어봤습니다만 요즘은 전화 통화도 없었고 이미 오래전에 사이가 소원해진 상태라고 합니다."

보고 내용만 들으면 너무 냉담하게 느껴지기도 하지만 와타세는 지극히 평범한 인상을 받았다. 권태기가 지나 서로에게 흥미를 잃은 오래된 부부에게 유일한 연결 고리는 자식이다. 그 연결 고리가 손이 닿지 않는 곳으로 떠나면 당연히 부부의 연도 끊어질 수밖에 없다. 게다가 니노미야 게이고의 증언을 믿는다면 그는 아버지와 친했고 어머니는 오히려 증오했다. 아들에게 미움받던 구니에가 이미 흥미를 잃은 남편에게 거리를 두는 것 또한 당연하지 않을까.

"그럼 니노미야 게이고에게 살해된 구세 히로코 부모의 알리바이는 확인했나?"

이번에 고테가와가 자리에서 일어섰다.

"네, 네. 보고하겠습니다. 아게오시에 거주하는 구세 다카히로, 하루노 부부의 사건 당일 9월 3일 알리바이 말인데요."

와타세는 속으로 '저 바보 자식' 하고 욕설을 내뱉었다. 긴장을 늦출 수 없는 상대일수록 버릇없이 구는 버릇이 여전히 고쳐지지 않았다.

그러나 야기시마 같은 사람을 상대하려면 어쩔 수 없을 수도 있다. 고테가와라는 남자는 처세에 능하지 않지만 처음 보는 상대라도 대번에 진가를 꿰뚫어 보는 장점이 있다.

그런 고테가와의 태도가 왠지 속 시원했는지 옆에 있던 미조구치가 코웃음을 쳤다.

"부부는 둘 다 그 시간에 잠들어 있었다고 증언했습니다. 당연히 증언 자체에 증거 능력은 없으니 이웃 주민들도 조사했습니다. 결과적으로 두 사람 다 결백. 이웃집의 가키자키라는 남자가 증명해 줬습니다. 이상."

"이봐, 좀 더 자세히 보고하라고."

"그 일대에 깔린 매물용 주택은 벽이 날림 공사로 지어져서 옆집에서 싸우기라도 하면 이웃들 귀에 고스란히 들린다고 합니다. 아무튼 그날도 오후 10시 30분경까지 부부의 목소리가 들렸다더군요. 아게오시에 있는 구세 히로코 씨 집에서 마쓰도 범행 현장까지 고작 30분에서 한 시간 안에는 절대 갈 수 없으니 결백하다고 볼 수 있는 겁니다. 아, 왜 10시 30분처럼 딱 떨어지는 시간이냐면, 마침 그 시간에 가키자키 씨가 즐겨 보는 쇼 프로그램이 시작돼서……."

"부부에 대한 이야기는 됐네. 그럼 피해자 부모 외에 구세 히로코 또는 그녀의 할머니 요코 씨와 친분이 두터우면서도 니노미야를 증오하던 사람은 없나?"

"구세 요코 씨는 당시 같은 아게오 시내 자택에 혼자 살았습니다. 남편이 오래전 세상을 뜬 탓에 히로코 씨는 어린 시절부터 할머니의 집에 자주 드나들었다고 합니다. 사건 발생 당시 나이가 72세였는데 전에 교류하던 노인분들은 이미 절반 이상 세상을 떴습니다. 살아 계신 분들도 기력이 쇠해서 쇠파이프를 휘두를 정도로 팔팔한 노친네는 보이지 않더군요."

수사원들 사이에서 킥킥대는 소리가 새어 나왔다.

"그럼 구세 히로코 쪽은 어땠지?"

"아, 그건 아직 조사 중입니다. 그런데 구세 히로코라는 분은 모두가 좋아할 만한 성격이어서 중, 고등학교, 대학교에서 그녀에게 호감을 가졌던 사람이 꽤 있었던 모양입니다. 4년 전 부모에게 들은 증언과 유품인 본인 휴대폰에 남은 데이터, 그리고 숨진 해에 받은 연하장을 통해 특별히 친분이 있었던 이들을 추려 둔 상황입니다. 이상."

고테가와의 보고가 끝나자 야기시마는 피곤한 것처럼 탄식을 길게 내뱉었다. 이런 모습 역시 수사본부를 총괄하는 자로서 커다란 감점 요인이다. 필요 이상으로 수사원들을 고무하려는 사령탑도 볼썽사납지만 모두 앞에서 실망을 드러내는 지휘관보다야 낫다.

"다음으로 도노하라 기미코 살해와 니노미야 데루히코 살해 양쪽 사건에 사용된 흉기의 수색 상황."

"아아, 그것도 저네요." 또다시 고테가와가 일어서자 야기시마는 노골적으로 이맛살을 찌푸렸다. "우선 도노하라 기미코 살해에 사용된 흉기가 끝이 뾰족한 단날 칼. 부엌칼과 비슷한 날붙이입니다만, 우라와 의대 미쓰자키 교수의 사법 해부를 통해 시중에서 팔리는 칼이 맞다는 보고를 받았습니다. 덧붙이자면 사인은 역시 과다 출혈로 인한 쇼크사. 사망 추정 시각은 8월 8일 오후 10시부터 다음 날 9일 새벽 1시 사이. 위 내용물의 소화 상태로 산출했다고 합니다. 그리고 피해자 몸에 남아 있던 여러 개의 상처에 대해 교수는 비공식이지만 이렇게 말했습니다. 상처는 모두 흉기가 파고든 각도와 길이가 저마다 다르지만 그것은 피해자와 범인이 몸싸움을 벌여서가 아니라 범인이 찌르는 행위 자체에 서툴렀던 탓으로 보인다."

"좋아. 사망 추정 시각이 거기까지 좁혀진 건 확실히 고무적이군. 그 비공식 의견도 참고하도록 하지. 그래서 핵심인 흉기는 발견됐나?"

"아뇨. 피해자 집에서 반경 500미터까지 수색 범위를 넓혔지만 현재까지 발견되지 않았습니다. 관할인 구마가야 경찰서와 함께 지금도 수색 범위를 넓혀 가며 찾는 중입니다. 다음으로 니노미야 데루히코를 살해한 흉기 말입니다만, 현장이었던 하천 부지는 나흘에 한 번꼴로 시에서 나와 청소를 하는데 때마침 사건이 발생한 9월 3일 오전 그곳을 돌았던 직원이 쇠파이프 같은 폐기물은 없었다고 증언했습니다. 따라서 흉기는 그날 현장에 있던 물건이 아니라 범인이 사전에 준비했다는 말이 됩니다. 관할인 마쓰도 경찰서와 협력해 현장 주변 에도가와 일대를 뒤지고 있지만 마찬가지로 아직 발견되지 않았습니다."

그 말을 끝으로 고테가와는 야기시마의 대답도 듣지 않고 자리에 앉았다.

"그걸로 끝인가?"

"네, 이상입니다."

야기시마가 또다시 젠장, 하고 독설을 내뱉었다. 적어도 단상에 함께 있는 세 사람에게는 고스란히 들리고 분위기도 점차 더 험악해지고 있다.

이런 식이니 저런 바보 녀석에게도 휘둘리는 것이다. 와타세는 이제는 야기시마의 얼굴도 보고 싶지 않았다.

"그 밖에 새로 판명된 사실은 없나?" 대회의장에 모인 수사원 중 손을 드는 사람은 한 명도 없었다. 야기시마는 오른손 주먹을 책상 위에 누르며 낮게 신음했다. "제군들도 알겠지만 지금껏 수사본부가 비밀에 부친 '네메시스' 정보가 일부 언론에 보도된 상황이다. 사형을 면한 징역수 가족에게 복수 대행이라니, 이만 한 시대착오적 발상도 없지. 이번 일은 우리나라의 사법을 향한 테러이고, 이를 용납하면 법치 국가 일본의 근간이 흔들릴 수밖에 없는 상황이다. 지금처럼 경찰의 힘이 안팎으로 시험되는 때가 없었다. 아무리 작은 단서도 좋으니 끝까지 찾아오도록. 더 분발하기 바란다. 해산."

수사원들이 대답했지만 역시 한데 합쳐지지 않고 목소리가 따로따로다. 야기시마는 결국 회의 시간 내내 벌레 씹은 얼굴이었다.

와타세는 느릿느릿 몸을 일으키다가 엉거주춤 일어선 다테와키와 눈이 마주쳤다.

그는 뭔가 할 말이 있는 것 같았지만 지금 이 자리에서 말해 봐야 소용없다고 판단했는지 힘없이 고개를 흔들고 출구 쪽으로 사라졌다.

그 대신 고테가와가 와타세에게 다가왔다.

"상대를 보고 태도를 바꾸는 버릇 좀 고치지그래."

"제가 꼭 약자를 괴롭히기라도 하는 것처럼 말씀하시네요."

"바보를 바보 취급하는 건 어엿하게 약자를 괴롭히는 거야."

"관리관님이 약자인가요?"

"머리가 약하지."

"……경부님이 더 너무하십니다."

"그보다 구세 히로코의 교우 관계에서 냄새가 풍기는 녀석이
몇 명 남았지?"

야기시마 앞에서는 어정쩡하게 대답했지만 구세 히로코의 교
우 관계 수사는 이미 상당 부분 진척돼 있다. 평소 그녀와 자주
교류한 상대가 몇 명 떠오른 것이다. 총 열다섯 명. 와타세는 고테
가와에게 그들 중 범행 동기 면에서 결백해 보이는 사람을 목록
에서 지우는 작업을 지시했다.

"남은 건 이제 두 명입니다. 구세 씨 부모에게도 두 사람이 히로
코 씨와 친밀하게 지냈다는 걸 확인했습니다."

"두 사람은 피해자와 어떤 사이였지?"

"한 명은 친한 친구, 또 한 명은 전 남자 친구. 둘 다 히로코 씨와
같은 대학을 다녔습니다."

4

다음 날 와타세는 고테가와와 함께 도쿄 스기나미구 고엔지로 향했다.

"친구의 이름은 다카사토 호즈미이고 현재 문구점에서 근무하고 있습니다." 고테가와는 운전하면서 운을 뗐다. "살해된 구세 히로코 씨와 중학교부터 쭉 같은 학교에 다녔고 친구들 중 가장 오래 알고 지낸 사이라고 합니다. 고등학교 시절까지는 서로의 집에 자주 묵기도 했고, 어머니가 들은 이야기로는 화장실까지 함께 가던 사이였다…… 근데 이 부분을 저는 잘 이해를 못 하겠는데 여자들도 남자처럼 나란히 모여 소변을 봅니까?"

여자들 중에는 혼자 있는 상황을 불안해 견디지 못하는 사람이 있다.

다른 사건에서 어느 여중생을 상대한 적 있는 와타세는 그 아이가 불쑥 내뱉었던 말을 지금도 기억한다.

—점심을 먹을 때나 화장실에 갈 때도 혼자 있으면 왕따로 봐요. 그게 얼마나 무섭고 비참한지 형사님이 아세요?

남에게 보여주기 위한 것이건 가짜 친구이건 상관없이 나에게 이토록 많은 친구가 있다. 나는 이토록 모두에게 사랑받는 사람이다. 그렇게 생각하지 않으면 안심하지 못한다고 한다.

와타세가 '인정 욕구'라는 말을 처음 안 것은 그로부터 훨씬 시간이 더 흐른 뒤였지만, 알게 된 뒤로 그 아이의 말을 다시 떠올리자 이런저런 것들이 이해됐다. 와타세는 성별 차이나 나이의 많고 적음을 떠나 남이 자신을 어떻게 생각하든 상관없는 건 자신의 생각일 뿐이라는 것을 깨달았다. 인터넷 세계를 잘 아는 고테가와에게 물으니 인터넷 사회에서는 남에게 무시당하는 것을 병적으로 두려워하는 사람이 대다수라고 한다. 구세 히로코도 혹시 그런 사람 중 한 명이었을까. 와타세는 상상의 나래를 펼쳤다.

고엔지 긴자 상점가 앞. 멋들어진 외관의 높은 빌딩이 다카사토 호즈미의 근무지였다.

"일하시는 도중에 미안합니다."

사전에 약속하지 않고 불쑥 찾아갔지만 히로코에 대한 일이라고 하자 호즈미는 순순히 조사에 응했다.

점포 뒤편 직원 구역에 가서 이야기를 들을 수 있었다. 매장의 질서정연함에 비해 직원 구역의 혼잡함은 마치 문 하나를 사이에 두고 존재하는 전혀 다른 세계처럼 보였다.

"이제 와서 히로코에 대해 물으러 오신 건 역시 '네메시스' 사건 때문이겠죠."

다카사토 호즈미도 문 하나를 사이에 두고 표정이 백팔십도 달라졌다. 가게 안에서 보이던 싹싹한 모습은 직원 구역에 들어오자마자 깨끗이 사라졌다.

꼭 평범한 외모 때문은 아니겠지만 그녀에게 붙임성이라는 가면이 사라지자 의구심과 적대감으로 가득 찬 얼굴이 드러났다.

"히로코의 어머님께 들었어요. 히로코와 친분이 있던 사람들을 의심하시는 건가요?"

"의심한다기보다 의심할 게 없는 사람을 제외하고 있다고 해야겠군. 잔디밭에서 바늘 찾기 같은 일이지."

"제가 그 바늘이라고 생각하시나요?"

"조금 날카로운 바늘 같은데."

"두 분 같은 경찰들에게 화가 나서 그런 거예요."

"오, 경찰에 원한이라도 있나?"

"니노미야 게이고를 사형해 주지 않으셨잖아요."

적대감이 더욱 부풀어 오른 것처럼 보인다.

"경찰이 할 수 있는 일은 용의자 체포가 끝이야. 니노미야 게이고에게 판결을 내린 건 법원이지."

"그 자식이 반드시 사형에 처해야 할 잔혹한 인간이라는 증거를 조금 더 모아 주셨으면 좋았을 텐데." 그런 이유라면 완전히 엇나갔다고는 할 수 없다. "저뿐만이 아니라 히로코를 아는 사람이면 누구나 그렇게 생각할걸요. 그 자식이 살 수 있도록 아게오 경찰서 분들이 도운 거나 마찬가지예요. 맨 처음 고소장을 받아서 니노미야를 체포하기만 했어도 히로코와 할머니가 그렇게 되지 않았을 거라고요."

아게오 경찰서의 불상사는 경찰 쪽에 전면적인 책임이 있다. 당시 담당자들은 저마다의 형태로 책임을 졌지만 책임진다고 끝날 이야기가 아니다. 사이타마 현경에 근무하는 이상 결코 불식할 만한 부류의 오점이 아닌 것이다.

"그렇다고 니노미야 게이고의 아버지가 살해될 이유는 없지."

"쌤통이에요." 호즈미는 망설임도 없이 딱 잘라 말했다. "그 일로 그 자식이 슬픔을 느낀다면 그걸로 충분해요. 저희가 받은 상처를 다 합치면 그래도 부족할 정도예요."

"살인을 뛰어넘는 상처인가?"

"형사님은 히로코를 모르니 그렇게 말씀하실 수 있는 거예요. 히로코가 그 자식에게 맞아서 살해됐다는 소식을 듣고 다들 얼마나 그 자식에게 똑같이 갚아 주고 싶었는지 아세요? 히로코는 절대 그렇게 죽어서는 안 될 아이였다고요!"

목소리에 약간의 울음이 섞였다.

"항상 자기보다 다른 사람을 우선해 손해를 보는 아이였죠. 다른 사람이 불행해지면 함께 울어 주는데 정작 자신이 힘들 때는 참는 아이였어요. 선하고 또 선한 그런 아이가 왜 그렇게 죽어야 했던 건가요? 범인인 그 자식은 지금도 태평하게 살아 있는데요."

"교도소 생활이 과연 태평하기만 할까?"

"아직도 숨을 쉬고 있다는 걸 용납할 수 없어요. 히로코와 할머니는 이미 죽었어요. 그런데 두 사람을 죽인 사람이 지금도 숨을 쉬고 밥을 먹고 목욕을 하고 웃을 수 있는 건 너무 불공평하지 않나요?"

"판사는 판결을 내릴 때 니노미야에게 살아서 죄를 갚으라고
했지."

"그 자식이 그런 갸륵한 짓을 한다고요? 전 히로코의 어머님께
들었어요. 판결을 내린 순간 그 자식이 어머님과 가족들을 향해
미소를 지어 보였다고요. 그 자식은 인간이 아니에요. 그 자식에
게 살아갈 가치는 없어요!"

"이미 3년 전 이야기지."

"이건 몇 년이 흐르건 지워질 만한 게 아니에요. 히로코는, 히
로코는 저의 일부였어요. 부모님께 털어놓지 못하는 것도 히로코
앞에서는 털어놓을 수 있었죠. 선생님께 상담할 수 없었던 것도
히로코에게는 상담할 수 있었어요."

"니노미야의 재판을 방청했나?"

"네. 경찰과 검찰분들이 반드시 히로코의 원수를 갚아 줄 거라
기대했어요. 그런데 고작 징역 18년이라니. 일본 법률은 왜 항상
피해자보다 가해자를 신경 쓰죠? 왜 사람을 둘이나 죽인 놈이 고
작 18년으로 용서받는 건가요? 이건 절대 옳지 않아요. 사형이라
는 제도가 엄연히 존재하는데 왜 그 자식을 교수대에 보내지 않
는 거죠? 그때 재판장은 온정 판사 같은 별명으로 불린다고 했는
데, 대체 그 판결의 어디가 온정이라는 거예요? 그냥 자기 이름으
로 사형 판결을 내리기가 두려워서 내뺀 거잖아요."

호즈미는 도발하는 눈빛으로 와타세를 응시했다.

항상 보는 눈이다.

피해자 유족을 상대하다 보면 대체로 이런 눈을 보게 된다. 원한과 슬픔을 어떻게든 발산해 편해지고 싶다고 호소하는 눈이다. 앞으로도 가슴속에서 자라나는 것은 고통뿐이라며 울고 있는 눈이다.

"니노미야의 아버지가 살해돼 마음이 조금은 풀릴 것 같나?"

"안 풀려요. 근데 조금 진정되기는 해요. 이로써 피해자와 가해자가 조금은 공평해졌다는 느낌이 들어서요. 법원이 해 주지 않은 일을 다른 사람이 대신 해 줬으니."

"니노미야뿐만 아니라 법원도 증오하나?"

"법원은 애초에 그 자식 편 아니에요? 당연히 증오하죠."

입에서 증오를 내뱉을 때마다 호즈미의 표정이 희열로 반짝반짝 빛난다.

마치 배설 행위와 비슷해 보였다. 체내에 파고든 독성 강한 노폐물을 배출해 해방감에 휩싸이는 것이다.

와타세는 자세를 살짝 가다듬었다.

"이건 형식적인 질문이니 편하게 대답해 줘. 9월 3일 오후 11시부터 자정 사이 어디서 뭘 했지?"

"집에서 자고 있을 시간이네요. 혼자 살아서 증명해 줄 사람은 없어요."

"집이 도쿄 안에 있나?"

"이 상점가에서 조금 떨어진 곳에 있는 빌라예요. 부엌 하나 딸린 원룸이라 제 형편으로도 빌릴 수 있었어요."

와타세는 머릿속에서 지도를 펼쳐 보았다. 고엔지에서 마쓰도까지 전철로 한 시간 남짓. 마쓰도에서 고야마의 범행 현장까지 택시로 30분 정도 걸릴까. 거리만 놓고 보면 제시간 안에 이동하기 어려울 정도는 아니다. 호즈미가 사는 빌라 근처에 CCTV가 있으면 금세 진위를 확인할 수 있을 것이다.

문제는 오히려 호즈미가 쇠파이프를 휘둘러 일격으로 성인 남성을 죽일 수 있었는지다. 유니폼 소매 사이로 보이는 팔뚝은 가늘어서 도무지 흉기를 휘두를 수 있을 것 같진 않다.

"네가 과연 사람을 죽일 수 있겠느냐는 표정을 짓고 계시네요."

"아니."

"괜찮아요. 그렇게라도 해야 제 속에 있는 화가 가라앉을 건 사실이니까요."

"니노미야 게이고가 교도소 안에서 계속 살아 있는데도? 그래도 화가 가라앉겠나?"

"그 자식은 앞으로 15년이나 지나야 출소할 수 있잖아요. 그런데 모범수 같은 게 되면 형기가 짧아질 수도 있지 않나요?"

"따로 규정이 있는 건 아니고 개별적으로 심사하니 케이스 바이 케이스지. 그게 신경 쓰이나?"

"전 그 자식이 세상에 나오기만을 기다리고 있어요."

"기다려서 어떡하려고?"

"어떡하긴요. 복수해야죠."

"경찰관 앞에서 할 말은 아닌 것 같은데."

"걱정하지 않으셔도 돼요. 뭐 어둠 속에서 덮치거나 할 건 아니에요. 그 자식은 짐승이지만 그런 짐승도 죽이면 저한테 죄를 묻겠죠. 그런 건 부조리해요. 그냥 계속해서 그 자식 뒤를 쫓아다닐 생각이에요. 가는 곳마다 그 자식이 무슨 짓을 저질렀는지 퍼뜨리고 다닐 거예요."

또다시 호즈미의 얼굴이 빛났다. 꼭 장래 희망을 이야기하는 어린아이 같은 얼굴로 복수 방법을 설명하고 있다.

"그 자식이 어떤 직장에 들어가든 반드시 정체를 밝혀서 잘리게 할 거예요. 어디로 이사 가서 살든 온 동네에 소문을 퍼뜨려서 쫓아낼 거예요. 인간을 죽인 짐승은 평생 인간답게 살 수 없다는 걸 깨닫게 해 줄 거예요."

문득 시선을 옆으로 돌리자 고테가와가 괴물을 보는 듯한 눈빛으로 호즈미를 바라보고 있다.

마침 좋은 기회이니 똑똑히 봐 둬라. 이것이 바로 피해자가 가해자로 변모할 때의 얼굴이다.

"전 니노미야의 재판을 통해 배웠어요. 제아무리 무자비한 짓을 저질러도 법률만 위반하지 않으면 된다는 걸요. 그리고 법률을 위반해도 재판을 통해 용서받으면 그만이라는 걸요. 그러니 그런 범위 안에서 니노미야를 최대한 괴롭혀 줄 거예요. 그래서 결과적으로 그 자식이 스스로 목을 매기라도 하면 원래 행했어야 할 사형이 뒤늦게나마 이뤄진 게 되지 않겠어요? 나라가 해 주지 않은 일을 대행할 뿐이에요. 그게 뭐가 나빠요?"

"그래서는 '네메시스'가 저지른 짓과 다를 바가 없군."

"그래도 괜찮아요." 호즈미는 더없이 밝게 웃어 보였다. "형사님. 히로코를 아는 사람 중에 '네메시스'에게 적대감을 품는 사람은 아무도 없을 거예요. 저희가 하고 싶었던 것, 하고 싶어도 못 했던 걸 그가 대신해 줬으니까요. 감사하는 마음은 있어도 비난하는 마음 같은 건 들지 않아요. 그리고 이제는 제 차례예요. 저는 '네메시스' 같은 용기와 실천력이 없으니 스토커 같은 행동밖에 못 하겠지만 니노미야에게 반드시 사회적 제재를 가하고 말 거예요."

그 뒤로도 호즈미는 열기 띤 목소리로 계속해서 떠들었다.

"휴."

문구점에서 나오자마자 고테가와는 못 참겠다는 듯이 한숨을 내쉬었다.

"대단하네요. 저런 게 바로 야차(불교에 나오는 사람을 괴롭히거나 해치는 사나운 귀신—옮긴이)의 얼굴일까요?"

"결국 누워서 침 뱉기지." 고테가와는 미심쩍어하는 표정을 지었다. "어떤 이유에서든 인간이 다른 인간을 증오하면 저런 얼굴로 변한다. 잘 외워 두도록."

"굳이 외워 둘 것도 없이 앞으로도 잊힐 것 같지 않습니다. 혹시 일종의 의존증 같은 걸까요?"

"무슨 뜻이지?"

"사진을 보면 구세 히로코 씨는 미인 아닙니까? 반면에 호즈미 씨 쪽은 좋게 말해도 예쁘다고 하기 어려운 외모고요. 중학교 때부터 알고 지냈다고 하는데, 여자애들 사이에서는 흔하지 않나요? 한쪽이 다른 쪽 들러리 역할 같은 걸 맡는 것 말입니다. 히로코 씨와 호즈미 씨의 관계가 딱 그랬던 겁니다."

고테가와는 의기양양하게 말했다. 이 남자가 그토록 여성들의 민감한 속사정을 속속들이 알고 있으리라 생각하진 않지만 이런 말을 하는 기저에는 젊음에서 오는 미숙함과 씻기 어려운 여성 불신이 있을 거라고 와타세는 분석했다.

"저라면 들러리 역할 같은 건 딱 질색이지만 아무래도 여자들은 그게 아닌 모양입니다. 주연과 들러리 역할이 적당한 비율로 공존 관계를 맺더군요. 주연은 들러리 역할이 있어서 주연이고, 들러리 역할은 주연이 옆에 있어야 비로소 존재 가치가 있는 거죠. 서로가 서로에게 필요한 관계가 되는 겁니다."

"어디서 얻은 지식이지?"

"지식이라 할 것도 없죠. 꼬맹이 시절부터 같은 반 여자아이들을 관찰하다 보니 알 수 있었습니다. 꼭 둘이서 한 명, 어디서든 함께. 그러니까 혼자 남는 순간 불안해지는 겁니다."

그야말로 투박하기 짝이 없는 관찰력이고 편견이라고 볼 수도 있는 의견이지만 고테가와의 지론에는 완전히 부정하기 어려운 설득력이 있었다.

"둘이서 한 명이니 다른 한쪽을 빼앗아 간 상대가 평생의 적이 되죠. 호즈미 씨라면 출소 이후 니노미야를 노릴 수밖에 없을 겁니다."

"그전까지 정리하면 되지."

"네?"

"저 여자는 아직 독신이잖나. 니노미야 게이고가 출소하기 전까지 가정이라도 꾸리면 그런 집념도 어디론가 사라질 거다."

"과연 그럴까요."

"여자는 어머니가 되는 순간 바뀌지. 옛 친구를 향한 미련보다 훨씬 중요한 게 생기니."

와타세의 설명을 들어도 고테가와는 여전히 이해가 안 되는지 미간을 찌푸렸다.

잊고 있었다. 고테가와에게 여성 불신이 있기 전에 어머니 불신이 있다는 사실을.

"너도 다카사토 호즈미와 똑같을지 몰라."

"무슨 뜻입니까?"

"가정이라도 꾸리면 사람을 보는 눈이 사뭇 달라지지 않겠어?"

"……과연 그럴까요."

고테가와에게 마음에 드는 상대라도 있는지 물으려다가 관뒀다. 굳이 묻지 않아도 상대가 생기면 태도에 먼저 드러날 것이다. 꼭 세상을 등진 듯한 얼굴을 하고 있어도 고테가와에게는 그런 일면이 있다.

"어쨌든 다카사토 호즈미의 집과 가까운 CCTV를 확인해 두도록. 확고한 알리바이는 되지 않겠지만 보강 재료 정도는 되겠지."

"알겠습니다."

"다음은 남자였나?"

"네. 이 시간이면 아직 회사에 있겠네요."

고테가와는 차에 올라타자마자 내비게이션에 다음 목적지를 입력했다.

두 사람을 태운 차는 다음으로 니시후나바시로 향했다.

"구세 히로코 씨와 전에 사귀던 소리마치 게이스케라는 남자고, 지금은 지역 은행에서 근무합니다."

"아까 이 시간에는 있다고 했지."

"네. 근무지에 넌지시 확인하니 오후 3시 이후에는 외출할 예정이라더군요."

"흠. 외교하러 나가는 건가."

"네? 은행원이 외교요?"

"단골손님을 만나고 소액 예금, 적금을 수금하러 다니는 거지. 지역 은행이면 다 하는 일이야."

"굳이 왜 은행원이 직접 돈을 받으러 다니는 겁니까? 자동 이체로 하면 수고도 안 들 텐데요."

"일부러 손님 집에 찾아가 얼굴도장을 찍는 게 중요해. 그렇게 손님의 이탈을 막는 거다. 은행원의 가동률을 높이면 나중에 인원 감축 때 맞설 근거도 되고."

소리마치가 근무하는 지점은 니시후나바시역 앞에 있었다. 와타세와 고테가와는 셔터가 내려가기 전인 오후 3시 직전 점포 안으로 들어갔다. 차례를 기다리는 손님은 한 명밖에 없었다.

접수창구에서 소리마치의 이름을 말하자 안쪽에서 두 번째 자리에 앉아 있던 남자가 다가왔다. 큰 키에 갸름한 얼굴. 풍채가 별로 좋지는 않지만 고지식해 보이는 외모 때문에 은행원이라고 소개하면 누구든 납득할 것이다.

경찰수첩을 제시하자 순식간에 소리마치의 낯빛이 바뀌었다.

"별실로 가서 대화하실까요?"

와타세에게 불만은 없었다. 와타세와 고테가와는 소리마치의 안내를 받아 응접실로 들어갔다. VIP 손님만 드나드는 곳이어서인지 오래된 건물 외관과 어울리지 않는 멋들어진 가구가 있었다.

"히로코 일 때문에 오셨군요. 슬슬 오실 때가 됐다고 생각은 하고 있었습니다." 이쪽이 무슨 말을 꺼낸 것도 아닌데 소리마치가 먼저 입을 열었다. "니노미야 게이고의 아버지에 대한 소식은 뉴스에서 들었습니다. 설마 저를 '네메시스'로 의심하시는 건가요?"

"걱정하지 않으셔도 됩니다. 이건 소리마치 씨를 용의자 목록에서 제외하기 위한 작업입니다."

와타세가 판에 박힌 말을 입에 담자 안심할 거라고 예상한 얼굴이 묘하게 일그러졌다.

"목록에서 제외되는 건 기쁘지만 좀 실망스럽기도 하네요."

"네?"

"히로코를 빼앗기고 니노미야 게이고와 그의 가족을 가장 증오하는 사람이 저라는 자부심이 있었거든요. 이러면 이상하게 보일까요?"

"자부심이라. 구세 히로코 씨가 그렇게 살해돼 분노하는 건 다른 분들도 마찬가지던데요."

"하지만 히로코가 사귀던 사람은 저 한 명밖에 없었으니까요. 마침 5일이 히로코의 기일이라 얼마 전 산소에도 다녀온 참입니다. 니노미야 게이고는 아직 교도소 안에 있지만 그놈이 소중히 여기던 아버지를 누군가가 대신 죽여 줬어……. 그렇게 히로코에게 보고했습니다."

"히로코 씨가 소리마치 씨와 헤어지고 니노미야 게이고를 알게 되기까지의 경위를 알려 주시겠습니까?"

"대단한 거 없이 어디에나 있을 법한 흔한 이야기입니다. 저희 두 사람은 사귀는 사이였지만 대학교 3학년이 되어 취업 준비로 바빠지면서 그전처럼 자주 만나지 못하게 됐죠. 그러면 사이도 점점 벌어지기 마련이고요. 그리고 자연 소멸."

"니노미야 게이고가 히로코 씨를 따라다니게 된 게 그 직후부터입니까?"

"네. 거리에서 그놈이 히로코에게 먼저 다가와 말을 걸었다고……. 히로코는 누구에게든 상냥한 아이라 그놈에게도 똑같이 대해 줬다고 합니다. 그걸 놈이 제멋대로 해석해 쫓아다니다가 결국 스토커 짓까지 한 거고요."

"히로코 씨는 소리마치 씨에게 도움을 청했습니까?"

"아뇨. 저한테는 일언반구도……. 니노미야가 히로코를 스토킹했다는 사실을 알게 된 건 부끄럽게도 뉴스를 통해서였습니다. 그때 제 심정이 어땠을지 상상이 되십니까? 히로코가 한계까지 내몰려 가족과 함께 경찰서에 달려갔는데 저는 아무것도 모르고 그저 매일매일 취업 통지가 오기만을 기다렸죠. 그리 오래 산 건 아니지만 그때처럼 저 자신이 한심하게 느껴진 적이 없었습니다. 남자로서 실격을 넘어 인간 실격 수준이에요. 장례식 때는 너무도 죄송한 마음에 히로코의 부모님 얼굴도 제대로 볼 수 없었죠."

당시를 떠올렸는지 소리마치는 갑자기 입가를 가렸다.

닫힌 손등 사이로 흐윽, 하는 거친 울음소리가 새어 나왔다. 와타세는 그의 마음이 가라앉기를 기다렸다가 다음 질문으로 옮겨 갔다.

"형식적인 질문이니 대답 부탁합니다. 3일 오후 11시부터 자정 까지 어디서 뭘 하셨습니까?"

"그 시간이면 기숙사에 돌아갔을 시간대네요. 이 지점 바로 옆 에 있습니다."

"그런 시간에 말입니까?"

"9월에는 중간 결산이 있어서요. 남자 은행원은 한 명도 빠짐 없이 야근을 합니다." 소리마치는 고개를 절레절레 흔들었다. "공 짜 야근은 아니고 자기 업무를 마친 사람부터 순서대로 돌아가 죠. 기숙사까지 동행한 사람은 없습니다. 아, 아마 기숙사 현관에 CCTV가 설치돼 있을 겁니다. 거기에 찍히지 않았을까요?"

"확인할 수 있을까요?"

"나중에 기숙사 관리인한테 물어보셔도 됩니다."

솔직한 반응이었다. 이럴 때는 오히려 의심해 보고 싶어진다.

JR 니시후나바시역에서 중간에 조반 선으로 갈아타 마쓰도까 지는 30분이 조금 덜 걸린다. 11시에 일부러 CCTV에 자신의 모 습을 한번 비추고 모종의 방법으로 기숙사를 나간다. 범행을 마 치고 기숙사를 나왔을 때와 같은 경로로 돌아가면 알리바이가 성립한다.

"그런데 저 말고 다른 사람도 만나셨습니까?"

"친구인 다카사토 호즈미 씨에게도 이야기를 들었습니다."

"아, 호즈미도 히로코와 자주 붙어 다녔으니까요. 하지만 어차피 여자들만의 우정이에요. 호즈미는 인정하고 싶지 않겠지만."

어금니에 뭔가가 낀 것 같은 에두른 말이지만 무슨 말을 하려는지 대략 이해됐다. 고테가와가 떠올린 생각과 비슷한 것이다.

"호즈미는 제법 괴짜 같은 면이 있는데, 뭐 말뿐이죠. 너무 진지하게 받아들이지 마십쇼."

"다카사토 호즈미 씨에 대해서도 잘 아시나 보군요."

"대학 때 셋이 자주 놀러 다녔거든요. 표현이 좀 그렇지만, 껌딱지 같은 아이였습니다. 히로코를 항상 졸졸 쫓아다녔죠."

"세 분 사이에 갈등 같은 건 없었습니까?"

"네? 아, 삼각관계 같은 거 말인가요? 그런 건 없었습니다. 저와 호즈미 둘 다 히로코가 옆에 있었으니 함께 다녔을 뿐이고 서로에게는 별반 관심이 없었거든요. 그리고 아시다시피 히로코와 호즈미를 나란히 놓고 보면…… 무슨 말인지는 아시겠죠?"

소리마치는 겸연쩍은 듯이 쓴웃음을 지었다.

"그런데 호즈미의 명예를 위해 말해 두자면 히로코가 살해돼 호즈미가 엄청난 충격을 받은 것만은 틀림없는 사실입니다. 장례식 자리에서도 말 걸기가 무서울 만큼 의기소침해 있었으니까요. 물론 저도 만만치는 않았지만."

"소리마치 씨는 '네메시스'로 혹시 짚이는 사람 없습니까?"

소리마치는 그 질문에도 고개를 흔들었다.

"저와 호즈미, 그리고 히로코의 부모님보다 더 니노미야 게이고를 증오할 사람이 과연……. '네메시스'는 다른 사건의 가해자 가족도 희생양으로 삼지 않았습니까? 그럼 잘 모르겠습니다."

"어떤 관계자는 '네메시스'에게 감사하는 마음도 가지고 있다더군요."

"그것도 호즈미겠죠. 걔라면 충분히 그럴 법도 해요. 하지만 그 말을 다 곧이곧대로 믿지 마시길 바랍니다."

"소리마치 씨는 어떻습니까? '네메시스'에게 어떤 감정이 느껴지지는 않습니까?"

짓궂은 질문이지만 와타세는 일부러 물어보았다. 반응에 따라 상대의 감정을 추측하는 단서가 될 수 있다.

"……솔직하게 말한다고 제가 뭔가 불리해지지는 않겠죠?"

"인간 마음의 진위 같은 건 악마도 알 수 없으니까요. 저희가 용의자를 검찰에 송치할 수 있는 건 제삼자도 납득할 만한 물적 증거 또는 상황 증거가 갖춰졌을 때뿐입니다. 살의가 있다는 것만으로 체포하면 국내 교도소는 반나절도 안 돼 가득 들어차겠죠. 그리고 법원이 단죄하는 건 인간의 행위뿐입니다. 인간의 마음을 단죄하는 것은 아니고, 그런 건 인간이 할 수 있는 일도 아니지요."

소리마치는 잠시 침묵을 지키다가 지친 것 같은 눈빛으로 와타세를 봤다.

"솔직히 '네메시스'를 조금 감싸고 싶은 마음은 듭니다. 적극적으로 응원할 수는 없지만 되도록 붙잡히지 않았으면 좋겠습니다."

"하지만 그는 범죄자죠."

"그건 그렇지만, 그렇다면 이 나라의 사법은 얼마나 정의를 완수하고 있습니까? 이기적인 이유로 아무 죄 없는 여성을 둘이나 끔찍하게 죽인 남자의 목숨을 별 대단한 명분도 없이 오랫동안 살려 두고 있잖습니까. 이런 말씀드리기 그렇지만 그 온정 판사보다는 '네메시스' 쪽이 훨씬 정의로운 것 같네요."

"살해된 사람은 니노미야 본인이 아닌 그의 아버지였습니다."

"혹시 PL이라는 걸 아시나요?"

"제조물 책임(Product Liability)을 의미하는 PL 말입니까?"

"니노미야를 그런 괴물로 키운 책임은 함께 살던 부모에게도 있다…… 형사님은 그렇게 생각하지 않으십니까? 스무 살이 넘으면 모든 게 다 자기 책임이라고 하는데, 니노미야의 정신 연령은 고작 중학교 2학년 정도였습니다. 그렇다면 어린아이가 저지른 부주의한 행동의 책임을 그 부모가 지는 게 오히려 당연하지 않을까 싶네요."

"그 말씀은 저희 경찰에는 협력하지 않겠다는 뜻인가요?"

"조금 전 드린 말씀과 똑같습니다. 시민의 의무이니 협력에 인색하게 굴 생각은 없습니다. 그저 적극적으로 협력해드리지 않겠다는 것뿐이죠."

다시 말해 겉으로는 따르는 척하면서 속으로는 따르지 않겠다는 걸까.

이런 사람이 가장 상대하기 어렵다.

"'네메시스'로 짚이는 사람이 있다고 해도 그걸 저희에게 알리지 않을 거라 해석하면 될까요."

"물론 확실한 증거가 있다면 그럴 수 없겠죠. 적어도 어느 누가 수상하다 정도의 억측은 입에 담지 못하겠습니다. 이건 협력하지 않는 게 아니라 그냥 신중한 거라고 봐 주셨으면 합니다."

"수상한지 아닌지는 경찰이 판단합니다."

"히로코와 히로코의 가족이 필사적으로 피해를 호소하는데 아게오 경찰서는 진지하게 수사해 주기는커녕 제출된 고소장에 손을 대기까지 했습니다." 느닷없이 소리마치의 말에 날이 섰다. 지금껏 억누르고 있던 감정이 한계까지 차올라 당장에라도 폭발할 것 같아 보였다. "게다가 법원은 그놈에게 가망도 보이지 않는 갱생의 기회를 줘서 결과적으로 또 새로운 살인이 일어나게 만들었죠. 그런 경찰과 법원의 판단을 누가 믿겠습니까?"

와타세는 소리마치의 말이 잘 이해됐다. 소리마치는 허약해 보이는 외모 아래에 마그마 같은 원한을 감추고 있는 것이다.

"형사님은 여론이 지금 '네메시스'를 어떻게 보는지 아십니까? 실명 공개가 원칙인 SNS에서는 다들 상식인처럼 보이려고 원칙론을 내세우지만 다른 곳에서는 '네메시스'를 예찬하고 있습니다.

경찰과 법원이 만든 불합리하고 무책임한 사태의 뒤처리를 혼자 도맡아 하는 영웅이라고들 합니다."

"살인범이 영웅이라."

"평가 같은 건 원래 때와 장소에 따라 달라지기 마련이죠. 똑같은 살인범이어도 전쟁터에서는 영웅입니다. 결국 '네메시스'는 사형 집행인이라고 해야 하지 않을까요. 법무 대신과 온정 판사가 무서워서 하지 못한 집행을 대신해 주는."

"그건 법치 국가에 반기를 드는 일이라고 보시지 않습니까?"

"아무 죄 없는 사람의 원통함을 풀어 주지 못하고, 공들여 만든 제도가 있는데도 죄인 한 명 죽이지 못 하는 그런 게 법치 국가가 갖춰야 할 모습이라면 제 쪽에서 거부하겠습니다."

불현듯 와타세의 머릿속에 미사키의 얼굴이 떠올랐다.

검사님. 아무래도 우리는 터무니없는 착각을 하고 있는지 모르겠습니다.

우리의 진짜 적은 '네메시스'가 아니다.

바로 우리와 사법 체계를 향한 일반 시민의 불신이다. 그 불신이 '네메시스'를 낳았고, 행동하게 하고, 감싸고 있다.

바꿔 말해 '네메시스'는 모두의 가슴 속에 존재하는 정의의 사도인 것이다. 국가가 내세우는 법치주의의 정당성을 비웃고 판례가 나타내는 거짓말 같은 법의 정의를 베어 넘어뜨리는 신의 대행자다.

와타세는 동요를 감추려고 헛기침을 한 번 하고 천천히 몸을 일으켰다.

"그래도 소리마치 씨는 법치 국가의 보호를 받고 있습니다."

"글쎄요. 실감이 잘 안 되네요."

"소리마치 씨는 올해 나이가 어떻게 됩니까? 스물여섯인가요. 그만큼 사셨으면 정도의 차이는 있어도 누군가에게 미움과 원한을 산 적이 있을 겁니다. 만약 사적인 복수가 허용되고 환영받는 세상이라면 소리마치 씨도 결코 안전하다고 단언할 수 없겠죠. 법치 국가의 보호를 받는다는 건 그런 뜻입니다. 잘 기억해 두시기 바랍니다."

에어컨이 켜진 은행을 나서자 순식간에 뜨거운 공기가 피부를 훑었다. 와타세는 입안에 고인 침을 땅을 향해 뱉었다.

"지금 당장 기숙사에 가서 CCTV 영상을 확보한다."

"서류는 어떡할까요?"

"긴급을 요한다는 구실로 나중으로 미뤄. 이제는 익숙해지지 않았나?"

"익숙해지면 안 될 것 같은데 말이죠."

어차피 카메라에 찍힌 영상은 알리바이를 부분 보충하는 것에 불과하다. 기숙사로 향하는 다른 목적은 카메라를 피해 밖으로 나갈 방법이 있는지를 검증하는 것이었다.

소리마치가 말한 대로 은행 기숙사는 은행에서 걸어서 5분 거리에 있었다. 1층 관리인에게 확인하니 독신자용으로 특화된 기숙사라고 했다.

고테가와에게 건물 주변을 조사하게 하고 와타세는 관리인과 협의해 CCTV 영상을 받았다. 처음에는 관리인도 매우 곤란해하는 모습이었지만 관리부서와 통화하고 마지못해 승낙했다.

영상 기록 매체는 다행히도 탈착식 하드디스크였다. 9월 3일 영상이 기록된 것을 가지고 기숙사를 나서자 정문 옆 그늘에서 고테가와가 기다리고 있었다.

"반장님. 아무것도 안 나왔습니다." 고테가와는 건물을 가리키며 말했다. "저기를 보십쇼. 이 기숙사에는 비상계단이 없는 대신 각 방에 탈출용 슬라이드가 설치돼 있더군요. 건물 안에 계단은 있지만 내려오면 1층 관리인실 앞이라 밖에 나간다면 반드시 CCTV 앞에 모습을 비출 수밖에 없습니다."

벽을 타고 내려온다는 발상도 즉시 지워졌다. 소리마치의 방이 5층에 있었기 때문이다.

그 뒤 감식반에 가서 기록 내용을 확인했다. 문제의 9월 3일 오후 11시 13분에 기숙사 현관을 지나 들어오는 소리마치의 모습이 찍혀 있었다. 그러나 그 뒤로 다음 날 출근 시간까지 소리마치의 모습이 찍힌 장면은 없어서 그의 알리바이는 맥없이 성립해 버렸다.

5
의분 義憤

1

9월 12일 군마현 다카사키시 오하시마치.

이마오카 나나코는 총총걸음으로 집에 돌아가고 있었다. 오늘은 어머니의 아르바이트 근무 시간대가 늦어서 저녁밥 준비는 나나코의 몫이지만 동아리가 예상보다 늦게 끝나 버렸다. 얼른 돌아가지 않으면 어머니에게 호되게 혼날 것이다. 평소에는 자상하지만 정해진 생활 규칙에는 엄격한 어머니다. 가끔은 너무 엄하지 않나 싶을 때도 있지만 엄해진 이유를 알고 있으니 거스를 수 없다.

9월 중순, 아직 낮 시간대의 잔열이 아스팔트에서 올라오고 있다. 빠르게 걷느라 이마에서 땀이 배어난다. 샤워 시간도 아낀 탓에 농구할 때 흘린 땀을 씻지 못했다. 내 코에서도 땀 냄새가 느껴진다. 집이 학교 근처라 다행이었다. 만약 전철을 타고 통학했다면 주변 1미터 이내에 아무도 다가오지 않았을 것이다. 나나코는 집에 가자마자 가장 먼저 샤워부터 해야겠다고 생각했다.

이미 해가 저물어 옆을 스쳐 가는 사람들의 얼굴이 잘 보이지 않았다. 상점에서 나오는 불빛이 어두침침하게 반짝인다. 이 근처는 미쿠니 가도를 사이에 두고 오래전부터 상점이 즐비해 있다. 주점, 전통 여관, 양품점, 시계방, 과자점, 생선 가게, 중화요릿집. 나나코는 쇼와 시대(1926년 12월부터 1989년 1월까지의 일본의 연호—옮긴이)의 향기가 남은 동네 풍경이 마음에 쏙 들었다. 4년 전 처음 이사 왔을 때만 해도 불안과 절망밖에 없었지만 전에 살던 기후현과 약간 닮은 모습이 안도감을 줬다.

물론 안도의 이유가 그 밖에도 있다는 건 알고 있다. 이곳에는 나나코의 예전 이름을 아는 사람이 없다. 나나코의 아버지가 누구인지 기억하는 사람도 없다.

카레 체인점 앞에서 골목길로 들어간다. 지나가는 길에 향긋한 카레 냄새가 코를 자극했다.

오늘은 카레로 할까. 아마 재료는 있을 것이다. 압력 냄비를 쓰면 단시간 안에 채소가 흐물흐물해진다. 양파가 연갈색이 될 때까지 푹 삶으면 나머지는 어떻게든 될 것이다.

머릿속으로 카레 만드는 순서를 떠올리며 삼거리에서 꺾은 순간 어둠이 깊어졌다. 주택 뒤편이 보이는 좁은 골목길이라 가로등도 드문드문하게 있다. 발밑 도로 표시도 어둠에 묻혀 보이지 않는다.

이 길을 걷는 사람이 나 혼자다. 나나코는 그렇게 떠올렸지만 이내 틀렸음을 깨달았다.

등 뒤에서 터벅터벅, 하는 발소리가 들렸다.

원래부터 시력이 좋은 편은 아니지만 대신 귀는 밝다. 절대음감 같은 의미가 아니라 1미터 앞 모기의 날갯소리까지 들을 만큼 예민한 청각을 지녔다. 그런 귀가 포착한 발소리였다.

잰걸음으로 걷고 있는데도 발소리가 멀어지지 않는다. 아마 나와 같은 속도로 걷고 있어서일 것이다.

잠시 후 나나코는 공원에 도착했다. 주택가 한구석에 외따로 있는 간신히 구색만 갖춘 공원. 가로등도 한 개밖에 없다. 게다가 그 한 개조차 전구가 다 됐는지 깜빡거렸다.

나나코는 제자리에 멈춰 섰다. 그러자 자신을 쫓아오던 발소리도 뚝 끊겼다.

"누구세요?" 뒤를 돌아보며 물었지만 암흑 속으로 사람 그림자는 보이지 않았다. "아까부터 절 쫓아 오셨죠? 다 알아요." 용감하게 소리쳐 본다. "비명 지를 거예요! 경찰 부를 거예요!"

그래도 대답이 없다.

기분 탓인가 싶어 나나코는 다시 발걸음을 뗐다.

그러자 또다시 발소리가 뒤따라왔다.

터벅터벅.

터벅터벅.

돌연 등골이 오싹해졌다.

뒤따라오는 사람 귀에 들릴 정도로 심장이 요란하게 고동친다.

나나코는 뛰기 시작했다. 창피고 체면이고 따질 것 없이 머리카락을 휘날리며 뒤도 보지 않고 달렸다. 돌아보면 어둠에 잡아먹힐 것 같은 공포가 느껴졌다.

포식 동물에게 추격당하는 사냥감처럼 달리고 또 달렸다.

그래도 발소리는 나나코의 등 뒤에 찰싹 달라붙어 왔다.

가까스로 집 앞에 도착했다. 2층까지 계단을 뛰어 올라갈 때 가장 큰 공포가 엄습했다.

열쇠 구멍에 열쇠를 꽂을 때도 몹시 애가 탔다. 그동안에도 신경은 계속 귀에 집중해 있었다.

집 안에 뛰어들자마자 문을 닫고 자물쇠를 채웠다.

3중 자물쇠를 채우고서야 간신히 제정신이 들었다. 조심스럽게 문에 달린 도어스코프를 들여다봤지만 집 밖에 사람 그림자는 보이지 않았다.

거실 소파에 앉자 무릎이 덜덜 떨렸다. 나나코는 양 무릎을 감싸 안고 몸을 작게 만들었다.

귀 안쪽에서는 여전히 발소리가 울리고 있었다.

어머니 미유키가 돌아오자마자 나나코는 곧장 자신에게 무슨 일이 생겼는지 알렸다.

"기분 탓 아닐까?"

"아냐, 아냐. 아니었어. 지난주부터 계속되고 있다고."

"누가 스토킹이라도 한다는 거니?"

어머니는 웃으면서 말했지만 나나코는 농담으로 흘려 넘길 수 없었다.

"네메시스……"

"응?"

"TV랑 인터넷에 나왔잖아. 징역수의 가족을 죽이고 다니는 사람이 있다고. 혹시 그거 아닐까?"

징역수라는 말을 들은 순간 어머니의 안색이 바뀌었다.

그렇다. 스토커보다 그쪽이 훨씬 현실적이다.

"하지만 설마 우리가……"

"네메시스는 우리가 아니라 아빠한테 원한이 있는 거야. 원한을 살 만한 행동을 하기도 했잖아."

"벌써 4년 전 일인걸."

"얼마 전 네메시스에게 살해된 사람도 4년 전 사람을 죽여서 감옥에 들어간 범인의 아버지였어. 엄마, 경찰에 신고하자."

"경찰은 안 돼." 미유키는 어린아이처럼 고개를 흔들었다. "그런 곳은 두 번 다시 가고 싶지 않아. 그리고 그곳에 가면 또 예전 이야기를 꺼내야 하잖니. 모처럼 이곳 다카사키에 익숙해져서 간신히 평범하게 지낼 수 있게 됐는데, 아빠 일이 또 세상에 밝혀지면 다카사키에서도 못 살게 돼."

나나코는 조금 화가 치밀었다. 평소에는 똑 부러지는 엄마지만 아빠 이야기만 나오면 소극적으로 변한다. 나나코 역시 경찰에 신세를 지고 싶지 않았다. 그러나 달리 의지할 곳도 없지 않은가.

"이번에는 우리가 피해자가 될지도 몰라. 네메시스는 피해자가 당한 것과 똑같은 방법으로 죽이고 다닌대."

"확실한 것도 아닌데……."

"확실해졌을 때는 이미 늦는다고."

미유키의 얼굴이 시간이 갈수록 창백해졌다.

"엄마가 안 가면 내가 갈래. 나랑 엄마 중에 누구를 노리는지 몰라. 나나 엄마 중 한 명이 손가락이 잘리고 얼굴이 엉망진창이 될 수 있다니까!"

나나코가 열심히 설득하자 그제야 미유키는 마지못해 승낙했다.

*

네메시스가 우리를 노리고 있는 것 같다. 이마오카 미유키, 나나코 모녀가 다카사키 경찰서에 신변 보호를 요청한 건 12일 오후 8시 10분이었다. 신고를 받은 다카사키 경찰서는 애초에 단순한 스토킹 정도로 대수롭지 않게 봤지만 모녀의 정체를 알자마자 '네메시스 사건' 수사본부에 연락을 해 왔다.

"이번이 기회 아닐까요?" 다카사키 경찰서로 향하는 차 안에서 고테가와는 핸들을 쥔 채 흥분한 목소리로 말했다. "지금껏 계속 네메시스를 쫓아다니기만 했는데 이번에 잘하면 선수를 칠 수도 있겠는데요."

하지만 반쯤 뜬 눈으로 팔짱을 낀 와타세는 흥분과는 꽤나 거리가 멀었다.

"반장님, 별로 흥이 안 나시나 봅니다."

"흥으로 일하지 마라."

"혹시 이번 다카사키 건이 네메시스와 무관하다고 보시는 겁니까?"

와타세도 아예 관련이 없다고 생각하지는 않았다. 모녀의 가족이 일으킨 사건을 생각하면 네메시스가 눈여겨볼 표적이기는 하다.

사건은 2009년 5월 28일 기후시에서 일어났다. 시내를 흐르는 나가라가와 강변에서 성인 여성의 시신이 발견됐다. 시신의 상태는 범상치 않았다. 옷이 모두 벗겨진 채 얼굴은 알아볼 수 없을 만큼 짓뭉개져 있었고, 그것도 모자라 시신의 열 손가락 모두 첫 번째 마디가 절단돼 있었다.

누가 봐도 피해자의 신원을 감추기 위한 수법이었다. 피해자가 특정되지 않으면 주변인 수사 등을 통해 용의자를 좁힐 방법도 없다. 범인의 노림수대로 수사는 초동 단계부터 난항을 겪었다.

그러나 범인에게도 못 보고 지나친 것이 있었다.

치아다.

얼굴과 지문을 없애기는 했지만 이에는 미처 손을 대지 못한 것이다. 수사본부는 즉시 구강 내부 엑스레이 사진을 입수해 주쿄 지역을 중심으로 치과 의사들에게 조회를 요청했다.

그로부터 나흘 뒤 수사는 진전을 보였다. 나고야의 어느 치과 의사에게서 이의 치료 흔적이 자신이 진료한 환자 기록과 일치한다는 연락이 온 것이다.

피해자로 지목된 인물은 나고야 시내 유흥주점에서 근무하던 32세의 구와나 아유미. 곧장 당사자 자택에서 머리카락과 다른 잔류물을 수집해 DNA 대조를 하자 시신의 것과 일치했다.

피해자가 특정되어 수사는 단숨에 속도가 붙었다. 근무지 탐문 수사를 통해 단골손님이던 스가노 아키유키의 존재가 부상했고, 그에게 범행 당시 알리바이가 없어 임의로 연행해 조사하자 마침내 살해를 자백했다.

범행 경위는 더없이 진부했다. 삼십 대 남성의 유흥이 얼마 안 돼 불륜으로 발전했고, 나이가 찬 여성 쪽에서 시간이 갈수록 교제를 진지하게 생각했다. 그러다가 아수라장을 거쳐 결국 애인을 살해한 것이다. 다만 범행 수법이 너무도 잔혹했다.

또 피해자 구와나 아유미에 대한 뉴스가 스가노를 궁지로 몰았다. 아유미가 유흥주점에서 근무한 이유가 병상에 누워 있는 어머니의 간병 비용을 마련하기 위한 것이었다는 뉴스가 나왔기 때문이다. 아유미에 대한 동정 여론은 그대로 스가노를 향한 증오로 바뀌었다. 언론은 이기적이고 잔인하고 비열한 행위를 저지른 스가노를 단죄했다. 여론도 그에 동조해 스가노의 극형을 원하는 목소리가 날로 커졌다.

이듬해 2010년 1월, 1심을 맡은 기후 지방 법원은 검찰 측 사형 구형에 징역 15년 판결을 내렸다. 불복한 검찰은 당일 즉시 항소했지만 2심도 1심 판결을 지지. 검찰은 결국 항소를 포기해 스가노의 징역형이 확정됐다.

"가루베, 니노미야 사건과 공통된 건 악랄한 범행 수법과 그에 분노한 여론의 공격이지. 피해자 유족에게 동정이 모이는 한편 가해자 가족에게는 엄청난 비난이 쏟아졌어. 그들이 원래 살던 곳을 떠난 것이 그 증거고."

"그럼 이마오카라는 성도……."

"1심 공판 중 스가노는 이혼했고 아내인 미유키는 딸과 함께 결혼 전 성인 이마오카로 돌아갔지. 주소지를 옮기고 이름을 바꾸지 않으면 살아갈 수 없었던 거다."

"스가노는 지금 어떻게 지내고 있습니까?"

"니노미야 게이고와 같은 오카야마 교도소에 수감돼 있지만 뭐 대단한 인연 같은 건 아니야. 징역 10년 이상 초범이 수감될 곳은 얼마 없으니."

"만약 스가노에게 사형이 신고됐다면 이마오카 모녀를 노리지도 않았겠죠?"

고테가와의 무심한 한마디가 와타세의 가슴에 꽂혔다.

사형 선고를 면한 범죄자에게 내려지는 철퇴. 사형 판결을 면함으로써 새로 생겨나는 비극. 그것이 네메시스의 진의가 아니라고 누가 단언할 수 있을까.

하지만 와타세는 요즘 이런 생각도 들었다.

뉴스 방송에 초청된 모 사회심리학자는 '의분'이라는 키워드로 네메시스를 해석했다. 그리스 신화에 기초한 설명 자체에 오류는 없었지만 이번 일련의 범죄와 연결짓는 행위에는 낯선 느낌을 받았다.

자신의 신념과 주장을 관철하려고 남을 죽이는 것은 의분도 공분도 아니다. 그저 테러리스트일 뿐이다. 네메시스도 마찬가지다. 그가 무엇을 노리는지 확실하지 않지만 결과만 놓고 보면 여타 극장형 범죄와 다를 바가 없다.

"얼른 끝내 버리자."

"……네."

"이런 하잘것없는 삼류 연극에 계속 휘둘러서야 쓰겠나?"

다카사키 경찰서에 도착한 와타세와 고테가와는 곧장 이마오카 모녀가 기다리는 곳으로 안내됐다. 놀랍게도 모녀의 요청으로 딸 나나코가 혼자 담당 수사원과 면담하고 싶다고 했다고 했다.

이유는 불분명하지만 흥미가 동했다. 와타세는 어머니를 고테가와에게 맡기고 자신은 딸과 만나 보기로 했다. 자신의 어머니를 불신하는 고테가와라면 상대에게 쓸데없는 선입견을 품지도 않을 것이다.

응접실에서 나나코가 기다리고 있었다. 정식 조사가 아니라 기록 담당도 없다. 와타세와 나나코 일대일 면담이었다.

와타세는 나나코를 처음 보고 흠칫 놀랐다. 여자들은 대부분 와타세의 얼굴을 보자마자 겁을 집어먹는데 이 소녀는 자신을 똑바로 쳐다보며 눈을 피하지도 않았다.

"사이타마 현경의 와타세라고 한다."

"이마오카 나나코예요."

"네메시스에게서 보호를 요청했다던데." 자세한 사정을 묻자 나나코는 최근 며칠간 정체불명의 인물이 자신을 쫓아다닌다는 사실을 고백했다. "혹시 착각일 가능성은 없나?"

"없어요. 누가 쫓아오는 걸 느낀 게 다카사키에 살면서 처음이에요."

"응? 전에는 비슷한 일이 있었나?"

"기후에 살았을 때는 아빠가 체포된 뒤 몇 번인가 비슷한 일을 겪었어요."

"악의가 느껴졌다는 뜻인가?"

"네."

"그 악의의 주인이 네메시스라는 근거는?"

"근거 같은 건 없어요. 상대가 네메시스가 아니면 경찰은 저희를 보호해 주지 않나요?"

나나코의 날카로운 눈빛이 와타세를 관통했다. 그러나 와타세는 뜻밖에도 왠지 기분이 흡족해졌다.

"네 말이 맞아. 그런데 보호해 주지 않겠다고 한 기억은 없는데. 다만 단순한 스토커 상담을 하는 것보다 네메시스의 표적이라고 호소하는 게 경찰도 더 진지하게 받아들일 거라고 계산한 건 아닌가?"

"그건, 계산했어요……. 아주 조금." 자못 솔직한 아이다. "하지만 네메시스가 저희를 노려도 어쩔 수 없다는 생각이 들었어요. 그게 이유 중 하나예요."

"그건 아버지의…… 아니, 아버지라도 불러도 괜찮겠나?"

"네. 성이 바뀌었어도 전 스가노 아키유키의 딸이에요."

"그 일 때문에 어쩔 수 없이 이사했는데도?"

"아빠의 딸이라는 사실을 부정하면 제가 세상에 태어난 것 자체를 부정해야 해요."

"아빠가 저지른 행동도 다 인정하고 하는 말인가?"

"저와 아빠는 부녀지간이에요. 하지만 그렇다고 저희가 계속 고개를 숙인 채 다녀야 할 이유가 되지는 않는다고 생각해요." 나나코의 대답을 듣고 있으니 흐뭇해졌다. 그런 와타세를 보고 또다시 나나코가 쏘아봤다. "뭐가 웃기세요?"

"아, 미안."

"사실대로 말씀드리면 여기까지 오는 데도 용기가 필요했어요. 엄마는 끝까지 싫어하셨고요."

"경찰을 싫어해서인가?"

"그런 상황을 겪고도 좋아할 수 있는 사람이 있으면 한번 만나 보고 싶네요. 아빠가 체포됐을 때 형사님들은 엄마랑 저한테 심한 질문들을 했어요. 아빠가 집에서 폭력을 행사한 적 없느냐, 아빠에게 애인이 있었다는 걸 알고 있었냐. 안 그래도 신문과 TV 방송 때문에 어지간히 상처받고 있었는데 상처에 소금을 뿌리는 듯한 질문을 저와 엄마에게 마구 던지셨죠."

스가노가 집에서 어떻게 행동했는지 확인하는 것은 범죄 양태와 피의자의 인물상을 파악하기 위해 불가피했을 것이다. 그래도 당시 중학생이었던 소녀에게 드리워졌을 그림자를 생각하면 그들의 행동에도 책임은 있다.

"형사님. 범인의 가족이 그 뒤로 어떤 취급을 당하는지 들어 본 적 있으세요?"

"직접 들은 적은 별로 없지."

"그러시겠죠. 어린아이가 비뚤어지기에 아주 좋은 환경이 돼요."

"네가 비뚤어진 것처럼 보이지는 않는데."

"전 이곳 다카사키 중학교로 전학왔을 때부터 친구를 만들지 않겠다고 다짐했어요." 갑자기 화제가 다른 곳으로 튀었지만 와타세는 나나코의 이야기에 귀를 기울였다. "너무 친해져서 혹시라도 아빠에 대한 이야기가 알려질까 봐 두려웠거든요. 모처럼 친구를 사귀어도 다시 잃게 될 테니 아예 처음부터 만들지 않는 게 낫겠다고 생각했어요. 하지만 너무 눈에 띄지 않으려 노력해도 이상하게 보이죠. 가까이 다가가지 않고, 그렇다고 너무 멀리 있지도 않은 거리감을 유지하느라 제가 얼마나 노력했는지 형사님은 상상도 못 하실걸요."

가루베, 니노미야 사건뿐만 아니라 다른 사건을 일으킨 가해자 가족의 앞날도 떠올려 본 적이 있다. 경험이 쌓인 만큼 상상력도 있다. 하지만 그 이야기를 나나코 앞에서 해 봐야 의미는 없다.

"기후에 있을 때는 얼마나 힘들었는지……. 중학교에서는 당연하다시피 괴롭힘을 당했어요. 책상과 학용품에 '살인범의 딸'이라든지 '너도 책임지고 죽어라'라는 글자가 매일매일 적혔죠. 친구들도 다 제 곁을 떠났고요. 제일 어이가 없었던 건 선생님들의 태도였는데, 저를 보호해 주기는커녕 기분 나쁜 눈빛으로 저를 쳐다봤어요. 급기야 이곳에 있으면 너만 힘들 뿐이니 전학을 가는건 어떻겠냐고 하시더군요. 그게 다 저를 위해서라니. 말이 돼요? 네가 계속 여기 있으면 내가 성가셔지니 얼른 떠나 버리라는 게 얼굴에 써 있었다고요."

이런 사례도 완전히 처음 듣는 이야기는 아니다. 무사안일주의가 만연한 사회에서는 문제를 해결하기보다 문제의 씨앗을 제거하는 게 더 편하고 비용도 들지 않기 때문이다.

"이웃들은 더 심했죠…… 들어 보실래요?"

"그래서 마음이 조금이라도 풀릴 것 같으면 해. 그냥 푸념만 될 뿐일 것 같으면 가만히 있고. 그게 정신 건강에 좋으니."

그러자 나나코는 '어라?' 하는 표정을 지었다.

"……형사님. 직장에서 혼자시죠?"

무슨 말을 하는 걸까.

"형사님처럼 말씀해 주시는 형사는 처음 봤어요. 아무튼 푸념처럼 들릴지도 모르지만 이 말을 하지 않으면 엄마가 경찰을 싫어하는 이유도 모르실 테니 말씀드릴게요. 이미 대략 상상하셨을 테지만 이웃들, 그리고 다른 사람들도 매일매일 저희를 괴롭혔어요. 전화, 집 앞에 붙는 포스터, 소문, 인터넷 등등. 저희가 보고 듣는 모든 게 저와 엄마를 범죄자 취급했죠. 엄마가 마침내 참지 못하고 가까운 파출소에 찾아갔지만, 순경 아저씨는 '그쪽 남편이 저지른 일을 생각하면 별로 대수로운 일도 아니다'라고 했다고 해요. 엄마는 울어서 퉁퉁 부은 눈으로 집에 돌아왔어요. 그로부터 사흘 뒤 저희는 이사를 결심했고요."

나나코의 말투가 다른 아이들보다 성숙해 보이는 이유를 알 수 있을 것 같았다.

성장이란 추악한 것과 취약한 것을 함께 인식하는 일이다. 이 소녀는 또래 여자아이들보다 몇 배나 더 인간의 잔혹함과 어리석음, 그리고 슬픔을 깨달아 버렸다.

"잘 지내던 이웃들의 태도가 돌변해서 놀란 건지, 아니면 순경 아저씨에게 심한 말을 들은 게 충격이었는지 엄마는 이사를 하고 나서도 한동안 우울증 환자처럼 지냈어요."

"너는 그렇게 되지 않았군."

"저까지 안에 틀어박혀 버리면 지는 거라고 생각했거든요."

"이 세상에 진다는 건가?"

"범죄자 가족이라는 이유만으로 다른 사람을 비난하는 사람들에게 지고 싶지 않았어요."

나나코는 도전 정신으로 반짝반짝 빛나는 눈빛을 와타세에게 보냈다. 세상의 비난 때문에 이 소녀가 강해졌다면 멍청이들이 뒤에서 하는 손가락질도 약간은 쓸모가 있었던 셈이다.

와타세는 왠지 기뻐졌다.

"너희 모녀가 경찰을 싫어하는 이유를 아주 잘 알겠어. 그러니 약속하지. 두 사람은 우리가 보호할 거야. 신용은 못 할 수 있겠지만 적어도 신뢰는 해 줬으면 하네. 멍청이들만 모인 집합소처럼 느껴질 테지만 그런 집단일수록 지휘 계통만 정신을 똑바로 차리면 꽤나 쓸 만해지거든."

"……형사님, 역시 이상한 분이에요."

"자주 듣는 말이다. 자, 이야기를 되돌리지. 조금 전 넌 네메시스가 너희 모녀를 노리는 이유로 아버지가 불특정 다수에게 미움을 사고 있다는 걸 들었어. 듣기 좋은 이야기는 아닐 테지만 거기에는 나도 동의한다. 하지만 난 다른 이유를 하나 더 생각하고 있지." 그러자 나나코의 눈빛에 호기심이 깃들었다. "최근 며칠간 누군가가 너를 쫓아다녔다고 했지. 며칠이었는지 정확히 기억하나?"

"7일, 9일, 그리고 오늘 12일이요."

"기억력이 좋군."

"원래 이런 건 잊기가 어려워요. 근데 그건 왜 물으세요?"

"네메시스의 소행으로 추측되는 사건은 현재까지 두 건. 공통점은 여러 가지 있지만 그중 하나가 바로 계획성이야. 자신이 노리는 사냥감에 어떤 조건이 있으니 미리 행동 범위와 생활 방식을 파악해야 하지. 그러려면 어떻게 하는 게 좋을 것 같나?"

"상대를 하루 종일 감시하거나……."

"그래. 그 말이 맞아. 네가 집에 돌아오는 시간이 몇 시인지, 어떤 길을 걸어서 오는지를 파악하기 위한 가장 손쉬운 방법은 바로 미행하는 거지. 실제로 너도 며칠 동안 미행을 당했고. 네메시스의 소행으로 판단해도 그리 틀리지는 않을 거야. 그리고 지금까지 사건은 각각 떨어진 장소에서 일어났다. 수도권 전역을 다 꿰고 있는 특출한 인간이면 몰라도 인간은 대부분 처음 가는 곳에서 어떤 일을 하기 전에 사전 조사를 하지."

"절 미행한 게 사전 조사를 겸했다는 뜻인가요?"

"네가 눈치챘다고는 생각 못 하지 않을까."

나나코가 악의에 민감하다는 이유도 있을 것이다.

"다카사키 경찰서에는 내가 잘 이야기해 두지. 그리고 나중에 엄마에게 꼭 괜찮다고 안심시켜 두는 게 좋을 거야. 스스로는 그렇게 생각하지 않아도 엄마에게는 말할 수 있지?"

"……그렇게 다른 사람의 속을 다 아는 것처럼 말씀하시는 거, 싫어요."

"틀렸다면 사과하지."

"틀리지 않았으니 더 화가 나는 거예요. 둔감하시네요."

입으로는 항의하고 있지만 얼굴을 보니 그리 화가 난 것 같지는 않다.

"둔감하다는 말을 들은 김에 내 쪽에서도 제안할 게 하나 있다. 아니, 제안보다 당부라고 해야겠군. 방금 전에 제대로 된 이유도 없이 다른 사람을 비난하는 바보 녀석들에게 지고 싶지 않다고 했지?"

"바보라고는 안 했어요."

"바보도 과분할 정도지. 의분이니 뭐니 지껄여 대지만, 결국 그런 걸 통해 평소에 쌓인 울분이나 풀려고 하는 비겁한 녀석들이니. 상대가 반격하지 못 하는 걸 기회 삼아 정의의 사도인 척하면서 마음껏 상대를 때리고 보는 거야. 네메시스라는 놈은 그런 비겁한 녀석들의 열렬한 지지를 받으며 범행을 반복하고 있어. 어때,

이것도 엄청 화가 치미는 이야기지?"

"네."

"마치 자신이 정의의 사도인 척하는 쓰레기들에게 한 방 먹여 주고 싶지 않나?"

"그러고 싶어요. 정말로요."

"실은 부탁이 있다."

2

"함정 수사?"

와타세의 이야기를 듣자마자 구리스는 눈을 부라렸다. 반면 옆에 앉은 야기시마는 한쪽 눈썹을 위로 살짝 치켜들기만 했다.

"그렇습니다. 이마오카 모녀 옆에 붙지 않고 언제든 달려갈 수 있는 거리에서 두 사람을 경호하려고 합니다. 네메시스가 방심하게 해 현행범으로 체포할 계획입니다."

"와타세 경부님. 지금 본인이 무슨 말을 하는지 아세요?"

"네, 잘 알고 있습니다. 지금껏 몇백 명이나 되는 인원을 투입해 수사해 왔지만 제대로 된 성과를 못 올리고 있는 상황이죠. 용의자 특정은 고사하고 범행에 사용된 흉기조차 발견되지 않았습니다. 언론과 여론은 수사본부를 허수아비라고 비난하고 상황이 흘러가는 걸 가만히 지켜만 보던 경찰청도 슬슬 움직이려 하고 있습니다. 이쯤에서 범인을 좁히지 못하면 현경 체면이 구겨질 상황인데도 우리가 들고 있는 패 중에 유효한 패는 없는 게 현 상황이지요."

구리스는 반박하지 못하고 그저 와타세를 쏘아보기만 했다.

"하지만 이번에 처음으로 범인이 꼬리를 살짝 보였습니다. 네메시스가 다음 사냥감으로 이마오카 모녀를 노릴 가능성은 매우 큽니다. 이 기회를 놓쳐서는 안 됩니다."

"그렇다고 일반 시민을 위험에 노출해서야 되겠습니까? 아무리 징역수의 가족이어도 그런 계획이 겉에 드러나기라도 하면 현경 본부가 비판의 대상이 될 거예요."

또 시작인가.

포기한 지 오래라 이제는 화도 나지 않지만 그래도 기분이 나빠졌다. 1과 수사원들이 범인을 검거하기 위해 이런저런 수단을 강구하는데도 총괄 책임자는 오로지 조직의 안위만을 신경 쓴다.

경찰처럼 목적이 뚜렷한 조직에서는 실적이 그대로 발언권이 된다. 그리고 실적을 높은 수준으로 유지하면 자연히 신뢰도 얻는다.

조직 방어에만 신경을 기울이는 것은 실적과 신뢰를 잃어 가는 조직이 할 짓이다. 따라서 와타세는 구리스의 말과 행동을 보며 경찰 조직이 점점 약해짐을 실감했다.

그리고 또 하나, 그는 이마오카 모녀를 징역수의 가족이라고 표현했다. 모녀를 버리는 말 정도로 생각하는 건 오히려 구리스다.

"범인을 검거하는 게 다가 아닙니다. 우리는 민주 경찰로서 현안의 관할 경찰서에 모범을 보여야 하죠. 현경 본부가 앞장서서 위법적인 수사를 해서야 되겠습니까?"

"함정 수사만 아니면 되겠죠. 모녀의 요청으로 1과 수사원이 두 사람을 경호하다가 마침 좋은 타이밍에 네메시스가 나타나 현행범으로 체포했다. 각본은 그걸로 충분할 겁니다."

"그런 뻔히 보이는 이야기를 듣고 납득할 기자가 있겠습니까? 애초에 그 함정 수사가 성공할 확률이 백 퍼센트도 아니죠. 만약 작전이 실패하기라도 하면 미끼인 모녀의 생명이 위험한 건 물론이고 수사를 계획한 수사본부의 위신도 완전히 박살 날 겁니다. 경부님은 그런 위험한 도박에 우리를 끌어들이려는 겁니까?"

와타세는 위험성 없는 도박이 세상에 어디 있느냐고 되받아치고 싶었다. 신중한 건 괜찮지만 이 남자는 돌다리를 두드리다 못해 깨뜨리려고 한다.

"백 퍼센트의 성공률은 어디에도 존재하지 않습니다. 계획에는 항상 불확정 요소가 개입하죠. 그런 예측할 수 없는 사태에 대비하려고 현장 지휘관과 병력이 있는 거고요."

"고색창연한 조직론 얘기는 그만합시다. 제안할 거면 좀 더 확실하고 위험성이 낮은 작전을 제안해 주세요."

"그런 게 있으면 이미 오래전에 제안했을 겁니다."

"이봐요!"

"와타세 반장." 야기사마가 옆에서 구리스를 제지했다. "하나 묻겠네. 이마오카 나나코를 미행한 사람이 네메시스라고 확신할 수 있나?"

"상황 증거뿐입니다."

"그 여자애의 착각이었다면 어떻게 되지?"

"뭐가 어떻게 되겠습니까. 그냥 스토커 자식 하나가 본격적으로 행동에 나서기 전에 체포되는 거죠. 폭행 미수로 체포. 신문에 박스 기사 하나 정도 실릴 테니 눈여겨볼 사람도 없을 겁니다."

"그럼 정말로 네메시스였을 때는?"

"수사본부가 지금 몇몇 주요 징역수 가족을 눈에 불을 켜고 감시하고 있다는 건 모든 언론사가 이미 낌새를 챈 상황입니다. 인해전술을 펼친 결과 네메시스를 체포했다는 스토리라면 대부분의 보도 관계자도 납득하겠죠."

"대부분이라는 건 예외도 있다는 뜻이군."

"처음으로 네메시스의 이름을 터뜨린 사이타마 일보 기자 같은 경우가 그런 사례겠죠. 하지만 아무리 눈치 빠른 기자도 해결된 사건을 두고 억측만으로 기사를 쓸 수는 없습니다."

"그러니까 정보 관리만 철저하면 괜찮다는 건가."

"네. 야기시마 관리관님께는 큰일도 아닐 겁니다."

이쪽 의도가 훤히 보일 것을 알면서도 굳이 말해 본다. 야기시마 역시 와타세가 자신의 공명심을 꿰뚫어 본다는 것을 알고 있을 테니 말 그대로 서로의 속을 떠보는 탐색전이다.

그리고 탐색전이라면 와타세는 남에게 뒤지지 않을 자신이 있었다.

"네메시스 사건으로 비단 경찰뿐만 아니라 과거 가루베 사건과 니노미야 사건을 기소한 검찰청과 판결을 내린 법원에도 관심이 크게 쏠리고 있습니다. 현 사법 체계에 대한 테러리즘이라는 견해를 보이는 관계자도 적지 않죠. 물론 위험도가 제로는 아니겠지만 무사히 해결했을 경우 저희가 얻을 성과는 가늠도 할 수 없습니다. 그리고……."

"그리고?"

"수사 방법에서 현장 지휘관이 혼자 폭주했다고 하면 윗선이 져야 할 책임은 기껏해야 관리 불충분 정도겠죠."

자폭을 각오하고 있다는 것을 암시한다. 그렇다. 와타세가 떠올린 계획도 테러리즘과 크게 다를 게 없었다.

대답을 기다리고 있자 갑자기 야기시마의 입꼬리가 올라갔다.

"요즘 같은 시대에 와타세 반장 같은 지휘관은 드물 거야."

"부정은 하지 않겠습니다."

"전에 어떤 분한테 와타세 반장에 대한 평가를 들은 적이 있지. 그분은 와타세 반장더러 원자력 발전소 같은 사람이라더군. 우수하고 편리하지만 가까운 곳에 두고 싶지는 않은."

발언의 주인공은 분명 사토나카 본부장 언저리에 있는 사람일 것이다.

통상 운전을 바라느냐, 아니면 노심 용융(melt down, 원자로의 노심부가 녹아내리는 것—편집자)을 겁내느냐.

"네메시스 사건은 경계할 대상이 너무 많아서 다음 표적이 될 사람을 예측하기 대단히 어려운 사안이야. 따라서 지금의 한정된 자원으로는 현장의 판단에 위임할 부분이 생겨도 어쩔 수 없지."

다시 말해 보고도 못 본 척하겠다는 뜻이다. 그러는 게 이쪽 처지에서도 좋다. 구리스가 당장에라도 멱살을 움켜쥘 것처럼 노려보고 있지만 정말로 그럴 배짱이 있다면 와타세를 지금껏 계속 자기 밑에 뒀을 리 없다. 모종의 이유를 들어 이미 오래전에 배치를 바꿨을 것이다.

"이만 가 보겠습니다."

그 말만 남기고 와타세는 방을 나갔다. 등 뒤에서 구리스가 이를 가는 소리가 들리는 듯했지만 상사를 다루는 건 원래 식은 죽 먹기보다 쉽다.

이제 남은 난제라고는 이마오카 모녀를 설득하는 일밖에 없다.

이마오카 모녀의 집으로 향하는 차 안에서 고테가와는 보기 드물게 침묵을 지키고 있었다. 단순한 성격이니 이마오카 모녀에 대한 일 때문인 것이 확실했다.

"뭐 실수라도 저질렀나?"

와타세는 단도직입적으로 물어봤다. 어차피 스스로도 본심을 잘 숨기지 못하는 것을 자각하고 있을 테니 잘만 구슬리면 순순히 털어놓을 터였다.

"어머니와 처음 이야기를 했을 때 어머니는 저를 믿지 못하시더군요."

예상대로의 반응이어서 와타세는 오히려 안심했다.

"흥. 예상한 대로군."

"그래서 절 어머니 쪽에 보내신 건가요?"

"불신을 느꼈다는 건 상대가 나의 불신을 꿰뚫어봐서 아니겠나. 연기하라고까진 하지 않겠지만 적어도 본심을 드러내지 않는 기술만은 습득하도록. 넌 생각이 얼굴에 고스란히 드러나."

"하지만 그 어머니의 불신이란 건 저를 향한 것이라기보다 경찰 전체를 향한 불신 같았습니다. 뭐랄까. 오래전에 느낀 원망을 잊지 못하는 느낌이더군요."

와타세는 그럴 만도 하다고 생각했다. 나나코에게 들은 이야기로는 스가노 아키유키가 체포된 직후만 해도 미유키가 딸의 방파제 역할을 했다. 나나코에게 강하게 몰아친 파도가 미유키에게는 더 거셌을 것은 쉽게 상상할 수 있다.

세상에 내 편이 단 하나도 없다는 건 어떤 기분일까. 문득 떠올리고 와타세는 섬뜩해졌다. 와타세도 과거 비슷한 경험을 한 적이 있지만 적어도 내 편은 존재했다. 그런데도 심히 괴로웠다.

"반장님. 그 모녀에게 미끼 역할을 제안하다니, 너무 어려운 거 아닐까요?"

"이제 와서 헛소리하지 마라." 와타세는 정면을 바라본 채 말했다. "물론 겨우 잊어 가는 악몽을 되살리려는 거니 웬만한 설득으로 고개를 끄덕여 주지 않겠지."

"그래도 그 모녀에게 강요하시려는 건가요?"

"강요해야 넘을 수 있는 벽이라는 것도 있어."

미유키의 반발은 예상을 뛰어넘었다.

"우리 딸을 위험에 노출하다니, 절대로 용납 못 해요!"

미유키는 와타세와 나나코 사이를 막아섰다.

"평소처럼 같은 길을 같은 시간에 걷기만 하면 됩니다. 물론 저희는 따님에게 한시도 눈을 떼지 않을 거고요."

"그런 이야기를 믿으라고요? 경찰한테 중요한 건 범인 체포고, 딸의 안전 같은 건 하나도 신경 안 쓸 게 뻔한데."

이래서는 말이 통할 것 같지 않다. 와타세는 미유키를 일단 자리에 앉혔다.

"어머님. 어머님과 따님이 4년 전 어떤 일을 겪었는지 따님께 전해 들었습니다."

"듣기만 하셨죠. 듣는 건 개나 소나 할 수 있어요. 실제로 겪지 않으면 그 괴로움과 공포는 절대 알 수 없다고요!"

미유키는 참지 못하겠다는 듯이 와타세를 쏘아붙였다.

"4년 전 저희 모녀가 두 분 같은 경찰들에게 어떤 취급을 당했는지 아세요?"

"그 얘기도 들었습니다."

"살인자의 가족이라면 무슨 욕을 듣고 어떤 괴롭힘을 당해도 자업자득이라고 생각하시겠죠. 될 수 있으면 그냥 조용히 죽어주면 좋겠다고 생각하시겠죠."

"저희는 그렇게 생각하지 않습니다."

"거짓말! 경찰은 다들 거짓말만 해요. 그것도 모자라 오만하고 난폭하고 일방적인 데다 부끄러움을 모르죠. 저희를 그런 상황에 몰아넣고 이제 와서 협력을 바라다니. 대체 무슨 염치로 그런 말씀을 하시는 거예요?"

"경찰이 거짓말만 하고 오만하고 난폭하고 부끄러움을 모른다는 의견에는 저도 동의합니다."

"……네?"

미유키는 순간 맥이 풀린 것처럼 입을 떡 벌렸다.

"절도범과 살인범, 거짓말을 밥 먹듯이 하는 사기꾼들에게 맞서려면 경찰도 그에 걸맞은 악덕이 몸에 배어 있어야 합니다. 어머님께서 하신 말씀은 전부 사실입니다. 하지만 일방적인 것만은 고칠 수가 있습니다. 그래서 이렇게 부탁드리러 찾아뵌 거고요."

"정말 뻔뻔하게도 그런 말씀을……."

"두 분은 저희가 책임지고 보호하겠습니다."

"그 말을 4년 전에 하셨어야죠!" 미유키는 원망스러운 눈빛으로 와타세를 노려봤다. "남편이 체포된 후 온 세상이 저희의 적이 됐어요. 밖에 나가면 이웃들이 손가락질하니 해가 지고 나서야 장을 보러 나갈 수 있었죠. 집 문과 벽은 포스터와 낙서로 도배가 됐어요. 집 전화에는 무언의 전화와 협박 전화가 끊임없이 걸려와 결국 회선 자체를 해지하고 말았죠. 남편의 수입이 끊겨 제가 일을 나가야 했지만 이력서를 보자마자 면접에서 떨어뜨리더군요. 그러다가 집과 저희 얼굴 사진을 인터넷에 올리는 사람들이 나타났고, 창문에 돌을 던지는 사람까지 생겼어요. 그래도 전 그나마 나은 편이에요. 심지어 딸이 다니는 학교에서는……."

"그 이야기는 본인에게 들었습니다."

"어른들도 잔인하지만 아이들은 훨씬 잔인했어요. 저, 저희가, 나나코가 대체 그 사람들한테 무슨 짓을 했나요? 저희도 엄연한 피해자인데……."

자신들도 피해자라는 말이 와타세의 가슴을 찔렀다.

이 모녀를 비난하던 사람들에게 아마 죄의식은 눈곱만큼도 없었을 것이다. 그러기는커녕 피해자와 유족의 원한을 갚는다는 명목으로 현관에 저속한 말을 써 붙이고 의분에 불타 협박 전화를 걸었을 게 분명하다. 정의의 이름 아래에, 복수 대행이라는 미명 아래에 가해자의 집을 찾아 사진을 찍고 인터넷에 퍼뜨린다. 그곳에 '천벌'이라는 말만 갖다 붙이면 면죄부가 될 거라고 믿으면서.

인간이 인간을 죽이고 한쪽이 가해자, 다른 쪽이 피해자라는 수식으로 끝나면 그토록 단순하고 속 편한 이야기도 없다. 그러나 시민의 삶 속에 감춰진 악의가 그렇게 그냥 내버려 두지 않는다. 정의의 가면을 쓰고 구호를 외치며 죄 없는 자와 이미 속죄한 자까지 공격한다.

와타세는 세상에서 가장 악랄한 것은 자각 없는 악의가 아닐까 이따금 생각했다. 자각이 없으니 얼마든지 잔인해질 수 있다. 자기 자신의 모습이 보이지 않으니 얼마든지 추악해질 수 있다.

"다카사키에 친정이 있어서 당분간 그곳에 의지하기로 하고 집을 처분했죠. 결국은 친정도 함께 사는 걸 허락해 주지 않았지만……. 그래도 간신히, 정말 간신히 안주할 수 있는 곳을 찾았어요. 이곳이라면 아무도 저희에게 돌을 던지지 않고 큰소리로 비난하지도 않으니까요. 정말로 힘들게 안정을 되찾은 거예요. 그렇게 믿었는데 왜 또 이제 와서……."

"사람들이 잊은 비극을 과거에서 끄집어낸다. 네메시스가 지금 하는 짓이 그런 것이기 때문입니다. 놈은 대중의 악의를 흡수해 자신의 힘으로 삼는 구석이 있습니다. 그런 면에서 두 분은 아주 좋은 먹잇감이고요."

"그래서 저희를 미끼로 이용하시려는 건가요?"

"네메시스는 이미 두 건의 살인을 성공했습니다. 따님이 느낀 악의라는 것도 아마 실존하는 거겠죠. 이대로 내버려 두면 두 분으로만 끝나는 게 아닙니다. 일본 전국에 두 분처럼 고통받으며 사는 가족들이 똑같이 표적이 될 수 있습니다."

"그렇다고 저희가 미끼가 될 이유는 되지 않아요."

미유키는 도발하듯 와타세를 쳐다봤다.

와타세는 일종의 강박관념일 것이라고 생각했다. 이 어머니는 지금껏 수많은 상처를 입고 통증의 기억에서 벗어나지 못했다. 기억에 겁을 집어먹어 사고가 퇴행했다.

"온 세상을 적으로 돌린 저희가 이번에는 왜 세상의 악의와 한편이 된 인간과 싸워야 하죠? 형사님의 감언이설에 넘어가 범인을 체포하는 데 협력하면 저희의 정체가 또 겉에 드러나고 말 거예요. 저 사람들이 스가노 아키유키의 가족이라며 저희를 공격하는 사람들이 찾아올 거예요. 그러면 전이랑 똑같지않아요. 왜 저희만 두 번 세 번 그런 일을 겪어야 하는 거죠? 이제는 그냥 좀 내버려 두세요. 저희에게 평화를 되돌려 주세요."

악의의 재현. 네메시스가 가해자 가족을 향한 사람들의 악의의 대변자를 자처한다면, 이 모녀를 그런 위협에 노출시키는 것은 그야말로 두 사람이 받은 수난을 재현하는 것에 다름없다.

그것이 얼마나 가혹하고 무서운 것인지는 굳이 떠올리지 않아도 안다. 실제 지금 눈앞에 있는 미유키는 마치 어린아이처럼 겁을 먹었다.

와타세의 가슴 한구석에서 무언가가 경고를 보낸다. 이제는 포기하라고 속삭인다. 아마 양심이 그러는 것이리라.

그러나 형사인 와타세가 그것을 제지했다.

"네메시스를 체포하지 않으면 두 분께도 평화가 찾아오지 않을 겁니다."

"그건 여러분 같은 경찰이 할 일이에요."

"오로지 두 분만이 할 수 있는 일도 있습니다."

"싫다고 했죠! 이 이상……"

"엄마." 순간 자리에 어울리지 않을 만큼 냉정한 목소리가 뒤섞였다. "잠깐만."

"……응?"

"내 생각도 말해도 돼?" 지금껏 미유키 뒤에서 가만히 듣고만 있던 나나코가 갑자기 어머니 앞에 섰다. "형사님."

"와타세 아저씨라고 불러도 된다."

"네메시스를 체포하지 않으면 저희에게 평화가 찾아오지 않는다는 게 무슨 뜻이에요?"

"만약 너와 엄마 중 누군가가 네메시스에게 공격당해도 세상은 그저 흥미 위주로 뉴스를 접하겠지. 그리고 또 정의의 가면을 뒤집어쓴 멍텅구리 녀석들이 남은 한 사람을 집요하게 쫓아다닐 거야. 모녀를 덮친 비극에 대해서는 전부 자업자득이라는 말을 퍼뜨릴 거고, 새로 이사 간 곳 사진을 인터넷에 올리겠지. 돌도 던질 테고. 이런 걸 전부 망상으로 치부할 수 없다는 건 두 사람이 누구보다 잘 알겠지."

미유키가 겁먹은 듯 눈을 부릅떴다.

"그럼 네메시스가 체포되면 어떻게 되나요?"

"유령인 줄 알았는데 알고 보니 참억새라는 속담을 아나?"

"네. 배웠어요."

"지금은 네메시스이니 뭐니 하면서 멍청한 녀석들에게 추앙받고 있지만, 막상 붙잡아 보면 그 멍청한 자식들과 별반 다르지 않은 녀석이겠지. 경찰이 할 일에는 그 유쾌범의 가면을 벗겨 내 평범하고 왜소한 모습을 드러내는 것도 있어. 네메시스가 세상 어디에나 있는 사기꾼과 다를 바 없다는 걸 깨닫고 나면 멍청이 녀석들의 열기도 저절로 식겠지. 재판을 통해 네메시스의 실체가 밝혀지면 정의의 이름을 앞세운 악의가 얼마나 어리석고 볼썽사나운 것인지 만천하에 드러날 거야. 제대로 된 판단력이 있는 사람이면 자기 자신 안에 네메시스와 똑같은 얼굴이 존재했다는 걸 깨닫고 부끄러워질 테고."

"부끄러움을 느끼지 못하는 사람도 있을 거예요."

"그런 녀석은 언젠가 다른 장소, 다른 상황에서 반드시 후회하게 돼 있어. 인간이 사는 세계의 규범이란 건 하루아침에 바뀔 수 있는 게 아니니까. 비뚤어진 희열, 불건전한 신념과 주장은 한때 추앙받을지 몰라도 얼마 지나지 않아 궁지에 내몰리고 배척받고 끝내는 역사 속으로 사라지지."

"너무 꿈같은 얘기 같아요."

"꿈으로 끝내지 않으려고 경찰과 검찰, 법원이 존재해. 법의 정의란 그런 거야. 때로는 스스로의 권력에 우쭐해지거나 실수를 할 때도 있지. 하지만 목표만은 흔들리지 않는다."

와타세는 떠들면서 왠지 부끄러워졌지만 그래도 말을 멈추고 싶지 않았다. 자기 자신이 아직 어린 여자아이를 상대로 열변을 토하는, 터무니없는 착각 속에 사는 영감님처럼 느껴지기도 했다.

그러나 상대가 어린아이인 만큼 반드시 말해야 하는 것도 있다.

"지금까지 줄곧 경찰에 배신당해 왔으니 두 사람은 경찰을 도무지 믿을 수 없겠지. 그렇지만 계속 도망쳐 봐야 악의는 영원히 쫓아올 거야. 앞을 향해 주먹 한 방이라도 뻗지 않으면 아무리 시간이 흘러도 상황은 바뀌지 않아."

나나코는 와타세의 반쯤 뜬 눈을 잠시 바라보다가 이내 힘이 빠진 것처럼 어깨를 축 늘어뜨렸다.

"와타세 형사님. 어제 제게 정의의 사도인 척하는 사람들을 한 방 먹이고 싶지 않으냐고 하셨죠."

"그래. 그랬지."

"꼭 그러고 싶어졌어요."

"나나코. 그게 무슨, 너⋯⋯."

"엄마. 화는 나지만 형사님이 말씀하신 대로야. 도망치면 계속 똑같은 상황만 반복될 거야. 남의 불행을 흥밋거리 삼아 이러쿵저러쿵하는 사람들이나 그런 걸 보고도 못 본 척, 못 들은 척하는 나 자신도 이제는 정말 지긋지긋해. 맞서 싸울래."

다시 와타세를 바라보는 나나코의 얼굴이 전보다 훨씬 씩씩해 보였다.

"협력할게요."

"고맙군."

"나나코."

"하지만 약속이에요. 저와 엄마를 꼭 지켜 주세요."

"그러려고 왔다."

"네메시스를 반드시 붙잡아 주세요."

"약속하지."

"그리고 하나 더……."

"아차, 약속할 수 있는 건 두 개까진데. 그 이상은 이쪽도 능력이 안 따라 줘서."

"쳇. 구두쇠."

"현실주의라고 해 주렴."

"아까는 그렇게나 꿈같은 얘기를 하셨으면서."

나나코가 입가에 미소를 지었다.

웃는 얼굴을 보니 정말로 착해 보이는 아이였다.

3

이튿날부터 곧장 와타세를 중심으로 네메시스 체포 작전이 세워졌다. 다만 수사본부 공인은 아니라 표면상 1과의 와타세 반과 경비부 경비과 일부가 독자적으로 작전을 짜는 형태가 되었다.

"정말 그걸로 괜찮겠나? 와타세 경부."

경비과 니시키오리 반장은 현경 본부에서 알고 지낸 지 오래된 사이라 와타세에게 거리낌 없이 물었다.

"수사본부가 공인하지 않은 작전에서 부상자라도 나오면 대체 누가 책임을 지나?"

"아, 그건 걱정 안 해도 되네. 본부 비공인이란 건 어디까지나 함정 수사에 관한 것뿐이고 네메시스가 노리는 대상을 보호하는 것 자체는 수사 방침과 어긋나지 않으니 최종 책임은 야기시마 관리관이 질 거야. 지원 요청도 정식 루트를 통해 하지 않았나?"

"대상자 주변을 감시하다가 습격자가 나타나면 사전에 확보한다. 결국 하는 일은 똑같잖나. 정말 성가시군."

"경찰이 일개 민간인을 수사의 미끼로 썼다는 사실이 드러나는 상황은 피하고 싶네. 그 정도는 자네도 이해하지 않나?"

"이해는 하지만 납득이 안 돼. 그런 식으로 겉과 속이 다르니 시민들에게도 이런저런 비판을 듣는 거 아닌가? 조금 더 단순명쾌하게 할 수는 없나?"

니시키오리는 불만스럽게 투덜댔지만 목소리 자체는 쓸데없이 쾌활하다. 오래전부터 지능전보다 육탄전을 선호하는 타입이라 경비과에 배속된 것이 하늘의 뜻 같았다. 현경 본부 안에서 격투술로 니시키오리를 능가하는 사람은 없고 검도로는 이미 여러 번 국내 대회 우승 경험도 있다.

그런 용맹한 자가 와타세와 궁합이 맞는 건 역시 성격이 정반대여서일 것이다. 한쪽은 지능전 타입, 한쪽은 육탄전 타입. 신념이 다르면 방식도 달라진다. 차이가 너무 커서 서로의 존재가 그야말로 신기하게 느껴지는 것이다.

"그건 그렇고, 미끼로 나설 사람이 열일곱 살 여고생이라니. 또 자네 주특기인 위장술인가?"

"위장술을 떠나 씩씩한 아이야. 아버지는 징역형을 받아 교도소 안에 있고 어머니는 여론의 풍파에 겁먹어 있는데도 재미삼아 다른 사람의 불행에 파고드는 사람들과 맞서 싸우겠다며 두 주먹을 불끈 쥐더군."

"오. 꽤나 믿음직스러운 아이군그래. 졸업하면 현경 본부로 스카우트해 볼까."

"아니, 그건 반대일세. 그렇게 물불 가리지 않고 세상 무서울 게 없는 사람은 한 명이면 족하거든."

그 한 명은 지금 다른 책상에서 다른 경비과 직원과 함께 지도를 보고 있다. 경비 배치 문제로 입씨름을 하는 것처럼 보이는데 생각해 보면 고테가와가 경비과와 협업에 투입되는 건 이번이 처음이다. 당혹스럽기도 하고 반발심도 들겠지만 지금부터 미리 경험해 보는 게 좋다.

"그런데 이제 와서 새삼스러운 말이지만 어머니는 일하러 미나미타카사키까지 전철을 타고 가니 그 구역에는 최소 두 명만 있으면 되지. 하지만 가장 가까운 기타타카사키역에서 집까지가 500미터 조금 덜 되고 딸이 다니는 고등학교에서 집까지는 2킬로미터도 안 되는데 그런 구간에 1과뿐만 아니라 경비과 병력까지 보내는 건 조금 인원이 많지 않나?"

"인해전술이라고까지 말하고 싶지는 않지만 어쨌든 만전을 기하고 싶네. 네메시스의 범행 수법이 징역수가 피해자를 살해한 방법대로 그의 가족을 죽이는 건데 스가노가 애인을 죽였을 때 어떻게 했는지 아나?"

"얼굴을 짓뭉개고, 손가락 열 개를 절단⋯⋯."

"그건 시신 처리법이지. 직접적인 사인은 뇌타박상이야. 뒤통수를 둔기로 한 번 때렸지. 다시 말해 네메시스는 흉기를 한 손에 들고 그 모녀를 따라다닌다는 말이야. 아마 한순간에 살해할 걸세. 혹은 차로 납치해 다른 곳에서 살해한 다음 얼굴을 뭉갤 수도 있겠지. 어쨌든 현장에서 천천히 시간을 들이는 범행 수법은 아니야."

"과연." 설명을 들으면서 니시키오리의 얼굴이 점차 험악해졌다. "한순간의 빈틈도 줘서는 안 되니 이 정도 인원이 필요하다는 말인가."

"이를테면 딸의 통학로인 미쿠니 가도는 도로 폭이 넓어서 전 망이 좋은 편이지. 이런 구역에는 범인이 도망칠 길도 많으니 반드시 핵심 요소마다 인원을 배치해야 해."

"대상자 보호와 범인 체포를 둘 다 고려하면 그럴 수밖에 없겠군."

"솔직히 말하면 저격반 투입도 생각 중이네."

"저격반……. SAT(특수부대)라면 이쪽에서는 지바 현경인가. 하지만 SAT가 출동하려면 테러나 범인이 총기를 소지한 중대 사건이어야 할 텐데."

"니노미야 데루히코 사건으로 지바 현경과 합동 수사를 하고 있으니 접점은 있네. 중대 사건이기도 하고 법치 국가에 대한 테러로 해석하면 일단 구실은 만들어지지."

"그런 논리로 지바 현경을 움직이려는 건가. 여전히 무모하군."

"그쪽에도 알고 지내는 사람이 꽤 많아서 말이야. 지인은 이럴 때 이용하라고 있는 거 아니겠나."

"이용한다고 하지만 설마 자네가 지바 현경 윗선과 직접 접촉하는 건 아니겠지."

"그런 월권행위 같은 짓은 안 하네. 체면과 실적 두 가지를 미끼로 삼아 윗선을 낚는다. 원래 상사는 그렇게 조종하는 거야."

니시키오리는 당황한 것처럼 와타세를 봤다.

"그토록 많은 인맥과 노하우를 가졌는데 지금껏 경부에 머물러 있다니. 정말 정체를 모르겠다니까."

와타세는 니시키오리의 투덜거림을 흘려들으며 작전 계획을 세우는 데 몰두했다. 승진에 아예 관심이 없다고 하면 거짓말이지만 적어도 지금 머릿속에는 네메시스 체포밖에 없다.

오후의 짧은 휴식 시간 동안 형사부실에 돌아가는 길에 휴대폰이 울렸다.

미사키에게 걸려 온 전화였다.

―잠시 통화 괜찮나?

목소리만으로 이번 계획에 대한 용건임을 알 수 있었다.

"괜찮습니다. 혹시 네메시스 건 때문입니까?"

―어떻게 알았지?

"지바 현경에 SAT 지원을 요청했으니까요. 현경을 거쳐 차장 검사님의 귀에도 들어가지 않았을까 추측했습니다."

지원 요청은 야기시마 관리관을 통해 사토나카 본부장에게 전달됐다. 지금쯤이면 사이타마 현경과 지바 현경 사이에서 한창 협상이 진행 중일 것이다.

―설마 검찰에 정보가 새는 것도 다 예상하고 본부장을 찾아간 건가?

"거기까지 소식이 닿으면 진척 상황도 알 수 있으니까요."

이런 종류의 의뢰는 거절당하면 소문이 퍼지기 전에 차단된다. 이야기가 샜다는 것은 양쪽 현경 사이에 협상이 이어지고 있다는 증거다.

─참 알면 알수록 놀라운 남자야.

"놀라신 김에 부탁 하나 드리고 싶습니다. 함정 수사 운운하는 이야기가 언론에 노출될 경우를 대비해 예방선을 쳐 주셨으면 합니다."

─사이타마 현경의 위법 수사를 의심받고 싶지 않은 건가? 그런데 대상자를 보호하려는 활동의 연장선이 아닌가. 경부가 거기까지 신경 쓸 필요는 없을 것 같은데.

"위법 수사는 이미 인식하고 있습니다. 신경 쓰이는 건 경찰의 수사 방법에 시민의 이목이 쏠려 사건의 초점이 모호해지는 상황입니다. 사람들이 네메시스의 존재를 용납한 것과 가해자 가족이 표적이 된 비극을 정확히 보도해야 합니다.

"사법 기자 중에 지인이 몇 명 있네. 사건이 잘만 해결되면 그런 건 잡음으로 지워질 거야.

미사키의 입장에서 공언은 할 수 없지만 언론 대책에 협력하겠다는 언질에 가깝다.

─SAT를 끌어낸다는 건 범인 체포가 초읽기에 돌입했다고 받아들여도 되겠나?

"그 판단은 차장 검사님께 맡기겠습니다."

─너무하는군. 상대에게 얻을 걸 다 얻어 놓고 정작 자신은 얼버무리다니.

상대가 미사키라면 굳이 말로 하지 않아도 이해해 주리라는 믿음이 있었다. 또 그가 그럴 만한 넓은 아량을 지녔다는 것도 잘 알고 있었다.

—이번 건을 마치면 어디서 같이 한잔해야겠어.

"그건 사건이 어떻게 종결되느냐에 따르겠죠. 그럼 실례하겠습니다."

그렇게 통화를 마친 순간 와타세의 가슴속에 말로 형용하기 어려운 침전물 같은 것이 남았다.

불길한 예감과 비슷하지만 정체가 무엇인지 곰곰이 떠올려도 끝내 해답은 얻지 못했다.

*

9월 13일 오후 7시, 나나코는 교문을 나섰다.

해가 져도 아직 주변에 열기가 남아 있지만 나나코는 등 뒤에서 한기를 느꼈다. 신경 쓰여서 고개를 좌우로 돌린다.

—너무 두리번거리지 마.

갑자기 이어폰에서 와타세의 걸걸한 목소리가 흘러나왔다. 휴대형 음악 재생 기기처럼 보이지만 와타세의 지시를 듣기 위한 무선 장치였다.

—느긋하게 콧노래를 부르라고 하지는 않겠지만 지나치게 경계

하는 모습을 보여서는 안 돼. 물고기가 다가오지 않으니.

사람을 미끼 취급하지 말라고 하고 싶었지만 아쉽게도 이쪽 목소리는 전해지지 않는다. 기억해 둬야지. 이번 일만 마치면 그 못되게 생긴 형사에게 실컷 투덜거려 줄 거야.

—평소처럼 굴어. 네 일거수일투족을 스무 명이나 되는 형사가 지켜보고 있어.

처음 사람 수를 들었을 때는 장난인 줄 알았다. 마치 어느 나라의 VIP를 대하는 경호 태세 아닌가.

조금 과장 같기는 하지만 그래도 든든하기는 했다. 경찰이 그 정도나 있으면 분명 범인의 생각대로 되지 않을 것이다.

나나코는 역 앞을 지나 미쿠니 가도로 나갔다.

새삼 시야가 탁 트인 곳이라고 느꼈다. 그건 그렇고 대체 와타세 형사는 물론 다른 경찰들은 어디서 대기하고 있는 걸까. 나나코는 시험 삼아 술집 앞으로 시선을 향했다.

평소에는 거의 사람이 없는 가게 앞에 웬 남자 손님이 우두커니 서 있었다. 도로를 향해 45도 정도 비스듬하게 마주 보는 각도라 나나코의 모습이 훤히 보이는 곳이다. 저 남자 손님이 형사 중 한 명일까.

아니, 어쩌면 네메시스일지도…….

—두리번거리지 말라고 했지.

가게 앞을 보는 것 정도는 보통 때와 다를 바 없는 행동인데.

─교복을 입은 여고생이 술집 같은 곳을 왜 보겠어? 그런 게 수상한 행동이라는 거다.

과연. 듣고 보니 그 말이 맞았다. 나나코는 시선을 원래대로 돌리고 다시 걷기 시작했다.

주변을 살피는 것 정도는 괜찮지 않을까.

양품점 안에 여자가 한 명. 촌스러운 정장을 입고 있다. 저 멋들어진 가게에 들어가기 조금 망설여지지 않았을까.

시계방에서는 젊은 남자가 시계를 유심히 들여다보고 있다. 아저씨, 요즘 젊은 사람들은 손목시계 같은 거 잘 안 차요.

생선 가게에는 에코백을 든 아줌마들. 설마 저 중에는 경찰이 없겠지.

중화요릿집. 유리문 너머 카운터석에서 작업복 차림의 남자가 앉아 맥주를 마시고 있다. 혹시 경호 중에 맥주를 마시는 건 아니겠지. 하지만 잔에 든 게 보리차일 가능성도 있다.

이런 생각을 하는 게 절대 여유로워서는 아니다. 반대다. 여유가 없으니 억지로라도 다른 생각을 떠올리지 않으면 평정심을 잃고 만다.

살인귀가 자신을 노리며 따라다니고 있다. 그런 걸 아는 상황에서 마음 놓고 걸어 다닐 리 없다. 지금 이렇게 평소와 같은 속도로 집으로 향하는 자신을 힘껏 칭찬해 주고 싶었다.

걸핏하면 멈춰 설 것 같은 다리를 질타하며 앞으로 나아갔다.

돌아보지 않을 수 있는 건 공포가 뒤따라오고 있어서다. 앞으로 나아갈 수 있는 건 형사들이 지켜봐 주고 있어서다.

카레 가게 간판이 눈에 들어왔을 때 마음이 잠깐 흔들렸다. 집 근처에 있는 맛집이라 나나코도 자주 다니는 가게다. 저 카운터 석에 앉아 잠시 한숨 돌릴 수만 있으면 얼마나 좋을까.

—다른 곳에 들르면 안 돼. 곧장 집으로.

이 형사는 어떻게 내 생각을 이토록 자꾸만 읽어 내는 걸까. 흉악한 얼굴에 두뇌 회전 속도까지 꼭 악마 같다.

카레 가게 앞에서 샛길로 들어간다. 여기서부터 급격히 빛이 줄어든다. 그에 반비례해 공포는 점점 더 커졌다.

예전 같으면 아무렇지 않을 골목길이 오늘은 꼭 악귀가 사는 곳처럼 느껴졌다.

형사님, 왜 하필 이럴 때 갑자기 입을 다물고 계세요. 뭐라도 좋으니 말씀 좀 해 보세요.

그때였다.

터벅터벅.

발소리가 들린 순간 등줄기에 소름이 돋았다.

—멈추지 마.

지시를 듣고 앞으로 나간 다리가 무릎 아래부터 덜덜 떨리기 시작했다. 최대한 평정심을 가장한 채 걷자 그날 밤 느꼈던 발소리가 등 뒤에 찰싹 달라붙었다.

터벅터벅.

터벅터벅.

소리의 크기와 간격으로 알 수 있다. 틀림없다. 그 자식의 발소리다.

단숨에 심박수가 솟구쳤다. 하지 말라는 말을 들었어도 저도 모르게 고개를 돌려 형사를 확인하고 싶어진다. 그러나 이곳은 좁은 골목길이고 양옆은 주택 담장으로 둘러싸여 있다. 몸을 숨길 곳은 어디에도 없다.

터벅터벅.

터벅터벅.

부탁이에요, 와타세 형사님. 말씀 좀 해 주세요.

제 뒤에 누가 있어요.

지금 그 자식과 거리가 얼마나 떨어져 있나요.

형사님들은 지금 어디서 지켜보고 계시나요.

터벅터벅.

터벅터벅.

가슴이 터질 듯한 공포를 견디며 걷자 잠시 후 삼거리에 도착했다. 여기서 모퉁이를 돌면 이제 집에서 새어 나오는 불빛 말고는 빛 자체가 사라진다.

—걸음이 너무 빨라. 조금 더 천천히. 부자연스럽게 보여.

와타세는 멀리서 나나코를 지켜보고 있을 터였다. 어둠 속에서도 자세히 볼 수 있는 건 나나코의 가방에 발신기가 장착돼 있어서다.

저쪽에서는 내가 보이는데 이쪽에서는 보이지 않는다. 이 얼마나 불합리한 상황인가. 이래서는 네메시스나 와타세 형사나 똑같은 거 아닐까.

삼거리를 지나치자 마침내 어둠이 깊어졌다.

심장 뛰는 소리가 네메시스에게 들리지는 않을까. 요동치는 가슴을 가라앉히려 해도 좀처럼 가라앉지 않았다. 파열 직전의 심장이 입에서 튀어나올 것 같았다.

지금 당장 뛰어. 도망쳐.

머릿속에서 경보가 울려 퍼진다.

다른 한편에서는 냉정한 내가 당황하지 말라고 진정시킨다.

무슨 일이 생기면 형사들이 바로 움직일 거야. 와타세 형사님은 우리 모녀를 꼭 보호해 줄 거라고 약속했어.

1초가 10초 같았다.

1미터가 10미터만큼이나 멀었다.

터벅터벅.

터벅터벅.

나나코는 드디어 공원에 도착했다.

하나만 덜렁 있는 가로등이 지금처럼 불안하게 느껴진 적이 없었다. 주변을 쓱 둘러봐도 형사 같은 사람은 어디에도 보이지 않는다.

불현듯 엄청난 불안감이 나나코를 덮쳤다.

형사들은 네메시스가 나에게 직접 위해를 가하지 않는 한 손을 뻗지 않는 게 아닐까. 내가 피를 흘리지 않는 한 움직여 주지 않는 게 아닐까.

와타세 형사는 네메시스를 현행범으로 체포하겠다고 했다. 현행범이란 것도 그런 의미 아니었을까.

나나코는 인내심의 한계에 도달했다.

주변 시선은 신경 쓰지 않고 와타세의 이름을 외치려고 한 바로 그때였다.

"이마오카 나나코 씨죠?"

어둠 속에서 침착한 목소리가 튀어들었다.

소리가 들린 쪽으로 고개를 돌리자 등 뒤로 그림자가 보였다. 반소매 셔츠에 넥타이. 얼굴까지는 보이지 않는다.

아니, 보이는 게 하나 더 있었다.

그림자가 손에 든 길쭉한 막대기. 끝부분이 지면에 쓸리자 금속음이 나는 걸 보니 쇠파이프처럼 보인다.

머릿속에서 즉시 도망치라고 지시했지만 겁먹은 다리가 말을 듣지 않았다.

"줄곧 당신을 만나고 싶었습니다."

목소리는 젊은 남자였다.

끼이익, 끼이익.

끼이익, 끼이익.

쇠파이프가 마찰하는 소리와 함께 남자의 온몸이 가로등 불빛에 서서히 비쳤다.

남자의 얼굴은 흉악하거나 차가워 보이지 않았다. 20대 중반. 얼핏 보면 친절한 얼굴이다. 나나코가 모르는 남자였다.

그래서 한 손에 쥔 쇠파이프가 더욱 부자연스럽게 보였다.

문득 떠올랐다.

네메시스는 과거 살인 사건을 모방한다.

아버지가 예전에 애인을 살해했을 때 둔기로 뒤통수를 때린 것이 치명상이었다.

남자는 슬금슬금 나나코와 거리를 좁혀 왔다.

그러나 나나코는 덫에 걸린 것처럼 꼼짝도 할 수 없었다. 양다리가 땅에 단단히 고정돼 떨어질 기색이 없다.

"공포 때문에 움직이지 못하시는 것 같군요." 남자는 자상하게 말했다. "당신에게는 아무 원한도 없습니다. 스가노 아키유키의 딸로 태어난 것을 후회하세요." 쇠파이프가 허공에 들어 올려진다. 나나코의 눈에 그 모습이 슬로모션처럼 비쳤다. "적어도 고통스럽지 않게는 해 드리겠습니다."

와타세 형사님.

도와주세요.

남자가 머리 위로 쇠파이프를 휘둘렀다.

그 순간 남자의 표정이 급변했다.

"이 새끼!"

곧장 남자의 등 뒤와 옆쪽으로 여러 명의 사람 그림자가 달려와 몸과 팔다리를 붙들었다. 우격다짐으로 비튼 손에서 쇠파이프가 떨어져 철컹 소리를 냈다.

어안이 벙벙해진 나나코 앞에 그림자가 섰다.

"잘했어. 다 네 덕분이다."

그가 와타세임을 깨달은 순간 무릎에 힘이 탁 풀렸다.

"엇차."

아슬아슬한 타이밍에 와타세가 부축해 준 덕에 쓰러지지 않을 수 있었다.

"확보! 피의자의 신병을 확보했습니다!"

멀리서 형사의 목소리가 들렸다. 시합 종료를 알리는 신호임을 깨닫고 나나코의 온몸에서 급격하게 힘이 빠졌다.

"……와타세 형님."

"어?"

"왜 이렇게 늦게 오셨어요. 너무해요."

"미안, 변명은 안 할게."

"아뇨. 이제는 괜찮아요. 저, 잘했죠?"

"그래. 베테랑 형사 백 명이 와도 못 이길 정도야."

"그건 좀 과장 같아요."

"과장이라니. 녀석을 그냥 내버려 뒀으면 앞으로 분명 피해자가 늘었겠지. 투입된 수사원이 백 명 단위잖나. 그러니 자랑스러워해도 돼."

갑자기 와타세의 목소리가 부드러워졌다.

"네 아버지는 분명 죄를 저질렀다. 너와 어머니가 그걸 빚처럼 느끼는 심정도 이해하고. 하지만 이번 일로 그 빚은 충분히 다 갚고도 남아."

이 형사님은 어떻게 저런 얼굴을 하고서 이렇게나 자상한 말을 입에 담을까.

그때 고테가와 형사가 다가왔다.

"반장님. 피의자가 신분증을 가지고 있었습니다."

고테가와가 앞으로 내민 신분증을 본 순간 와타세의 얼굴이 평소보다 더 흉악하게 굳어졌다. 그는 나나코에게서 떨어져 포박된 채 땅 위에 엎드려 있는 남자에게 뚜벅뚜벅 다가갔다.

"이야. 와타세 형사님. 이렇게 뵙는 건 처음입니다."

네메시스가 그렇게 말하는 소리가 들려서 나나코는 몹시 혼란스러워졌다.

어떻게 저 사람이 와타세 형사님의 이름을 알고 있는 걸까.

얼마간 네메시스를 내려다보던 와타세는 잠시 후 "빌어먹을" 하고 내뱉고는 나나코에게 돌아왔다.

"뭐가 그렇게 화가 나세요?"

"하나부터 열까지 다."

조금 전과는 사뭇 다르게 와타세의 목소리에 날이 잔뜩 섰다.

"신분증이 있다고 하셨죠. 네메시스의 정체가 누구죠?"

"이름은 요코야마 준이치로. 도쿄 지검 근무. 차장 검사를 보조하는 사무관이다."

4

오후 9시 23분 현행범으로 체포된 네메시스, 요코야마 준이치로의 신병은 수사본부가 설치된 사이타마 현경으로 옮겨졌다.

그리고 지금 와타세는 요코야마와 마주 보고 있다. 되도록 다른 사람을 끌어들이고 싶지 않아서 고테가와에게 기록을 맡기고 취조실에는 세 사람밖에 없다.

"지금부터 진술을 받겠어. 이미 잘 알겠지만 취조는 전부 녹취되니 그렇게 알도록."

"정중하시군요."

요코야마는 가볍게 고개를 숙였다. 호송차 안에서도 그랬지만 주눅 든 기색은 조금도 찾아볼 수 없다.

"와타세 경부님의 성함은 차장 검사님께 자주 들었습니다. 언젠가 직접 찾아뵙고 인사드리려고 했는데 이런 형태로 자리가 만들어져 버렸네요. 죄송할 따름입니다."

"솔직히 지금 이렇게 앉아 있어도 현실감이 별로 안 느껴져. 네메시스가 설마 미사키 검사의 사무관이었을 줄이야."

그러자 요코야마는 조금 겸연쩍어했다.

"차장 검사님도 이미 아십니까?"

"그래. 바로 조금 전 전했지. 지금 당장 이곳으로 달려오실 모양이야."

"거듭 면목이 없습니다."

"제일 먼저 가장 중요한 것부터 묻지. 자네가 정말로 네메시스인가?"

"네메시스라는 건 범행 현장에 남긴 메시지를 보고 여러분께서 제게 붙여 주신 이름이죠. 아시겠지만 네메시스란 그리스 신화에 등장하는 의분의 여신입니다. 저 자신은 네메시스의 사자 정도로 인식합니다. 여신이 개별 안건에 일일이 고개를 들이밀 만큼 한가하지는 않을 테니까요. 메시지를 남긴 데는 그런 의도가 있었습니다."

"여신 이야기를 꺼내는 건 범행 동기가 역시 의분이어서인가?"

"네, 그렇죠. 원래라면 교수대의 이슬로 사라져야 마땅할 범죄자가 비열한 변호사와 운의 힘을 빌려 사형을 면한다. 반면 피해자 유족은 법률과 교도소 담장에 차단돼 복수의 기회를 일절 얻지 못하고 눈물로 하루하루를 보낸다. 이런 부조리한 일이 또 있겠습니까?"

"계속 그런 생각을 하고 있었나?"

"정확하게는 도쿄 지검에 채용된 이후부터 하게 됐습니다. 신문과 인터넷으로 보고 듣는 것 이상으로 자세한 데이터가 모이는 곳이니까요. 검사님께 지시받은 대로 수백 건의 소송 안건들을 살펴보다가 네메시스의 사자가 되어 그들에게 철퇴를 내리기로 마음먹은 겁니다."

"철퇴라고 해도 징역수 당사자는 아니잖나. 피해자는 아무 죄 없는 가족들 아닌가?"

"경부님은 진정 그들이 무고하다고 생각하십니까? 그건 사실이 아닙니다. 가루베 요이치건 니노미야 게이고건 놈들이 그런 인간쓰레기로 자란 건 가족 탓도 있습니다. 인간은 환경의 동물이라고 하지요. 그들이 받은 교육과 애정이 비뚤어진 탓에 그런 괴물이 됐다고는 생각하지 않으십니까?"

"긍정도 부정도 할 수 없겠군. 하지만 가정환경이 그 두 사람을 살인자로 만들었다는 과학적 근거는 어디에도 없어."

와타세의 대답을 듣고 요코야마는 눈을 반짝였다.

"아아, 와타세 경부님. 역시 경부님은 차장 검사님이 말씀하신 대로십니다. 실력이 뛰어나면서도 이성적인 분. 뜬소문이나 속설 따위에는 귀도 쫑긋하지 않는."

"검사의 과대평가지. 아무튼 그래서, 자네는 그런 속설 따위를 믿고 범행을 반복했다는 말인가?"

"당사자에게 직접 철퇴를 내리고 싶어도 그들은 담벼락 안에
있으니까요. 피해자 유족의 복수를 대행한다면 살인자의 가족을
희생의 제물로 바치는 것 외에 다른 방법이 있을까요? 원래 두 사
람이 받아야 할 벌을 그들의 가족이 대신 받은 것일 뿐입니다."

옆을 힐끗 보니 컴퓨터 키보드를 두드리는 고테가와의 표정이
점점 굳는다. 고테가와가 요코야마의 주장을 불합리하다고 느낀
다는 증거다.

"자랑은 아닙니다만 도노하라 기미코를 찔러 죽일 때, 그리고
니노미야 데루히코를 때릴 때도 저는 양심의 가책을 전혀 느끼지
못했습니다. 조만간 다 밝혀질 테지만 제가 특별히 편향된 교육
을 받은 것도 아니고, 주변에 특이한 사상을 가진 지인이 있는 것
도 아닙니다. 도쿄 지검에 채용될 때 저를 만난 면접관에게 물으
셔도 제가 독특한 사람은 아니라는 걸 증언해 줄 겁니다."

검찰청 채용 시험에는 면접도 포함된다. 검찰관의 보좌, 감정
촉탁 등의 업무를 소화하는 관계로 사상적 배경은 물론 성향도
철저히 진단한다. 따라서 요코야마의 말에 오류나 과장은 없을
것이다.

"방금 도노하라 기미코를 찔러 죽이고 니노미야 데루히코를 때
렸다고 했지. '때려죽였다'를 잘못 말한 거 아닌가?"

"미묘한 어감 차이를 눈치채 주셔서 황송할 따름이네요. 딱히

잘못 말한 건 아닙니다. 저는 쇠파이프로 니노미야 데루히코를 때렸지만 당시 저에게 살의는 없었습니다. 중상을 입히는 정도로 충분했죠. 하지만 다행인지 불행인지 하필 급소를 가격한 바람에 니노미야 데루히코는 죽고 말았습니다. 그 점에 대해서는 저도 송구스럽게 생각합니다."

"바꿔 말해 도노하라 기미코에게는 살의가 있었다는 말인가?"

"네. 또렷한 살의가 있었죠."

"도노하라 기미코와 니노미야 데루히코의 차이가 뭐지? 살의의 유무 기준이 뭐였나?"

"한마디로 말씀드리면 범행 수법의 악랄함이죠. 니노미야 게이고는 사귀던 여자에게 원한을 품고 있었습니다. 그러나 가루베 요이치는 원한을 품은 상대는 고사하고 생판 모르는 여자를 둘이나 죽였죠. 고로 가루베의 가족은 죽어도 마땅하다. 하지만 니노미야의 가족을 그토록 증오할 이유는 없다."

"……나로서는 이해가 안 되는 논리군."

"네, 이해하시기 어렵겠죠. 이건 네메시스를 신봉하는 저만의 판단 기준이니까요. 하지만 진심입니다. 증거로 저는 니노미야 데루히코를 딱 한 번밖에 때리지 않았습니다. 만약 니노미야 게이고의 범행을 재현하려 했다면 머리가 원형을 잃을 만큼 여러 번 반복해서 때렸겠죠."

요코야마의 변명은 일단 앞뒤가 맞는다. 뒤틀리기는 했어도 논리적인 설명이라고 말하지 못할 것도 없다.

와타세는 문득 떠올렸다.

이것은 광신도가 외치는 교리 같은 게 아닌가.

"오늘 밤 이마오카 나나코를 덮치려고 한 건?"

"똑같습니다. 그 아이한테도 살의는 없었죠. 병원에 입원할 정도의 부상이면 충분했습니다."

"아까 공원에서는 적어도 고통스럽지 않게 해 주겠다고 하지 않았나?"

"비유 같은 거죠. 그 아이의 아버지는 치정 문제로 애인을 살해했습니다. 외동딸을 반드시 죽여야 할 정도의 죄과는 아니죠."

"다른 말도 아니고 죄과라. 재판관 흉내를 내는 건가?"

"네메시스는 재판관보다 훨씬 위에 있는 존재입니다. 그녀에게 맞설 수 있는 건 오직 같은 여신인 테미스 정도겠죠. 법정 안에서 재판관은 분명 절대적인 존재입니다. 그러나 그들의 판단까지 절대적이라고는 도무지 말하기 어렵죠. 지금껏 재판관들이 내린 판결이 일반 시민의 상식과 동떨어져 있다고 얼마나 많은 지탄을 받았습니까. 가루베 사건과 니노미야 사건도 그랬습니다. 그 시부사와라는 판사가 조금 더 제대로 된 판결을 내리기만 했어도 이런 비극은 일어나지 않았을 겁니다."

"이럴 때 신의 이름을 들먹이는 게 천벌을 받을 일이라고는 생각 안 하나?"

"저는 그 신에게서 계시를 받았다고 믿습니다. 그러니 천벌을 받을 리도 없죠." 와타세는 요코야마를 지그시 노려봤다. "이야, 무섭습니다, 무섭습니다. 그런 얼굴과 눈으로 노려보면 피해자들이 대부분 고분고분 털어놓았겠죠? 저한테는 굳이 그러지 않으셔도 됩니다. 그렇게 노려보지 않으셔도 전부 자백해드릴 테니까요."

"갸륵하기도 하군."

"이렇게 체포된 마당에 뭘 숨겨 봐야 의미도 없죠. 피의자가 진술을 여러 번 뒤집어 취조 담당 형사님의 기분을 상하게 하고 결국 재판에서 불리해진 전례도 직업 관계상 잘 알고 있습니다. 갸륵한지 아닌지를 떠나 경부님께서 진술 조서를 정확히 써 주시기만을 바랄 뿐입니다." 갑자기 요코야마의 목소리가 열기를 머금었다. "경부님 앞에서 약속해드리죠. 저는 지금껏 지극히 정상적인 정신과 심리 상태로 범행을 이어 왔습니다. 위법한 약물 따위에는 손을 대지 않았고 특정 종교 및 정치 단체의 영향 아래에 있었던 적도 없습니다. 저 요코야마 준이치로는 확실한 살의를 품고 도노하라 기미코를 살해했습니다. 하지만 니노미야 데루히코와 이마오카 나나코 두 사람에게는 살의는 없이 그저 습격만을 계획해 실행했습니다."

"피의자들에게 모범 답안으로 들려주고 싶은 진술이군."

"만에 하나라도 체포되면 이렇게 하자고 항상 떠올렸습니다. 법조 관계자분들께는 대단한 폐를 끼쳤지만, 이건 1년 넘게 지방 검찰청에서 근무한 일개 사무관으로서의 긍지이기도 합니다."

참으로 뒤틀린 긍지도 다 있군. 와타세의 미간에 주름이 깊게 파였다. 이런 건 긍지도 신념도 아니다. 단지 독선일 뿐이다.

"가루베 사건과 니노미야 사건 모두 시부사와 판사가 재판을 맡았지. 희생자를 고를 때 그 점에 주목했나?"

"처음부터 시부사와 판사 안건에 주목한 건 아닙니다. 사형이 마땅한데도 회피한 안건을 고르다가 우연히 담당한 재판장이 일치했을 뿐이죠. 아니, 우연이 아니라 필연일까요. 아무튼 온정 판사가 담당한 안건에 집중된 건 자연스러운 수순이었겠죠."

"이야기를 바꾸지. 자네는 미사키 차장 검사를 어떻게 생각하나?" 예상치 못한 질문이었는지 요코야마는 허를 찔린 듯했다. "차장 검사님은 제가 존경하는 분이지요."

"자네는 검찰청에 처음 들어갔을 때부터 차장 검사를 보조하는 사무관으로 들어갔어. 그분을 섬기고 그분의 가르침을 얻었는데도 네메시스 같은 걸 자처하고 싶던가? 차장 검사가 자네에게 가르쳐 준 정의가 고작 그런 거였나?"

그러자 요코야마는 몹시 상처 받은 듯한 표정을 지었다. 취조에서 처음으로 보인 약한 모습이었다.

"이번 일은 차장 검사님과 아무 상관 없습니다. 모든 범행은 제 윤리관에 기초했고 저만의 판단으로 저지른 일입니다."

"그럼 두 건의 살인, 한 건의 살인 미수를 인정하는 건가?"

"살의가 있고 없음은 별개로 하고 인정합니다."

와타세는 탄식을 짧게 한 번 내뱉고 마음을 가다듬었다.

"그럼 각각의 사건에 대해 자세히 이야기를 듣도록 하지. 우선 8월 8일 구마가야시 사야다에서 발생한 도노하라 기미코 살해 사건에 대해……."

미사키가 사이타마 현경에 도착한 건 날짜가 바뀐 오전 0시 13분이었다.

이미 요코야마의 심문을 마친 와타세는 담담하게 미사키를 맞았다.

"와타세 경부. 요코야마 준이치로를 현행범으로 체포했다는 게 사실인가?"

'부랴부랴'라는 표현은 정확히 이럴 때 쓰는 말일 것이다. 만날 때마다 항상 완벽한 몸가짐과 차림새를 자랑하던 미사키가 지금은 머리카락이 헝클어졌고 옷깃도 구겨져 있다.

"다행히도 세 번째 사냥감을 습격하기 직전 체포됐습니다. 두 건의 살인에 대해서도 조금 전 자백한 상황입니다."

"자백 내용은 그간 판명된 사실에 기초한 것이었나? 거짓 진술일 가능성은 없나?"

"안타깝지만…… 이번 사안에서 저는 사건의 진행 상황을 매번 검사님께 보고했습니다만 전부 구두 보고였고 서식이나 데이터를 드린 건 아닙니다. 또한 요코야마 사무관 앞에서 그런 얘기를 한 기억도 없고요. 하지만 그가 진술한 내용에는 시신의 손상 부위, 시신의 상태, 범행에 사용된 흉기 모양 등 범인이 아니면 알 수 없는 정보가 다수 포함돼 있습니다."

"비밀을 폭로한 건가."

"검찰청 데이터베이스에는 과거 발생한 사건의 정보가 기록돼 있습니다. 사건 관계자의 최신 주소지도 포함해서요. 당초 저희는 네메시스가 인터넷에서 도노하라 기미코의 주소지를 알아냈다고 추측했습니다만, 그가 지방 검찰청 직원이라면 그런 불확실한 정보에 기대지 않아도 사냥감이 있는 곳을 손쉽게 파악할 수 있습니다."

"그런가……" 미사키는 힘없이 어깨를 떨궜다. "그런가……."

와타세의 태도를 보고 더 묻는 건 무의미하다고 느꼈을 것이다. 그는 현경 본부에 뛰어 들어올 때의 기세는 온데간데없이 완전히 의기소침해졌다.

"전에 경부가 그랬지. 두 명의 정보를 알아낼 수 있었던 사람 중에 네메시스가 숨어 있다고……. 지금 다시 생각하니 그건 정곡을 찌르는 말이었군."

"당치도 않습니다. 그냥 조건 갖추기에 불과했죠."

"생각해 보면 그 조건에 따라 용의자를 좁히면 언젠가 요코야마에게 도달했을 텐데……. 도대체 난 뭘 보고 있었을까." 목소리에 짙은 아쉬움이 묻어났다. "동기는, 그가 그런 짓을 한 동기는 뭐였나?"

"저희가 예상한 대로입니다. 스스로 네메시스의 사도를 자처해 사형을 면한 죄인의 가족을 죽이고 복수의 대행자인 척한다. 일종의 광신도였던 거죠."

"그가 도쿄 지검 사무관으로 발탁되고 1년 조금 넘는 기간 동안 나는 줄곧 가까운 곳에서 그를 봐 왔네. 그런데도 전혀 눈치채지 못했어."

"사무관으로서 그는 어땠습니까?"

"무슨 일이든 실수 없이 척척 해내는 사람이었지. 탁월한 재능이나 다른 사람 위에 올라설 재주가 없는 대신 성실하고 솔직했네. 약간 오만한 표현일지 모르겠지만 사무 담당으로서는 더할 나위 없었어."

"심문받을 때도 그는 차장 검사님께 존경심을 드러냈습니다."

"그런가."

"그래서 물었습니다. 어째서 검사님의 가르침을 받았는데도 그런 어리석을 짓을 했느냐고."

"뭐라고 답하던가?"

"모든 범행은 자신의 윤리관에 기초했고 차장 검사님과는 전혀 관련이 없다더군요. 저도 그 말에 납득할 수밖에 없었습니다."

"대체 무엇이 그를 그렇게 만들었을까. 처음 들어올 때 사상과 배경 같은 건 이미 확인했을 테고, 평소의 말과 행동에도 부자연스러운 건 느끼지 못했는데 말이지."

"평소에도 살인자의 얼굴을 고스란히 드러내는 사람은 없습니다. 차장 검사님도 그 정도는 아실 텐데요."

"비뚤어진 신조, 반사회적 사상을 품은 자는 언뜻 그런 얼굴을 내보이는 순간이 있지 않나."

그렇게 미심쩍어하는 미사키는 어찌할 바를 몰라 발을 동동 구르는 어린아이처럼 보였다.

"그토록 그의 자제심이 강했다는 말이겠죠. 종교도 마찬가지입니다. 교리의 내용이 과격할수록 신자들은 스스로 입단속을 하며 입을 다물기 마련입니다. 가르침 안에만 자신의 신이 존재하고 바깥세상은 이단의 신이 지배한다고 믿어서겠지요. 표현이 어떨지 모르겠지만 그에게 사형 폐지론은 이단이고 시부사와 판사는 이단 종교의 교관이었습니다."

"나도 이교도로 보였을까?"

"글쎄요. 차장 검사님을 향한 존경은 진심처럼 느껴집니다. 물론 신념과 존경은 별개의 것이지만요."

"그런 말로 날 위로하는 건가?"

"저 같은 게 감히 차장 검사님을 위로할 수 있으리라 보지 않고, 그런 분수에 넘는 행동은 성격에도 맞지 않습니다."

그러자 미사키는 쓸쓸한 미소를 지었다.

"어떤 순간에도 흔들리지 않는 남자로군."

"근본이 단순해서겠죠."

"이런저런 면에서 폐를 끼쳤네. 이제는 실례하도록 하지."

미사키는 천천히 몸을 일으켰다.

"요코야마를 만나고 가실 겁니까?"

"아니, 됐네. 가까운 자에게 배신당한 게 10년 만인데 생각보다 충격이 심하군······. 경부한테 이야기한 적 있었나? 그 바보 아들에 대해."

"소문으로 들은 적은 있습니다. 이름이 요스케라고 했나요."

"사법 고시에 합격해 사법 연수생이 되자마자 음악의 길로 빠져들었지. 당시에는 이만 한 배신이 또 있을까 하며 매일매일 한탄했지만 설마 비슷한 일을 또 겪을 줄이야. 이게 다 평소 내 행실이 나쁜 탓이려나." 와타세는 대답할 말이 없었다. "우리 쪽으로 송치되지 않는다는 게 유일한 위안이군."

미사키는 그 말만을 남기고 자리를 떴다.

이후 와타세 반이 요코야마의 집을 수색했을 때 침대 아래에서 두 사건에서 사용된 것으로 추정되는 부엌칼과 쇠파이프가 나왔다. 감식반의 확인 결과 부엌칼에서는 도노하라 기미코의 혈흔, 쇠파이프에서는 니노미야의 데루히코의 혈흔이 검출됐다. 또 도노하라 기미코의 집에서 채취한 발자국과 니노미야 데루히코 살해 현장에서 수집한 불특정 머리카락의 일부가 요코야마의 것과 일치했다.

다음으로 요코야마의 알리바이를 조사했지만 역시 본인의 진술을 뒷받침하는 결과를 낳았다.

우선 도노하라 기미코가 살해된 8월 8일, 뒤이어 니노미야 데루히코가 살해된 9월 3일, 그리고 정체불명의 인물이 이마오카 나나코를 미행한 9월 7, 9, 12일까지 그는 모두 알리바이가 성립하지 않았다.

이 정도로도 입건하기에 충분한 증거가 갖춰졌지만 마지막으로 보강 재료가 될 단서도 발견됐다.

요코야마 본인이 관리하는 블로그였다. 블로그 이름은 '법조계 종사자가 알려 주는 "오, 그게 정말이야?"'. 우스꽝스러운 이름이지만 글은 그야말로 진지했고 특히 서두는 이런 문장으로 시작했다.

방문자님, 어서 오세요. 이곳은 법조계 종사자인 블로그 관리인이 이런저런 뉴스를 보고 자유롭게 감상을 적는 곳입니다. 주로 중대 사건을 위주로 다룰 생각인데 가장 먼저 블로그 관리인이 사형 존치론자라는 것부터 명확히 밝히고 싶습니다. 일본 국민의 80퍼센트가 사형제도를 지지하는 현 상황에서 세계 흐름의 발맞춰 가자는 식의 무의미한 운동을 벌이는 지식인들, 그리고 논리성이라고는 없는 변론을 펼치는 사형 폐지론자 변호사들. 저는 그런 이들을 철저히 비판할 생각입니다. 그런

저의 신념이 불편한 방문자께서는 지금 즉시 페이지를 바꿔 주시기를 권합니다.

　소개문에 적힌 대로 블로그는 사형 존치론을 옹호하고 폐지론을 부정하는 내용으로 가득 차 있었다. 논조는 지극히 공격적이고 때로는 유명 사형 폐지론자의 이름을 들먹이며 비난하기도 했다. 블로그 내용이 곧 요코야마가 네메시스라는 증거가 되지는 않았지만 범행 동기를 뒷받침하는 재료로 채택됐다.

　요코야마가 범행을 자백한 바람에 그의 신병은 일단 사이타마 지방 검찰청으로 송치됐다. 그 후 열흘의 구금 기간에 그의 집에서 다양한 증거가 발견됐고, 담당 검찰관은 요코야마를 살인과 살인미수 혐의로 정식으로 기소하기에 이르렀다.

6
원분 怨憤

1

11월 25일 피고인 요코야마 준이치로의 최종 변론이 사이타마 지방 법원에서 열렸다.

바람이 찬 오전 9시 30분. 역시 세간을 뒤흔들었던 '네메시스의 사자'의 최종 공판일이라 언론사 보도진 외에도 시민들이 방청권을 얻기 위해 정문 현관 앞에 줄을 섰다. 개중에는 언론사에서 고용된 아르바이트도 섞여 있을 것이다.

와타세는 멀찌감치 떨어진 곳에서 대충 인원을 세어 보았는데 경쟁률이 약 20배 남짓인 듯했다. 첫 공판 때는 40배였으니 관심이 조금 줄어든 감은 있지만 그럼에도 대단한 배율이다.

9시 40분이 되자 정리권을 나눠 줬다. 당첨된 사람들은 정리권을 방청권으로 교환하고 법정이 있는 A동으로 들어갔다.

그들은 피고인석에 있는 요코야마를 어떤 눈으로 바라볼까. 와타세는 떠올렸다. 복수의 대행자일까. 아니면 희대의 미치광이일까.

요코야마가 현행범으로 체포된 다음 날부터 모든 언론은 그의 특이한 범죄 동기에 저속한 상상력을 섞어 기사를 쓰기 시작했다. 통칭 '네메시스'도 요코야마 본인의 진술 내용을 통해 '네메시스의 사자'로 수정됐지만 글자 그대로 큰 변화는 아니다. 언론은 법치 국가에 대한 반역, 자기중심적이고 편향된 정의감이라는 논조로 요코야마의 위선을 맹렬히 비판했다. 체포 전만 해도 소수 존재한 '온정 판결에 대한 이의 제기'라는 옹호론도 요코야마가 차장 검사를 보좌하는 사무관이었다는 사실이 공표되자 썰물 빠지듯 침묵에 잠겼다.

그러나 이는 어디까지나 언론에 한정된 것이고 인터넷상에서 요코야마는 여전히 영웅 대접을 받았다. 법정 증언 내용의 일부가 공개되었는데 그의 독선적 윤리관에 공감한다는 사람이 적지 않게 나타난 것이다.

체포부터 기소, 첫 공판, 최종 변론까지의 일정이 이례적일 만큼 짧았던 것은 별다른 쟁점이 없다는 점에 더해 이런 여론이 한몫을 한 결과였다. 법무성을 비롯한 사법계가 비뚤어진 윤리관을 찬미하는 풍조를 한시라도 빨리 없애고 싶어 했기 때문이다.

와타세는 법정으로 이어지는 복도를 걸으며 재판의 향방과 여론의 흐름을 계속해서 떠올렸다. 요코야마에게 정상 참작이 인정

될 확률은 제로에 가깝다. 초범인 점을 고려해도 무기 징역을 면할 수 없다. 사형이 마땅한데도 그것을 회피한 죄인의 가족을 공격해 온 요코야마에게는 역설적인 판결이 될 것이다.

재판장도 당연히 그런 사정을 계산할 터였다. 판결 골자에 넣을 수는 없어도 시민 감각을 고려하면 마냥 무시할 수도 없다.

결과가 훤히 보이는 재판. 그래도 와타세가 발걸음을 옮기는 이유는 요코야마의 자백을 납득할 수 없어서였다.

범죄 동기는 이상하기는 해도 반드시 이해 못 할 만한 것은 아니다. 흉기를 비롯한 증거가 갖춰졌고 알리바이도 없다. 자백 내용에 제삼자는 모를 비밀이 있고, 신빙성이 높다. 거짓이 없고, 실수가 없고, 어디를 어떻게 파고들어도 의심의 여지가 없다.

그런데도 와타세는 일말의 불안감을 지울 수 없었다. 불안감의 원인이 명확하지 않아 더 마음이 가라앉지 않았다. 재판을 방청하는 건 원인을 스스로 찾을 목적도 있었다.

202호 법정에 들어가 방청석에서 개정을 기다렸다. 주변을 둘러봤지만 오늘도 역시 미사키의 모습은 보이지 않았다.

조금 늦게 요코야마와 변호인, 다카시 검찰관이 입정하자 10시 조금 지나 재판관들이 나타났다. 재판관 세 명과 배심원 여섯 명. 재판장인 나가세 판사는 판례를 중시하는 타입이라 하늘이 두 쪽이 나도 시부사와 판사가 내린 온정 판결은 기대할 수 없다. 다카시 검사는 아직 20대인 젊은 기수지만 평판이 좋고 와타세가 봐도 별로 빈틈이 없어 보였다.

재판관을 제외한 법정 안의 사람들이 일어섰다. 서기관이 개정을 알리고서야 모두가 자리에 앉았다.

와타세는 재판관석 양옆에 앉은 배심원들을 바라보았다. 재판관이 사전에 못을 박았는지 여섯 명 다 무표정한 얼굴이지만 첫 공판부터 참가해 온 와타세는 이따금 있었던 피고인 질문에서 그중 몇 명이 얼굴을 찌푸린 것을 기억했다. 법원도 배심원 후보자 명부를 만들 때 너무 편향된 신조나 사상을 지닌 사람은 제외했을 테니 지금 이곳에 앉은 배심원은 평범한 양식을 지닌 사람으로 봐도 틀리지 않을 것이다.

"오늘은 논고와 최종 변론, 그리고 피고인 의견 진술로 이어집니다. 그럼 검찰의 논고부터 시작하겠습니다."

다카시 검사가 천천히 몸을 일으켰다. 유죄를 믿어 의심치 않는 듯한 태도다.

"피고인 요코야마 준이치로는 올해 8월부터 9월까지 한 달 조금 넘는 기간에 도노하라 기미코 씨와 니노미야 데루히코 씨를 살해하고 이마오카 나나코 씨를 살해하려고 계획했습니다. 마지막 사건은 사전에 막을 수 있었지만 경찰력을 행사하지 않았더라면 이마오카 씨가 세 번째 피해자가 됐으리라는 것은 상상하기 어렵지 않습니다. 범행 동기는 피해자 가족이 과거에 저지른 범죄에 대한 복수이고, 그때 내려진 판결이 자신의 가치판단에 맞지 않는다는 그야말로 이기적인 사유입니다. 피고인이 도쿄 지방 검찰청에 근무하는 사무관이었다는 사실은 매우 유감스럽고 검찰청의 교육제도가 충분치 못했다는 비판도 달게 받아들이겠습니다만, 그것이 당사자의 법적 책임을 조금이라도 줄일 이유는 되지 않는다고 판단합니다."

다카시는 일단 말을 멈추고 자신이 진의가 얼마나 전해졌는지를 가늠하듯 재판관석을 봤다. 범행을 요코야마 개인의 사상에 따른 것으로 하고 검찰청의 책임을 부인하는 논조지만 '비판을 달게 받아들인다'라는 한마디를 넣음으로써 교묘하게 나쁜 인상에서 벗어났다.

"도노하라 기미코 씨 살해에 쓰인 부엌칼과 니노미야 데루히코 씨 살해에 쓰인 쇠파이프는 둘 다 피고인의 집에서 발견됐고 범행 현장에 남아 있던 머리카락과 그 밖의 유류품도 모두 피고인의 것이었습니다. 더욱이 피고인은 죄상 인부 과정에서 자신의 모든 죄상을 인정했고, 검찰이 제출한 수사 자료에는 한 치의 오류도 없습니다. 자신의 독선으로 죄 없는 사람 두 명을 살해한 행위는 도저히 징역형으로 속죄할 만한 죄가 아닙니다. 따라서 검찰은 피고인에게 사형을 구형합니다."

사형 구형이라는 말 자체는 모두 진술 때 이미 나왔지만 검찰측 입증과 피고인 질문 후 다시 듣자 무게감이 약간 늘었다. 배심원 여섯 명도 극히 당연하다는 듯 가볍게 고개를 끄덕였다.

"그럼 다음으로 변호인."

나가세 재판장의 지시에 변호인이 일어섰다. 경력 20년이 넘은 하스미 변호사. 흔히 말하는 인권 변호사는 아니고, 그렇다고 사형 폐지론자도 아니다. 피고인 요코야마의 비뚤어진 주장에 찬동하는 사람일 리 없지만 그래도 변호인으로서 피고인의 이익을 지킨다는 최소한의 의무를 실천하려고 노력하는 것처럼 보였다.

하스미는 다카시가 조성한 분위기에 찬물을 끼얹듯 헛기침을 여러 번 했다.

"조금 전 검찰관이 말한 논고에는 한 가지 중요한 하자가 있습니다. 그것은 피고인이 두 번째 사건, 즉 니노미야 데루히코 씨 습격 사건에 대해서는 취조 단계에서부터 일관되게 살의를 부인하고 있다는 사실입니다. 이는 세 번째 이마오카 나나코 씨 건에서도 마찬가지이고, 두 번째 사건은 과실 치사로 인정하는 것이 마땅하다는 변호 측 주장의 근간이 되는 사실이기도 합니다."

하스미는 다카시와 마찬가지로 재판관석을 바라봤지만 그의 눈빛은 자신의 주장의 견고함을 확인하기 위해서가 아니라 노골적으로 정상 참작을 호소하기 위함인 것 같았다.

"이번 세 가지 사건에는 공통점이 있습니다. 그것은 피고인 자신이 진술 조서에서 밝혔듯 살해 수법이 모두 기반이 되는 사건을 모방했다는 점입니다. 도노하라 기미코 씨 때는 아들 가루베 요이치가 여성 두 명을 살해한 것처럼 부엌칼로 수차례 찔렀고,

니노미야 데루히코 씨 때는 아들 게이고가 스토커 행위를 하던 여성을 여러 번 가격한 것처럼 말입니다. 그러나 실제로 피고인이 모방한 것은 첫 번째 사건 한 건뿐이고, 두 번째 범행에서는 피해자를 한 번밖에 가격하지 않았습니다. 그저 타박상만 입힐 생각이었다는 피고인의 진술 내용과 일치하고, 이는 살의의 부재를 나타냅니다. 다시 말해 피고인의 죄상은 정확하게 한 건의 살인과 한 건의 과실 치사, 한 건의 상해 미수에 그치며, 따라서 검찰 측이 구형한 사형은 너무 형량이 과하다고 할 수 있습니다."

하스미는 배심원의 얼굴을 순서대로 바라봤다. 꼭 피고인이 교수대의 이슬로 사라질 경우 너희 모두가 죄과를 짊어지게 될 거라고 몰아붙이는 듯한 눈빛이었다.

"조금 전 검찰관의 논고에 나왔다시피 피고인은 도쿄 지검에 채용돼 1년 넘게 사무관으로 근무했습니다. 검찰청 내부 교육제도가 어떠한지는 차치하고, 피고인이 미숙한 윤리관을 교정하지 못한 것이 이번 사건을 일으킨 원인이라는 것은 굳이 말할 것도 없겠죠. 그리고 윤리관 교정과 인격 형성이 반드시 본인만의 책임이라고 할 수 없다는 것을 우리는 이미 다른 법정에서 여러 차례에 걸쳐 배웠습니다. 열악한 교육 환경이 정상 참작 논거가 된 판례도 셀 수 없을 만큼 많습니다. 또한 피고인은 공판이 시작된 이후 결과적으로 자신이 살해한 두 사람과 자신의 행위에 대해 후회하고 속죄한다고 진술했습니다. 따라서 본 변호인은 작량 감경을 요청합니다."

요코야마가 후회하고 속죄한다고 말한 것은 사실이다. 공판에서 발언할 때마다 요코야마는 이따금 자신의 잘못을 반성했다. 취조실에서 와타세에게 자신의 지론을 피력했을 때의 뻔뻔함과는 정반대의 모습이었고, 또 변호사와 사전에 협의한 전술이라고 해도 적어도 요코야마의 특이성을 다소 누그러뜨리는 기능을 했다.

나가세 재판장은 하스미를 힐끗 보고 피고인석에 있는 요코야마에게 눈길을 향했다.

"그럼 피고인. 이로써 심리를 마치겠습니다. 마지막으로 할 말 있습니까?"

"네. 있습니다."

요코야마의 대답에 법정 안이 숙연해졌다.

"하시죠."

지금껏 고개를 살짝 숙이고 있던 요코야마가 고개를 들었다. 표정이 왠지 낯익다. 체포 후 취조실에서 와타세가 본 것과 같은, 비뚤기는 해도 자신만의 법률을 지키는 확신범의 얼굴이었다.

"저는 도쿄 지방 검찰청에 채용된 이후 초등과 연수를 받았습니다. 연수에서는 법의 여신 테미스에 대해 다뤘죠. 한 손에는 형벌의 검, 다른 한 손에는 죄의 경중을 재는 천칭을 든 여신입니다. 이 테미스는 모든 죄과에 합당한 벌을 내리는 정의의 상징이라더군요. 하지만 실제로 검찰청 사무 일을 하다 보니 모든 사건과 피고인에게 올바른 정의의 판단이 내려지는지 의문스러울 때가 많았습니다. 지금 이 법정에 계시는 대다수의 분들도 법원의 판결이 시민 감각과 동떨어진 사례를 몇 번인가 접하셨을 겁니다. 미숙한 저는 그런 괴리를 받아들일 수 없었습니다. 그리고 누군가가 그 괴리를 메우는 것이 법의 정의라고 곡해하고 말았습니다."

요코야마는 자신의 미숙함을 인정하면서도 사법 판단의 흔들림을 부정하지 않는다. 피고인 주제에 할 말은 아니지만 말투가 진지해서 그런지 희한하게 불쾌하지는 않다.

"그러나 이렇게 피고인석에 선 처지가 되어 새삼 제 손에 희생된 두 분을 떠올리자 송구스러운 마음이 가득합니다. 은혜를 입은 검찰청에 기소된 저 자신이 수치스러워 견딜 수가 없습니다. 할 수만 있으면 이곳에서 스스로 배를 갈라 책임지고 싶기도 합니다. 그러나 한편으로는 저 혼자 선뜻 죽어 버리는 건 돌아가신 두 분께 죄송한 일이라는 기분도 듭니다. 저처럼 모자란 인간은 죽을 때까지 고통받고 또 고통받다가 죽는 게 마땅하다고도 생각합니다." 요코야마는 일단 말을 한번 멈추고 나가세 재판장을 바라봤다. "재판관분들께서 제게 영원토록 계속되는 징벌을 내려 주시기를 희망합니다."

와타세는 피고인의 의견 진술로는 기록에 남을 만한 명언이라고 속으로 생각했다. 실제로 와타세 옆에서 방청하는 어느 젊은 여성은 감정에 복받친 듯 오열을 참고 있다.

재판관석에 앉은 이들도 마찬가지로 감명을 받았는지 배심원 중 몇 명이 요코야마에게 뜨거운 시선을 보낸다.

나가세 재판장은 흠, 하고 짧게 탄식하고 법정을 둘러봤다.

"모든 심리를 마쳤으니 다음 기일인 12월 9일 오전 10시에 판결을 선고합니다. 폐정합니다."

그 말을 듣고 방청석에 있는 몇 명이 허리를 일으켰고 동시에 요코야마가 교도관들에게 연행돼 피고인석에서 멀어졌다.

퇴정하는 길에 그는 와타세와 눈이 마주쳤다.

요코야마는 온순한 얼굴로 고개를 한 번 숙이고 별 저항 없이 끌려갔다. 자신의 죄를 참회하는 죄인다운 모습이었다.

그러나 와타세의 불안감은 사라지지 않았다.

시장에 팔려 가는 소 같은 그의 모습을 바라볼수록 가슴속에 먹구름이 뭉게뭉게 피어올랐다.

대체 뭐가 이렇게 신경 쓰이는 걸까. 스스로 아무리 물어도 돌아오는 대답이 없다.

정신을 차렸을 때 방청석에 남아 있는 사람은 와타세 혼자였다.

*

선고 기일 다음 날 미사키는 사이타마 지방 구치소를 찾았다. 사이타마 지검에서 담당 검사를 하던 시절에 몇 번 다닌 적이 있어 익숙한 곳이지만 오늘은 몹시 서먹했다.

도쿄 지검 차장 검사 정도 되면 수고로운 절차를 거치지 않고도 면회할 수 있지만 미사키는 일부러 면회 접수창구에서 신청서를 작성했다. 이름을 적는 칸을 본 담당자가 깜짝 놀란 얼굴로 미사키를 봤지만 일은 순조롭게 진행됐다.

면회 대기실에서 기다리기를 15분. 게시판에 자신의 번호가 뜨는 것을 확인하고 미사키는 면회실에 들어갔다.

면회실 내부를 구분 짓는 아크릴판 너머로 그리운 요코야마의 얼굴이 보였다. 만나지 못한 지 고작 3개월밖에 되지 않았지만 신기하게도 그렇게 느껴졌다.

요코야마 옆에 있던 교도관이 조심스럽게 입을 열었다.

"차장 검사님. 참으로 실례되는 말이지만 이번에는 일반 면회여서 30분 이내로 부탁드리겠……."

미사키가 알겠다는 의사 표시로 한 손을 들자 교도관은 안심하는 얼굴로 문 너머로 사라졌다.

요코야마는 주눅 든 기색도 없이 고개를 살짝 숙였다.

"오랜만입니다. 차장 검사님."

꾸밈없는 미소를 보고 미사키는 흠칫 놀랐다. 얼굴과 목소리 모두 사무관 시절 요코야마와 조금도 다를 바 없다. 차이가 있다면 두 사람 사이를 구분 짓는 아크릴판의 존재뿐이었다.

"미안하게 됐군. 좀처럼 시간이 나지 않아서. 계속 오고는 싶었는데.”

거짓말이었다.

시간이라면 차고 넘칠 만큼 많았다. 법정에 한 번도 발걸음을
옮기지 않은 것도, 이곳을 찾지 않은 것도 전적으로 미사키가 각
오를 못 했기 때문이다. 요코야마를 만나면 자신의 한심한 모습
과 맞닥뜨릴 것 같은 기분이 들어 두려웠다.

이런 느낌은 왠지 기시감이 있다. 그렇다. 못된 짓을 한 아들을
데리러 가는 아버지의 기분과 꼭 닮지 않았을까.

“건강해 보이는군.”

말을 하고 나서 미사키는 맹렬히 후회했다. 왜 나는 이렇게 투
박한 말밖에 못 하는 걸까.

“뭐랄까, 밖에 있을 때보다 더 건강해진 느낌입니다. 형사 시설
에서 나오는 밥은 다이어트에 좋다는 소문이 사실이었네요.”

“그런가. 나도 요즘 살이 붙어서 큰일인데. 언제 자네와 함께 밥
한 끼 해야겠어.”

“웃지 못할 농담이네요. 차장 검사님은 천지가 개벽해도 이런
곳에 들어오실 분이 아니니까요.”

“나도 자네를 그런 사람이라고 믿었지. 나이가 들어서 사람 보
는 눈이 흐려진 걸까.”

“아뇨. 제 연기가 완벽했던 거겠죠. 절대 차장 검사님의 실수는
아닙니다.”

"……그런 입에 발린 말로 내가 기뻐할 거라고 생각하나?"

그러자 요코야마는 다시 고개를 깊숙이 숙였다.

"이번 일로 차장 검사님께 크나큰 폐를 끼치고 말았습니다. 이렇게 고개를 숙여 봐야 바뀌는 건 없지만 어쨌든 사죄하고 싶습니다."

"사죄할 상대가 잘못된 거 아닌가?" 미사키의 질문에 요코야마는 입을 다물었다. "왜 그러지? 설마 아직도 자신의 행위를 정당화하는 건가?"

"아뇨. 저는 틀림없이 범죄를 저질렀습니다. 제게 선고된 판결도 살해된 분들 입장에서는 마땅히 분통을 터뜨릴 만한 것이고요."

"나는 타당한 판결이라고 생각하네. 아니, 법조계 종사자라면 대부분 그렇게 생각하지 않을까."

그 말은 거짓이 아니었다. 실제 변호사회가 발행하는 기관지도 대부분의 변호사가 이번 판결의 타당성에 찬성을 표했다고 했다.

요코야마 준이치로에게 내려진 판결은 무기 징역이었다. 검찰 측 구형의 8할로 봐도 타당하고 과거 판례를 기준으로 봐도 설득력이 충분한 양형이었다. 살해 동기는 그야말로 비정상적이지만 법원은 사상이 아닌 행위를 판가름하는 곳이다. 요코야마가 저지른 행위만을 놓고 보면 나가세 재판장의 판단은 그야말로 판례에 기초한 것이라고 해석할 수 있었다.

검찰은 1심 판결에 불복한다고 발표했지만 양형이 타당하다는 건 그들도 알고 있을 테고, 따라서 항소에 나서지 않으리라는 견해가 대다수다. 요코야마는 무기 징역으로 형이 확정될 가능성이 크다.

"그런데 솔직히 말해 머리로는 판결을 납득해도 가슴으로 납득이 안 되네."

"왜죠?"

"자네가 너무 젊어서야. 자네 나이가 나와 비슷하거나 나보다 많다면 형기를 채우는 시간도 그리 길지 않겠지. 그런데 자네 같은 젊은이에게는 징역 기간이 적게 잡아도 3, 40년, 길게 잡으면 60년 가까이 될 걸세. 히라사와 사다미치(1948년 일어난 독살 사건의 범인으로 체포돼 사형이 확정됐지만 형이 집행되지 않아 사망하기까지 39년을 감옥에서 보냈다―옮긴이) 사형수나 오다 노부오(1966년 후쿠오카시에서 살인과 방화로 사형 판결을 받았지만 현재 최장기 수용자로 48년째 복역 중이다―옮긴이) 사형수의 수감 기록을 깰 수도 있지 않을까?"

"의료 교도소에서 최후를 맞이하겠군요. 그것도 그것대로 나쁘지 않을지 모르겠네요. 히라사와 영감과 달리 저는 제 죄를 일절 부인하지 않는 새카만 죄수니까요. 하지만 그런 건 절대 허용하지 않을 겁니다."

"누가 허용하지 않는다는 거지?"

"테미스죠."

요코야마는 당연하다는 듯이 잘라 말했다.

"테미스의 정의는 공평하지 않다는 게 자네 지론 아니었나?"

"제 의견 진술을 들으셨나요. 최종 공판일에 법정에서 못 뵌 것 같습니다만."

"모든 공판을 방청한 지인에게 전해 들었네."

요코야마는 말없이 고개를 끄덕였다. 그가 누구인지는 굳이 설명할 필요가 없어 보인다.

"그때는 제 생각이 얕았습니다. 검찰청 연수 때 배운 대로 테미스가 손에 든 천칭은 그야말로 정확합니다. 단지 천칭이 안정되기까지 시간이 걸릴 뿐이죠. 옛말을 빌리면 '하늘의 망은 성긴 것 같지만 악인은 빠짐없이 걸린다'라고 해야겠네요."

"심경의 변화가 생긴 건가?"

"사무관으로 일할 때는 남이 일으킨 사건만을 다뤘는데 이 안에 있다 보니 저 자신과 마주할 시간이 생겨서겠죠."

시원시원한 말투와 후련해 보이는 얼굴이 왠지 신경 쓰였다.

"대답하기 까다로운 질문을 하나 해도 되겠나?"

"차장 검사님 앞에서 답하지 못할 질문 같은 건 없습니다."

"그럼 묻겠네. 자네의 범행 동기는 결국 의분이었어. '네메시스의 사자'라는 명칭 그대로였지. 하지만 그게 정말 사실인가? 오롯한 의분이 아닌 의적으로서의 자기 자신에게 도취된 적은 없나?"

"그걸 왜 물으시는지 모르겠네요. 제 어리석음을 재확인해서 만족하시려는 겁니까?"

"그런 저속한 취미는 없네. 안심하고 싶은 마음이 있는 건 사실이야. 어린아이 같은 영웅 심리만으로 저지른 범죄라면 그나마 정상 참작의 여지가 있네. 하지만 법조계에 몸담으며 검사의 집무를 가까이서 관찰했는데도 확고한 신념 아래에 저지른 일이라면 내가 모범을 보이지 못한 셈이 돼. 모르겠나? 정상 참작 여지가 있다는 건 나 자신에 대한 걸세. 자네에게 법의 수호자로서 규범을 보이지 못한 나에게도 죄가 있다는 말이야."

미사키는 쉬지 않고 내뱉었다. 중간에 한 번이라도 끊으면 다시 잇지 못할 참회의 말이었다.

"사내답지 못하다고 비웃어도 상관없네. 요코야마, 나는 지금 두렵네. 검찰관으로서 내가 지금껏 해 온 일이 과연 올바랐는지, 법을 신봉한 내가 진정 자랑스러운 인간이었는지 지금은 조금도 판단이 서지 않아."

생각지도 못한 말이 연이어 입 밖으로 튀어나왔다.

그리고 떠올랐다.

요스케가 자신을 배신해 음악의 길로 나아가겠다고 선언한 그날 미사키는 지금과 똑같은 걱정을 했다. 그러나 그것을 인정하는 순간 아버지로서의 권위와 그간의 교육을 전부 부정하는 것 같아 막무가내로 숨겨 왔다.

요코야마는 왠지 슬픈 눈빛으로 미사키를 봤다. 연민의 눈빛인가 싶었지만 아무래도 아닌 듯했다. 1년 남짓 옆에 있었던 나라면 알 수 있다. 연민도, 동정도 아닌 죄책감을 견디는 눈빛이었다.

"차장 검사님은 항상 올바르셨습니다."

말끝이 살짝 떨렸다.

"지금도 검사님은 저의 롤모델입니다. 그러니 앞으로 두 번 다시 그런 생각은 하지 마십시오."

요코야마는 그 말을 남기고 뒤로 몸을 돌려 문을 두드렸다.

"면회를 마치겠습니다."

"요코야마……"

"더 할 얘기가 없을 것 같습니다. 차장 검사님, 모쪼록 앞으로도 건강하시길."

문을 연 교도관은 곤란한 듯이 두 사람의 얼굴을 번갈아 봤지만 이내 요코야마를 데려가면서 미사키에게 깊숙이 고개를 숙였다.

그 뒤에는 미사키 혼자 남았다.

폐부를 토해내는 듯한 참회도 결국 닿지 않은 걸까. 애달픈 자신의 처지에 자조의 웃음이 나왔다.

싸구려 의자에서 몸을 일으키려다가 발걸음이 살짝 뒤엉켰다.

갑자기 몸이 무거워진 느낌이었다.

참담하고 우스꽝스러웠다.

친아들뿐만 아니라 직장에서의 아들에게까지 버림받은 것 같았다. 요코야마는 미사키더러 자신의 롤모델이라고 했지만 롤모델인 상대가 자신감을 잃어서는 그 가치도 사라진다.

미사키는 힘없이 복도를 걷다 정신을 차리니 어느새 밖에 나가 있었다. 구치소 주변은 법원 청사와 소년 감별소만 덩그러니 있어 그야말로 스산했다.

코트 옷깃을 세워도 스산함은 조금도 가시지 않았다.

2

1월이 되어 격자 창문 밖에 처음으로 하얀 것이 보이기 시작했다. 추위를 느낀 사가라는 얇은 이불을 몸에 둘둘 감았다.

굳이 밖에 나가 추위를 맛보고 싶지 않지만 수형자 처지에서 그런 말은 할 수 없다. 기상 시간이 점차 다가오는 것을 체내 시계로 알 수 있었다.

오전 6시 30분 방내 방송을 통해 알람 소리가 널리 울려 퍼졌다.

한번 몸에 밴 습관은 무섭다. 아무리 추워도 종소리를 들은 순간 자동으로 몸을 일으켜 작업복으로 갈아입는다. 마치 타이머가 달린 인형, 아니면 소리에 반응해 춤추는 장난감 같다.

"점호!"

"2354번!"

7시 정각에 번호순으로 줄을 서 식당으로 향한다. 앉기 전에 식탁 위를 훔쳐보며 메뉴를 확인한다. 오늘은 보리밥과 된장국, 해산물 조림과 김. 요즘은 수형자들도 고령화되어 저염 대책으로 된장국이든 조림이든 극단적으로 싱거워졌다. 김에 딸린 간장도 새끼손가락 절반 남짓의 작은 봉지에 들어 있어 양이 만족스럽지 않다. 게다가 이런 추위에 모처럼 나온 된장국도 미지근했다.

그래도 징벌이 무서워 불만을 토로할 수는 없어 수형자들은 기계적으로 밥을 입에 넣고 씹는다. 사가라는 아직 실제로 맛본 적은 없지만 모래를 씹는 느낌도 분명 이럴 거라고 상상했다.

식은 된장국을 전부 들이켰을 때 사가라는 시야 끝에서 흥미로운 광경을 발견했다.

테이블 두 개 너머에 앉아 있는 남자의 모습이 왠지 기묘했다. 뭔가를 피하듯 고개를 좌우로 흔들고 있다. 병이라도 걸린 건가 싶어 고개를 뺄어 보고서야 이유를 알 수 있었다.

맞은편에 앉은 남자가 그에게 끊임없이 침을 튀기고 있었다. 된장국을 품은 침이라 표적이 된 남자의 얼굴이 된장국과 침으로 얼룩지고 있다. 턱 끝에서 국과 침이 섞인 액체가 뚝뚝 떨어졌다.

표적인 남자는 처음 보는 얼굴이다. 그는 노골적으로 괴롭힘을 당하고 있었다.

주변에 있는 사람들은 히죽거리면서 그 모습을 구경하기만 하고 아무도 말리려 들지 않았다. 멀리서 지켜보는 사가라도 그들이 어떤 마음인지 알 수 있었다.

이런 흥미로운 구경거리를 누가 말릴까. 별다른 오락거리가 없는 교도소에서 이런 속 시원한 레크리에이션도 없다. 직접 손을 더럽히지 않아도 폭력성이 자극받는다. 고통과 굴욕으로 일그러진 얼굴을 구경하니 가슴속에 검은 희열이 조금씩 차오른다.

"이 자식! 거기서 뭐 하는 거냐!"

간수가 이상한 낌새를 눈치채고 달려왔다. 그러자 침을 튀긴 남자가 그에게 귓속말을 했다.

"2475번. 얼굴이 왜 그래?"

번호로 불린 된장국투성이 남자가 비실비실 일어섰다. 마른 체형으로 허약해 보이는 남자. 대체 무슨 나쁜 짓을 저지른 걸까.

"……된."

"뭐?"

"되, 된장국으로 세수하고 있었습니다!"

대답을 들은 순간 간수의 표정이 변했고 주변에 있던 수형자들이 일제히 웃음을 터뜨렸다.

"2475번. 따라와!" 2475번이 작업복 소매로 얼굴을 닦으려고 할 때 간수의 질타가 쏟아졌다. "야 인마! 나라에서 지급해 준 물건을 더럽히다니! 그대로 따라와!"

"네……"

2475번은 기어드는 목소리로 대답하고 간수를 따라 식당 밖으로 나갔다. 저 남자는 곧 징벌방에 들어가 최소 이틀은 밖에 나오지 못할 것이다. 그렇게 생각하자 사가라는 진심으로 유쾌해졌다. 저도 모르게 입꼬리가 살짝 올라갔다.

징벌방은 수형자들끼리 쓰는 은어고 간수들은 진정방이라고 부르는데 실체는 징벌을 위한 방일뿐이다. 다다미가 아닌 콘크리트를 때려 부은 차가운 방바닥. 오늘처럼 지독히 추운 날에는 얇은 옷을 걸친 몸에 추위가 송곳처럼 파고들 것이다. 거의 밀폐된 공간이라 천장 근처에 있는 환풍기가 쉴 새 없이 돌아 바깥의 찬 공기를 잔뜩 빨아들여 준다. 화장실은 있어도 스스로 물을 내릴 수 없고, 침구는 이불이 아닌 얇은 모포 일곱 장이 전부다.

추위와 자신의 배설물 냄새 때문에 최악의 기분으로 잠들지 못하는 밤을 보낸다. 그 가혹함을 떠올리는 것만으로도 반찬 삼아 밥을 먹을 수 있을 것 같았다.

사가라는 호기심이 동해 2475번의 정체가 궁금해졌다. 이곳에서 가장 약삭빠르게 정보를 잘 긁어모으는 사람이 옆방에 있는 하세가와다.

"2475번은 말이지. 본명이 요코야마 준이치로. 알지? 그 '네메시스의 사자'인가 뭔가 하는."

그 말을 듣고 화들짝 놀랐다. 그에 대해서는 전에도 하세가와에게 들은 적이 있다. 사형 판결을 면한 징역수의 가족을 죽여 피해자의 복수를 대행한다는 오지랖 넓은 녀석의 이야기였다. 그 허약해 보이는 남자가 복수의 대행자였다는 말인가.

"두 사람을 희생양으로 삼고 세 번째 사람을 덮치기 직전 현행범으로 체포됐다더군."

"살인을 저지를 녀석으로는 도무지 안 보이던데. 넥타이만 매면 어디 배경 좋은 집안의 엘리트 회사원으로만 보일걸."

"네 눈이 꼭 잘못된 건 아니야. 도쿄 지검 사무관으로 근무했다고 하니."

"도쿄 지검 사무관?"

사가라는 저도 모르게 앵무새처럼 되물었다. 세상에서 엘리트라고 불리는 인종이 어떤 실수나 변덕을 부려 이곳에 신입으로 들어오는 경우가 가끔 있기는 하다. 그러나 검찰청에서 근무하던 사무관은 처음이었다.

그리고 출신이 검찰청이라면 징역수들이 그를 어떻게 생각하는지 불 보듯 뻔하다. 자신들을 교도소에 집어넣은 게 검찰청 사람들이고 말하자면 천적 같은 존재다. 평소에 쌓인 울분을 포함해 모든 증오가 요코야마에게 향하는 것은 너무도 당연했다.

"오, 그래서 식당에서 그 녀석을 괴롭힌 건가. 하긴 검찰에서 근무했다면 우리한테는 샌드백 대용이지 뭐."

"바보. 아니야, 그건."

"뭐가?"

"식당에서 그놈을 괴롭힌 녀석이 1275번 가루베 요이치. 요코야마는 처음 저지른 사건에서 가루베의 어머니를 죽였어. 그러니까 가루베에게 요코야마는 친어머니를 죽인 철천지원수인 거지."

"아아…… 그런 거였군."

"후후, 우스운 얘기지? 피해자 유족의 한을 풀어 주겠다고 씩씩대던 놈이 이번에는 정반대로 피해자 유족에게 괴롭힘을 당하는 처지가 된 거야. 이렇게 역설적인 상황이 또 있을까?"

하세가와는 이보다 더 재밌는 건 없다는 듯이 만면에 웃음을 지었다. 사가라도 덩달아 희미하게 미소 지었다.

"분명 친어머니를 죽인 원수가 같은 교도소 안에 있다면 매일매일 괴롭히고 싶겠지. 나도 같은 생각을 할걸."

"아…… 근데, 그것도 사실 좀 다른가 봐." 하세가와는 불현듯 당혹스러워하는 표정을 지었다. "분명 형태상으로는 친어머니의 원수이기는 해. 아무리 가루베가 여자아이를 죽인 인간쓰레기라도 남자들은 보통 어머니에 대한 애정 같은 게 있으니."

"뭐 그렇지."

"그런데 그 가루베라는 녀석은 자기 어머니를 지나가는 개만도 못하게 생각했다지 뭐야. 자기 어머니를 죽인 녀석이 입소했다고 들었을 때는 꼭 담장 밖에 있던 옛 친구를 맞이하는 듯한 표정을 지었다고 해. 그러고선 내뱉은 말이 '아주 잘 왔어. 내가 최선을 다해 환영해 주지'였다더군."

"영화 같은 데서 나오는 '이 몸이 널 귀여워해 주지' 같은 대사랑 비슷한 거 아니야?"

"아니, 진심으로 환영하는 느낌이었나 봐. 자기 엄마를 잘 죽여 줬다고. 그 녀석한테는 엄마도 증오의 대상이었다고 하니."

"설마."

"엄마 때문에 자기가 이런 인간이 돼 버렸고, 엄마는 최악이었다. 어렸을 때부터 애정 같은 건 조금도 쏟아 주지 않았다. 원래는 내가 아니라 엄마가 이곳에 들어와야 했다. 지금도 그렇게 말하고 있다고 해. 그러니 그 녀석에게 요코야마는 원수는커녕 은인이나 마찬가지인 거지."

"자, 잠깐."

사가라는 머릿속이 혼란스러워졌다.

"어머니를 죽인 상대를 은인으로 떠받드는 정신세계도 정상은 아니지만, 그럼 왜 요코야마를 그런 식으로 괴롭혔대? 말과 행동이 전혀 다르잖아."

"그게 바로 녀석의 희한한 부분이야. 어머니를 죽여 준 건 고맙지만 이렇게 된 이상 자기한테는 요코야마를 괴롭힐 권리가 있다는 거야."

사가라는 비로소 이해했다. 그렇다. 그렇다면 이해할 수 있는 논리다.

"한마디로 장난감이 필요했던 거네. 즐기면서 괴롭힐 수 있는 대상이."

"뭐 그런 셈이지. 아무튼 그런 사정으로 요코야마는 우리 모두가 괴롭힐 수 있는 대상이 됐는데 일단은 가루베가 우선권을 쥐고 있어. 우리는 당분간 두 사람의 게임을 지켜보며 굿이나 보고

떡이나 먹으면 되는 거야."

하세가와는 또다시 만족한 듯 웃어 보였다.

사정을 아는 상태에서 가루베와 요코야마를 관찰하니 실로 흥미진진했다. 두 사람의 방은 서로 떨어져 있어서 두 사람이 늘 얼굴을 마주하는 것은 아니지만 식당과 화장실, 운동장에서 우연히 맞닥뜨리는 순간이 있었다.

가루베는 다른 사람의 눈에 띄지 않게 상대를 괴롭히는 기술이 뛰어났다. 간수가 아주 잠깐 한눈을 파는 순간을 노려 요코야마를 쥐어박고, 발로 차고, 그에게 침을 뱉었다. 한순간의 공격에 온 힘을 쏟기 때문인지 날이 갈수록 요코야마의 얼굴은 푸른 멍으로 뒤덮여 갔다.

간수들도 요코야마의 변화를 알아챘을 테지만 원인을 찾을 마음은 없어 보였다. 별로 부자연스러운 일은 아니다. 간수가 수형자의 행동을 제지하는 것은 교도소 내부의 질서를 유지할 때뿐이다. 바꿔 말해 죄수들 사이에서 괴롭힘이 횡행하든 말든 자신에게 반항하지만 않는다면 보고도 못 본 척하는 것이다. 요코야마의 검찰청 사무관 경력도 영향을 끼쳤을지 모른다. 대다수의 간수에게 검찰청 근무는 그림의 떡 같은 것이라 질투심이 은밀한 폭력성으로 변했다고 봐도 이상하지 않다.

때마침 요코야마는 사가라와 같은 인쇄물 제작 작업장에 투입됐다. 사무관 경력 때문에 적재적소라고 판단한 것인지는 알 바 아니지만 어쨌든 인쇄기에 대한 지식만큼은 갖춘 듯했다.

작업 자체는 단조로워서 각자 자신이 선 곳을 벗어날 일이 없다. 작업상 필요한 전달 사항도 간수의 허가 없이 입 밖에 낼 수 없다. 따라서 사가라는 가끔 요코야마의 얼굴을 훔쳐보며 호기심을 충족시킬 수밖에 없었다.

아무리 둔감해도 누가 틈날 때마다 자신을 쳐다보면 낌새를 차리게 된다. 그러다가 어느덧 요코야마는 사가라의 시선에 눈짓으로 인사하게 되었다.

사가라는 하마터면 폭소를 터뜨릴 뻔했다.

검찰청이라는 곳은 어지간히 예의에 민감한 곳 아닐까. 그는 교도소에 와서까지 연공서열과 예의를 갖출 생각인 듯 보였다.

눈인사가 일상이 될 무렵 사가라는 우연히도 요코야마에게 접근할 기회를 얻었다. 9시 45분의 화장실 휴식 시간 때였다.

소변을 보고 있자 요코야마가 옆에 와서 섰다.

"안녕하세요."

간수도 휴식 시간에 화장실까지 올 리는 없어 잡담 정도는 나눌 수 있다. 자신을 향해 꾸벅 숙인 머리를 보자 사가라는 평소 억누르고 있던 호기심이 걷잡을 수 없이 머릿속에 떠올랐다.

"힘들어 보이던데. 매일매일."

사가라는 짐짓 친근하게 말을 걸었다. 사람을 속일 때는 우선 자상한 한마디부터 시작하는 게 도리다.

"뭐가요?"

"뭐가라니. 뒤에서 지켜보고 있다고. 늘 가루베 자식한테 괴롭힘을 당하고 있잖아."

"아아. 그건 저한테도 잘못이 있어서……."

"가루베의 어머니를 죽인 것 말인가?"

"네."

"그건 의분 때문 아니었나?"

"재판에서는 검찰청 예전 식구들한테 유치한 정의감이라고 모욕당했죠."

"흐음, 정의의 살인인가. 뭔가 멋지네."

"어떤 사람에게든 정의는 존재한다고 생각하지 않으시나요?"

요코야마는 큰 관심도 비하도 없이 담담하게 물었다.

묘하게 신선했다.

교도소 안에서 죄수들끼리 하는 대화는 우선 무슨 짓을 해서 붙잡혔는가부터 시작한다. 그때 당사자가 늘어놓는 것은 자랑 아니면 실패담 중 하나인데 요코야마의 말은 둘 중 어느 쪽도 아니었다.

"저, 실례지만 이름을 여쭤도 될까요? 전 요코야마 준이치로고 합니다."

이렇게 정중하게 질문받는 건 오랜만이어서 사가라는 조금 당황했다.

"사가라. 사가라 미쓰오. 번호는 2354번."

"사가라 씨, 혹시 괜찮다면 제 친구가 돼 주실 수 있습니까?"

어안이 벙벙했다.

뒤에서 괴롭혀 줄 타이밍을 재고 있던 상대에게 친구가 되어 달라는 부탁을 받을 줄은 상상도 못 했다.

"전 예전에 하던 일이 일인지라 이곳에 수감된 분들께 모두 미움받는 것 같아서……. 아, 아뇨. 절대 도움을 요청하는 것 같은 염치없는 부탁을 하려는 건 아닙니다. 그저 이런 식으로 우연히 만날 때 말 상대가 되어 주셨으면 해서……."

이 얼마나 쑥스러운 말인가. 요즘은 중학생도 이런 말은 하지 않을 것이다. 이쯤에서 한바탕 웃음을 터뜨려 줘야 하나.

그러나 비웃음 대신 나온 것은 스스로도 놀랄 만한 대답이었다.

"나라도 괜찮다면, 뭐……."

"정말인가요? 고맙습니다!"

요코야마는 신이 나서 그렇게 외치고 깊숙이 고개를 숙였다.

"보, 보기 흉하니까 그만해. 누가 보기라도 하면 오해한다고."

"무슨 오해요?"

"거 있잖아. 남자끼리, 그거. 교도소 안에는 그런 커플이 꽤 있다고."

"네? 앗, 아아. 그거 말인가요. 죄송합니다. 그건 생각도 못 했네요. 앞으로 주의하겠습니다. 그럼."

그 말만을 하고 요코야마는 허둥지둥 화장실에서 나갔다.

흥. 참 희한한 녀석이군.

사가라는 조금 전 나눈 대화를 곱씹으며 곤혹스러워했다.

하지만 절대 불쾌하지는 않았다.

잠시 생각하다가 간신히 그 이유를 떠올렸다.

35년의 인생 동안 너와는 인연을 맺고 싶지 않다는 말만 들어왔다. 반대로 친구가 돼 달라는 말을 들은 건 이번이 처음이었다.

쑥스러움과 기묘한 우월감이 뒤섞여 가슴을 따스하게 채웠다.

희한하게도 상대 쪽에서 호의적으로 다가오면 상대가 남자여도 나쁜 마음은 들지 않았다. 사가라는 요코야마와 몇 번인가 잡담을 나누며 점차 그에게 호감을 느꼈다. 자신에게 동성애 성향은 없으니 순전히 남자끼리의 우정이라고 생각했다.

휴식 시간마다 화장실에서 만나면 쓸데없는 의심을 살 수 있으니 사흘에 한 번 시간을 정해 만나기로 했다. 비밀을 공유하는 친구를 만든 것 같아 왠지 속이 시원하기도 했다.

요코야마는 아무리 친해져도 예의를 지켰다. 사가라의 삶에서는 한 번도 만나지 못한 유형의 사람이었다. 이야기를 들어 보면 이상하게 비뚤어진 구석도 없고 성실하고 솔직해 이토록 교도소에 어울리지 않는 죄수도 없어 보였다. 자신과는 정반대의 성격이고 그럴수록 더 신뢰감도 느껴져 어느덧 사가라도 요코야마에게 마음을 터놓게 됐다.

요코야마는 남의 이야기를 잘 들어 주기도 했다. 사가라는 자신이 살아온 삶에 대해 조금씩 이야기하다가 어느새 교도소에 들어온 경위까지 털어놓았다. 그렇게 자기 이야기를 잘 늘어놓는 성격이 아니니 남의 이야기에 귀 기울여 주는 요코야마 덕분일 것이다. 도중에 가로막히지 않고 이야기를 계속할 수 있었던 것도 그리 겪어 보지 못한 일이라 사가라는 점점 더 요코야마의 인간성에 끌리게 됐다.

"3년 전 널 만났으면 좋았을 텐데."

"왜죠?"

"3년 전에 너 같은 친구를 만났다면 나도 이런 곳에 안 왔을지 모르지. 강도 같은 짓도 안 저지르고 떳떳하게 일하며 먹고살았을 수도 있었을 것 같아."

"저도 마찬가지입니다. 이렇게 진심을 털어놓을 수 있는 친구가 있었다면 '네메시스의 사자' 같은 가짜 영웅 놀이도 안 했겠죠."

서로의 속마음을 터놓고 이야기를 나누는 동안 사가라는 마치 요코야마가 십년지기 친구처럼 느껴졌다.

반면 그런 만큼 나날이 늘어 가는 요코야마의 명과 찰과상이 전과는 정반대의 의미로 신경 쓰이기 시작했다.

"가루베가 아직도 괴롭히는거야?"

"괴롭힘을 당해도 싼 짓을 했으니까요."

"잘 참네."

"그게…… 요즘은 조금 한계에 도달한 느낌도 듭니다."

평소보다 목소리에 힘이 없었다.

"왜? 무슨 일이라도 있어?"

"점점 심해지고 있어서요. 어제는 목을 세게 조르더군요. 기절하기 직전까지 조르다가 놔 주고, 다시 조르고를…… 반복했습니다."

"그러다가 정말 죽을지도 모르겠는데."

사가라는 저도 모르게 목소리를 낮췄다.

"밖에 잘 드러나지 않지만 교도소 안에서 복역수가 병이 아닌 다른 이유로 죽는 경우가 꽤 있어. 그래도 교도소 쪽에서는 보통 병사로 처리하려고 하지. 어떻게든 녀석에게서 벗어날 방법은 없겠어?"

"가루베 씨에게 저는 장난감 같은 존재니까요. 한번 마음에 든 장난감은 부서지기 직전까지 놓지 않는 법입니다. 갑자기 요코야마의 얼굴에 그늘이 드리웠다. "사가라 씨, 혹시 이 안에서 칼 같은 건 구할 수 없겠죠?"

"뭐라고?"

"저도 더는 못 버틸 것 같아서요. 적어도 제가 위험한 존재라는 걸 알리지 않으면 조만간 살해될 것 같은 예감입니다. 호신용으로 쓸 무기가 필요해요."

"칼이라니. 하지만."

"가루베를 죽일 마음은 없습니다. 칼을 보이며 겁만 살짝 줄 생각이에요. 사가라 씨가 구해 줬다고는 입이 찢어지는 한이 있어도 말하지 않겠습니다."

"당연하지. 만약 칼부림이라도 나면 징벌방에 오랫동안 갇힐 거야. 그곳이 얼마나 무서운 곳인지는 너도 알지?"

"무서워도 그 안에서 죽을 일은 없겠죠. 그렇지만 그 사람과 계속 부딪히다 보면 언젠가 틀림없이 죽을 겁니다." 요코야마는 느닷없이 사가라의 손을 꼭 쥐었다. 여자의 손처럼 부드럽지만 차가웠다. "부탁드립니다. 사가라 씨, 저를 도와주세요. 전 사가라 씨 말고 의지할 사람이 없습니다."

애원하는 듯한 눈빛을 보고 사가라는 잠시 몸을 움직일 수 없었다.

"……정말 내가 구해 줬다고 말 안 할 거지?"

"죽는 한이 있어도."

눈빛이 절대 거짓말을 하는 것 같지 않았다.

"그럼 2주만 기다려." 사가라는 불쑥 내뱉었다. "그 정도면 군용 나이프는 아니어도 들개를 퇴치할 만한 물건은 구할 수 있을 거야."

"이 은혜는 반드시……."

"됐어, 그런 건. 나중에 어디서 구했는지만 안 불면 돼."

흉기가 될 물건이 있는 곳이라면 작업장 정도지만 목욕탕과 화장실 말고는 간수가 스물네 시간 눈을 밝히고 있어서 쉽사리 날붙이를 가져갈 수 없다. 죄수는 흉기를 소지할 수 없도록 포크나 숟가락 같은 식기도 플라스틱제를 쓴다. 따라서 흉기 같은 건 스스로 제작할 수밖에 없었다.

지바 교도소에는 선반을 갖춘 작업장이 있고 그곳에서라면 수제 나이프를 만들 수도 있다. 쇠붙이를 한쪽 또는 양쪽으로 가볍게 연마하면 된다. 다만 원래 하던 작업을 하면서 중간중간 간수의 눈을 피해 만들어야 하므로 하루에 조금씩밖에 가공할 수 없다.

또한 아직 덜 완성된 흉기를 어디에 보관하느냐는 문제도 있다. 작업을 마칠 때는 작업대에 수상한 물건이 있는지 확인이 이뤄진다. 또 작업장에서 방으로 돌아갈 때마다 신체검사를 한다.

다만 어디든 샛길은 있고 그곳으로 빠져나가려고 머리를 싸매는 사람들이 존재한다.

선반 작업장에서 일하는 그가 떠올린 것은 쇠붙이를 조금씩 깎아 감시를 하지 않는 화장실에 매일 숨겨 두는 것이었다. 화장실 청소 당번만 포섭하면 발각될 염려는 없는 셈이다.

그에게 담배 한 갑을 보상으로 건네고 정확히 2주째 되는 날 주문받은 물건을 완성했다. 20센티미터 남짓의 쇠붙이지만 양날 형태이고 자루에는 쥐기 쉽게 비닐 테이프를 감았다. 그야말로 아마추어다운 조악한 만듦새지만 인쇄물 종이에 대고 시험해 보니 제법 날이 잘 들었다.

그리고 그날 오전 9시 45분, 휴식 시간이 되자 사가라는 요코
야마에게 신호를 보내 화장실로 향했다.

조금 늦게 요코야마가 도착했다. 사가라는 주변을 살폈지만 간
수는 물론 다른 죄수도 보이지 않았다.

가장 안쪽에 있는 칸막이. 허리를 숙여 뒤쪽으로 손을 뻗자 손
끝에 단단한 물건에 닿았다.

"여기."

직접 만든 나이프를 건네자 요코야마의 표정이 환해졌다.

"와, 고맙습니다."

요코야마는 손가락으로 날 부분을 사랑스럽게 쓰다듬었다.

"담배 한 갑으로 거래했어. 나중에 갚도록 해."

그렇게 말한 다음 순간이었다.

나이프를 든 요코야마의 손이 순식간에 사가라의 옆구리로 향
했다.

불쾌한 압박감 직후 극심한 고통이 쓰나미처럼 덮쳤다. 배에 꽂
힌 날 부분이 안쪽에서 빙그르르 회전하는 게 느껴졌다.

"나중이 아니라 지금 바로 갚아드리죠."

요코야마는 그렇게 말하고 나이프를 뽑았다. 순간 상처 입구
에서 피가 콸콸 쏟아져 나왔다. 아니, 나오는 것은 피만은 아니다.
온몸의 힘까지 주르르 빠져나갔다.

사가라는 바닥에 무릎을 꿇었다.

"너 이 자식…… 왜……."

"하야미 유코의 원수라고 하면 알아듣겠나?"

오랜만에 듣는 이름. 3년 전 강도짓을 하러 들어간 집에서 구타하고 능욕한 끝에 목 졸라 죽인 여자의 이름이다.

"이게 바로 '네메시스의 사자'의 마지막 임무다."

말하기가 무섭게 요코야마는 나이프 끝으로 사가라의 목을 일자로 그었다. 배를 누르고 있어서 미처 막을 새도 없었다. 사가라는 자신의 피가 분수처럼 뿜어져 나오는 것을 목격했다.

더는 목소리도 낼 수 없었다. 상반신을 지탱하는 힘을 소진한 사가라는 화장실 바닥에 엎드렸다. 변기에서 튄 소변이 눈앞에 펼쳐졌다.

사가라가 세상에서 마지막으로 본 광경이었다.

3

잘도 해냈군.

와타세는 분노의 방향도 정하지 못한 채 지바 교도소 문을 나섰다.

형사 시설 안에서 수사권은 교도관에게 있지만 '네메시스' 사건 수사본부의 현장 지휘관이자 요코야마를 체포한 와타세가 들어오니 교도소 측도 수사권을 양보할 수밖에 없었다.

요코야마는 방과 독립된 별실에 구속돼 있었다. 뒤로 수갑을 찬 채 문 근처에는 간수 두 명이 지키고 있지만 본인의 모습을 보면 도망칠 마음은 없어 보였다.

"역시 와 주셨습니까, 와타세 경부님."

천천히 들어 올린 얼굴은 온통 푸른 멍과 긁힌 자국투성이였다. 그러나 현경 취조실에서 마주 봤을 때에 비하면 십 년 묵은 체증이 내려간 것 같은 인상을 받았다.

"이게 원래 목적이었군." 와타세는 맞은편에 앉자마자 그렇게 운을 뗐다. "원래라면 교수대의 이슬로 사라져야 마땅할 범죄자가 비열한 변호사와 운의 힘을 빌려 사형을 면한다. 그들에게 복수하고 싶어도 담장 안에 있어서 손을 뻗을 수 없다……. 자네는 취조 당시 범행 동기를 그렇게 설명했지."

"네. 그랬죠."

"동기는 그게 맞아. 하지만 목적은 피해자 유족의 복수 대행이 아니었지. 모든 건 자네 자신의 복수를 달성하기 위한 준비일 뿐이었던 거야. 자신의 연인을 죽인 남자에게 되갚아 주려는."

요코야마는 와타세의 말을 음미하듯 고개를 끄덕여 보였다.

"경부님이시니 역시 철저히 조사하셨겠죠."

"3년 전 오타구의 어느 집에 강도가 들이닥쳐 금품을 훔치고 그곳에 있던 하야미 시즈, 유코 모녀를 살해했지. 두 달 뒤 체포된 범인이 바로 사가라 미쓰오였어. 그의 재판을 담당한 이가 시부사와 판사였고, 검찰의 사형 구형에 판사는 징역 16년 판결을 내렸지. 살해된 하야미 유코는 당시 스무 살로 대학교 2학년. 같은 동아리에 있던 사람에게 들었는데 두 살 터울 선배와 사귀고 있었다더군. 그 상대가 바로 요코야마 준이치로, 자네였어."

"먼저 말을 붙인 건 저였습니다." 요코야마는 그때를 회상하듯 눈을 가늘게 떴다. "동아리 가입을 권유하다가 신입생인 유코를 보고 첫눈에 반했죠. 유코가 있는 곳만 화려하게 빛나는 것처럼 보였습니다. 태생이 내성적인 성격이지만 지금 말을 붙이지 않으면 평생 후회할 거라는 생각이 들더군요."

"사가라의 재판은 방청했나? 아니, 방청했다면 사가라가 자네 얼굴을 기억했을 수도 있겠군."

"당시에는 피해자 참관 제도가 도입돼 있어서 유코의 부모님도 사가라를 만나 눈빛으로라도 비난해 주자고 마음먹으셨다고 합니다. 아쉽게도 저는 친족이 아니어서 그 자리에 함께 있을 수는 없었습니다. 방청권을 구하지 못해 법정에 끝내 한 번도 들어가지 못했죠. 덕분에 사가라가 제 얼굴과 정체를 조금도 알아차리지 못해서 결과적으로 행운이었지만요."

"언제부터 계획했지?"

"언제긴요. 1심에서 사가라의 징역형이 선고되고 2심이 판결을 지지해 확정됐을 때부터죠."

"지난 취조 때 도쿄 지검에 채용된 후 계획을 떠올렸다고 진술

했지. 실제로는 복수를 위해 일부러 도쿄 지검 채용 시험에까지 응시한 건가?"

"이유는 지난번 말씀드린 것과 같습니다. 신문과 인터넷 검색을 통해 알 수 있는 가해자 가족에 대한 것보다 더 많은 정보가 필요했죠. 그래서 반드시 법무성과 관련된 곳에 들어가야만 했던 겁니다. 전에는 외국계 기업 중심으로 취업 준비를 했지만 검찰청에 채용되기 위해 전문 분야도 아닌 사법 관련 공부에 필사적으로 매달렸습니다. 그렇게 열심히 시험공부를 할 일은 앞으로 평생 없겠지요."

연인의 복수를 위해 일생을 바친다.

분명 젊으니 그런 것을 떠올리고 실행할 만도 하다고 와타세는 생각했다.

"복수의 상대는 담장 안에 있어서 손이 닿지 않는다. 그래서 대신 그 가족에게 복수한다……라는 건 결국 전부 연출이었군. 담장 안에 있는 상대에게 복수하려면 자신도 직접 담장 안에 들어갈 수밖에 없다. 따라서 그 두 건의 살인과 한 건의 살인미수는 일부러 징역 판결을 받기 위한 사전 과정에 불과했다."

시치미를 뗀 얼굴로 대화를 듣고 있던 간수 두 명이 예상대로 눈을 휘둥그레 떴다.

"겨, 경부님. 방금 그 말씀이 사실입니까?"

"고작 그걸 위해 이 남자가 연쇄 살인을 저질렀다는 겁니까?"

그러자 요코야마는 어처구니가 없다는 얼굴로 간수들을 노려봤다. 와타세는 그의 진의를 대변하려고 간수들을 돌아봤다.

"이곳 지바 교도소는 LA급 수형자가 수감되는 곳이지. 이곳에 수감되려면 그에 부합하는 죄를 저질러야 해."

"하지만 징역 10년 이상이면 꼭 살인죄 말고도 많지 않습니까."

"그러긴 하지. 외환 유치죄, 주거지 건축물 등 방화죄, 수도 독물 등 혼입 치사죄, 강도 강간 치사죄…… 그 밖에도 많을 거야. 하지만 법령상으로는 그래도 실제 떨어지는 판결은 어떨까? 초범인 데다가 정상 참작, 거기에 더해 재판관과 배심원의 심증과 신념은 예측할 수 있는 게 아닐세. 그리고 대학을 막 졸업한 일개 개인이 외환 유치죄를 범할 수 있을까? 무기 징역 또는 최소 10년 이상의 징역을 얻기 위해서는 살인만큼 확실한 게 없었던 거야. 주거지 건축물 등 방화죄도 형이 무겁지만 방화는 신중히 하지 않으면 유소나 연소가 일어나 헛되이 희생자가 늘어날 수도 있지. 아무리 자신의 복수를 위해서라고는 해도 희생자는 희생돼야 마땅할 사람으로 한정하고 싶었을 거야. 그렇다면 선택지는 자연스럽게 한 건 이상의 살인으로 좁혀지지."

"그럴 수가……. 연인의 복수를 위해서라고 해도 아무 상관도 없는 사람을 죽이다니."

"아무 상관도 없는 건 아닙니다." 그 말에 요코야마가 직접 반론했다. "그런 괴물을 낳고 기른 부모에게 책임이 아예 없다고 하는 건 이상하지 않나요?"

두 간수는 말문이 막힌 듯했다.

"저 두 사람은 자네의 범행 동기가 몹시 부조리하게 느껴지나 보군."

"그런가요. 저로서는 유코와 유코의 어머니를 죽인 사가라가 징역형으로 목숨을 부지한 현실이 훨씬 부조리하게 느껴지는데요."

"도노하라 기미코의 경우, 그런 의미에서 확고한 살의가 있었다. 니노미야 데루히코의 경우는 지난 진술대로 중상을 입히는 것으로 충분했다."

"네."

"원래는 거기서 범행을 멈출 생각 아니었나?"

요코야마는 입을 다물었지만 와타세는 신경 쓰지 않고 말을 이었다.

"계획과 달리 살인이 두 건이 됐다. 여기서 체포되면 틀림없이 장기 징역형을 뛰어넘는 판결이 떨어질 상황. 하지만 운이 좋았는지, 아니면 수사본부에 바보 녀석들만 모인 탓인지 아무리 시간이 흘러도 자신에게 사법의 손길이 뻗쳐 올 기색이 없다. 차라리 자수하는 방법도 있지만 그토록 경찰을 도발한 '네메시스의 사자'가 순순히 자수하면 사회적 복수와 징역수, 온정 판결에 대한 의분을 의심받을 수도 있다. 자신의 사적인 복수가 드러날 가능성도 생긴다. 그래서 자네는 애당초 계획에 없었던 세 번째 범행을 준비할 수밖에 없었어. 그래, 일부러 체포되기 위해."

간수 두 명이 또다시 눈을 부릅떴다.

"범행 실행 전 이마오카 나나코를 스토커처럼 미행했고, 그 정도의 감시 체제가 깔렸는데도 당당히 나나코를 노렸지. 심지어 나나코를 몰아붙일 때는 우리의 손이 닿을 때까지 정중히 시간을 벌어 주기도 했어. 지난 두 건과 비교하면 어이가 없을 만큼 엉성한 범행이었지만 체포를 노린 행동이라면 고개를 끄덕일 만하지. 그리고 체포, 송치된 후 자네는 필사적으로 두 번째 이후 습격에는 살의가 없었다는 것을 강조했어. 그 뒤에 있을 재판의 추세를 고려했을 때 그것만은 반드시 사수해야 할 생명선이었던 거야. 만약 두 건의 살인에 살의가 인정되고 갱생의 여지마저 전혀 없다고 재판관들이 판단해 버리면 LA급 교도소가 아닌 사형 설비가 갖춰진 교도소에 수감돼 버리니까. 공판에서 죄를 뉘우치고 반성의 기미를 보인 것도 어떻게든 사가라가 복역 중인 LA급 지바 교도소에 수감되기 위해서였겠지. 사무관으로 검찰청에 근무하며 매일매일 산적한 재판 자료를 보아 온 자네는 오늘날의 재판에서 판단 기준이 뭔지도 대략 알 수 있었을 테고. 어떤가. 뭐 반론이라도 있나?"

요코야마는 분한 얼굴로 와타세를 노려봤다.

"하지만 경부님." 간수 한 명이 또다시 두 사람 사이에 끼어들었다. "실례지만 LA급 형사 시설은 지바 교도소 외에도 야마가타, 나가노, 오카야마, 오이타 교도소가 있습니다. 요코야마는 그런 얼마 안 되는 확률을 두고 도박을 했다는 겁니까? 자신의 일생이 걸려 있는데도?"

"그래, 바로 그거야."

와타세는 자기 뜻대로 되었다는 듯이 요코야마에게 얼굴을 들이댔다.

"이 계획에는 실행범과 함께 반드시 공범이 필요했어. 검찰에 송치되고 10년 이상의 징역 판결이 떨어진 다음 지바 교도소에 수감되는 것에 협력해 줄 공범이."

"하지만 경부님. 그런 권한이 있는 사람은 법무 대신 이하 법무성에 소속된 사람밖에……."

와타세는 간수를 손으로 제지하고 다시 요코야마의 반응을 살폈다.

"자, 요코야마. 벌써 오후 3시가 지났네. 자네가 교도소 안에서 사가라를 살해하고 스물네 시간 이상 경과한 상태야. 내가 그동안 손가락만 빨면서 추이를 지켜보고 있었을 것 같나? 가르쳐 주지. 이곳에 도착하기 전 가와고에 다녀왔다."

그러자 요코야마의 얼굴에 서서히 불안감이 퍼졌다.

"설마……."

"그 설마가 맞아. 가와고에 소년 교도소를 찾아가 하야미 쇼이치 심리기관을 참고인 조사했지. 순순히 털어놓더군. 그는 유코의 두 살 위 오빠. 자네와 같은 수업을 들은 친구였어." 와타세의 입에서 하야미 쇼이치의 이름이 나온 순간 요코야마의 얼굴에서 뭔가가 쓱 벗겨졌다. "하야미 유코 사건에 주목하니 그의 존재가 곧장 떠오르더군. 자네와의 관계도 물론이고. 하야미 쇼이치에게도 사가라는 어머니와 여동생을 죽이고도 사형을 면한 철천지원수였어. 이번 일은 자네들 둘이 하늘에 맹세한 신성한 범죄였던 거야. 자네는 검찰청, 하야미 쇼이치는 수형자를 원하는 시설에 이송할 수 있는 심리기관으로 채용되기 위해 모든 유혹을 뿌리치고 공부에 매달렸지. 말 나온 김에 하자면 자네가 도노하라 기미코와 니노미야 데루히코를 표적으로 삼은 건, 두 사람의 자식이 온정 판결로 사형을 면한 사실 말고도 그들이 도쿄 관할에 살아서였어. 도쿄 관할이라면 가와고에 소년 교도소의 심리기관이 수형자를 분류할 수 있으니까. 범행에 필요한 준비 기간과 시간을 고려하면 도쿄 관할에서 범죄를 반복하는 편이 유리했던 거지."

요코야마는 고개를 떨구더니 어깨를 덜덜 떨기 시작했다.

"심리기관은 수형자가 수감되는 곳뿐만 아니라 처우까지 결정하는 위치에 있지. 어쩌면 데이터 조작까지 가능했을지도 몰라. 아무튼 자네는 순조롭게 지바 교도소에 수감돼 사가라와 같은 인쇄물 제작 작업장에 배치됐네. 이걸로 첫 번째 준비는 마친 셈이야. 다음으로 자네는 먼저 수감돼 있던 가루베 요이치를 이용했어. 자네 손에 어머니를 잃은 가루베에게 자연스럽게 접근해 일부러 자네를 학대하게 한 거지. 아니, 주위에서 그렇게 보이게 했어. 그 얼굴의 멍과 상처도 실제로는 직접 만든 것도 섞여 있지 않나? 왜 그런 행동을 했느냐면 당연히 피해자인 척해서 표적인 사가라에게 접근하기 위해서야. 사방에 간수의 눈이 빛나는 교도소 안에서 살인을 저지르기에는 담장 밖보다 훨씬 신중함이 필요했던 거지. 자네는 사가라의 경계심을 풀어 확실하게 살해할 수 있는 순간을 위해 줄곧 연기를 해 왔어. 자, 지금 설명에서 틀린 부분이 있다면 지적해 주겠나?"

요코야마가 천천히 고개를 들었다.

"역시 혜안이 있으시군요. 모든 게 말씀하신 대로입니다. 하지만 그토록 자신 있는 추론이라면 굳이 제 지적 같은 건 필요 없을 텐데요."

"그렇지 않아. 자네의 자백을 포함해 모든 것을 정확히 보고할 의무가 있거든. 수사본부는 물론이거니와 자네의 예전 상사에게도 보고하지 않을 수 없지."

"······차장 검사님은 과연 어떻게 생각하실까요. 의분을 위해 살인을 저지른 저와 사적인 복수를 위해 살인을 저지른 저, 둘 중 어느 쪽에 더 실망하실까요."

"1년 넘게 그분 옆에 있었으면서 그런 것도 모르나?"

"네?"

"미사키 검사님은 어떤 이유에서든 법률을 위반한 자, 타인의 목숨을 업신여긴 자를 절대 용서하지 않지. 그게 부하든 자신의 가족이든 상관없이. 물론 자네가 저지른 짓 때문에 실망하고 후회하실는지 모르지만 그런 걸로 신념을 굽힐 분이 아니야. 자네 뒤에 네메시스가 있는 것처럼 그분 뒤에는 테미스가 있네. 그런 걱정은 무의미하고 오히려 실례라고 생각하지 않나?"

"……네, 그렇겠죠." 요코야마는 쓸쓸하게 웃었다. "그럼 경부님. 부탁 하나만 하겠습니다. 지금부터 제가 하는 말을 최소한의 변명이라며 차장 검사님께 전해 주셨으면 합니다."

"그러지."

"저와 하야미가 꾸민 계획을 경부님과 차장 검사님은 무시하고 비난하시겠죠. 하지만 저희도 할 말은 있습니다. 아무 죄 없는 사람을 둘이나 죽이고 반성 따위 하지 않는 인간을 왜 사형에 처하지 않는 걸까요. 이 나라에는 엄연히 사형제도가 존재하는데 일개 재판관의 심증 여하로 어떻게 그것을 회피할 수 있는 걸까요. 와타세 경부님이시라면 가루베 요이치와 니노미야 게이고에게 살해된 피해자 가족을 만나 대화도 나눠 보셨을 겁니다. 그들의 끝없는 고생과 검게 타 버린 가슴도 접하셨을 겁니다. 범인이 살아 숨 쉬고 있다는 사실만으로 분노로 눈앞이 캄캄해지고, 범인이 담벼락 안에서 보호받는 현실 때문에 피눈물이 흐르죠. 범죄자가 사형을 면하면 피해자는 두 번 죽습니다. 국가가 사가라에게 합당한 처벌을 내리지 않는다면 저희는 이런 방법 말고 정의를 실현할 방법이 없습니다. 피해자와 그 가족은 대체 얼마나 더 고통받아야 하는 걸까요. 가해자와 그 가족이 극진히 대접받고, 피해자와 가족들은 무시당하는 상황. 이게 법치 국가의 바람직한 모습입니까?"

요코야마는 소리 죽여 오열하기 시작했다.

그 모습을 지켜보는 와타세의 가슴에 후련함이라고는 없었다. 그들의 계획을 전부 밝혀내도 자신이 완패했다는 사실에는 조금도 변함이 없었기 때문이다.

4

도쿄 고등법원 형사부 재판관실.

미사키가 '네메시스' 사건의 전말을 모두 알리자 시부사와는 한숨을 휴 내쉬었다.

"요코야마라고 했습니까. 꽤나 빙 둘러가는 방법을 썼군요. 하지만 분명 실현할 가능성이 큰 방법이었습니다. 물론 직접 간수가 되어 사가라에게 접근할 수도 있었지만, 간수의 인사권을 장악하려면 공범이 꽤나 높은 위치에 있어야 한다는 조건이 생기죠. 번거로워 보이지만 착실한 수법은 미사키 검사님의 가르침을 받은 덕일까요?"

전만 해도 쓴웃음을 지으며 흘려넘길 시부사와 특유의 빈정거림이 이번에는 가슴을 파고들었다.

"가까운 사람을 부조리하게 빼앗긴 사람의 집념이 그토록 대단한 걸까요."

"그건 저도 단언할 수 있습니다. 저도 판결 선고일 때 재판관석에서 그런 헛된 집념에 사로잡힌 눈빛을 누누이 봐 왔으니까요. 인간의 원한만큼 무서운 건 없습니다."

생판 남의 일처럼 말하는 통에 미사키는 속으로 분을 삭였다.

"하지만 미사키 검사님. 굳이 왜 제게 사건의 종결을 보고하러 오신 겁니까?"

"이번 사건과 관련해 판사님께 불필요한 걱정을 끼쳤으니까요."

"아아, 그렇군요. 감사합니다. 혹여 이번 사건은 제가 내린 판결이 방아쇠가 되었으니 책임감을 느끼라고 하실 줄 알았는데."

역시 거기까지는 생각이 미친 듯하다.

범행 동기의 토대가 된 사가라의 징역형을 내린 사람이 시부사와이고, 두 사람이 복수에 이용한 가루베 요이치와 니노미야 데루히코 사건의 판결을 내린 사람도 시부사와다. 와타세가 취조할 때 요코야마는 사건이 시부사와 재판장의 안건에 쏠린 건 우연이라고 증언했지만 애초에 시부사와가 편향됐다고 생각될 만큼 온정 판결을 이어 오지만 않았다면 이번 사건도 일어나지 않지 않았을까.

"당치도 않습니다. 저에게는 판사님을 비난할 자격과 권리가 없으니까요."

"음, 그건 그렇군요. 1년 넘게 옆에 있었는데도 담당 사무관이 어떤 사람이었는지 눈치채지 못한 검사님께 비난당해도 별로 유쾌할 것 같지 않네요."

처음부터 끝까지 거슬리는 말이지만 요코야마의 정체를 알아보지 못한 건 사실이라 반박할 수 없다. 반박하면 쓸데없이 자신이 더 비참해질 뿐이다.

그러나 그런 사정을 떠나 요코야마의 행동에 대해서는 조금이라도 전해야 한다. 그것이 와타세를 통해 자신의 심정을 밝힌 예전 부하를 향한 최소한의 예의였다.

"제 교육이 미숙했던 건 맞습니다. 하지만 요코야마와 하야미 쇼이치가 그런 방법 외에는 하야미 모녀의 원수를 갚을 수 없다고 믿게 된 사정도 이해해 주십시오. 두 사람 다 아직 젊은 나이라 법치국가가 무엇인지, 그리고 개인과 사회의 관계성을 충분히 알지 못했을 겁니다. 개인의 성격과 자질에 문제는 있다고 해도……."

"그런 걸 이해할 필요는 없습니다." 부드럽지만 온도가 전혀 느껴지지 않는 목소리였다. "둘 다 법무성 관할 조직에 속했던 사람들입니다. 남이 따로 가르쳐 주지 않아도 일상 업무에서 보고 배운 게 그대로 지식과 자질이 되는 것이 당연하죠. 두 사람이 그러지 못했던 건 역시 인간성에 결함이 있었다는 뜻입니다. 하물며 제가 그들의 심정을 이해하거나 책임을 통감할 이유 같은 건 전혀 없습니다. 두 사람은 제가 사가라에게 징역형을 내린 이유를 티끌만큼도 이해하지 못 했거든요. 아니, 그들뿐 아니라 검사님도 마찬가지일까요."

자신의 철학이라도 설명할 생각일까. 조금 진이 빠져 있던 미사키는, 그러나 자신이 터무니없는 오판을 했음을 그의 다음 말을 통해 즉시 깨달았다.

"사형을 극형이라고 생각하는 건 아주 유치한 윤리관입니다."

도대체 무슨 말을 하려는 걸까.

"검사님은 피해자 유족의 심정을 헤아리라고 하시겠지만 저도 그 정도는 할 수 있습니다. 어쨌든 손녀딸을 살해한 범인이 뻔뻔하게 징역형의 은혜를 입는 모습을 직접 목도한 사람이니까요."

불현듯 떠올랐다.

시부사와가 유족 측의 감정론으로 사안을 재단하면 안 된다는 교훈으로 열거한 실제 사례다.

"사형이란 어디까지나 범인에 대한 징벌이지 복수를 대행하는 게 아닙니다. 또 살인자가 교수대에서 목을 매는 것으로 유족의 한이 풀린다는 것도 큰 착각이에요. 죽어 버리면 범인에 대한 원한도 옅어지고, 범인 자신의 고통도 그 순간에 정지합니다. 도통 벌이라고 할 수 없는 벌인 겁니다. 미사키 검사님. 검사님은 재범자의 범죄율이 60퍼센트나 되는 현실을 어떻게 생각하십니까?"

"수용 시설 부족과 편견 때문이라고 봅니다만……."

"그것도 대단히 천박한 견해입니다. 오랜 기간 감옥에 갇히는 사람은 일반 사회에서 적응할 능력을 조금씩 잃어 갑니다. 그들이 출소해도 곧장 다시 교도소로 돌아오는 건 바깥세상에서 지내지 못할 만큼 몸과 마음이 변질돼 버려서죠. 징역형이라는 건 내부에서부터 천천히 인간성을 말살하는 형벌입니다. 그들은 일반 상식에 적응하지 못하고 전과가 없는 평범한 사람들 사이에서 정신적 장벽을 매일같이 절감합니다. 인간이면서 동시에 인간이 아닌 현실을 음미하는 겁니다. 또한 범인이 살아 있으면 유족은 계속해서 그를 증오할 수 있습니다. 만에 하나 범인이 양심의 가책을 느낀다면 고뇌할 시간이 그에 걸맞게 길어져도 불만을 가질 수 없겠지요. 따라서 징역형은 길면 길수록 좋습니다. 저는 그들이 더는 자신이 인간이 아니게 됐다는 절망을 맛보며 스스로를 영원히 저주하면서 죽어 가기를 바랍니다."

듣는 동안 현기증이 일 것 같았다.

시부사와가 계속해서 온정 판결을 내린 것은 피고인의 갱생을 위해서가 아니었다. 오히려 그 반대다. 영원히 곁에 있는 듯한 지옥을 맛보게 하기 위한 방책이었던 것이다.

"부조리한 이유로 타인의 목숨을 앗아 간 자에게 동등한 죽음을 선사하는 건 거시적으로 보면 자비와 마찬가지인 겁니다. 그들은 오랫동안 원한에 노출되지 않고, 고통도 느끼지 못하죠. 세상에는 죽음보다 더 가혹하고 잔인한 형벌이 있습니다. 극형이란 건 사형이 아닙니다. 그 사실을 모르는 어리석은 사람들이 저에게 사형 폐지론자라는 딱지를 붙이는 건 우습기 짝이 없는 일이죠. 아마도 그들이 진정한 고통이라는 걸 겪지 못했기 때문 아닐까요. 참으로 우스꽝스러운 이야기라고 생각하지 않으십니까?"

시부사와는 만족한 듯 씩 웃었다.

미사키는 배 속 깊숙한 곳부터 싸늘하게 식는 듯한 느낌을 받았다.

청사를 나서자 눈앞에 낯익은 얼굴이 보였다.

"고생하셨습니다."

무뚝뚝한 와타세의 얼굴이 지금은 희한하게도 편안하게 느껴졌다.

"시부사와 판사에게 무슨 이야기를 들었을지 다 아는 듯한 표정이군."

"뭐 대략은요. 시부사와 판사님이 온정 판사라는 말을 듣기 시작한 건 손녀딸 사건이 일어난 직후부터였습니다. 온정이든 냉정이든 평면적인 가치 기준에서 뒤틀리는 건 마찬가지겠죠."

"그걸 알고 왠지 허무하지는 않나?"

"인간은 누구나 고통을 느끼는 지점이 다릅니다. 그렇다면 형벌도 사람마다 달라져야겠죠."

"달관한 듯하군. 그간 절에라도 다녔나?"

"공교롭게도 종교 같은 것과는 가장 거리가 먼 사람이라서요."

"그런가."

"형사가 하는 일은 사람을 용서하는 일이 아닙니다."

와타세의 말을 듣고 있으니 왠지 뒤통수를 한 대 얻어맞은 듯한 기분이 들었다.

"경부는 역시 참으로 흔들리지 않는군. 닮고 싶을 정도야."

"농담도."

"어느 정도는 진심일세. 자네한테는 이미 말했지만 원래 사람이 같은 실수를 반복하다 보면 자기 자신이 싫어지게 되지. 지금껏 쌓아 온 지식과 경험이 전부 쓸모없는 건 아닐까 하는 생각도 들고."

와타세는 잠시 침묵했지만 이내 생각난 것처럼 입을 열었다.

"저도 흔들릴 때는 있었습니다. 그것도 최악의 형태로요. 오래전 일이지만 저는 원죄에 가담한 적이 있습니다. 아직 신출내기일 때 범인으로 믿어 의심치 않고 자백을 강제로 받아 낸 남자가 결국 무죄였죠. 그 소식을 들었을 때 남자는 감옥에서 이미 스스로 목숨을 끊은 상태였습니다. 그렇게 참담한 기분은 태어나서 처음이었습니다. 제가 조금만 더 현명했더라면 무고한 사람이 죽지도 않았겠죠. 저는 절대 칭찬받을 만한 인간이 아니고, 고개를 치켜든 채 거들먹거리면서 살아갈 사람도 아닙니다."

처음 듣는 이야기였다. 그러나 이 남자도 잘못된 선택을 한 적이 있다는 것을 알게 되자 더욱 가깝게 느껴졌다.

"그래도 형사 일을 계속하고 있지 않나."

"두 번 다시 틀리지 않기로 맹세했으니까요."

"그런가…… 하지만 나는 벌써 두 번이나 틀려 버렸어."

"그럼 세 번째 실수를 하지 않으면 그만입니다."

미동도 없는 무뚝뚝한 얼굴을 바라보고 있자 가슴 속 응어리가 조금 내려갔다.

미사키는 숨을 깊숙이 들이마셨다. 오싹한 냉기가 몸속에 쌓인 독을 찌르는 느낌이었다.

그러고 보니 이 남자와 한 번도 술잔을 기울여 본 적이 없군.

"경부는 술을 잘하나?"

"하소연을 하는 자리가 아니라면 상대는 해드릴 수 있습니다."

"하소연은 하면 안 되는 건가?"

"아랫사람 앞에서 늘어놓을 만한 것은 아니지요."

"그렇겠지. 알겠네. 근처에 임연수어 요리를 잘하는 가게를 알고 있어."

그리고 두 남자는 히비야 공원 쪽을 향해 발걸음을 뗐다.

옮긴이의 말

여신의 이름을 빌려
법과 정의의 의미를 되묻다.

『테미스의 검』에서 젊은 시절 겪은 원죄 사건을 통해 인간, 그리고 경찰로서의 뼈저린 성장 과정을 보여준 와타세 경부가 이번에는 '사형 제도'와 '의분'이라는 한층 무거운 주제를 다룬 사회파 미스터리 『네메시스의 사자』로 돌아왔습니다. 1984년의 과거를 다룬 전작과 달리 이번 작품은 2013년의 시점으로 현재 문제시되고 있는 사회 소재를 작가 나카야마 시치리만의 과감하고도 날카로운 분석과 반전 등의 미스터리 요소를 섞어 명불허전의 사회파 엔터테인먼트 소설로 그려냈습니다. 이번 작품에서는 주인공 와타세 경부도 분투하지만 그와 항상 짝을 이루는 고테가와 형사, 『속죄의 소나타』와 여타 시리즈에 등장해 친숙한 미사키 검사, 시신 부검에 늘 빠지지 않는 법의학 교실의 교수님, 그리고 이름은 나오지 않지만 역시나 존재감을 발산하는 그 변호사까지 이른바 '나카야마 월드' 속 등장인물이 속속 등장해 나카야마 시치리의 작품을 꾸준히 읽어 온 기존 팬들이라면 더욱 만족스럽고 흥미롭게 이야기를 읽을 수 있습니다.

근래 사형제 폐지로 기울고 있는 세계 흐름과 달리 일본은 선

진국으로서는 드물게 지금도 사형제를 적극적으로 실시하는 나라입니다. 또한 2009년 시점으로 일본 국민의 무려 85.6퍼센트가 사형제 존치에 찬성한다는 결과가 나와 여론도 단단히 뒷받침하고 있습니다. 나카야마 시치리는 사형을 '나라에 의한 복수 대행'으로 보는 일본 국민의 시선이 있고, 그것을 일본에서 예로부터 이어진 '가타키우치(에도 시대까지 있었던 무사 계급의 사적 복수를 허용한 제도—옮긴이)'와 '할복' 같은 속죄성 자살 풍습으로 만들어진 일본인 특유의 관점으로 분석해 이 작품을 쓰기 시작했다고 합니다. 그러면서 작가는 한쪽에 치우치지 않고 중립적인 관점에서 사형제 존치·폐지론의 허와 실, 그리고 그로 인한 비극을 날카롭게 그리며 모두가 공감할 만한 작품을 쓰려고 한 것으로 보입니다. 거기에 작가는 '네메시스'라는 캐릭터를 통해 나와 직접 이해관계가 없지만 불의를 보며 사람들이 느끼는 '의분'이라는 감정을 작품에 넣었습니다. 도의에 어긋나고 불공정한 것을 보며 인간이 마땅히 느낄 만한 감정이지만, 지나치게 치우치거나 특히 '대중'이라는 이름으로 집단화하게 되면 결국 비극으로 이어지고 무서운 결과를 초래하는 현실을 가감 없이 그려낸 것이 나카야마 시치리의 사회파 미스터리답다고 할 수 있습니다.

사형제가 법정형으로서는 존재하나 20년 이상 집행을 하지 않아 실질적 사형 폐지 국가인 우리나라에서도 최근 들어 점점 더 잔혹해지는 범죄 경향과 범죄 억지력 차원에서 사형을 다시 시행해야 한다는 여론이 거세지며 사형제 존폐 논의가 끊임없이 나오고 있습니다. 인터넷 포털 사이트 댓글란이나 커뮤니티 게시판을 둘러보면 '의분'이라는 소재 역시 단순히 남의 나라 사람들 이야기가 아닌 우리도 똑같이 공감하고 가슴에 와 닿는 것임을 알 수 있습니다. 이렇듯 고스란히 우리나라 현실에 대입해서 읽어도 그다지 낯선 느낌을 받지 않고 대체로 공감대를 이룰 수 있는 소재를 통해 이야기를 그려 간다는 점이 나카야마 시치리의 작품을 비롯한 일본 소설을 읽는 재미일 것입니다.

『네메시스의 사자』를 통해 작가는 불의에 분노하더라도 그것을 올바른 방향으로 표출해야 하고 감정에 너무 치우쳐 내달리지 않으며 합리적 과정을 거쳐 사회적 합의를 도출해야 한다는 교훈을 주려고 한 것으로 보입니다. 그러면서 사형 제도 등 각자 나름의 논리가 존재해 찬반양론으로 갈리는 사회 문제 역시 건강한 갈등을 두려워하지 않고 끊임없는 논의를 거쳐 민주적인 절차로 합의를 이뤄 내는 과정이 필요하다고 역설합니다. 더 이상 제도에 의해 억울하게 희생되거나 피해를 보는 사람이 없는 세상이 왔으면 좋겠다고 생각하는 건 한국이든 일본이든 마찬가지일 것입니다. 또 나카야마 시치리의 사회파 미스터리는 다양한 소재를 다루지만 항상 일관되게 읽히는 메시지가 있습니다. 어떤 사안이든 늘 두려워하지 않고 진지하게 맞서며 그러다가 만약 방향이 잘못되면 즉시 책임을 인정하고 수정하는 자세. 와타세 경부를 비롯해 등장인물의 대사와 태도, 성장을 보면서 우리가 심리적 공감을 얻고 카타르시스를 느끼는 것도 그런 이유에서일 것입니다.

항상 쉬지 않고 이야기를 발굴하고 써내는 부지런한 작가 나카야마 시치리는 2018년에도 출간 일정이 가득 잡혀 있고 현지에서 두 달에 한 권꼴로 책이 나오고 있습니다. 일본의 어느 독자는 '이제는 나카야마 시치리의 작품을 읽으면서 '안정감과 안도감'을 느낀다'라고 평했습니다. 저 역시 그의 작품을 읽고 번역하며 이제는 작가가 어느 정도 궤도에 올랐다는 느낌을 받은 바 있습니다. 소설을 많이 읽다 보면 작품 간의 편차가 고른 편인 다작작가를 쉬이 만나기 어려운 것이 현실입니다. 그런 면에서 우리나라에서도 앞으로 나카야마 시치리가 저를 비롯해 독자 여러분이 '이 작가의 작품은 늘 평균 이상은 한다'라는 느낌으로 부담 없이 책을 집어들 수 있는 작가로 자리매김했으면 좋겠습니다. 그와 더불어 한 작가의 작품을 연달아 내놓기 쉽지 않은 척박한 국내 출판 환경에서 꾸준히 나카야마 시치리의 작품을 소개하며 독자에게 신뢰감을 주기 위해 노력하는 블루홀식스 출판사에도 늘 건투와 건승을 빕니다.

2018년 여름

이연승